DER VERLETZTE MILLIARDÄR:

THE BALTIMORE BOYS
BUCH 3

SAMANTHA SKYE

Urheberrecht

Diese Geschichte ist ein Werk der Fiktion. Namen, Personen, Orte und Ereignisse entspringen der Vorstellungskraft der Autorin oder wurden fiktiv aufgearbeitet. Jede Ähnlichkeit zu realen Ereignissen, Orten und/oder Personen, ob lebend oder tot, ist rein zufällig.

Copyright © 2023 Samantha Skye

hello@samanthaskyeauthor.com

www.samanthaskyeauthor.com

Alle Rechte vorbehalten. Kein Teil dieses Buches darf ohne schriftliche Genehmigung des Urheberrechtsinhabers vervielfältigt oder in irgendeiner Weise verwendet werden, mit Ausnahme der Verwendung von Zitaten in einer Buchbesprechung.

ISBN 978-1-923258-06-8 (ebook)

ISBN 978-1-923258-07-5 (Taschenbuch)

Umschlaggestaltung: Angela Haddon

Herausgeber: Nice Girl Naughty Edits

Übersetzung: Sophie Hartmann

Korrekturlesen: Denise Uebersax

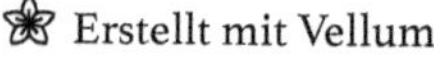 Erstellt mit Vellum

1

WILLOW VALENTINE

Unsere Absätze klackern auf dem dunklen Holzboden, als wir aus dem Aufzug in die elegante Lobby des Fünf-Sterne-Hotels in Soho treten.

„Nun, ich bin dann mal weg", sagt meine Schwester Saide, wobei sie mich mit einem breiten Grinsen ansieht.

„Warte, was? Ich dachte, wir wollten noch etwas trinken gehen?", frage ich sie und runzle verwirrt die Stirn, während meine Schritte in Richtung Hotelbar ins Stocken geraten. Die Aussicht, mit meiner Schwester etwas trinken zu gehen, war der einzige Grund, weswegen ich mich heute Abend in Schale geworfen habe. Stöckelschuhe, ein enges rotes Kleid, frisiertes Haar, perfektes Make-up – das ganze Drumherum.

„Ich habe ein Date." Ein strahlendes Lächeln erhellt ihr Gesicht bei diesen Worten.

„Ein Date? Was willst du damit sagen?"

„Du weißt schon, ein *Date*. Aber vielleicht ist es schwer für dich, dich daran zu erinnern, was das ist. Es ist eines dieser Dinge, die zwei Menschen tun. Sie gehen zusammen etwas trinken oder essen, lachen und reden, und dann haben sie vielleicht die ganze Nacht über tollen Sex. Ein Date." Das Lächeln meiner kleinen Schwester ist noch immer so breit, dass es mir schwerfällt, es ihr übelzunehmen, dass sie mich so kurzfristig abserviert.

„Saide, ich dachte, wir würden einen Mädelsabend machen. Nur wir beide." Ich sehe sie fast flehend an, weil ich mich wirklich auf den heutigen Abend gefreut habe. Es ist schon Monate her, dass ich abends etwas unternommen habe. Mein Job ist so anstrengend, dass ich in die meiste Zeit nicht einmal weiß, welcher Tag gerade ist.

„Aber Jacob hat mir gerade eine Nachricht geschickt ... Er ist in der Stadt ...", sagt sie und versucht, unschuldig zu wirken. Als ich seinen Namen höre, knirsche ich unwillkürlich mit den Zähnen.

„Saide ...", beginne ich warnend.

„Es ist doch nur eine einzige Nacht. Ich habe ihn seit Wochen nicht gesehen", entgegnet sie wie ein bockiges Kind.

„Das liegt daran, dass er *verheiratet* ist und wahrscheinlich während dieser Wochen bei seiner *Ehefrau* zu Hause war."

Es war mir absolut unmöglich, ihre Affäre mit einem verheirateten Piloten zu akzeptieren. Ganz und gar nicht.

„Warte nicht auf mich. Ich weiß nicht, wann ich zurückkomme", sagt sie, ohne überhaupt auf meine Bemerkung einzugehen, bevor sie in Richtung Tür geht. Solche Aktionen sind mittlerweile zur Gewohnheit geworden. Ihr Leben als Stewardess sorgt dafür, dass wir uns immer weniger sehen.

„Was soll *ich* jetzt machen?", rufe ich ihr nach.

„Geh in die Bar. Triff einen Mann. Hab die ganze Nacht geilen Sex. Gott weiß, du hast es nötig", ruft sie mir durch den gesamten Empfangsbereich zu, woraufhin der Portier wenig diskret in meine Richtung schaut.

Ich seufze und massiere mir die Schläfen. Irgendwann wird sie mich noch in den Wahnsinn treiben. Wenn ich gewusst hätte, dass meine Schwester mich heute Abend einfach sitzen lässt, wäre ich in meinem Zimmer geblieben, hätte den Zimmerservice bestellt, mich mit einem Glas Wein in der großen Wanne entspannt und wäre früh ins Bett gegangen. Ich brauche einen solchen Abend. Ich habe ihn *verdient*.

Ich mache auf dem Absatz kehrt und mache mich auf den Weg zurück zum Aufzug, als mein Blick an der Bar hängen bleibt.

„Ein Drink kann nicht schaden", murmle ich und mache mich frustriert auf den Weg zur Bar. Der Bereich ist genauso, wie ich ihn mir vorgestellt habe – dunkel und verführerisch, mit leiser Musik, die die Stimmung unterstreicht. Ich steuere direkt auf den sanft beleuchteten hinteren Bereich zu.

„Ein Glas Weißwein, bitte", sage ich dem Barkeeper, während ich mich auf den nächstgelegenen Hocker sinken lasse und meine Handtasche auf die Theke werfe.

„Warten Sie, kein Wein. Ich glaube, ich brauche etwas Stärkeres. Kann ich eine Margarita bekommen? Mit extra viel Salz?" Der attraktive Barkeeper schenkt mir ein kleines Lächeln, nickt und macht sich daran, mir meinen

Drink zu mixen. Ein leises Stöhnen entringt sich meinen Lippen, als ich mir noch einmal durch den Kopf gehen lasse, welche Wendung dieser Abend genommen hat.

„Ich glaube nicht, dass Sie extra viel Salz benötigen", erklingt plötzlich eine tiefe Stimme neben mir. Als ich mich dem Mann zuwende, sehe ich in die gefühlvollsten Augen, denen ich je begegnet bin. Erst jetzt bemerke ich, dass ich mich auf einen Hocker direkt neben einen Mann gesetzt habe, der mich gerade über sein Glas Whisky hinweg beobachtet.

„Was soll das bedeuten?", frage ich und meine Frage klingt schärfer, als beabsichtige. Es war ein langer Tag, an dem Saide und ich in New York shoppen und essen waren. Diese gemeinsame Zeit war dringend nötig gewesen, auch wenn wir morgen schon wieder nach Hause zurückkehren.

„Ihnen scheint die Suppe schon versalzt worden zu sein. Schlechter Tag?", fragt er in einem sanfteren Ton, und ich seufze. Es ist nicht seine Schuld, dass meine kleine Schwester sich verhält, als wäre sie noch siebzehn und nicht vierundzwanzig.

„Familienprobleme", murmle ich.

Er schnaubt und nickt. „Damit kenne ich mich aus." Als er einen Schluck von seinem Drink nimmt, nutze ich die Gelegenheit, ihn etwas eingehender zu betrachten. Ich finde, es sieht unglaublich sexy aus, wenn Männer diesen bernsteinfarbenen Schnaps trinken, besser als ein Bier oder unzählige Shots. Es ist die Art von Getränk, bei der man sich Zeit lässt, und es genießt, das Glas schwenkt, während man sitzt und nachdenkt. Als sein Adamsapfel beim Schlucken wippt, muss ich ebenfalls unwillkürlich schlucken. Ein leichter Bartschatten ziert sein Kinn, sein braunes Haar fällt ihm leicht in die Stirn. Ich beobachte, wie sich seine große Hand um sein Glas legt, und frage mich, wie sie sich auf meinem Körper anfühlen würde. Er ist bei Weitem der attraktivste Mann, dem ich je begegnet bin.

„Meine kleine Schwester hat eine Affäre mit einem verheirateten Mann", stoße ich plötzlich hervor und wünschte, ich könnte die Worte zurücknehmen. Ich habe noch keinen einzigen Schluck Alkohol zu mir genommen. Aber ganz offensichtlich musste ich es herauslassen.

Trotz dieses ungeschickten Starts scheint er sich für mich zu interessieren, dreht sich in meine Richtung und sieht mich an, als würde er darauf warten, dass ich weiterspreche. Glücklicherweise stellt der Barkeeper mein Getränk vor mir ab, bevor ich noch etwas sagen kann, und ich greife eilig nach meinem Glas.

„Diese Runde geht auf mich", sagt der Mann und winkt den Barkeeper weg, der fast augenblicklich geht.

„Das ist wirklich nicht nötig."

„Eine Frau sollte niemals ihre eigenen Drinks bezahlen müssen. Besonders nicht eine wie Sie", sagt er mit einem kleinen Lächeln auf den Lippen, das ich zaghaft erwidere. Ich nippe an meinem Drink, um meine Nerven zu beruhigen, und genieße das brennende Gefühl, das der Alkohol in meiner Kehle hinterlässt.

„Und was ist mit Ihnen?", frage ich und mache es mir auf meinem Hocker etwas bequemer. Wenn ich schon mal hier bin, kann ich es ja auch ausnutzen.

„Was soll mit mir sein?"

„Welch lächerlichen Dinge hat Ihr Familienmitglied getan?" Er sieht zu perfekt aus und scheint zu klug zu sein, um sich in irgendein Drama hineinziehen zu lassen. Welche Art von Problemen würde ein Mann wie er wohl haben?

„Wie lange haben Sie Zeit?" Er zieht fragend die Brauen hoch.

Ich mustere ihn einen Moment lang. Seine Augen funkeln im stimmungsvollen Licht der Bar, was mich noch mehr zum Lächeln bringt. Saide hat recht, ich habe vergessen, wie es ist, sich zu verabreden. Es ist schon sehr lange her, dass ich das letzte Mal ein Date hatte. Das Gefühl der Aufregung beim ersten Flirt, das Verlangen, das sich beim Kennenlernen einstellt. Dutzend Schmetterlinge flattern wie wild in meinem Bauch, als ich ihn ansehe.

„Ich habe die ganze Nacht Zeit." Mir entgeht nicht, wie seine Mundwinkel leicht nach oben wandern, bevor er einen weiteren tiefen Schluck von seinem Drink nimmt.

„Ich habe eine verrückte Mutter, einen berühmten Bruder, zwei weitere sehr erfolgreiche Brüder und einen toten Vater", sagt er eilig, und ich muss mich darum bemühen, ein Zusammenzucken bei seinen Worten zu unterdrücken.

„Nun gut, Sie haben eindeutig gewonnen", sage ich und lächle ihn an.

„Danke." Er zuckt leicht mit den Schultern und erwidert mein Lächeln. Ich hebe mein Glas, damit wir auf unsere Probleme anstoßen können, er erwidert meine Geste, und wir lachen.

„Eltern?", fragt er daraufhin. Normalerweise bin ich ziemlich zurückhaltend und verschlossen, erst recht bei völlig Fremden. Aber aus irgendeinem Grund fühle ich mich bei diesem Mann wohl, obwohl ich nicht einmal seinen Namen kenne. Er legt seinen Arm auf die Rückenlehne meines Hockers, während er es sich auf seinem Platz bequem macht. Unsere neue Nähe lässt die Schmetterlinge in meinem Bauch nur noch heftiger flattern, als mir sein köstlicher Duft in die Nase steigt. Als sich unsere Blicke treffen, kann ich nicht verhindern, dass mir ein wohliger Schauer über den Rücken läuft.

Er hat seine vollkommene Aufmerksamkeit auf mich gerichtet. Und das gefällt mir sehr.

„Lebendig. Bei guter Gesundheit. Alt. Im Mittleren Westen", sage ich und habe das Gefühl, dass seine Finger hinter mir leicht zucken, aber ich bin mir nicht sicher. Mein Herzschlag beschleunigt sich, während ich versuche, ruhig zu bleiben und die selbstbewusste Frau zu sein, die ich normalerweise bin. Sicher, ich bin das ein oder andere Mal ausgegangen, habe sogar Männer in Bars getroffen, aber das ist schon lange her. Ich bin seit fast zwei Jahren mit meinem Job verheiratet, sodass mir das gewisse Etwas, das ein Date mit sich bringt, ein wenig fehlt.

„Mittlerer Westen? Sie sind aber weit von Zuhause weg, was?" Ich bin mir nicht sicher, ob es eine Frage oder Feststellung ist. Aber ich kann zumindest mit Sicherheit sagen, dass ich meine Unterwäsche wechseln muss, wenn er mich weiter so ansieht. Der Ausdruck in seinem Gesicht lässt mich auf die Idee kommen, dass er mich am liebsten auf der Stelle vernaschen würde.

„Meine Schwester und ich sind vor Jahren weggezogen. DC ist jetzt mein Zuhause. Was ist mit Ihnen?" Ich bemerke, dass er mich immer noch aufmerksam beobachtet, während ich an meinem Drink nippe, und wie sich seine Pupillen weiten. Mein Mund trifft auf den salzigen Rand meines Glases, und ich fahre mir mit der Zunge über die Lippen, um das Salz zu schmecken. Ich glaube, die Temperatur in diesem Raum ist gerade um ein paar Grad gestiegen.

„Schon seit je her war Maryland meine Heimat", sagt er schlicht. Seine ganze Art wirkt unglaublich faszinierend. In der einen Minute wirkt er eher verspielt, in der nächsten fast stoisch. Am liebsten würde ich mich die ganze Nacht mit ihm unterhalten.

„Sind Sie geschäftlich oder zum Vergnügen hier?" Ich neige leicht den Kopf, sodass mein Haar seine Finger streift, und ich bin mir sicher, dass er es leicht berührt.

„Es war geschäftlich ...", sagt er, und ich kann hören, dass er eigentlich noch etwas hinzufügen will. Mein Körper schreit meinem Verstand zu, dass er die Gelegenheit beim Schopfe packen soll.

„Und jetzt kommt das Vergnügen?", frage ich, während wir uns gegenseitig in die Augen schauen.

„Sagen Sie es mir." Die Art, wie er es ausspricht, bestätigt meine Gedanken, und ich atme tief ein. Einen Mann zu haben, der so offen ist, gibt mir ein Gefühl von Macht, von dem ich nicht wusste, dass ich es wollte.

„Mmm. Sie sind zu ehrlich für Ihr eigenes Wohl", murmle ich und grinse. Ich merke, wie sein Blick an meinem Körper entlangwandert. Über mein Gesicht, die Rundungen meiner Brüste, hinunter zu meinen nackten

Beinen, und ich habe das Gefühl, unter seinem Blick dahinzuschmelzen. Plötzlich bin ich froh, dass ich mich heute Abend so zurechtgemacht habe.

Er schluckt hart, sein Kiefer spannt sich leicht an, und ich presse als Antwort meine Schenkel zusammen. Dies ist der heißeste Moment, den ich je erlebt habe – und wir haben noch nicht einmal etwas getan. Und doch …

„Funktioniert es?" Ein freches Grinsen umspielt seine Lippen und gibt seinem Blick etwas Verruchtes, was mich zum Lachen bringt.

„Vielleicht", sage ich, wobei mein Blick sich keinen Augenblick von seinen Augen löst. Und während die beruhigende Barmusik im Hintergrund spielt, wird mir klar, dass ich heute Nacht ohne Zweifel mit diesem Mann schlafen werde.

2

TENNYSON ROTHSCHILD

Der Klang ihrer Stimme erfüllt mich mit Wohlbehagen und sorgt dafür, dass sich ein warmes Gefühl in meinem Innern breitmacht, und wenn ich es nicht besser wüsste, würde ich sagen, dass ich fünf Whiskys intus habe. Da ich noch bei meinem ersten Glas bin und es auch nicht viel war, kann ich mit Sicherheit behaupten, dass es nicht am Alkohol liegt.

Es war unmöglich, sie zu übersehen, als sie geradewegs auf die Bar zu stolziert kam und sich neben mich setzte, wobei sie permanent schnaufte und schnaubte. Seitdem habe ich es nicht geschafft, meinen Blick auch nur eine Sekunde lang von ihr zu lösen. Ihre Kurven waren göttlich. Sie besaß rote, volle Lippen und trug ein Kleid, das ihren Körper perfekt umschmeichelte, und das ich ihr am liebsten auf der Stelle ausgezogen hätte.

Das ist es, was ich an New York mag. Es ist ein Schmelztiegel der Menschen. Deshalb bin ich auch eine Nacht länger geblieben, denn auch wenn mein Gesicht in

Baltimore bekannt sein mag, schenken mir die Leute hier weniger Beachtung. Es gibt keine Paparazzi, die mich belästigen, vor allem, wenn auf der Straße Hollywood-Prominente sind, die sie verfolgen können. New York gibt mir Anonymität, Zeit für mich, einfach ich selbst zu sein. Nicht der Rothschild, als der ich geboren wurde.

„Verheiratet?", frage ich sie und ahne bereits, dass sie es nicht ist. Wenn sie auf ihre Schwester sauer war, weil sie eine Affäre mit einem verheirateten Mann hat, würde sie wohl kaum mit mir flirten, wenn sie vergeben wäre.

„Mit meinem Job. Und Sie?", antwortete sie und nimmt einen weiteren Schluck von ihrem Cocktail. Mein Blick wandert von ihren Augen zu ihren Lippen, die am Rand des Glases liegen und ich bemerke einen Salzkrümel, der an ihrer Unterlippe klebt. Ich fahre mir unwillkürlich mit der Zunge über die Lippen, als in mir der Wunsch aufsteigt, mich vorzubeugen und ihn abzulecken.

„Nein und ich habe es auch nicht vor", sage ich. Ich will niemals heiraten.

„Warum nicht?" Ihre Frage ist einfach, aber in ihrem Blick kann ich deutlich ihre Neugierde erkennen. Sie lehnt sich zurück, ihr Körper schmiegt sich fast an meinen Arm. *Fast.*

„Ich hatte ein ziemlich mieses Beispiel für eine Ehe in meiner Familie." Auch wenn meine beiden älteren Brüder ihr Glück gefunden haben, heißt das noch lange nicht, dass ich es auch finden werde. Ich fürchte mich davor, eine lebenslange Bindung einzugehen, weil ich den Scheißhaufen einer Beziehung meiner Eltern miterlebt habe.

„Das tun nicht viele Menschen. Nehmen wir zum Beispiel Jacob", sagt sie, dreht sich zu mir und streift dabei mit ihrem Bein an meinem entlang. Der Wunsch, ihre gebräunte Haut zu berühren und mit der Hand an ihren langen Beinen hinaufzufahren, ist fast übermächtig.

„Jacob?", frage ich und allein den Namen eines anderen Mannes von ihren Lippen zu hören, lässt mich den Kerl hassen. Meine Gedanken rasen, ich fühle mich trunken von ihr.

„Der verheiratete Pilot, mit dem meine Schwester eine Affäre hat", antwortet sie, wobei mein Blick zu ihren Lippen wandert. Sie fährt sich mit der Zunge über die Lippen, um das Salz abzulecken. Ich bin bereits so hart, dass es schwer ist, ruhig sitzenzubleiben.

„Was ist mit ihm?", dränge ich, fahre mir mit der Hand über den Mund und versuche, mich unter Kontrolle zu halten. Ich möchte, dass sie weiterredet, aber ... Gott, ich kann nur daran denken, wie es sich anfühlen würden, wenn sie ihre Beine um meine Schultern legt.

„Er verdient ein anständiges Gehalt, lebt in Connecticut hinter einem weißen Lattenzaun, fliegt um die Welt und spielt wahrscheinlich am Wochenende Golf", sagt sie, und greift nach ihrem Glas, um einen weiteren Schluck zu nehmen. Doch aus dem Schluck wird vor lauter Frustration ein langer Zug, der fast dazu führt, dass sie ihr Glas leert. Als sie es wieder absetzt, bemerke ich, dass sich ihre Brust ein wenig schneller hebt und senkt, was meine Aufmerksamkeit auf ihr Dekolleté lenkt.

Meine Finger zucken bei dem Wunsch, ihre nackten Schultern zu berühren und den Träger ihres Kleides von ihrem Körper zu schieben, um mehr von ihr zu sehen.

„Wahrscheinlich", stimme ich zu, als ich merke, dass ich zu lange mit meinen eigenen Gedanken beschäftigt war, als sie mich mit hochgezogenen Augenbraue ansieht. Oder hat sie mich dabei ertappt, wie ich ihren Körper betrachtet habe? Ich räuspere mich, und sie fährt fort.

„Aber was ist mit seiner Frau? Und warum verführt er meine Schwester, wenn er doch scheinbar ein perfektes Leben hat? Eine kluge, schöne Frau, die mindestens ein Jahrzehnt jünger ist als er." Sie fragt mich das, als ob ich für alle Männer sprechen könnte.

„Nun, mein Vater hat meine Mutter betrogen, und obwohl er starb, bevor wir eine Antwort auf diese Frage bekamen, kann ich nur Vermutungen anstellen", sage ich und leere meinen Whisky.

„Und was für Vermutungen?", fragt sie und schwenkt ihren Drink im Glas.

„Er bekommt zu Hause nicht das, was er braucht, also sucht er es bei deiner Schwester. Oder er und seine Frau haben eine offene Beziehung." Mein Vater mag ein betrügendes Arschloch gewesen sein, das sich durch die Betten einer Vielzahl von Frauen gefickt hat. Aber meine Mutter kann absolut unausstehlich sein, also kann man verstehen, dass er Ablenkung suchte.

„Hmmm, vielleicht. Was ist mit Ihnen? Haben Sie schon mal eine Freundin betrogen?" Ihr Blick bohrt sich in meinen, ihr Finger fährt leicht über den Rand ihres

Glases. Wieso wirkt diese Geste so verdammt sexy auf mich?

„Nie", antworte ich ehrlich.

„Wirklich?" Ihre Augen verengen sich, als ob sie mir nicht glauben würde.

„Ich hatte nie eine Freundin", stelle ich klar. Ich spiele zwar, aber ich binde mich nicht.

„Noch nie?", fragt sie verblüfft und beugt sich näher zu mir. Ihre Augen sind weit aufgerissen und ihre Lippen leicht gespalten. Ich würde diesen Ausdruck gerne sehen, während sie unter mir liegt.

„Noch nie", wiederhole ich und schüttle den Kopf. „Was ist mit Ihnen? Haben Sie einen Freund?", frage ich, obwohl mich die Antwort nicht wirklich interessiert. Sie wird heute Abend mir gehören, ob sie nun Single ist oder nicht.

„Verheiratet mit meinem Job, schon vergessen?", antwortet sie und streicht sich das Haar über die Schulter. Es ist eine Art Missachtung, als ob sie denkt, ich hätte ihr vorher nicht zugehört. Am liebsten würde ich ihr bei dieser Frechheit den Hintern versohlen.

„Das nimmt also Ihre ganze Zeit in Anspruch?", frage ich.

„Meistens. Manchmal vierundzwanzig sieben. Je nach Woche, gibt es mal mehr, mal etwas weniger Arbeit." Sie neigt ihren Kopf leicht von einer Seite auf die andere, als würde sie ihren Nacken dehnen, und als ich die zarte Haut an ihrem Hals betrachte, habe ich mir noch nie in meinem Leben mehr gewünscht, meinen Mund auf etwas zu legen. Diese Frau treibt mich noch in den Wahnsinn und weiß es nicht einmal.

„Und was machen Sie, wenn es mal weniger ist?", frage ich. Ein Schauer läuft mir über den Rücken, als sie sich näher zu mir beugt. Ihr Haar fällt nach vorn über eine Schulter, und ich hebe die Hand, um es zurückzustreichen. Ich kann sehen, wie sie erschaudert, als meine Fingerspitzen ihre Haut streifen, aber sie tut nichts, um mich aufzuhalten und lehnt sich auch nicht weg. Als sich unsere Blicke treffen, umspielt ein schüchternes Lächeln ihre hübschen Lippen.

„Die üblichen Dinge. Zeit mit meiner Schwester verbringen, Sport ...", sagt sie und wirft mir einen Blick zu, der mir alles sagt, was ich wissen muss. Dass wir uns verstehen.

„Was für Sport?", frage ich leise.

„Alles, was meinen Puls in die Höhe treiben kann." Und da ist es. Genau das, worauf ich gewartet habe. Seit ich sie berührt habe, haben sich unsere Blicke keinen Augenblick lang voneinander gelöst. Meine Hand liegt immer noch auf ihrem Rücken, mein Daumen zieht leichte Kreise darüber. Ein elektrisierendes Prickeln erfüllt die Luft, die Spannung ist so groß, dass man kaum atmen kann. Ich beschließe, mich darauf einzulassen und hoffe, dass sie das genauso sehr will wie ich. Dass ich nicht völlig wahnsinnig vor Lust bin.

„Wollen Sie woanders hin?", frage ich. Ich sehe, wie sie versucht, ein Lächeln zu unterdrücken, und sich auf die Unterlippe beißt.

„Was genau schwebt Ihnen vor?", fragt sie in einem verführerischen Tonfall. Sie leert ihr Glas und stellt es dann neben meines auf die Bar.

„Oh, eine Menge Dinge", stoße ich leise hervor und

lasse meine Finger von ihrem Rücken über ihre Schultern bis zu ihrem Nacken wandern. Ich massiere mit dem Daumen leicht ihren Nacken, aber mit so viel Druck, dass sie nicht nur unter meiner Berührung schmilzt, sondern auch den atemberaubendsten Laut von sich gibt, der direkt zu meinem Schwanz schießt. Ich will mehr davon.

„Wirklich? Nennen Sie mir ein Beispiel", schnurrt sie fast, sie senkt leicht die Lider, während ich meine Massage fortsetze. Ich lasse mir Zeit, sauge ihren Anblick in mich auf, und es entgeht mir nicht, wie sie ihre Schenkel zusammenpresst und ihre Pupillen sich unter meiner Berührung und dem Blick, den ich ihr zuwerfe, weiten.

„Nun, die Nacht ist noch jung, und ich habe oben ein Zimmer ...", sage ich direkt heraus und beuge mich weiter vor, sodass unsere Nasen sich beinahe berühren, und ich sehe, wie sich daraufhin ein Lächeln auf ihren Lippen bildet.

„Und was sollen wir dort tun?" Ich spüre, wie ihr Atem über meine Lippen streicht, und es kostet mich all meine Selbstbeherrschung, um meinen Mund nicht direkt auf ihren zu pressen. Gott, sie ist etwas Besonderes.

„Wir könnten zusammen etwas essen", schlage ich mit einem verschmitzten Lächeln vor. Sie stößt ein leichtes Lachen aus, setzt dann aber rasch wieder eine ernste Miene auf. Sie spielt dieses Spiel genauso gerne wie ich.

„Hmm, und was würden wir bestellen?", fragt sie leise. Meine Finger gleiten zur vorderen Seite ihres

Halses und ich lasse meinen Daumen über ihre Kehle gleiten, wo ich ihren rasenden Puls spüren kann.

Ich neige den Kopf, sodass sich meine Lippen ganz nah an ihrem Ohr befinden. „Als Vorspeise möchte ich, dass du diese herrlichen Beine um meine Schultern legst, damit ich deine Muschi lecken kann", beginne ich, wobei ich endlich das Sie beiseitelasse.

Sie keucht, ihre Hände wandern zu meinen Knien, als sie sich mir noch ein Stück weiter nähert. Das ist die einzige Ermutigung, die ich brauche, um weiterzumachen.

„Als Entrée möchte ich, dass du dich hinkniest und dann meinen Schwanz lutschst." Ihre Finger graben sich dabei in meine Oberschenkel und sie nickt, damit ich fortfahre. „Als Hauptgang ziehe ich dich dann auf meinen Schoß, um deine perfekten Titten in meinem Gesicht zu haben." Ich halte inne, als sich ein leises Stöhnen ihrer Kehle entringt, und fahre dann fort. „Normalerweise habe ich keine Lust auf Süßes, aber ich weiß, dass ich heute Abend mehr von dir brauchen werde, um mein Verlangen zu stillen. Wenn ich dich befriedigt habe, werde ich deinen perfekten Arsch streicheln, dich in die Dusche bringen und dort ficken, während ich dich wasche. Oder noch schmutziger mache. Das überlasse ich dir."

Ich ziehe mich ein wenig zurück und blicke ihr ins Gesicht, ihre Lippen befinden sich direkt vor meinen. Sie bleibt ruhig, ihr Gesichtsausdruck ist unleserlich. Ich ziehe eine Augenbraue hoch und frage mich, ob ich zu weit gegangen bin.

„Beantworte mir eine Frage", flüstert sie, und mir

entgeht nicht, wie ihre Hand meinen Oberschenkel hinauf wandert und so nahe an meinem steinharten Glied ruht, dass mir diesmal der Atem stockt. Ich beiße die Zähne zusammen und nicke stumm.

„Wird es einen Nachschlag geben?“

3

WILLOW

Kaum haben wir sein Zimmer erreicht, fallen wir übereinander her, als ob es unser letzter Tag auf Erden wäre. Die Fahrt mit dem Aufzug war mit so viel Spannung gefüllt, dass es ein Wunder ist, dass wir es überhaupt bis hierher geschafft haben. Ich dachte schon, ich würde unter der Intensität seines Blickes auf der Stelle kommen.

Als er mich gegen die Wand drückt, wölbt sich mein Rücken ihm augenblicklich entgegen. Sein Körper wirkt wie ein Magnet auf meinen, der sich verzweifelt nach seiner Berührung sehnt. Er stößt die Tür zu und nimmt mein Gesicht in seine Hände, als seine Lippen sich endlich auf meine legen. Wir verschlingen uns gegenseitig, während wir stöhnen und ächzen, als wären es unsere letzten Atemzüge. Wir sind ein Gewirr aus Zungen und Gliedern und bewegen uns in einem Tempo, wie ich es noch nie erlebt habe.

„Gott, dein Körper ist absolut perfekt", knurrt er, während seine Hände an jedem Zentimeter meines

Körpers entlangfahren. Sie erforschen meinen Körper auf und ab und lassen mich vor Verlangen brennen.

„Zieh dich aus", fordere ich atemlos, während ich darum kämpfe, seine Anzugsjacke von seinen Schultern zu bekommen. Er greift danach und zieht sie sich vom Körper, dann wirft er sie quer durch das Zimmer. Aber es ist nicht irgendein Zimmer. Es ist das Penthouse. Das beste Zimmer in diesem protzigen Hotel und größer als meine gesamte Wohnung. Aber ich sehe es mir nicht einmal an, sondern mache mich daran, meine Schuhe auszuziehen.

„Behalte sie an", unterbricht er mein Vorhaben, und ich lächle. Heilige Scheiße, er ist so gut aussehend. Sein Gesicht hat einen fast wilden Ausdruck angenommen, das Verlangen in seinen Augen ist so stark, dass meine Knie beinahe unter mir nachgeben.

Er macht einen Schritt auf mich zu und drückt seinen Körper an meinen, seine Lippen pressen sich wieder auf meine. Ich wimmere in seinen Mund, mein Körper scheint in seinen Händen zu Wachs zu werden, als er seine Erektion gegen mein Becken drückt. Gott, er ist riesig. Wie ist das nur möglich? Bis jetzt ist er eine perfekte Zehn. Gut aussehend, klug, männlich und kann eine Unterhaltung führen. Dies ist definitiv meine Glücksnacht.

Ich greife eifrig nach seinem Hemd und mache mich daran, es aufzuknöpfen. Ich will unbedingt seine nackte Haut berühren. Seine Hände lösen sich von meinen Hüften, um nach seinem Hemd zu greifen und es sich vom Körper zu reißen, sodass die Knöpfe durch den Raum fliegen.

Das ist mit Abstand das Schärfste, was ich je gesehen habe.

„Scheiße", flüstere ich, als ich den Anblick seines nackten Oberkörpers in mir aufnehme. Sein Körper gleicht einer griechischen Statue. Er ist einfach zu verdammt perfekt. Er lächelt und lässt mich wissen, dass er mich gehört hat, bevor er mich an sich zieht.

Sein Mund wandert von meinem Hals hinunter zu meinem Dekolleté und seine Hände umschließen meine Brüste. Seine Berührung ist anders als alles, was ich bisher erlebt habe. Sie ist so stark und sicher, aber sanft genug, dass ich mich nach mehr sehne. Hitze wallt in meinem Körper auf und mein Herz beginnt zu rasen. Ich kann nicht glauben, dass das gerade wirklich passiert. Meine Hände wandern über seine nackte Brust, zu seinem Hals, bevor ich sie in seinem Nacken verschränke, ich will ihn spüren. Plötzlich lässt sich dieser perfekte, halb nackte Mann vor mir auf die Knie sinken.

„Ich will dich unbedingt schmecken", murmelt er, während seine Hände langsam mein Kleid über meine Oberschenkel schieben, sodass er kurz davor steht, meine durchnässte Unterwäsche zu bemerken.

„Zeit für die Vorspeise?", hauche ich und führe unser kleines, neckisches Spiel fort. Ich habe mich noch nie in meinem Leben so sexy gefühlt wie in diesem Moment.

„Du hast verdammt tolle Beine", murmelt er, fährt mit seinen Händen meine Beine hinauf zu meinen Hüften und schiebt mein Kleid hoch. Er macht mir immer wieder Komplimente, und ich habe das Gefühl, dass ich eine außerkörperliche Erfahrung mache. Es fühlt sich alles zu gut an, und wir haben noch nicht einmal richtig angefangen.

„Das behalte ich." Er greift unter den Saum meines Spitzenhöschens und streift es mir so langsam von den Beinen, als ob ich zerbrechen würde. Und das werde ich vielleicht auch, wenn er dieses langsame Tempo beibehält.

„Die sind von La Perla ..." Ich bin mir nicht sicher, warum ich ihm sage, welche Unterwäschemarke ich nutze, vielleicht weil sie nicht billig genug waren, um sie zu verschenken, aber er grinst, als er sie einsteckt. Seine Hände legen sich wieder auf meine Beine und streicheln meine Haut, als könnte er nicht aufhören, mich zu berühren.

„Verdammt perfekt", brummt er, während sein Blick auf dem Teil von mir ruht, den er gerade wie ein Geschenk ausgepackt hat. Die Art, wie er mich ansieht, hat etwas unglaublich Intimes an sich, aber ich genieße es. Eine Gänsehaut der Vorfreude zieht sich über meinen Körper, als er eines meiner Beine ergreift, es anhebt und über seine Schulter legt, und ich lehne mich an die Wand, bereit für alles, was er mit mir machen will.

Wir haben den Raum kaum betreten. Wir befinden uns immer noch im Foyer seines Penthouses, und ich öffne mich ihm, einem völlig Fremden. Das ist so weit von meinem normalen Verhalten entfernt, dass ich genauso gut auf dem Mars sein könnte.

Er verteilt Küsse auf der Innenseite meines Oberschenkels und mein Atem beschleunigt sich. Eine seiner Hände hält meinen Oberschenkel umschlossen, bevor sie langsam zu meinem Hintern wandert und ihn fest umschließt, gerade als sein Mund meine Mitte erreicht.

„Ohhhh", stöhne ich bei der Berührung und drücke ihm meine Hüften entgegen, aber er hält mich fest. Es ist schon so lange her, dass mich ein Mann mit seinem Mund verwöhnt hat, dass ich fast vergessen habe, wie es sich anfühlt. Er stöhnt auf, als sich meine Finger in sein Haar schieben und ihn dort festhalten.

Wie eine Belohnung für meine Gier streicht seine Zunge über meine Öffnung und seine Lippen saugen an meiner Klitoris. Er saugt an mir, die Zunge schnellt wieder hervor und umspielt meine geschwollene Klitoris, bevor er über meinen Schlitz leckt, als ob er mehr von mir schmecken müsste. Er verlangsamt sein Vorgehen, lässt sich Zeit, genießt mich, als wäre ich die beste Mahlzeit, die er je hatte. Aber beim Klang meines Wimmerns und Stöhnens erwidert er mein Vergnügen mit einem Stöhnen und verdoppelt seine Bemühungen, als müsste er mich ganz verschlingen.

„Du bist so verdammt köstlich und feucht." Seine Stimme jagt eine exquisite Vibration durch mein Geschlecht, wobei er keinen Moment lang seinen Mund von mir nimmt, als er gleich wieder nach mehr verlangt.

„Oh Gott." Ich keuche bei seinen Worten. „Jaa, genauso. Bitte hör nicht auf." Ich beiße mir auf die Lippe und meine Hüften beginnen gegen sein Gesicht zu wippen. Mein Kopf sackt gegen die Wand und ich schließe genießend die Augen.

Mein Griff in sein Haar wird fester. Hitze breitet sich in mir aus und ich beginne zu schwitzen, als er sich ganz zwischen meinen Beinen vergräbt. Als ich an mir herunterschaue, stelle ich fest, dass ich bis auf mein Höschen noch vollständig angezogen bin, und aus irgendeinem Grund macht mich das noch mehr an. Wie wir es nicht einmal abwarten konnten, uns vorher gegenseitig auszuziehen. Ihm dabei zuzusehen, wie er mich bearbeitet, ist das Geilste, was ich je gesehen habe. Er ist so vertieft in die Sache, die Augen geschlossen, die Nase an mich gepresst.

Ich kann das Stöhnen, das meinen Lippen entweicht, nicht zurückhalten. Er öffnet die Augen, blickt zu mir auf und lächelt, als er meinen Gesichtsausdruck sieht. Obwohl ich nur das Anheben seiner Wangen und das Funkeln in seinen Augen sehen kann, bietet er einen sündhaften Anblick. Ich kann nicht glauben, dass ich fast in mein Zimmer zurückgekehrt wäre, um ein Bad zu nehmen und ein Glas Wein zu trinken, anstatt das hier zu tun.

Seine Augen sind immer noch auf meine gerichtet, während seine andere Hand an der Innenseite meines Oberschenkels hinaufgleitet, bevor ich spüre, wie er einen Finger in mich schiebt, und ich fast auf der Stelle komme.

Ich stöhne und keuche wie ein Pornostar, während er seinen Finger in mich gleiten lässt und wieder herauszieht und bei jedem Durchgang diese magische kleine Stelle in mir streift. Sein Mund behält seinen unerbittlichen Rhythmus bei, und sein Griff um meinen Arsch wird so fest, dass ich fast sicher bin, dass er blaue Flecken hinterlassen wird. Dennoch kann ich von all dem nicht genug bekommen.

„Nicht aufhören", rufe ich und spüre, wie sich meine Muskeln anspannen, bevor ich mit einem Schrei loslasse.

Der Orgasmus, der mich überkommt, ist so intensiv, dass sich jeder Muskel in meinem Körper fast schmerzhaft anspannt. Er lässt nicht locker, während Wellen der Euphorie durch meinen Körper schießen, meine Glieder beginnen zu zittern und mein Atem beschleunigt sich. Als die Wellen der Lust langsam abebben, atme ich so heftig, als wäre ich einen Marathon gelaufen, und versuche, meinen Geist wieder auf das Hier und Jetzt zu fokussieren. Er drückt einen letzten Kuss auf meine Klitoris, aber ich kann mich nicht einmal bewegen oder auch nur einen klaren Gedanken fassen.

„Das war ...", stoße ich aus, bevor ich mich im Raum umsehe, obwohl ich nichts wahrnehme. Ich schlucke und versuche, meine Lippen zu befeuchten und mich wieder zu konzentrieren.

„Nur die Vorspeise", murmelt er, während er sich aufrichtet, und mein Kleid noch höher zieht. „Es wird Zeit, dass du dich ausziehst. Ich will dich und deinen schönen Körper sehen, während ich dich ficke." Mein Kleid gleitet bis über meine Brüste und ich hebe meine Arme in die Luft, als er es mir auszieht.

Ich stehe da vor diesem Fremden, jetzt völlig nackt bis auf meine Schuhe. Ich bin kein Fan von One-Night-Stands. Tatsächlich ist dies erst mein zweiter. Ich sollte mich also in dieser Situation nicht wohl oder sicher fühlen, dennoch tue ich es. Ich fühle mich auch weiblich, sexy, begehrt und verehrt. Es ist lange her, dass ich eines dieser Gefühle hatte.

„Sieh dich an ...", murmelt er mit einem bewundernden Klang in der Stimme und weicht einen Schritt zurück, um mich besser sehen zu können, hält aber meine Hand fest. „Du bist atemberaubend", fügt er hinzu, während sein Blick an meinem Körper entlang und wieder nach oben wandert.

„Lass mich dich sehen", sage ich, während ich mich voller Selbstvertrauen, von dem ich nicht einmal wusste, dass ich es besitze, auf ihn zubewege und meine Finger auf seine Gürtelschnalle lege. Er bewegt sich nicht, ebenso wenig wie seine Augen, die sich keinen Augenblick lang von mir lösen. Ich öffne seine Gürtelschnalle und knöpfe seine Hose auf, bevor ich langsam den Reißverschluss herunterziehe. Die Hitze in seinem Blick ist unglaublich intensiv, und ich sehe, wie er hart schluckt, kurz bevor ich seine Hose herunterschiebe. Meine Hände gleiten an den Seiten seiner Boxershorts bis zu seinem Hintern entlang und ich schiebe auch sie langsam herunter. Sie bleiben an seinen Knöcheln hängen, bevor er sie wegkickt, und jeder Gedanke verschwindet aus meinem Kopf, als ich ihn sehe. Ich lasse meinen Blick an ihm entlanggleiten und komme zu dem Schluss, dass er ohne Zweifel der sexieste Mann ist, mit dem ich je zusammen war.

Wir kennen nicht einmal den Namen des anderen, dennoch stehen wir hier nackt voreinander. Aber ich spüre keine Nervosität, nur Erregung, dass dieser Mann mir diese Nacht gehört.

„Bist du bereit für die Vorspeise? Denn ich bin bereit, dich zu bedienen", sagt er und mein Blick wandert zu seinem prallen Schwanz.

„Es scheint, dass du es bist", antworte ich, während

mir das Wasser im Mund zusammenläuft und ich mich frage, wie ich seine gesamte Größe in mir aufnehmen soll. Langsam lasse ich mich vor ihm auf die Knie sinken, wobei er meine Hand fest umschlossen hält, damit ich nicht das Gleichgewicht verliere. Es ist gut zu wissen, dass dieser geheimnisvolle Mann auch ein Gentleman ist.

„Guten Appetit."

4

TENNYSON

Ich knirsche mit den Zähnen, als sie sich vor mir auf die Knie sinken lässt. Es war keine Lüge, als ich sagte, sie sei atemberaubend. Ihre üppige Figur ist perfekt. Sie hat runde, volle Brüste und einen prallen Arsch, den ich am liebsten rund um die Uhr berühren möchte. So viel hübsches Fleisch zum Anfassen, Streicheln und Versohlen. Ihr Körper verengt sich an der Taille, bevor er an ihren Hüften wieder breiter wird, wodurch sie die sinnlichste Sanduhrfigur hat, die ich je gesehen habe. Sie hat einen wundervoll weiblichen Körper, und ich liebe es.

„Mir gefällt der Anblick, wie du vor mir auf dem Boden kniest." Der Drang, diese Frau mit Lob zu überhäufen, wird immer stärker. Ich mag Sex. Ich mag eine Menge Sex. Und obwohl ich meistens eine angenehme Zeit mit meinen Bettgefährtinnen verbringe, gab es noch nie jemanden, der diese Art von innerem Bedürfnis in mir entfacht hat.

„Auf dem Rücken sehe ich besser aus", murmelt sie, und ihre funkelnden Augen blicken mich verschmitzt an, während ihre Hände neckisch meine Oberschenkel hinauf wandern, um meine Bauchmuskeln zu ertasten und dann wieder hinunter. Mein Inneres kribbelt, als mein Glied aufmerksamkeitsheischend zuckt. Ich balle meine Hand zur Faust und bohre meine Nägel in meine Handfläche, um sicher zu sein, dass ich diesen Moment auch wirklich erlebe. Es fühlt sich zu gut an, um echt zu sein.

Ich will sie auf dem Rücken haben, auf allen Vieren, in der Dusche, im Bett, überall und in jeder Stellung. Ich ergreife wieder ihre Hand, denn wenn ich es nicht tue, werde ich meine Selbstbeherrschung verlieren und sie nehmen, bevor ich bereit bin. Ich muss sie auf jede erdenkliche Weise genießen, bevor die Nacht vorbei ist.

„Ich will deinen hübschen Mund um meinen Schwanz." Ich bin so hart, dass es fast schmerzt. Sie blickt mit einem schüchternen Lächeln zu mir auf und beschließt, statt Worten Taten folgen zu lassen, als sie sich vorbeugt und mit ihrer Zunge meinen Schwanz vom Ansatz bis zur Spitze erkundet. Sie stöhnt auf, als mein Lusttropfen ihre Zunge berührt, und wiederholt das Ganze, um noch einmal zu kosten.

„Heilige ...", murmle ich und mein Schwanz pulsiert bei der Berührung. Ich lasse meinen Kopf nach hinten sinken, und schaue an die Decke des Raumes und bete, dass ich nicht zu schnell komme.

Ich spüre, wie ihre andere Hand an der Rückseite meines Oberschenkels hinaufgleitet, während sich ihre

Lippen bewegen und mich ein wenig tiefer in ihrem Mund aufnehmen. Sie saugt sanft an meiner Spitze, bevor sie ihre Zunge wieder um mich herumwirbelt. Sie wiederholt diese kleine Aktion und reizt mich weiter. Und jedes Mal nimmt sie mich ein wenig weiter in ihren Mund.

„Das fühlt sich verdammt gut an." Ich starre an die Decke, will sie noch nicht ansehen, denn ich bin so kurz davor zu kommen, dass es ein Verbrechen wäre. Schon der Gedanke an ihre rosigen Lippen, wie sie sich um meinen Schwanz legen, lässt mich beinahe kommen.

Ihre freie Hand wandert zu meinem Hintern, und hält mich fest, während sie mich langsam ganz in sich aufnimmt, bis meine Eichel gegen den hinteren Bereich ihrer Kehle stößt. Mein Kopf sinkt nach vorn, während ich bei diesem Gefühl nach Luft schnappe. Als ich sie zum ersten Mal sah, wusste ich, dass ihre Lippen mir ein unglaubliches Gefühl bescheren würden, und ich lag mit meiner Vermutung richtig.

Als ich sie ansehe, komme ich fast auf der Stelle. Ihr Haar ist dunkel und glänzend, es fällt über ihre Schultern und bedeckt teilweise ihre Brüste, während sich ihr Kopf vor und zurückbewegt. Sie schlingt einen Arm um meinen Hintern, um mich näher an sich heranzuziehen, mit der freien Hand hält sie noch immer meine, sodass unsere Finger ineinander verschränkt an meiner Seite liegen, keiner von uns will den anderen loslassen. Ihre Lippen – voll, rosig und glänzend – gleiten an meinem Schwanz auf und ab, und ich beiße mir bei diesem Anblick auf die Lippe. Dieser Anblick ist spektakulär.

„Oh Gott, ich kann mich nicht länger zurückhalten.

Deine Lippen fühlen sich einfach zu gut an." Ich stöhne, lang und laut, und beobachte jede ihrer Bewegungen. Ich habe in meinem Leben schon viele Blowjobs bekommen, aber ich kann mich nicht an einen erinnern, der so gut war wie dieser. Ich brauche ihr nicht einmal zu sagen, wie ich es mag; sie scheint es instinktiv zu wissen.

Dann bewege ich meine freie Hand, um sie zu berühren, und vergrabe meine Finger an ihrem Hinterkopf. Ihr Haar ist weich, genau wie es aussieht, und ich greife fest danach, ziehe daran, damit sie weiß, wie sehr ich das will. Wie sehr ich *sie* will. Ihr Blick wandert zu mir hoch, und ich beiße mir diesmal so fest auf die Lippe, dass sie wahrscheinlich bluten wird. Das Verlangen, das in ihren Augen glüht, ist offensichtlich. Als meine Aufmerksamkeit nach unten wandert, kann ich ihre vor Erregung verhärteten Brustwarzen sehen. Ich kann es kaum erwarten, sie in meinem Mund zu haben.

„Ich werde kommen. Scheiße, ich werde so hart in deinem perfekten Mund kommen", stoße ich hervor, spüre, wie sich meine Eier zusammenziehen, meine Muskeln spannen sich an, als ich versuche, noch ein wenig länger durchzuhalten. Meine Hüften stoßen vor, sie stöhnt, unsere Hände umklammern einander fester.

„Wirst du mich nehmen? Wirst du alles nehmen, was ich dir gebe?", frage ich, fast keuchend. Wenn sie es nicht tut, muss ich mich jetzt zurückziehen.

„Mm-hmmm", antwortet sie mit einem Stöhnen, ihre Hand auf meinem Hintern packt mich fester und hinterlässt zweifellos Abdrücke von ihren Nägeln. Sie lässt meinen Schwanz noch tiefer in ihren Mund eindringen, sodass ich fast Sterne sehe.

„Gutes Mädchen. So ein verdammt gutes Mädchen. Jesus, ich komme. Ich komme so verdammt hart", knurre ich, während ich in ihren Mund stoße und fester in ihr Haar greife. Ich brülle in den Raum, während ich meinen Samen mit einer Kraft in sie pumpe, wie ich es nicht für möglich gehalten habe. Sie nimmt alles auf, saugt dann an mir, während sich meine stoßenden Bewegungen verlangsamen. Ich spüre, wie sich meine Schultern leicht senken, aber meine Augen bleiben auf sie gerichtet. Ich beobachte, wie sie schluckt, während sich ihre Lippen von meinem Schwanz lösen. Ich halte ihre Hand noch immer fest umschlossen, ihre Lippen sehen etwas roter und geschwollener aus als zuvor, und etwas von ihrem Lippen-stift färbt jetzt den Ansatz meines Schwanzes. Mein Blick bleibt an ihrem haften, und als sie sich wieder auf ihre Fersen setzt, macht sie diesen Moment noch besser.

Sie lächelt verdammt noch mal.

„Es gefällt mir, deinen Schwanz lutschen zu können", sagt sie verspielt, und ich sehe, wie sich ihre perfekten Brüste heben und senken, während sie tief einatmet.

„Gut, denn ich habe noch längst nicht genug von dir", knurre ich, während ich sie hochziehe, bevor ich ihren Hintern packe und sie auf mich hebe. Sie lacht daraufhin auf, ein sorgloses, entspanntes Lachen, das mich wie einen Idioten grinsen lässt. Sie schlingt ihre Beine um mich, ihr warmes, feuchtes Inneres drückt jetzt gegen meinen Bauch, und ich bringe uns ins Bad, wobei ich mich so leicht fühle wie seit Jahren nicht mehr. „Lass uns duschen, denn ich will dich wieder schmutzig machen. Ich will die Nacht damit verbringen, dich kommen zu

lassen, und du wirst nicht nur einen Nachschlag bekommen, sondern Gott, Frau, wir werden auch einen Mitter-
nachtssnack und ein komplettes Frühstücksbuffet
haben."

„Hmmm ... das hört sich gut an", haucht sie und
vergräbt ihr Gesicht in meiner Halsbeuge, und ich spüre
ihre Zunge und Lippen an meiner Haut, sodass mir ein
wohliger Schauer über den Rücken läuft. „Oh, aber ich
habe eine Bitte", sagt sie, als wir das Badezimmer erreichen, und ich stelle das heiße Wasser an, sodass der
Dampf sofort den Raum einhüllt.

„Die da wäre?", frage ich, denn ich weiß, dass ich ihr
ohne weiteres alles geben würde, was sie verlangt.

„Keine Namen. Nur eine Nacht. Mein Leben ist voll,
und ich brauche keine Verpflichtungen." Sie klingt fast
schüchtern, während sie das sagt, aber sie ist immer noch
selbstbewusst in ihrer Darbietung, und die Mischung ist
irgendwie unglaublich attraktiv.

„Ich werde dich so hart ficken, dass du dich nicht
einmal mehr an deinen eigenen Namen erinnern wirst,
Schätzchen." Ich grinse sie an, als sie ihren Kopf hebt,
um mir in die Augen zu sehen. Sie ist absolut perfekt,
und heute Nacht gehört sie ganz mir. Und ich werde alles
nehmen, was sie mir geben will.

Als wir unter die Dusche steigen, bleiben unsere
Hände ineinander verschränkt und unsere Blicke aneinander haften.

Wir verbringen die Nacht mit unseren Körpern im
Einklang, mit brennender Hitze und Lust bei jeder
Berührung. Das Gefühl, das ich bei ihr hatte, war lebens-

verändernd, überwältigend. Es weckte in mir ein Verlangen nach mehr, noch bevor wir fertig waren.

Und das machte die kalte Stelle neben mir nur noch unerträglicher, als ich am Morgen allein aufwachte. Sie war gegangen, ohne sich zu verabschieden, und zum ersten Mal überhaupt gefiel mir das nicht. Kein bisschen.

5

WILLOW – SECHS MONATE SPÄTER

Das schwarz-weiße Kätzchen starrt mich mit traurigen blauen Augen durch das Glasfenster an meiner Hintertür an. Es ist klein, hat ein niedliches Gesicht und struppiges Haar und sieht ein wenig mitgenommen aus. Es weiß, was es tut. Es hat letzte Nacht dasselbe getan. Wir wissen beide, wie das enden wird.

„Willow. Du bist die Beste in dem, was du tust, und da Harrison in Zukunft eine größere Rolle spielen wird, müssen wir wirklich dafür sorgen, dass alle, die ihn umgeben, eine gute Präsenz, eine starke Führung und Verlässlichkeit haben", sagt meine langjährige Freundin Beth am Telefon. Wir haben uns vor Jahren bei der Arbeit kennengelernt und sind über die Jahre hinweg in Kontakt geblieben, obwohl ich sie schon lange nicht mehr gesehen habe, da sie jetzt, wo sie die First Lady von Maryland ist, so viel zu tun hat.

„Bist du nun um Tennyson Rothschild besorgt oder um den Ruf deines Gouverneurs?", frage ich Beth unverblümt, während ich in meinem Küchenschrank nachsehe, ob ich noch das Katzentrockenfutter habe, das ich letzten Monat gekauft habe. Wenn Beth meine Hilfe will, dann muss ich wirklich wissen, worum genau es geht.

„Ich liebe meinen Bruder. Aber ich will ehrlich sein und sagen, dass wir uns ein wenig Sorgen um ihn machen", antwortet Harrison an ihrer statt, und obwohl es schon spät ist, stelle ich mir vor, wie er und Beth immer noch in seinem Büro sitzen und ich auf Lautsprecher gestellt bin.

„Wenn Sie eines Tages Präsident werden wollen, muss Ihre ganze Familie Sie unterstützen und sich der Kontrolle bewusst sein, die mit einem solchen Amt verbunden ist. Meiner Erfahrung nach werden Stimmen oft nicht nur durch das Verhalten der Kandidaten gewonnen oder verloren, sondern auch durch das ihrer Familien. Erzählen Sie mir mehr von Ihrem Bruder."

Meine Hand landet auf der Packung Katzenfutter im hinteren Teil des Schranks. Ich gebe eine kleine Menge in eine Plastikschüssel, die ich für diese Gelegenheit reserviert habe. Dies ist nicht die erste streunende Katze, die auf meiner Veranda sitzt. Langsam frage ich mich, ob alle Streuner in der Nachbarschaft kleine Katzentreffen im örtlichen Park abhalten, um darüber zu diskutieren, in welchem Haus das beste Futter zu finden ist.

Harrison räuspert sich. „Tennyson ist klug, erfolgreich und der Drittälteste in unserer Familie. Er ist der Geschäftsführer von *Rothschild Construction*, unserer Baufirma. Er und sein Team sind für viele der Geschäftsgebäude in Baltimore verantwortlich, zudem leitet er unsere internationalen Projekte und arbeitet derzeit an einigen Bauprojekten in Asien und anderen Regionen." Harrison gibt mir einen kurzen Überblick über den Mann, über den ich absolut nichts weiß.

„Und wo genau liegt das Problem?" Ich nehme alles für bare Münze, und bis jetzt scheint Tennyson ein guter Fang zu sein. Aber jeder hat ein paar Leichen im Keller. Einige sind nur besser darin, sie zu verstecken als andere.

„Er ist ... irgendwie ..." Harrison scheint nach den richtigen Worten zu suchen, und ich bleibe an der Küchentheke stehe und warte.

„Er ist ein Partylöwe; die Paparazzi folgen ihm überallhin, weil sie wissen, dass er ihnen eine gute Story liefern wird. Und die sind leider nicht immer positiv. Er liebt die Frauen und gibt zu viel Geld aus, aber für uns ist es nötig, dass er und sein Ruf, etwas ... konservativer werden", sagt Beth und gibt mir einen weiteren Einblick in das Rätsel Tennyson Rothschild.

„Schwarzes Schaf?", frage ich, während ich die kleine Schüssel nehme und zur Hintertür gehe. Das Kätzchen sitzt noch immer dort, sein Schwänzchen zuckt leicht, während es sein Futter erwartet. Ich öffne die Tür langsam, um es nicht zu erschrecken, und schiebe die Schüssel vor das Kätzchen, bevor ich die Tür langsam wieder schließe. Ich glaube, ich werde sie Betty nennen.

„Schwarzes was?", fragt Harrison und klingt dabei fast beleidigt.

„Ist er das schwarze Schaf der Familie? Sie wissen schon, die perfekte Familie, die perfekten Brüder, und doch ist er derjenige, der immer Probleme zu haben scheint, der sein Leben nicht so geordnet führt, wie die anderen?" Ich habe schon oft mit diesem Typ Mann gearbeitet. Meine Karriere im Bereich Kommunikation und Markenmanagement hat sich im Laufe der Jahre verändert, aber jetzt bin ich in den sehr nischenhaften Bereich des Reputationsmanagements geraten. Ich bin mir nicht einmal sicher, wie das passiert ist. In der einen Minute habe ich Werbung für den gemeinnützigen Sektor gemacht, in dem ich allerdings unterbezahlt und unterbewertet war. Nicht, dass mich das gestört hätte, denn es war mein Bestreben, Menschen zu helfen. In der nächsten Minute steckte ich knietief in dem Versuch, den Chef einer Wohltätigkeitsorganisation aus der Patsche zu helfen, und er kam relativ unbeschadet aus der Sache heraus. Das war die Geburtsstunde meiner neuen Arbeitsausrichtung, und seitdem habe ich nicht mehr damit aufgehört. Es überrascht mich nicht, dass in der politischen Hauptstadt DC ein großer Bedarf an Reputationsmanagement besteht, und meine Kundenliste ist lang.

„Ja, ich denke schon … aber nicht immer. Ich meine, er war schon immer ein wenig kompliziert, vielleicht etwas hart und geheimnisvoll, aber in den letzten sechs Monaten oder so ist es noch schlimmer geworden", murmelt Beth, während ich mich an meinen Küchentisch setze und auf meinen Laptop tippe und beschließe, mich ein wenig darüber zu informieren, wer dieser Tennyson Rothschild eigentlich ist. Der Name Rothschild ist sehr bekannt, allerdings hauptsächlich in Baltimore. Hier in DC gibt es so viele politische Persönlichkeiten, dass ich es nicht nötig hatte, meine Arbeit auf andere Städte auszuweiten.

„Als er jünger war, haben wir immer ein Auge zugedrückt. Alle Jungen schlagen mal ein wenig über die Stränge, wenn sie Anfang zwanzig sind. Aber jetzt, wo er älter ist, blicken viele in der Gemeinde zu ihm auf, und meine Brüder und ich versuchen, mit ihm als Familie zusammenzuarbeiten, um ihm aus der sich verschlimmernden Routine herauszuhelfen, in der er sich befindet. Wir brauchen einfach jemanden mit Ihrem Fachwissen, um das, was er nach außen trägt, zu managen", erklärt Harrison, und ich kann seine Sorge und Frustration durch das Telefon hören. Es ist eine schwierige Situation, in der er sich befinde. Offensichtlich hat er eine zukünftige Präsidentschaftskampagne im Auge und weiß, dass wenn er eine Chance haben will, er keine Probleme, die auch noch nach außen durchdringen, in der Familie haben kann.

Als ein Bild von Tennyson Rothschild auf meinem Bildschirm erscheint und ich in diese Augen sehe, die ich nie vergessen habe, falle ich fast vom Stuhl. Er sieht noch genauso gut aus wie in meiner Erinnerung. Meine Hände beginne plötzlich zu zittern, und obwohl Beth spricht, nehme ich kein einziges Wort wahr. Seit jener Nacht in New York, in der ich die beste sexuelle Erfahrung meines Lebens gemacht habe, sind Monate vergangen. Wir haben keine Namen ausgetauscht, keine persönlichen Details, aber wir haben uns alles gegeben. Diese Nacht hat sich so tief in meine Seele eingebrannt, dass ich noch immer von ihr träume, und nichts, was ich danach hatte, kann ihr das Wasser. Sogar jetzt, wo ich nur daran denke, wallt Hitze in mir auf.

Soll ich Beth sagen, dass ich ihn bereits kenne? Soll ich den Job ablehnen? Ich möchte sie nicht enttäuschen, und sie hat recht, ich bin ausgezeichnet in dem, was ich tue. Aber ich bin mir nicht sicher, ob ich in der Lage wäre, mit ihm zu arbeiten, nicht ohne ihn mir nackt oder wie ich mein Bein um seine Schulter schlinge, vorzustellen.

„Weiß er, dass ihr mit mir sprecht?", frage ich, denn wenn er es weiß, dann weiß er vielleicht schon, wer ich bin. Meine Gedanken laufen auf Hochtouren und ich weiß bislang nicht, ob ich den Job annehmen soll oder nicht. Die Zusammenarbeit mit der Familie eines potenziellen Präsidenten wäre großartig für das Geschäft. Aber kann ich professionell bleiben, wenn ich so eng mit diesem Mann zusammenarbeite, der jedes Versprechen, das er mir in dieser Nacht gegeben hat, erfüllt hat, einschließlich des Nachschlags?

„Nein", seufzt Harrison.

Laut der Bildunterschrift unter diesem Bild von Tennyson Rothschild, wurde es vor ein paar Monaten bei einer Wohltätigkeitsgala aufgenommen. Ich klicke zum nächsten Bild und dann zum nächsten, alles Paparazzi-Fotos, die ihn mit gesenktem Kopf zeigen, wie er entweder spätnachts aus einem Klub kommt, dicht gefolgt von einer modellähnlichen Frau, oder wie er am nächsten Morgen in denselben Klamotten aus dem *Four Seasons* Hotel kommt und in einen auffälligen roten Sportwagen steigt. Das sieht nicht gut aus, und mir dreht sich der Magen um.

„Er ist also oft mit verschiedenen Frauen zusammen?", frage ich und die plötzliche Verletzlichkeit in meiner Stimme gefällt mir überhaupt nicht.

„Jedes Wochenende", sagt Harrison, fast so, als wäre

er erschöpft von der Tatsache. Mein Magen zieht sich daraufhin zusammen. Das zwischen uns war nichts Besonderes. Für ihn war es nichts. Die eine Nacht, die ein unvergleichliches Feuer in mir entfacht hat, war wahrscheinlich nur eine weitere Kerbe an seinem Bettpfosten. Ich atme tief ein und versuche, mich zu beruhigen. Ich schaffe das. Ich bin ein Profi. Ich habe mit Politikern, Sportlern und internationalen Berühmtheiten gearbeitet. Ich muss nur die Erinnerungen beiseiteschieben und meinen Job machen. Es wird ganz einfach sein. Ich muss einfach nur meine Rüstung überstreifen. Es ist ja nicht so, dass wir uns gegenseitig unsterbliche Liebe erklärt hätten. Es war nur eine Nacht. Eine heiße Nacht voller Zungen und Schweiß und verschlungener Gliedmaßen. Aber ich kann es ignorieren. Ich kann meinen Job machen, und ich werde ihn gut machen.

„Wir hatten gehofft, du hättest dieses Wochenende Zeit. Wir haben am Sonntag einen Kindertag auf dem Anwesen von Harrisons Bruder, etwas außerhalb von Baltimore. Wir wollten dich dort vorstellen. Wir hatten gehofft, dass er mit Kindern in der Nähe offener für das sein würde, was seine Brüder sich vorstellen", bietet Beth an. Es ist klar, dass sie viel darüber nachgedacht haben.

Ich klicke mich durch ein Foto nach dem anderen. Jedes einzelne von ihnen zeigt ihn mit einer anderen Frau während der letzten Monaten. Das verfestigt meine Gedanken. Ich habe keinen Zweifel daran, dass Tennyson sich nicht einmal an mein Gesicht erinnern würde. Ich war nur eine von vielen. Er wird keine Ahnung haben, wer ich überhaupt bin. Aber ich muss es Beth sagen. Ich erwarte von meinen Klienten volle Offenheit, und die muss ich ihnen im Gegenzug auch geben.

„Lasst mich das alles zusammenfassen, um sicherzustellen, dass ich es richtig verstanden habe. Ihr macht euch Sorgen um Tennyson, sowohl um ihn persönlich als auch um die öffentliche Wahrnehmung seiner Person. Ihr möchtet, dass ich mit ihm zusammenarbeite, um sein Verhalten zu bereinigen, sodass er eine bessere Figur zu der Kandidatur für die Präsidentschaft macht, sollte sich diese in Zukunft ergeben. Zum jetzigen Zeitpunkt weiß er noch nichts davon, er wird höchstwahrscheinlich nicht viel davon halten, und ihr wollt, dass ich am Wochenende da bin, um ihn zu treffen und alle Fragen zu beantworten, die er zu diesem Prozess haben könnte? Ist das eine gute Zusammenfassung?" Es ist nicht mein erstes Rodeo, aber Familienzusammenführungen laufen normalerweise nicht gut, und obwohl Harrison ein toller Kerl ist, weiß ich nichts in Bezug auf seine Brüder. Ich denke bereits über all die Nachforschungen nach, die ich in Vorbereitung auf das Wochenende anstellen muss.

„Ja, das fasst es ziemlich gut zusammen." Harrison scheint mit meiner Zusammenfassung zufrieden zu sein. Ich atme tief durch und bereite mich auf den schwierigen Teil vor.

„Ich sage ganz offen, dass ich ihn schon einmal getroffen habe." Obwohl ich versuche, subtil zu sein, weiß ich, dass mich mein Tonfall verrät.

„Scheiße", höre ich Harrison fluchen.

„Es ist über sechs Monate her, und ich bin sicher, dass er sich bei seinem Lebenswandel nicht einmal mehr daran erinnern wird, aber ich wollte euch beiden gegenüber offen sein. Ich bin gerne bereit, diesen Fall zu übernehmen, und ich werde dafür sorgen, dass alles professionell verläuft."

„Wir wollten die Beste, und du, Willow, bist hervorragend in solchen Dingen. Wir wissen, dass du die richtige Person dafür bist, und ich hoffe, du hast noch Platz in deinem Terminkalender, um das zu übernehmen?", fragt Beth, ohne näher auf die Sache einzugehen. Ein kleines Lächeln bildet sich auf meinen Lippen und ich spüre ein warmes Gefühl des Stolzes bei ihren Worten. Beth kennt mich gut genug, um zu wissen, dass ich den Job für sie erledigen und Tennyson zu dem Goldjungen machen werde, den sie brauchen.

„Beth, natürlich werde ich dieses Wochenende dort sein. Lass mir einfach die Uhrzeit und die Adresse zukommen. Und keine Sorge, wir kriegen das schon hin und machen aus Tennyson im Handumdrehen ein Vorzeigekind", sage ich und lächle, als mich Tennyson Rothschilds dunkle, grüblerische Augen von meinem Laptop-Bildschirm aus anblicken. Sie sind tief, und in seinem Gesicht spiegeln sich Emotionen, die ich noch nicht entschlüsseln kann. Ich habe das Gefühl, dass dies mein bisher schwierigster Fall sein wird.

Aber ich liebe Herausforderungen, und so wie es auf diesen Fotos aussieht, ist Tennyson genau das.

6

———

TENNYSON

Bin ich tot?

Das ist der erste Gedanke, den ich habe, als ich den pochenden Schmerz in meinem Kopf spüre, der meinen Nacken hinunterschwingt, bevor er sich an der vertrauten Stelle auf meinen Schultern niederlässt. Ich reiße die Augen auf und schaue mich im Zimmer um. Es ist verwüstet, leere Champagnerflaschen und Klamotten liegen überall herum, zusammen mit den Resten einer spätabendlichen Pizza, an deren Bestellung oder Verzehr ich mich nicht erinnern kann.

Ich versuche zu schlucken, aber mein Mund ist viel zu trocken. Ich brauche Wasser.

Ding.

Das Klingeln meines Handys jagt eine weitere Schmerzenswelle durch meinen Kopf. Stöhnend drehe ich mich um und ignoriere es. Die Bettwäsche ist ein einziges Chaos, und als ich mich ein wenig im Zimmer umsehe, entdecke ich einen roten Spitzen-BH, der über dem Sessel in der Ecke drapiert ist.

Ding.

Ich presse meine Handflächen an die Augen und hoffe, dass derjenige, der versucht, mit mir Kontakt aufzunehmen, aufgibt und mich in Ruhe lässt. Das Pochen in meinem Kopf wird stärker, als ich mich bewege, und die Trägheit lässt meine Glieder schwer erscheinen.

Ding.

„Alles klar, Arschloch", sage ich laut zu niemandem. Zu nichts. Mein Körper schmerzt und das auf eine ziemlich unschöne Art. Ich bin müde. Die Erschöpfung sitzt mir tief in den Knochen. Ich habe seit Monaten nicht mehr gut geschlafen; das Einzige, was mich durchhalten lässt, sind Whisky und Frauen, und selbst dann bin ich froh, wenn ich überhaupt ein paar Stunden Schlaf bekomme.

Als ich mich aufsetze, höre ich eine Dusche laufen und sehe einen kleinen Lichtschein durch die angelehnte Badezimmertür fallen. Nicht zum ersten Mal in meinem Leben habe ich keine Ahnung, wer zum Teufel da drin ist. Ich blinzle unter dem Sonnenlicht, das durch den Spalt in den geschlossenen Vorhängen an der gegenüberliegenden Wand scheint, und das Pochen in meinem Schädel wird noch schlimmer. Ich fahre mir mit der Hand übers Gesicht, während mein Blick auf den Nachttisch fällt, wo mich das Logo des *Four Seasons* anstarrt. Wenigstens weiß ich jetzt, wo ich bin. Ich schnappe mir mein Handy vom Nachttisch und kneife die Augen zusammen, als ich auf das helle Display starre, um zu sehen, wie spät es ist. Elf Uhr morgens.

„Scheiße", murmle ich, während ich mir wieder die

Augen reibe und versuche, etwas Leben in meinen Körper zu bekommen. Ich habe einen Haufen Nachrichten von meinen Brüdern, die mich alle fragen, wo ich bin, und während ich dabei bin, eine Antwort zu tippen, ruft Ben an.

„Hey", stöhne ich ins Telefon, während ich meinen Kopf auf der Hand abstütze und wünschte, ich würde noch schlafen.

„Wo bist du?", fragt er, und ich kann an seinem Tonfall erkennen, dass er sauer ist.

„Im Bett. Warum?", frage ich und versuche mich zu erinnern, welcher Tag heute ist.

„Warum?! Du solltest hier bei den Kindern sein. Schwing deinen Arsch hoch und komm *sofort* her", sagt er schroff, bevor er auflegt.

„Ich liebe dich auch, Benny Boy", murmle ich und fühle mich jetzt aus einem ganz anderen Grund beschissen. Meine Brüder zu enttäuschen, ist das Einzige, was ich nicht gerne tue. Und ich scheine es in letzter Zeit immer öfter zu tun. Das und einen Kater haben. Ich kann mich nicht erinnern, wann ich das letzte Mal ohne einen solchen aufgewacht bin.

Nein, das ist nicht richtig. Ich weiß es. Es war vor sechs Monaten, zwei Wochen, einem Tag und ungefähr dreiundzwanzig Stunden. Dieser mysteriöse One-Night-Stand verfolgt mich immer noch. Ich reibe mir erneut die Augen. Diese Erinnerungen sind es nicht wert, noch einmal durchlebt zu werden, zumal ich an jenem Morgen allein aufwachte. Das war das erste Mal für mich. Ich strecke mich leicht und denke an den bevorstehenden Tag. Die verdammten Kinder. Die Schulkinder, die Ben und seine Freundin Em betreuen. Die Schule, die wir Jungs jetzt alle auf die eine oder andere Weise unterstützen. Ich muss ehrlich zugeben, dass es verdammt coole Kinder sind. Es macht immer Spaß, mit ihnen auf dem Anwesen zu sein. Aber im Moment habe ich das Gefühl, ich könnte tagelang schlafen.

Ich stehe auf und fasse mir dabei an den Kopf. Kühle Luft trifft auf meine Haut, und ich schaue auf meinen nackten Körper hinunter und frage mich, was zum Teufel ich letzte Nacht angestellt habe. Es dauert allerdings nicht lange, bis es mir wieder einfällt, als ich zwei zerrissene Kondompäckchen auf dem Teppich entdecke. Wenigstens habe ich daran gedacht, zu verhüten. Das Wasser in der Dusche wird abgestellt, sodass ich nach meiner Hose greife und sie schnell anziehe, wobei ich das Schwindelgefühl ignoriere, und gerade, als ich mein Hemd anziehe, öffnet sich die Badezimmertür.

„Oh, du bist wach?", säuselt die weibliche Stimme. Eigentlich sollte sie mich dazu bringen, mich wieder auszuziehen und sie noch einmal nehmen zu wollen, aber das tut sie nicht. Es hat den gegenteiligen Effekt.

„Morgen", ist alles, was ich sage, und ich erschaudere ein wenig über die Schroffheit, in meiner Stimme. Ich habe keine Ahnung, wer sie ist, obwohl ich mir sicher bin, dass diese Frau letzte Nacht vor Lust geschrien hat. Ich sehe auf und sehe Kim oder Kerry ... vielleicht Kaylee an, als ihr Blick über meinen Körper streift. *Ich glaube, sie ist von außerhalb der Stadt.*

„Ich wollte dich nicht wecken. Eigentlich, nein, das ist eine Lüge, ich wollte dich wecken, aber ich dachte, ich könnte das mit meinem Mund tun." Sie schlendert nackt auf mich zu, was sicher ihre Art ist, verführerisch wirken zu wollen. Sie ist ein hübsches Mädchen, nur nicht die Frau, die ich will. Jede Frau seit jener Nacht war ein Platzhalter, um mich vergessen zu lassen ... nicht, dass es funktioniert hätte.

„Kein Morgensex für mich, Schätzchen. Ich muss gehen." Ich versuche, meinen Tonfall zu mäßigen. Ich will kein totales Arschloch sein, auch wenn ich mich nicht an ihren Namen erinnern kann.

„So schnell? Aber wir hatten so viel Spaß zusammen ..."

„Danke für die tolle Nacht. Ich hole dein Telefon", sage ich, während ich zu dem Ort gehe, an dem der Safe steht. Das ist mein Standardverhalten. Sobald ich mit einer Frau allein bin, frage ich nach ihrem Handy und schließe es im Safe weg. Auf diese Weise können sie keine Nacktfotos von mir machen, während ich sturzbetrunken bin, um sie an die nächste Klatschseite zu verkaufen. Ich mag ein Arschloch sein, das eine Frau nach der anderen in sein Bett holt, aber ich habe gelernt, das Spiel ein wenig klüger zu spielen, als ich es früher getan habe. Meine Brüder, da bin ich mir sicher, sind alle erleichtert.

„Du hast doch nicht wirklich geglaubt, dass ich Fotos machen würde, oder?", fragt sie, als ich ihr Handy überreiche und mein eigenes einstecke.

„Danke für die Nacht", sage ich einfach nur, gebe ihr einen Kuss auf die Wange und gehe zur Tür.

„Ich bin bis Mittwoch in der Stadt. Ruf mich an, wenn du mich wiedersehen willst!" Als sie diesmal spricht, bemerke ich ihren leichten Akzent. Ich glaube, sie kommt aus Kentucky. Ich schenke ihr ein Lächeln und ein unverbindliches Nicken, bevor ich durch die Tür gehe und sie fest hinter mir schließe.

Denn auch wenn ich viel ficke, ficke ich nie zweimal dasselbe Mädchen.

WILLOW

Kinderlachen erfüllt die Luft, während sie rennen und spielen. Meine Nerven liegen blank, und mein Herz schlägt heftig vor lauter Ungewissheit in meiner Brust. Ich habe keine Ahnung, was passieren wird, sobald ich auf Tennyson treffe; ich hoffe nur, dass ich eine professionelle Miene beibehalten und mich auf die Arbeit konzentrieren kann, ohne an die Nacht zurückzudenken, die wir hatten ... auch wenn ich in den vergangenen Tage fast ausschließlich daran gedacht habe. Ich schaue mich auf diesem Anwesen um. Ich war zwar schon in vielen schönen Häusern in und um DC, aber ich befinde mich in dem vielleicht größten und luxuriösesten Anwesen an der gesamten Ostküste.

„Hast du die Badezimmer in diesem Haus gesehen? Ich könnte in der Badewanne schwimmen", sagt Josh neben mir. Mein bester Freund, auch wenn er erst zwölf ist.

„Ich habe dich nicht zum Schwimmen hergebracht,

also halte dich von den Badezimmern fern", murmle ich, während ich hinter meiner Sonnenbrille alles und jeden betrachte.

„Und weshalb bin ich dann hier?", fragt er, und ich sehe ihn an, als sei er verrückt. Genau wie Betty, das Kätzchen, ist Josh vor ein paar Jahren vor meiner Haustür aufgetaucht und ist seither nicht wieder gegangen. Er ist mein Nachbar und seine Mutter arbeitet viele Schichten im örtlichen Krankenhaus, also passe ich normalerweise auf ihn auf, wann immer ich kann, um ihr zu helfen. Da ich von zu Hause aus arbeite und kein nennenswertes Privatleben habe, ist das oft der Fall.

„Jemand muss auf dich aufpassen. Außerdem dachte ich, dass es dir hier gefallen würde." Ich deute mit einer Hand auf die Extravaganz, die uns umgibt. Es gibt einen Streichelzoo, Gesichtsbemalung, Luftballontiere und sogar diese lächerlichen *Segways*, mit denen die Kinder durch die Gegend fahren.

„Wenigstens haben sie einen Fußballplatz", sagt Josh, während er seinen Fußball zwischen seinen Füßen, auf sein Knie und wieder zurückspringen lässt. Es ist zwar nicht gerade ein Fußballplatz, aber es ist die grünste und größte Rasenfläche, die ich je gesehen habe.

„Sei nur vorsichtig mit dem Ball. Ich möchte nicht, dass du etwas kaputt machst oder jemanden verletzt", warne ich ihn. Den Ball nimmt er überall mit hin und in seinem rechten Fuß liegt eine beeindruckende Kraft.

„Haben wir einen Auftrag?", flüstert er, als ob wir etwas Heimliches tun würden.

„Ich besuche nur einen Freund", antworte ich ausweichend, aber er ist ein kluger Junge. Er weiß es. Vor allem, weil er weiß, welche Arbeit ich mache, seit ich ihn dabei erwischt habe, wie er eines Tages vor etwa einem Jahr einen Blick in eine Akte geworfen hat, die ich in meinem Haus hatte. Die Arbeit, die ich mache, ist nichts für die Augen oder Ohren eines Kindes bestimmt, aber er ist viel reifer, als seine Jahre vermuten lassen.

„Ja, als ob du mit solchen Leuten herumhängen würdest", murmelt er und verdreht die Augen.

„Was soll das heißen?", frage ich ihn, leicht beleidigt.

„Du bist cool, Saide ist cool. Diese Leute sind ...", sagt er, während er die Erwachsenen im Garten mustert.

„Etepetete", sagt er, fest in seiner Einschätzung.

„Etepetete?", frage ich und gebe mir Mühe, nicht zu lachen. „Was soll das bedeuten?"

„Eingebildete Snobs."

„Nicht alle von ihnen sehen versnobt aus. Was ist mit der da drüben?" Ich zeige auf eine Frau, die sich mit den Kindern unterhält. Sie ist leger in Jeans und Bluse gekleidet, ihr Haar ist zurückgebunden, und ein breites Lächeln ziert ihr Gesicht. Ich erkenne sie aus meinen Recherchen. Sie heißt Emily Carr, ist Lehrerin und mit Benjamin Rothschild, dem Besitzer des Anwesens, auf dem ich mich heute befinde, verlobt.

„Sie scheint ganz okay zu sein. Aber schau mal da drüben." Er zeigt auf jemanden, und ich sehe unseren Gouverneur. Der Mann, der mich heute hierher eingeladen hat. Er trägt ein Hemd und eine Anzughose, und ich nehme an, dass er von einer Besprechung oder etwas anderem kommt, denn er ist nicht wirklich für einen Familientag gekleidet. Ich bemerke, dass er mich aus der Ferne betrachtet, zusammen mit den beiden anderen

Männer, die bei ihm stehen. Offensichtlich sprechen alle drei Rothschild-Männer darüber, wie sie den heutigen Tag in Angriff nehmen sollen. Ich schenke ihnen ein kleines, beruhigendes Lächeln und winke. Wir haben uns bereits kurz gegrüßt, aber ich bin sicher, dass es später noch viel zu besprechen geben wird. Überraschenderweise haben alle drei ihre Gesichter wie die Ninja Turtles bemalt und sehen zu gleichen Teilen lächerlich und irgendwie liebenswert aus.

„Was, du magst die Ninja Turtles nicht?", ziehe ich ihn auf, da er schon vor Jahren aus dem Alter, in dem er Zeichentrickfilme schaut, herausgewachsen ist. Josh schaut jetzt eher mit mir die BBC-Weltnachrichten als Kindersendungen.

„Pfft. Sie wissen nicht einmal, dass es vier Schildkröten sind, also ist ihr Versuch, mit aufgemalten Gesichtern cool zu sein, völlig unzureichend", sagt er mit einem gelangweilten Seufzer, bevor er wieder gegen den Fußball kickt und wir weiter auf die Kinder zugehen.

„Was ist mit ihm? Er sieht okay aus." Ich nicke in Richtung eines älteren Mannes, der den Kindern hilft. Beth hat ihn mir vorhin als George vorgestellt, der über Emily Carr mit den Rothschilds befreundet ist, und zufällig ist er auch der Direktor der Schule, deren Schüler heute hier sind, und genießt das Leben, das man als wohlhabender Mensch führt.

„Er sieht cool aus", gibt Josh achselzuckend zu. Er hat bereits das Interesse daran verloren, die Erwachsenen in irgendwelche Schubladen zu stecken, und seine Augen sind nun fest auf seinen Fußball gerichtet. Ich beobachte, wie er den Ball hin- und herspringen lässt, ihn von seinem Knie zu seinen Füßen und wieder zurückspielt. Er ist weit genug von den Leuten entfernt, um niemanden zu verletzen, aber ich weiß, dass er ihm am liebsten einen kräftigen Tritt verpassen würde.

„Hey, Willow", sagt eine Männerstimme hinter mir. Ich drehe mich um und sehe auf. Diese Rothschild-Männer sind im Vergleich zu mir so groß und breit, dass mein Nacken bereits leicht schmerzt, weil ich jedes Mal zu ihnen hochschauen muss.

„Gouverneur, oder sollte ich sagen, Donatello?" Ich versuche, nicht zu lachen, aber ich weiß, dass sich ein breites Lächeln auf meinen Lippen gebildet hat. Derjenige, der die Gesichter bemalt hat, hat wirklich gute Arbeit geleistet.

„Ja, nun, es ist für eine gute Sache. Wir versuchen unser Bestes, um zu helfen. Tennyson sollte bald hier sein. Haben Sie irgendwelche Fragen?", fragt er und wirkt ein wenig nervös, was meine eigene Nervosität noch weiter anstachelt. Ich habe keine Ahnung, was mich erwartet, aber wenn ich raten müsste, würde ich vermuten, dass es zu Geschrei und wahrscheinlich zu einer gewissen Feindseligkeit zwischen den Brüdern kommen wird. Erneut frage ich mich, ob er mich wiedererkennen wird, sobald er mich sieht. Aber ich schiebe den Gedanken so rasch beiseite, wie er gekommen ist. Ich bin ein Profi in meinem Job, und das wird auch so bleiben.

„Sie meinen, wie ich am besten auf Ihren Bruder aufpassen kann?", scherze ich. Nach einigen Tagen Recherche bin ich zu dem Schluss gekommen, dass Harrison und Beths Entscheidung genau richtig war. Tennyson Rothschild ist ein zügelloser Partylöwe, der jedes Wochenende mit einer anderen Frau schläft, vielleicht auch mit zwei. Er feiert zu viel, liebt es, seinen Reichtum zur Schau zu stellen, und er steht derzeit im Visier aller Medien, weil er ihnen genau das liefert, was sie brauchen, um noch mehr Klatsch und Tratsch zu verbreiten. „Machen Sie sich keine Sorgen, Harrison. Ich werde mein Bestes tun, um Ihr schwarzes Schaf unter Kontrolle zu bringen. Ihr Ruf wird sauber bleiben." So verdiene ich mir meinen Lebensunterhalt. Ich betreibe diese Art von Reputationsmanagement andauernd. In der Regel, nachdem einer unserer geschätzten Politiker bei einer ungebührlichen Handlung erwischt wurde. Mittlerweile habe ich ein kleines Team zusammengestellt, das im ganzen Land verstreut arbeitet. Ich liebe es, mein eigenes Unternehmen zu haben, und ich bin zuversichtlich, dass es nicht lange klein bleiben wird. Es gibt viele Menschen, die meine Fähigkeiten brauchen, und es werden täglich mehr.

„Glauben Sie mir, wenn ich Ihnen sage, dass wir alles versucht haben. Aber Tennyson lässt sich von niemandem hereinreden, wie er die Dinge zu machen hat. Und das ist auch gut so. Aber seine Ausgaben, seine Frauengeschichten und sein Partyleben müssen ein Ende haben." Ich nicke und presse meine Lippen zu einem schmalen Lächeln zusammen. Je mehr Zeit vergeht, desto schwieriger wird es, meine Nervosität unter Kontrolle zu halten. Er könnte jetzt jeden Augenblick auftauchen.

„Ich bin mir sicher, dass er von der Überraschungsaktion, die Sie und Ihre Brüder für ihn geplant haben, begeistert sein wird", sage ich sarkastisch und ziehe die Augenbrauen hoch.

„Hmmm", murmelt Harrison und sieht mich an, bevor sich seine Augen auf einen Punkt hinter mir richten. „Nun gut, er ist endlich da. Ich gebe Ihnen Bescheid, sobald wir Sie brauchen." Ich drehe mich so schnell um, um in dieselbe Richtung wie er zu schauen, dass ich fast über meine eigenen Füße stolpere.

„Wir bleiben hier", murmle ich zustimmend, während er zur Seite des Hauses geht, wo Tennyson gerade mit einem Tablett mit Essen herauskommt. Mein Blick bleibt an dem Mann haften, dessen Reputation ich verbessern soll. Er sieht genauso aus, wie ich ihn in Erinnerung habe. Gut aussehend, stark, groß, beherrscht. Ich drücke meine Fingernägel in meine Handfläche, um mich aus meinen Gedanken zu reißen und wieder die Kontrolle über meinen Körper zu übernehmen. Er stellt das Tablett ab, bevor eines der Kinder seine Hand ergreift und mit sich zerrt, damit auch er sich das Gesicht bemalen lässt. Ich stoße ein kleines Lachen aus, als ich die Interaktion beobachte. Tennyson, mit seiner dunklen Sonnenbrille und zerzausten Haaren, sieht verkatert aus und so, als hätte er sich in Eile fertig gemacht. Er folgt dem Jungen anstandslos, auch wenn mit einem finsteren Gesichtsausdruck.

Ich beobachte, wie er sich vor die Gesichtsmalerin setzt und seine Sonnenbrille abnimmt. Ich denke fast, sie könnte jeden Augenblick in Ohnmacht fallen. Ich stoße ein leises, spöttisches Schnauben aus. Offensichtlich hat er ein Händchen für die Damenwelt, und wie ein Idiot bin ich vor all den Monaten auf seinen Charme hereingefallen. Ich frage mich, wie viele andere Frauen er in Bars aufgegabelt hat. Sie macht sich an seinem Gesicht zu schaffen, während er seine Aufmerksamkeit auf die Kinder richtet, die alle miteinander reden und versuchen, ihm etwas zu erzählen.

Sein dunkles Haar fällt ihm leicht ins Gesicht, und als mein Blick tiefer wandert, fällt mir auf, wie gut sein Hemd sitzt. Er sieht lässig aus, mit einer ‚Nerv mich nicht'-Ausstrahlung. Er besitzt die Art von Aussehen, die Frauen in Scharen anzieht, da bin ich mir sicher. Die Gesichtsmalerin hat ihre Arbeit rasch beendet, wahrscheinlich weil er so aussieht, als wäre er lieber woanders. Sobald sie fertig ist, steht er auf, rollt die Schultern zurück und geht langsam auf seine Brüder zu, die vier Ninja Turtles sind nun komplett.

„Hey, Willow, sieh mal", ruft Josh neben mir aus, und ich drehe mich rechtzeitig zu ihm um, um zu sehen, wie er seinem Fußball einen kräftigen Tritt versetzt. Seit wir hier angekommen sind und er die riesige Grünfläche gesehen hat, wartet er darauf, das machen zu können. Normalerweise ermutige ich ihn zu körperlicher Betätigung, denn es ist wichtig, dass Kinder Sport treiben. Aber als ich die Flugbahn des Balls verfolge, scheint sich alles wie in Zeitlupe zu bewegen, und meine Augen weiten sich, als ich sehe, wo er landen wird.

„Pass auf!", schreie ich, aber es ist zu spät. Das wird nicht gut gehen.

8

TENNYSON

Die Kinder sind zu laut, die Schminke juckt, und wenn ich nicht in den nächsten zehn Minuten etwas esse, habe ich das Gefühl, dass ich zum Hulk mutieren werde.

„Schön, dass du da bist", sagt Harrison und der Sarkasmus, der in seinem Tonfall mitschwingt, entgeht mir nicht.

„Ich habe verschlafen." Ich zucke mit den Schultern und frage mich, ob Ben hier irgendwo Whisky hat.

„Du bist zu spät", meint Eddie, und die Kopfschmerzen, die ich vorher hatte, kommen wieder zurück.

„Aber ich bin gekommen, genauso, wie ich es versprochen habe. Wann seid ihr denn alle angekommen?", frage ich und nehme einen Schluck aus der Wasserflasche, die ich mitgebracht habe. Mein Blick schweift zwischen ihnen hin und her. Da es Mittag ist, nehme ich an, dass auch sie gerade erst gekommen sind.

„Wir sind seit neun alle hier. Wir haben vor dem Spielen ein großes Frühstück für die Kinder gemacht. Ihr

Spieltag hier ist fast vorbei", sagt Ben anklagend, und ich erschaudere leicht.

„Tut mir leid, ich dachte, es ginge mittags los", murmle ich und fühle mich wie ein Stück Scheiße, weil ich ihn enttäuscht habe.

„Was zum Teufel ist los mit dir?", fragt Harrison und starrt mich an. Diese Frage hat er schon einmal gestellt. Ich stoße ein trockenes Lachen aus, während ich meine Schultern kreisen lasse und darüber nachdenke, wie ich seiner Frage am besten ausweiche. Er sieht besorgt aus.

„Nichts. Warum?", entgegne ich lässig. Ich hasse es, wenn ihre Aufmerksamkeit auf mir liegt. Ich habe es immer geschafft, in meiner Familie unter dem Radar zu fliegen. Harrison stand immer im Rampenlicht; sein Ziel, Gouverneur zu werden, hat ihn und unsere Familie jahrelang angetrieben. Als er dann Beth kennenlernte und seinen Traum verwirklichte, schauten wir alle auf unseren anderen Bruder Ben, der die Leitung unserer Familienkanzlei übernahm. Er entließ einen unserer profitabelsten Mandanten und fand in Em und Rosie sofort eine Familie, welcher der Grund ist, weshalb wir heute alle hier sind.

„Wenn du mal kommst, kommst du immer zu spät, und außerdem siehst du scheiße aus", sagt Eddie, und ich richte meinen Blick auf unseren jüngsten Bruder. Für mich wird er wohl immer der Kleine sein, aber er ist in den letzten Jahren sehr erwachsen geworden, obwohl er der einzige von uns Jungs ist, der noch aktiv mit unserer Mutter spricht. Allein der Gedanke an sie jagt mir einen Schauer über den Rücken. Es war in letzter Zeit zu ruhig um sie.

„Nicht hier …", knurrt Ben.

„Was meinst du damit, nicht hier?" Ich schaue verwirrt zwischen ihnen hin und her, während sie sich gegenseitig anschauen, und zum ersten Mal in meinem Leben habe ich das Gefühl, dass ich nicht in alle Informationen kenne, die meine Brüder haben.

„Lasst uns hineingehen und dort weitersprechen", sagt Harrison, während er bereits einen Schritt auf das Haus zumacht.

„Warte, was *zur Hölle* ist hier los?", frage ich. Als sich meine Schultern versteifen, habe ich das Gefühl, jetzt wirklich ein Glas Whisky zu brauchen.

„Sei still!", zischt Ben, und ich verdrehe die Augen, nicke aber, als ich merke, dass es ihm um die Kinder geht, die in Hörweite sind.

„Wir möchten mit dir über deinen Lebensstil sprechen", beginnt Harrison, als wir schließlich am Haus stehen, wobei eine Spur Unsicherheit in seiner Stimme mitschwingt, und ich sehe ihn mit zusammengekniffenen Augen an. Zum ersten Mal scheint ausgerechnet mein Bruder, der Gouverneur, nervös zu sein, und das macht im Gegenzug mich nervös.

„Meinen Lebensstil?" Ich neige fragend den Kopf, meine Stimme hebt sich leicht.

„Tenn, du bist jedes Wochenende unterwegs und schläfst dich durch die halbe Stadt; du passt nicht auf dich auf; du wirfst dein Geld größtenteils zum Fenster hinaus …", fügt Ben hinzu, und ich kann das Mitgefühl in seinen Augen hinter der blöden Schminke sehen, dennoch breitet sich eine Gänsehaut auf meinem Körper aus.

„Ihr habt also über mich gesprochen? Hinter meinem Rücken über mein Verhalten geredet? Und was habt ihr nun vor? Wenn ihr mich schon alle zusammen konfrontiert. Mich tadeln?" Ich drücke mich verwirrt an die Wand und frage mich, wie lange sie schon hinter meinem Rücken über mich reden.

„Hey, ihr seht alle toll aus", sagt Beth und kommt lächelnd auf uns zu. Aber als sie uns näher betrachtet, verblasst ihr Lächeln. „Du hast es hier getan?", zischt sie Harrison anklagend zu, und meine Augenbrauen schießen in die Höhe.

„Du steckst da auch mit drin?", frage ich sie schockiert.

„Tennyson, wir machen uns alle Sorgen um dich. Du kommst spät nach Hause, du feierst viel ...", setzt sie an, während sich ihre Lippen zu einer dünnen Linie zusammenpressen und ein mitleidiges Funkeln in ihren Augen erscheint, das nicht gerechtfertigt ist.

„Ich feiere nicht zu viel. Ich mag Frauen und Whisky, wer mag das nicht?" Ich zucke mit den Schultern und winke ab, aber ich weiß schon, dass ich sie damit nicht abwimmeln werde.

„Du brauchst Unterstützung", sagt Eddie, und sein Gesichtsausdruck bereitet mir ein mulmiges Gefühl.

„Ich brauche keine verdammte Reha", spucke ich aus, während Wut in mir zu brodeln beginnt. Ben wirft mir bei meiner Wortwahl einen scharfen Blick zu. Ich genieße zwar häufig ein oder zwei Drinks, aber ich habe kein Problem.

„Nein. Keine Reha. Willow", sagt Beth, wobei sie mich wieder anlächelt. Es ist neu mich, dass eine Frau, mir echte Zuneigung entgegenbringt, und meine Wut lässt ein wenig nach.

„Was?" Ich frage mich, ob Beth wegen der Kinder in irgendeiner Art von Code spricht oder ob ich noch immer betrunken bin? Ich bin mir ziemlich sicher, dass ich den Großteil einer Flasche feinen japanischen Whiskys geleert habe, den ich gestern Abend beim Zimmerservice bestellt habe, als ich bei Katie war. Oder Karen ... oder wie auch immer sie hieß.

„Was ist Willow verda...?", frage ich und mustere jedes meiner Familienmitglieder.

„Wer", korrigiert Beth, die sichtlich zufrieden mit sich selbst ist, und ich weiß jetzt, dass sie etwas organisiert hat.

„Wer was?" Ich scheine der Einzige zu sein, der verwirrt ist, denn niemand sonst stellt Fragen.

„Willow. Willow ist diejenige, die dir helfen wird", sagt Beth. Ich seufze, fahre mir mit den Händen durch die Haare und wünsche mir, ich würde nicht, wie eine verdammte Schildkröte aussehen.

„Noch mal, *wer* ist Willow?", frage ich und versuche, leise zu sein, aber ich kann nicht anders, als meiner Frustration freien Lauf zu lassen. Ich wünschte, sie würden endlich zum Punkt kommen und aufhören, in Rätseln zu reden.

„Pass auf!", höre ich eine Frau hinter mir schreien, aber meine Reflexe sind heute Morgen langsam, und es dauert einen Moment, bis ich reagiere.

„Achtung!", ruft Ben, und ich bemerke seine Bewegung, als ich mich umdrehe und von hinten getroffen werde. Der Aufprall eines Balls auf meinen Kopf ist so laut, dass er wahrscheinlich im ganzen Land zu hören ist. Mein Kopf wird mir bei dem heftigen Aufprall beinahe von den Schultern gerissen.

„Was zum Teufel ...!" Ich stöhne auf, als die Sternchen, die vor meinen Augen tanzten, verschwunden sind, ein tiefes Pochen vibriert in meinem Schädel, und Wut breitet sich in mir aus. Der Fußball, der mich getroffen hat, liegt nun unschuldig in Eddies Händen.

Ben wirf mir einen bösen Blick zu. „Vor den Kindern wird nicht geflucht", schimpft er.

„Ich wurde gerade von einem verka... Fußball am Kopf getroffen. Ich glaube, mein Kopf ist fast von meinem Hals gefallen!", knurre ich, wobei sich meine Dehydrierung, mein Schmerz und meine Frustration in wachsende Wut verwandeln.

„Es tut mir so leid, er hat einen fiesen rechten Tritt", sagt eine Frauenstimme hinter mir, und ich drehe mich um, bereit, ihr die Meinung zu sagen, aber die Worte bleiben mir im Halse stecken.

Sie ist es.

Träume ich etwa? Ich drehe mich schnell um und schaue zwischen meinen Brüdern und Beth hin und her, um sicherzugehen, dass ich mir das alles nicht einbilde, bevor sich mein Blick wieder auf sie richtet. Sie ist genau so, wie ich sie in Erinnerung habe. Ich hätte nie gedacht, dass ich sie wiedersehen würde. Aber jetzt ist sie hier. Direkt vor mir. Höchstpersönlich.

„Tennyson, das ist Willow Valentine. Geschäftsführerin von Valentine Management und deine neue Babysitterin", sagt Beth zögernd, während meine Brüder uns genau im Auge behalten.

„Willow …“, sage ich vorsichtig, wobei mir das Gefühl gefällt, das der Klang auf meinen Lippen hinterlässt.

„Tennyson“, sagt sie leise, und ich weiß, dass sie mich wiedererkannt hat. Ich mache einen Schritt auf sie zu, will sie am liebsten packen und an mich ziehen, aber sie weicht zurück. Ich bleibe stehen und sehe, wie sie schluckt und ihr Kiefer sich anspannt. Sie will nicht, dass ich sie berühre.

Sie will nicht …?

Ich drehe mich zu meinen Brüdern um; alle Augen sind auf mich gerichtet, und ich fühle mich wie ein Reh im Scheinwerferlicht.

Ich muss von hier verschwinden. Ich brauche dringend einen Whisky.

9

WILLOW

„Willow ist diejenige, die wir angeheuert haben, um dir zu helfen, die Dinge in den Griff zu bekommen. Sie ist eine gute Freundin von mir und wird für dich eine große Hilfe sein. Sie kann dir bei allem helfen, was mit Medien und Interviews, positiver Presse und Reputationsmanagement zu tun hat, wenn es darum geht, dein Image zu stärken“, erklärt Beth, während sie und Tennysons Brüder Tennyson folgen, der eilig auf Bens Haus zugeht.

Ich folge ihnen und beobachte ihn, um seine Eigenheiten und Charakterzüge kennenzulernen. Ich fühle mich wie eine totale Schlampe. Er kam zu mir, und ich wich zurück. Das hatte ich nicht vorgehabt. Ich wollte das Gegenteil tun. Aber ich wusste, wenn ich ihn berührte, würde ich etwas fühlen, was ich nicht fühlen sollte, und obwohl ich in den nächsten Monaten eng mit ihm zusammenarbeiten werde, muss ich zumindest emotional auf Distanz bleiben.

Ich lasse mich nie mit Kunden ein. Das ist meine oberste Regel.

Ein nervöses Kribbeln hat sich in meinem Magen festgesetzt. Normalerweise fühle ich mich nicht so, wenn ich auf einen neuen Kunden treffe. Ich muss dringend meine Gefühle unter Kontrolle bringen und mich konzentrieren. Ich muss professionell bleiben. Das erste Treffen ist immer der Zeitpunkt, an dem ich meine Dominanz untermauern muss. Sie müssen mich als ihren Chef sehen, was schwierig ist, denn die meisten meiner Kunden müssen sich nie vor jemandem verantworten. Sie sind diejenigen, die an der Spitze der Rangordnung stehen. Das ändert sich jedoch, wenn sie mit mir zusammenarbeiten.

„Ihr habt einen verdammten Babysitter für mich engagiert?", knurrt Tennyson, als wir uns alle hinter ihm versammeln, und ich beobachte, wie er direkt zur Bar geht. So vorhersehbar. Wie die meisten Menschen konsumiert er Alkohol in stressigen Situationen. Sie benutzen ihn als Krücke, und es scheint, dass Tennyson nicht anders ist.

„Willow arbeitet mit Politikern in DC. Sie ist hervorragend in ihrem Job", sagt Harrison, und sein Kommentar erfüllt mich mit Stolz. Es ist schön, dass der Gouverneur meine Fähigkeiten anerkennt. Tennyson stößt ein Lachen aus, während er sich Whisky einschenkt, bevor er sich umdreht und uns ansieht.

Sein Blick richtet auf mich, und ich erwidere ihn, bevor ich auf das Glas in seiner Hand blicke und dann wieder auf sein Gesicht. Ich kann den Moment sehen, in dem ihm klar wird, dass er ihnen bewiesen hat, dass sie richtig liegen. Ich beobachte, wie sich sein Kiefer anspannt, und kann seine Frustration von dort, wo ich an der Tür stehe, fast spüren. Ich weiß, dass seine Brüder das Urteil in ihren Gesichtern stehen haben, aber ich versuche, unparteiisch zu bleiben.

Als sein Blick mich streift, ist es, als sähe er mich zum ersten Mal. In seinen Augen ist immer noch Hitze, begleitet von einem gewissen Schmerz. Er ist sehr verwirrt, sowohl durch das Eingreifen seiner Brüder als auch durch meine Anwesenheit. Ich zwinge mich, unter seinem Blick nicht zu zerfließen. Ich empfinde Mitgefühl für ihn, weil ich weiß, wie er sich fühlen muss. Deshalb bin ich gut in dem, was ich tue. Ich merke, wenn meine Kunden mich brauchen, aber ich bin eine Expertin, und in vielen Fällen muss ich hart zu ihnen, den Medien und den Menschen in ihrem Umfeld sein. Ich habe es in meiner Karriere nicht so weit gebracht, weil ich von Natur aus weich und mitfühlend bin. Ich bin unnachgiebig, lege eine Rüstung an und zeige ihnen, wer der Boss ist, wenn es nötig ist. Das muss ich auch, sonst würden mich meine Kunden einfach übergehen. Stattdessen mische ich beides; und genau das hat mich und mein Unternehmen so erfolgreich gemacht. Mein Körper bleibt steif, während ich all meine Gefühle für diesen Mann in den hintersten Winkel meines Verstandes schiebe und sie dort fest verschließe.

„Das soll wohl ein Witz sein!", knurrt er, knallt das Glas zurück auf den Tresen und geht zum Fenster, um sich so weit wie möglich von jedem im Raum zu entfernen.

„Und ihr zwei macht auch mit?", fragt er seine

anderen Brüder, die beide ruhiger waren als Beth und Harrison. Sie nicken beide feierlich.

„Erstens: Ich habe kein Problem mit meinem Ruf. Mein Ruf ist ausgezeichnet", sagt er, während er sich den Kopf reibt, wo sich durch den Fußball bereits eine Beule gebildet hat. Seine Aussage lässt mich laut auflachen. Sein Ruf ist so kurz davor, in Scherben zu liegen, und er merkt es nicht einmal.

„Zweitens: Feiere ich nicht jedes Wochenende", fährt er fort, aber es ist klar, dass ihm niemand im Raum glaubt.

„Drittens: Ich schlafe mich nicht durch die Stadt", beendet er und sieht mich an, bevor er zu Boden blickt. Jetzt verstehe ich, warum er nicht Jura studiert hat. Er ist furchtbar schlecht darin, seine Argumente vorzubringen. Er kauft nicht, was er verkauft, und sein Publikum auch nicht.

Alle seine Brüder sehen mich an, die Niederlage ist ihm deutlich anzusehen. Interventionen laufen nie gut. Es fällt meinen Kunden immer schwer zu erkennen, dass der Weg, den sie eingeschlagen haben, nicht der Beste ist. Oft geben sie erst dann zu, dass sie ein Problem haben, wenn sie einen großen Fehler begehen, der ihren Ruf für Jahre ruiniert. Zum Glück für Tennyson haben seine Brüder das früh genug erkannt, und wir haben Zeit, die Dinge zu ändern, bevor ein größerer Schaden entsteht.

Jetzt bin ich an der Reihe, einzugreifen.

„Tennyson", sage ich, sein Name kommt mir zu leicht über die Lippen, und er sieht mich an. Ich kann in seinen Augen sehen, dass er einen Profi wie mich braucht; ich wünschte nur, in seinem Blick würde nicht so viel

Verlangen liegen. Das würde es viel einfacher machen. „Jedes Wochenende Party machen, sich mit verschiedenen Frauen treffen, trinken, Geld ausgeben, so wie du ... Sie es tun – all das ist nicht unbedingt schlecht. In der Tat sind die meisten Männer in all diesen Bereichen aktiv. Für einen wohlhabenden, alleinstehenden Mann in der Stadt ist das heutzutage ziemlich normal." Ich zucke mit den Schultern, denn es ist wahr. Ich schlendere langsam durch den Raum und tue so, als ob es keine große Sache wäre, und alle seine Brüder sehen mich an, als ob ich verrückt wäre.

„Seht ihr!" Tennyson deutet auf mich, als würde ich seinen Standpunkt unterstützen, und schenkt mir ein kleines Lächeln, begleitet von einem hoffnungsvollen Blick.

„Aber ...", fahre ich fort, und er blickt wieder zu mir. „Sie sind kein normaler Mensch, Sie sind ein Rothschild. Sie sind der Bruder des Gouverneurs. Ein Gouverneur, der in den nächsten Jahren für die Präsidentschaft dieses Landes kandidieren möchte und keine Aussicht auf Erfolg hat, wenn seine Familie nicht die heile, typisch amerikanische Familie ist, die er darstellen muss. Er wird schon mit eurer Mutter alle Hände voll zu tun haben, da muss er sich nicht auch noch mit Ihren Aktivitäten befassen."

„Du willst für das Amt des Präsidenten kandidieren?", fragt er und zieht die Augenbrauen hoch, als er Harrison ansieht.

„Beth und ich haben über diese Option nachgedacht. Es ist etwas, das ich gerne tun würde." Harrison nickt, und ich sehe, dass Tennyson lächelt. Ich spüre, wie sich meine Nägel wieder in meine Handfläche graben, während ich versuche, mich von seiner offensichtlichen Zuneigung zu seinem Bruder nicht beeinflussen zu lassen. Ich schlucke und setze wieder eine professionelle Maske auf. Meine Arbeitspersönlichkeit. Die harte Seite.

„Und in Ben haben Sie einen hervorragenden Anwalt, der gerade versucht, so viel Zeit wie möglich mit seiner neuen Tochter zu verbringen und vielleicht sogar darüber nachdenkt, seine Familie zu vergrößern. Aber es fällt ihm schwer, sie an die erste Stelle zu setzen, wenn er all seine Wochenenden damit verbringt, alle sozialen Medien und Influencer in der Stadt zu kontaktieren und zu versuchen, Fotos und Videos zu löschen, die die Leute von Ihnen machen, wenn Sie Dinge tun, die Sie eigentlich nicht tun sollten." Tennysons Augen weiten sich, bevor er sich auf Ben richtet.

„Wohl kaum jedes Wochenende", scherzt Tennyson und legt fragend den Kopf schief.

„Jeden Sonntag, ohne Ausnahme. Meistens muss ich Rosies Schwimmunterricht ausfallen lassen", gibt Ben traurig zu, und Tennyson zieht die Stirn in Falten.

„Wenn Sie wollen, kann ich Ihnen noch weitere Gründe nennen. Da ist das offensichtliche Problem mit Ihrer Mutter und ihren Eskapaden, die die Medien auch gerne ausgraben", sage ich, und Augenblick zeichnet sich Wut in seinem Gesicht ab. Ich strecke meinen Rücken durch, denn meine Rolle als guter Bulle ist jetzt beendet. Ich muss den bösen Bullen hervorholen, um meinen Standpunkt klarzumachen.

„Ich brauche keinen Babysitter", knurrt er und macht einen Schritt auf mich zu, fast schon herausfordernd. Ich kann nicht zurückweichen. Er muss wissen, dass ich sein Chef bin, und er in den nächsten Monaten auf mich hören und tun muss, was ich sage. Er konnte vielleicht unsere gemeinsame Nacht vor Monaten kontrollieren, hatte mich auf jede erdenkliche Art und Weise in der Hand, aber er wird in Zukunft nirgendwo hingehen oder irgendetwas tun können, ohne es mit mir abzusprechen.

„Ich glaube, da gehen die Meinungen hier weit auseinander", entgegne ich einfach nur.

„Ihr Kind hat mir eine Migräne beschert", sagt er, während er noch näher an mich herantritt, die Augen zusammenkneift und mich für etwas beschuldigt, was so nicht richtig ist. Wir stehen uns jetzt so nahe, dass sich unsere Nasen beinahe berühren. Ein unterschwelliges elektrisierendes Prickeln ist zu spüren und ein nervöses Kribbeln breitet sich in meinem Körper aus. Ich bewege mich hier weit außerhalb meiner Komfortzone.

„Vielleicht hätte er härter zutreten sollen, damit Sie zur Vernunft kommen." Ich sehe, wie sich seine Lippen verziehen, und weiß, dass ich diese Runde gewonnen habe. Unser Geplänkel ist natürlich, genau wie in jener Nacht in New York. Seine Augen wandern an meinem Körper hinunter und nehmen mich in sich auf, während er von meinen Augen zu meinen Füßen und wieder zurückschaut. Ich sehe Wertschätzung in seinem Blick, und Wärme breitet sich in mir aus, bevor ich jeden abwegigen Gedanken unterdrücke, bevor er aufkommen kann.

„Sie werden mir also auf Schritt und Tritt folgen?", fragt er, und sein Gesicht verzieht sich zu einem frechen Lächeln, das mir einen neuen Einblick in den berüchtigten Tennyson Rothschild gibt.

„Sie haben genügend Frauen, die das tun. Sie brauchen nicht noch eine", entgegne ich, und Enttäuschung flackert in seinen Augen auf.

„Allerdings werden Sie während der nächsten Monate alles tun, was ich Ihnen sage, einschließlich den Whiskey weglassen, Ihre Ausgaben reduzieren und keine Frauen in Ihr Bett holen." Seine Nasenflügel blähen sich, es war offensichtlich, dass ihm nicht gefiel, was ich sagte.

„Haben wir eine Abmachung?", frage ich in strengem Ton und bin bereit für einen Gegenschlag.

Er schaut sich im Zimmer nach seinen Brüdern um, bevor er mich wieder ansieht, und Freude hat sich auf seinem Gesicht ausgebreitet, es ist etwas, das mich eigentlich beunruhigen sollte.

„Wir haben einen Deal, Willow Valentine. Ich hoffe nur, Sie können mithalten", sagt er, bevor er zurück zur Bar geht, sich das Glas Whisky schnappt, es in einem Zug leert und mir dabei zuzwinkert.

10

TENNYSON

Meine Assistentin Melody stellt eine dampfende Tasse Kaffee auf meinen Schreibtisch und wirft mir einen Blick zu, den ich noch nie gesehen habe.

„Was soll dieser Blick?", frage ich, nehme einen Schluck des warmen Gebräus und schaue sie über den Rand der Tasse hinweg an. Es sind genau vierundzwanzig Stunden seit der Aktion in Bens Haus vergangen und genau vierundzwanzig Stunden seit meinem letzten Drink. Ich habe nicht einmal meinen üblichen Schlummertrunk genossen, weil meine Gedanken von ihr verzehrt wurden. Willow Valentine. Wenigstens weiß ich jetzt, wie sie heißt. Ich war schockiert, sie im Haus meines Bruders zu sehen, und ich wollte so viele Dinge mit ihr machen, aber ein Blick auf sie und ich wusste, dass sie es ernst meinte. Also werde ich mich an die Regeln halten. Fürs Erste.

„Ich freue mich schon darauf, sie kennenlernen zu können", sagt Melody mit einem breiten Grinsen. Ich sage daraufhin nichts, obwohl ich seit unserer gemeinsamen Nacht an nichts anderes als an sie gedacht habe. Ihr neckisches Lächeln und ihr freches Wesen erwecken all meine Sinne. Ihr langes dunkles Haar und ein lustvoller Blick in ihren Augen – mit dieser Vision bin ich letzte Nacht eingeschlafen, und zum ersten Mal seit langer Zeit habe ich mehr als ein paar Stunden geschlafen.

„Ich habe recherchiert, und sie ist angeblich *die* richtige Ansprechpartnerin für Reputationsmanagement. Sie hat sogar schon mit dem Weißen Haus zusammengearbeitet!" sagt Melody, offensichtlich begeistert von Willows Erfahrung, und meine Augenbrauen schießen in die Höhe. Ich bin fasziniert, allerdings auch ein wenig sauer, dass Harrison das alles arrangiert hat. Das Letzte, was ich brauche, ist eine Frau, die mir sagt, was ich zu tun habe, egal, wie gut sie aussieht oder sich unter meinen Händen anfühlt.

„Hmmm, mal sehen, was sie sagt, wenn sie hier ist", murmle ich und Melody schürzt die Lippen.

„Ich werde sie reinschicken, wenn sie kommt. Sie hat heute Morgen schon angerufen, und wir haben den Terminkalender synchronisiert, sodass sie jetzt einen vollständigen Überblick über all Ihre Aktivitäten und Aufenthaltsorte hat", sagt Melody, bevor sie zur Tür geht, die sie hinter sich schließt, bevor ich reagieren kann. Beth erwähnte, dass Willow alle meine Kontaktdaten und den Zugang zu den sozialen Medien benötigte, aber zu wissen, dass sie in gewisser Weise meinen Tagesablauf kontrollieren würde, war etwas Neues.

Ich richte den Blick auf den Bildschirm vor mir,

während ich die *Society News* überfliege, unsere Lokalzeitung in Baltimore, in der meine Brüder und ich oft die Seiten zieren. Heute ist es nicht anders. Es gibt Fotos von uns allen von einer Veranstaltung, die wir am Freitagabend besucht haben, und von einem Damenmittagessen am Sonntag, auf denen das Gesicht unserer Mutter zu sehen ist. Allein bei ihrem Anblick versteift sich mein Körper.

Ich klicke auf die nächste Seite und sehe ein Bild von mir, mit zerknittertem und offenem Hemd von gestern, als ich das *Four Seasons* verließ, bevor ich zu Ben ging. Ich hatte keine Ahnung, dass jemand dort war und Fotos machte; mein Verstand war so sehr damit beschäftigt, so schnell wie möglich zu meinen Brüdern zu gelangen, dass ich kaum darauf geachtet habe.

Ich runzle die Stirn. Ich sehe beschissen aus.

„Tennyson, Miss Valentine ist hier, um Sie zu sehen", unterbricht Melodys Stimme meine Gedanken durch den Lautsprecher.

„Schicken Sie sie rein", murmle ich, während ich meine Krawatte zurechtrücke, mich räuspere und versuche, mein wahnsinniges Verlangen nach dieser Frau zu zügeln.

Es klopft an meiner Bürotür, bevor sie sich öffnet. Ich blicke auf und sehe die Frau, die ich seit unserer Begegnung vor Monaten, nicht mehr aus meinem Kopf bekomme. Ich beiße die Zähen fest zusammen, damit ich nicht vor Ehrfurcht den Mund öffne.

Sie sieht unglaublich aus. Atemberaubend schön. Ihr langes Haar ist offen und fällt ihr in langen Wellen über den Rücken, und sie trägt eine schlichte, aber elegante, schwarze, maßgeschneiderte Hose und eine schwarze Satinbluse, die von einer Schleife in ihrem Nacken gehalten wird. Der Kontrast zwischen der schwarzen Kleidung und ihrem Teint ist auffallend.

„Guten Morgen, Tennyson!", flötet sie, und ihr Lächeln ist ansteckend. Gestern dachte ich für einen Augenblick, sie sei auf meiner Seite. Aber das Mitgefühl in ihren Augen verschwand schnell, als sie sich in die harte Geschäftsfrau verwandelte, für die sie offensichtlich bekannt ist.

„Morgen", sage ich langsam und lasse meinen Blick über ihren Körper schweifen.

„Hier, ich habe Ihnen einen Muffin mitgebracht." Sie legt eine braune Papiertüte auf meinen Schreibtisch und setzt sich unaufgefordert auf den Stuhl mir gegenüber.

„Einen Muffin?", frage ich, ohne die Tüte anzurühren. Niemand bringt mir etwas mit. Abgesehen von meinen Brüdern bekomme ich nicht einmal Geburtstagsgeschenke. Ich weiß, dass sie nur nett ist und versucht, mich zu besänftigen, bevor sie mich mit einem Kugelschreiber oder so ersticht. Ich muss allerdings sagen, dass ich beide Seiten von ihr mag. Sie ist wie eine Löwin, freundlich, bis sie zuschlägt. Sie lässt mich im Ungewissen.

„Ja, ein Muffin. Sie wissen schon, die kleinen Kuchen mit der süßen Glasur. Sie schmecken nicht nur fantastisch, sondern sehen auch bezaubernd aus. Dieser hier ist der Tod durch Schokolade", sagt sie mit einem neckischen Lächeln. Ist sie nicht ein verdammter Sonnenstrahl an diesem Montagmorgen?

„Liefern Sie oft Backwaren an Leute?", frage ich und

versuche, mir ein besseres Bild von ihr zu machen. Sie ist fest, stark und professionell, aber auch weich, zart und weiblich. Eine tödliche Kombination.

„Manchmal. Ich backe gerne", sagt sie achselzuckend, als sei das keine große Sache.

„Ist es das, was wir hier tun? Wir tun so, als würden wir uns nicht wirklich kennen, und schenken uns gegenseitig Morgentee ein?", frage ich interessiert, um zu sehen, was in ihrem Kopf vorgeht. Gestern habe ich ihr das noch durchgehen lassen, weil wir ein Publikum hatten, aber jetzt sind wir nur noch zu zweit, und ich würde lieber sie als einen Muffin vernaschen.

„Ja, das ist genau das, was wir tun. Ihre Brüder haben mich angeheuert, um meinen Job zu machen. Diese Aufgabe besteht darin, den Ruf eines Mannes zu schützen, der wahrscheinlich mit der gesamten weiblichen Bevölkerung von Baltimore City geschlafen hat", sagt sie sachlich und in einem Ton, der dafür sorgt, dass niemand ihre Worte infrage stellt. Aber ich sehe den Schmerz in ihren Augen, bevor sie ihre Fassung wiedererlangt. Der Ausdruck war nur flüchtig; wenn ich geblinzelt hätte, wäre er mir entgangen. Ich fühle mich wieder beschissen. Das passiert mir in letzter Zeit häufig.

„Unsere Nacht war anders", murmle ich und atme tief durch. Ich hasse es, über meine Gefühle zu sprechen. Ich hasse es, vergangene Ereignisse erneut aufleben zu lassen, aber ich denke wirklich jeden Tag an sie. Sie ist nicht meine Vergangenheit, sie ist vielmehr meine Gegenwart. Ich will nicht, dass sie denkt, sie sei nur eine von vielen gewesen.

„Lass uns einfach weitermachen, ja?", sagt sie,

diesmal ohne weitere Formalitäten, wobei ein falsches Lächeln ihr Gesicht ziert, das ich am liebsten entfernen würde. Es ist anders als das Lächeln, mit dem sie hereingekommen ist.

„Du warst diejenige, die mich dort zurückgelassen hat. Ich bin in einem leeren Bett aufgewacht, weißt du noch? Und du hast nicht erwähnt, dass du ein Kind hast." Mein Ton ist schärfer, als ich es beabsichtige. Wir haben in dieser Nacht nicht allzu viele persönliche Details ausgetauscht, also sollte ich es ihr nicht zum Vorwurf machen, dass sie mir nicht verraten hat, dass sie Mutter ist.

„Die Vereinbarung lautete, keine Namen zu nennen und keine Bedingungen zu stellen, schon vergessen? Außerdem ist er nicht mein Sohn, sondern der der Nachbarin. Aber lass uns wieder zum eigentlichen Thema zurückkehren, ja?" Sie hat offensichtlich keine Lust, über unsere gemeinsame Nacht zu sprechen und Erinnerungen aufleben zu lassen.

„Gut", sage ich fast herausfordernd, denn ich weiß, was sie vorhat. Mir wird klar, dass sie versucht, mich aus ihrem Gedächtnis zu löschen, und ich muss daraufhin ein Lächeln unterdrücken, das droht auf meinen Lippen zu erscheinen, weil ich weiß, dass ich bei ihr genauso tiefe Spuren hinterlassen habe, wie sie bei mir.

Ich habe monatelang versucht, sie zu finden, aber da ich weder ihren Namen kannte noch sonst welche Details aus ihrem Leben, hatte ich nur wenig Anhaltspunkte. Aber jetzt steht sie direkt vor mir und wird mich monatelang leiten, also ist das Spiel eröffnet. In meinem

Kopf entsteht bereits ein Plan, wie ich sie wieder in mein Bett bekommen werde.

„Schon schlecht gelaunt, das kann ja heiter werden", sagt sie sarkastisch.

„Es gibt nur einen Weg, mich zum Lächeln zu bringen, und da du alle Frauen aus meinem Bett verbannt hast, ist es unwahrscheinlich, dass das passiert. Es sei denn, du bietest deine Dienste an?" Ich lehne mich über meinen Schreibtisch vor und ziehe eine Augenbraue hoch. Denn in diesem Moment weiß ich, dass wir beide genau das wollen. Eine Wiederholung. Eine Wiederholung von New York, am liebsten jede Nacht in absehbarer Zukunft.

„Ich bin ein Profi und wurde beauftragt, deinen Ruf zu bereinigen. Ich vermische nie das Geschäftliche mit dem Vergnügen, Tennyson, und das solltest du auch nicht." Jede andere Frau wäre bereits auf den Knien oder würde zumindest rot werden, aber nicht Willow. Dafür bewundere ich sie.

„Ich erinnere mich, dass du mit deinem Job verheiratet bist", sage ich und grinse, als ich wieder Anerkennung in ihrem Gesicht sehe. Aber sie sammelt sich schnell und wendet ihre Aufmerksamkeit wieder ihrer Aufgabe zu.

„Okay ... Also, die Art und Weise, wie wir zusammenarbeiten werden, ist ziemlich einfach. Ich werde mich mit dir regelmäßig unter der Woche treffen. Und ich werde mit deiner Assistentin Melody vereinbaren, dass sie alle gesellschaftlichen Aktivitäten außerhalb von Geschäftstreffen, die ich für nicht angemessen halte, genehmigt oder absagt. Mein Team wird deine Social-Media-Kanäle betreuen, und ich werde mich um deine Presse und jegliche Aktivitäten kümmern, die sich ergibt, einschließlich Wohltätigkeitsveranstaltungen und dergleichen. Deine einzige Aufgabe dabei besteht darin, nicht zu trinken, keine Frauen in dein Bett zu holen und alles zu tun, was ich von dir verlange, um dein Image aufzupolieren", sagt sie, ohne Luft zu holen.

„Wie oft ist regelmäßig?", frage ich, weil ich genau wissen will, wie viel Zeit wir miteinander verbringen werden.

„Ich werde jeden Montagmorgen vorbeikommen und auch jeden Donnerstag oder Freitag. Du kannst mich aber auch jederzeit anrufen, solltest du mich brauchen. Melody hat alle meine Daten und sie hat sie bereits in deinem Handy gespeichert."

Ich lächle. Zweimal pro Woche und direkter Zugang zu ihr ist alles, was ich brauche. Ich werde sie im Handumdrehen unter mir haben.

„Großartig! Ich habe mir heute Morgen deinen Terminkalender angesehen, und es gibt ein paar Änderungen, die wir diese Woche vornehmen müssen." Sie holt ein kleines Tablet aus ihrer großen schwarzen Handtasche und tippt es an, um es einzuschalten.

„Welche Art von Anpassungen?", frage ich misstrauisch, als mir die Realität dessen, was geschieht, nur allzu plötzlich bewusst wird. Meine Wochen sind voll, die Arbeit ist stressig, und ich habe eine Million anderer Dinge, die ich heute Vormittag erledigen muss.

„Montag bis Donnerstag ist alles in Ordnung. Am Freitagabend hast du ein geplantes Abendessen im *Latin Rose Club*, das wir absagen müssen. Golf am Wochenende mit deinen Brüdern geht in Ordnung. In ein paar Wochen findet außerdem ein Geschäftsessen statt, von dem Beth mir erzählt hat, dass du daran teilnehmen solltest, aber nicht an der After-Party und auf keinen Fall Alkohol", sagt sie, bevor sie mich anschaut und auf meine Bestätigung wartet.

„Warum willst du das Abendessen im *Latin Rose* streichen?", frage ich, weil ich diesen Klub liebe. Normalerweise treffe ich mich dort jeden Freitagabend mit einigen Geschäftspartnern, um Dampf abzulassen.

„Weil es einem ausländischen Mischkonzern gehört, der mit Sklaverei und Kinderarbeit zu tun hat – nichts, was für jemanden, der mit einer potenziellen Präsidentschaftskampagne in Verbindung gebracht wird, von Vorteil wäre", antwortet sie. Ich hatte keine Ahnung, dass das der Fall ist, aber ich denke, es macht Sinn. Ich merke, dass ihr dieser Punkt am Herzen liegt, ein weiteres Puzzlestück über diese Frau, das sich nun in meinem Kopf zusammensetzt.

„Und was ist mit dem Geschäftsessen? Soll ich etwa den ganzen Abend Wasser trinken? Ohne Verabredung auftauchen?", frage ich, denn das klingt wie die Hölle.

„Genau!", sagt sie mit etwas zu viel Schwung, und ich sehe sie an, als sei sie verrückt.

„Das kann ich nicht tun." Ich schüttele den Kopf, um meinen Standpunkt zu verdeutlichen.

„Warum nicht?", drängt sie. Ich bin es nicht gewohnt, dass eine Frau mich zu etwas drängt; normalerweise geben sie bei allem nach, was ich will. Aus irgendeinem Grund ist die Tatsache, dass es bei ihr anders ist, sowohl irritierend als auch erregend.

„Weil meine Mutter dort sein wird. Das allein rechtfertigt schon den Whisky", stoße ich hervor.

„Ja, ich habe am Wochenende ein wenig über deine Mutter in Erfahrung gebracht. Hast du ein gutes Verhältnis zu ihr?", fragt sie und beugt sich leicht vor.

„Absolut nicht. Ich hasse sie verdammt noch mal", sage ich etwas zu schnell und sehe, wie ihre Augenbrauen in die Höhe wandern.

„Nun, trotzdem kein Alkohol. Wir können keine weiteren Bilder oder Klatschgeschichten über dich gebrauchen. Wir wollen, dass du langweilig erscheinst, um zehn Uhr abends zu Hause im Bett liegst, vernünftig und streng bist und das alles mit einem breiten Lächeln im Gesicht tust." Sie sieht mich mit ihren schönen, großen, blauen Augen an, und ich breche fast zusammen.

Allein gehen. Kein Alkohol. Wie soll ich einen Abend mit meiner Mutter überstehen, wenn ich keinen Alkohol trinken darf?

„Gut. Wirst du auch dort sein?" Ich hoffe wirklich, dass sie da sein wird. Das könnte wahrlich helfen.

„Ja, das werde ich tatsächlich. Beth hat mich gebeten, mitzukommen, um die Baltimorer Szene etwas besser kennenzulernen", sagt sie lächelnd, und die Anspannung in meinen Schultern löst sich ein wenig.

„Gut. Ich werde nicht trinken. Ich werde vor der After-Party gehen, und zwar ohne Frauen", sage ich, obwohl ich eigentlich gar nicht hingehen will, aber ich weiß, dass ich es muss. Diese Veranstaltung ist etwas, das Harrison und Beth arrangiert haben. Aber ich kann mich nicht daran erinnern, wann ich das letzte Mal nüchtern und im selben Raum wie meine Mutter war. Ich brauche den Alkohol, um die Erinnerungen zu verdrängen, die ihr Anblick bei mir auslöst.

„Toll, ich bin mir sicher, dass du ...", beginnt sie, bevor ein Alarm auf ihrem Handy ertönt. Sie greift nach ihrem Handy und tippt auf den Bildschirm, wobei sie die Stirn leicht runzelt.

„Ist alles in Ordnung?", frage ich, als ein Anflug von Panik über ihr Gesicht flackert.

„Oh, ja, es geht nur um Betty", sagt sie und klingt erleichtert.

„Betty?", frage ich und ziehe fragend die Augenbrauen hoch.

„Ja, die Katze aus der Nachbarschaft, die das Futter absolut liebt, das ich ihr gebe." Sie lächelt leicht, während sie ihr Telefon wieder in die Tasche steckt und mich auf eine Weise ansieht, die die Welt ein wenig aus den Fugen geraten lässt.

„Das machst du also, ja?", frage ich.

„Was meinst du?", fragt sie, und ihre Verwirrung steht ihr ins Gesicht geschrieben.

„Du nimmst dich kaputter Dinge an und reparierst sie? Mich, die streunende Katze, deine Schwester, die eine Affäre mit einem verheirateten Mann hat?", sage ich und gebe damit preis, an wie viel ich mich von jener Nacht erinnere.

„Ich helfe gerne Menschen und Tieren. Ich kümmere mich gerne um Dinge. Das ist wahrscheinlich der Grund, warum ich mich für das Management von Personen entschieden habe und mir meine Arbeit so gefällt. Was ist mit dir? Wolltest du schon immer in der Baubranche tätig sein? Das scheint im Widerspruch zu deinem

Verhalten zu stehen." Ich hatte vergessen, wie schnell und einfach wir miteinander ins Gespräch kamen.

„Mein Verhalten?", frage ich, wobei ich mich noch weiter vorbeuge, weil ich ganz genau hören will, was sie zu sagen hat.

„Nun, ja. Beim Bauen geht es darum, etwas aufzubauen, zu entwickeln, etwas zu schaffen, das größtenteils größer und besser ist als das, was vorher da war. Aber das steht im Gegensatz zu deinem Privatleben, das, wie mir deine Brüder und die Medien berichten, nur aus Drama und sozialem Klatsch besteht, der durch dein Verhalten genährt wird. Das hält die Erwartungen an dich niedrig, obwohl du so viel mehr bist. Allein deine Arbeit spricht Bände über deine Talente, Tennyson. Du baust riesige Einkaufszentren und Wohnhäuser, die deiner Familie nicht nur jahrelang ein unermessliches Einkommen verschafft haben, sondern auch Designerpreise gewonnen haben, und du hast sogar Auszeichnungen für den Umweltschutz erhalten. Aber all das wird völlig überschattet von Geschichten und Klatsch über dein Privatleben, was zu den unzähligen Social-Media-Nachrichten führt, die sich jetzt in meine Augen eingebrannt haben, weil ich eine Nacht lang versucht habe, deinen überquellenden Posteingang aufzuräumen."

Nicht zum ersten Mal lässt mich diese Frau innehalten und nachdenken. Sie ist in keiner Weise kalt oder rechthaberisch, sondern hält mir einfach den Spiegel vor. Ich denke normalerweise nicht über meine Leistungen nach. Ich bin zu sehr damit beschäftigt, das Unternehmen aufzubauen, meine Mutter zu ignorieren und einfach das Leben zu genießen. Aber so wie Willow das alles hervorhebt, fühle ich mich vollendet. Ich bin stolz und noch glücklicher, dass sie es bemerkt.

„Ich denke, wir wissen beide, dass ich mir nicht bewusst war, welche Auswirkungen mein Verhalten haben könnte. Ich dachte immer, dass ich unter dem Radar fliege, aber anscheinend nicht mehr", murmle ich und verdaue immer noch, was sie gerade gesagt hat.

„Unsere Aufgabe ist es nun, auch alle anderen sehen zu lassen, was ich schon sehen kann", sagt sie und ich möchte sie am liebsten fest an meine Brust ziehen und nicht mehr loslassen.

„Und was siehst du?", frage ich und warte mit angehaltenem Atem auf ihre Antwort.

„Dass sich hinter diesem umwerfend gut aussehenden, charismatischen Mann ein sehr kluger Geschäftsmann verbirgt, der das Bankguthaben seiner Familie im Alleingang verdreifacht und in den letzten drei Jahren mehr Geld eingenommen hat als der Gouverneur und der Anwalt zusammen." Ihre blauen Augen funkeln, als sie mich ansieht.

„Du findest also, das ich gut aussehe?", frage ich mit einem breiten Grinsen, und sie verdreht daraufhin einfach nur die Augen. Allerdings entgeht mir nicht, dass sich ihre Wangen leicht röten und sie es nicht abstreitet.

„Ich werde dich diese Woche in Ruhe lassen und am Donnerstag wiederkommen, um den Plan für die sozialen Medien durchzugehen und einige wichtige Medienmöglichkeiten für die nächsten Wochen zu besprechen." Damit beendet sie unser freundliches Geplänkel, ihr Ton ist nun wieder professionell, während sie aufsteht und nach ihrer Handtasche greift.

Ich lehne mich in meinem Stuhl zurück und beobachte sie. Jeder Zentimeter von ihr ist elegante Perfektion. Ihre hohe, schwarzen Lacklederschuhe gehören zu denen, die ich am liebsten wieder um meinen Hals geschlungen sehen würde.

„Bis dann", sagt sie, deren Wangen durch meinen offenen Blick sich noch stärker röten, bevor ich sehe, wie sie hart schluckt, sich umdreht und zur Tür hinausgeht.

Ich sitze eine Weile in der Stille meines Büros, den Blick auf die Tür gerichtet, und denke über unsere Begegnung nach. Sie ist alles, woran ich denken kann. Meine Eltern haben mir genau gezeigt, warum ich mich mit niemandem einlassen sollte. Aber sie verlockt mich. Ich schließe die Augen und sehe sie nackt vor mir. Meine Hände auf ihrem Körper, meine Lippen auf ihren, ihr Stöhnen, ihr Keuchen, das Gefühl von ihr in meinen Armen ... Ich schüttle den Kopf, um die Gedanken zu verdrängen, trinke den Rest meines inzwischen kalten Kaffees und mache mich an die Arbeit. Das Feuer in meinem Innern, von dem ich nicht wusste, dass es existiert, brennt heute so hell wie noch nie.

11

WILLOW

„Hast du mein rosa Oberteil gesehen?", ruft mir Saide vom Flur aus zu, wo sie gerade für eine weitere Reise packt.

„Ich habe es gebügelt und ins Regal in der Wäschekammer gelegt", rufe ich zurück, während ich mit einer Wärmflasche auf dem Bauch am Küchentisch sitze und mir wünsche, ich könnte mich im Bett zusammenrollen und den Schmerz überstehen. Aber ich muss die Social-Media-Strategie für meinen neuen Kunden Tennyson Rothschild fertigstellen.

Ich habe ihn zwar erst heute Morgen gesehen, aber allein der Gedanke an ihn lässt meinen Herzschlag sich beschleunigen. Ich habe versucht, professionell zu sein, obwohl ich mich eigentlich nur in seine Arme stürzen wollte. Allein der Gedanke beunruhigt mich. So etwas ist mir noch nie passiert. Ich bin in meinen Klienten verknallt, und ich muss mich zusammenreißen. Ich lasse meine Schultern kreisen, in der Hoffnung, die Anspannung des steigenden Stresspegels, zu lindern. Ich kämpfe darum, die Vorstellung, wie er mir die Kleider vom Leib reißt und mich direkt auf seinem Schreibtisch nimmt, beiseitezuschieben. Allein die Erinnerung an seine Finger, wie sie sich um seine Kaffeetasse legen, zwingt mich dazu, mich wieder in den Stuhl zu setzen. Ich weiß, wie sie sich anfühlen, und ich will nichts lieber, als sie erneut auf mir zu spüren.

„Danke. Du bist so eine Lebensretterin", sagt meine jüngere Schwester, als sie die Küche betritt. Seit wir für unser Studium von der Kleinstadt Wyomings an die Ostküste gezogen sind, leben wir zusammen.

„Oh, schon wieder Regelschmerzen?", fragt sie mich mit besorgtem Blick.

„Nur das Übliche", stöhne ich. Meine Hormone sind völlig durcheinander. Genauso wie meine Periode. Manchmal kommt sie, manchmal bleibt sie aus. Manchmal habe ich Schmerzen, andere Male nicht. Es ist anstrengend, um nicht zu sagen, manchmal fast lähmend. Aber da ich schon mein ganzes Leben mit diesen Problemen zu kämpfen habe, habe ich mich daran gewöhnt.

„Woran arbeitest du?", fragt sie, nimmt ein Glas aus dem Schrank und schenkt sich Saft ein.

„An der Strategie für seine digitale Präsenz", antworte ich, wobei mein Blick konzentriert auf dem Bildschirm haften bleibt.

„Ich kann nicht glauben, dass Josh ihm den Ball an den Kopf geschossen hat", schnaubt sie. Ich habe ihr alles über das Wochenende und meinen neuen Kunden erzählt. Sie weiß auch alles über die Nacht, in der ich Tennyson nach unseren sexuellen Eskapaden um vier

Uhr morgens schlafend in dem Penthouse zurückließ, um schnell meine Sachen zu packen und mit dem Auto direkt nach DC zur Arbeit zu fahren. Es war keine Lüge, als ich sagte, ich sei mit meinem Job verheiratet. Diese Flucht am frühen Morgen war der Beweis dafür.

Ich massiere mir die Schläfe, während ich diesen Morgen noch einmal Revue passieren lasse. Zu sagen, dass dieser Tag einer der Längsten meines Lebens war, wäre eine Untertreibung. Das Bedauern darüber, dass ich mich weggeschlichen habe, ohne mich auch nur zu verabschieden, sitzt bis heute tief.

Saide eilt durch das Haus, während sie ihre Sachen zusammenpackt. Wir leben schon seit Jahren hier, in einem kleinen Häuschen mit Garten, kaum zwei Kilometer von den wichtigsten Geschäften der Stadt entfernt. Es ist mein Zufluchtsort, und als ich es vor ein paar Jahren zum Verkauf fand, habe ich nicht gezögert. Meine Schwester hingegen zieht ein geschäftigeres Leben vor. Da sie ein paar Jahre jünger ist als ich, ist sie an die Reichen und Mächtigen gewöhnt. Als internationale Stewardess, die sich um die Passagiere der ersten Klasse kümmert, hat Saide schon das Beste und das Schlimmste von ihnen gesehen.

„Wohin fliegst du diese Woche?" Jede Woche fliegt sie in ein anderes Land. Letzte Woche war es Brasilien, die Woche davor Frankreich.

„Australien", sagt sie und stellt ihr schmutziges Glas in die Spüle und die offene Flasche Saft auf den Tresen. „Ich bleibe eine Zeit lang dort, weil ich eine Pause brauche. Ich werde frühestens Ende nächster Woche zurückkommen." Ich blicke sie mit einer hochgezogenen

Augenbraue an. Ich weiß, warum sie länger bleibt, und es geht dabei eher um Jacobs Zeitplan, als dass sie irgendwo eine Pause machen will.

„Ohh, ist er das? Er sieht umwerfend aus. Ist er Single?", fragt sie, während sie sich das Foto von Tennyson ansieht, das auf meinem Laptop zu sehen ist. Ihre Frage macht mich stutzig. Meine Schwester ist wunderschön und die Männer fallen ihr regelrecht zu Füßen. Bei der letzten Zählung hatte sie bereits fünf Heiratsanträge bekommen, und zu dem Zeitpunkt hatten wir den Kerl aus Osteuropa noch gar nicht mitgezählt, bei dem mir vor ein paar Jahren zwei Kamele als Mitgift angeboten wurden.

„Ja. Wenn man die endlosen Models nicht mitzählt, die jedes Wochenende in seinem Bett landen", antworte ich und mir wird schlecht bei dem Gedanken, bevor ich meinen Laptop zuklappe und sie ansehe.

„Nun, wenn man bedenkt, wie gut er war, musste er das alles irgendwo lernen. Ich wünschte, er wäre bei einem meiner Flüge dabei. Er ist ein echter Hingucker. Du solltest dich mit ihm verabreden!" Sie schüttelt ihr Haar, und ich sehe ihre makellose Haut in der späten Morgensonne glänzen. Neid macht sich in meinem Magen breit, als ich an mein eigenes Aussehen denke. Ein unordentlicher Haarknoten, ein alter Pullover, der eigentlich weggeschmissen werden müsste, ein Stift, der in meinen Haaren steckt, und eine Brille, da ich heute keine Kontaktlinsen nutzen wollte.

„Ich kann ihn nicht um ein Date bitten, er ist mein Kunde. Außerdem ist das, was wir in der Vergangenheit hatten, genau das. Vergangenheit", erkläre ich.

„Willow. Ich kann mich nicht einmal an deinen letzten Freund erinnern. Du bist seit Jahren mit deinem Job verheiratet. Du sagtest doch, du hättest eine fantastische Nacht mit ihm in New York verbracht, also warum keine zweite Runde?", meint meine kleine Schwester und ich seufze.

Wenn ich darüber nachdenke, was ich dank meiner Nachforschungen und von seinen Brüdern, über Tennyson weiß, dann kann ich sagen, dass er perfekt für jemanden wie meine Schwester wäre. Aber ganz und gar falsch für ein Mädchen wie mich. Ich mag das einfache Leben zu Hause. Saide ist ein Jetsetter. Ich ziehe ein gutes Buch auf der Couch einer Nacht in der Stadt vor. Ich mag meine Arbeit, und Saide mag Partys. Ich habe zu viele Leben gesehen, die durch diese Art von Lebensstil zerstört wurden, und ich bin eher die Art Frau, die auf ein Haus mit weißem Lattenzaun davor hinarbeitet. Deshalb bin ich für Saide eher wie eine Mutter. Ich wasche ihre Wäsche, räume hinter ihr auf und bezahle für das ganze Haus, obwohl sie auch hier wohnt. Ich trage die Verantwortung, und Saide schmeißt alles zum Fenster raus, aber ich liebe sie. Sie ist nicht nur meine Schwester, sondern auch meine beste Freundin.

„Ich brauche keine Verabredung. Ich muss arbeiten", weiche ich aus und tue so, als würde ich weiterarbeiten, obwohl ich mit meinen Gedanken gerade ganz woanders bin.

„Du musst endlich wieder ausgehen, Willow", sagt Saide, und ich weiß, dass sie nicht locker lassen wird.

„Gut. Ich werde mich verabreden", sage ich das Einzige, mit dem sie Ruhe geben wird. Ich habe gegenwärtig keine Lust auf eine Verabredung. Ich habe keine Zeit dafür. Aber auch die Männer, mit denen ich mich bisher getroffen habe, passen nicht zu mir. Manche kommen nicht einmal zu den Verabredungen. Andere wollen mir nur an die Wäsche gehen. Ich will das alles nicht mehr. Aber es könnte mir helfen, mich von Tennyson abzulenken. Es wird auch helfen, diese persönliche Grenze zu festigen. *Ich frage mich, wie er reagieren würde, wenn ich ihm sage, dass ich eine Verabredung habe.*

„Ich will ein Beweisfoto", fordert sie und ich sehe, dass sie es ernst meint.

„Gut. Ich verabrede mich und schicke dir dann ein Foto." Sie lächelt, scheinbar zufrieden. Das klingt zu einfach. Eine Verabredung finden, nett essen gehen, meiner Schwester eine Freude machen ... und Tennyson aus dem Kopf bekommen, ihm möglicherweise zeigen, dass ich nicht verfügbar bin, damit er das Interesse an mir verliert und ich mich wieder auf meine berufliche Tätigkeit konzentrieren kann.

„Was hast du über Mister ‚Groß, Dunkel und Traumhaft' herausgefunden?", fragt sie und schaut wieder über meine Schulter auf meinen Bildschirm.

„Jetzt, wo ich Zugang zu seinen sozialen Netzwerken habe, sehe ich jeden Tag Nachrichten von Frauen, die ihm alle etwas anbieten, nichts davon ist gut", sage ich. Ich habe bereits einen Haufen von ihnen blockiert, denn ihre unverhohlenen sexuellen Annäherungsversuche sind mehr, als ich je zuvor erlebt habe.

„Natürlich bekommt ein Typ wie er mehrmals am Tag irgendwelche Angebote. Und was hast du dieses Wochenende vor?" Zum Glück wechselt sie das Thema und faltet einige Kleidungsstücke in der Nähe zusammen, während sie fertig packt.

„Dieses Wochenende steht Arbeit und Zeit mit Betty an", sage ich mit einem Lächeln, während die streunende Katze, die ich inoffiziell adoptiert habe, durch die Küche tapst und an unseren Füßen schnüffelt.

„Du wirst dich doch nicht in eine schrullige Katzenlady verwandeln, oder?", neckt sie mich, aber es ist sehr wahrscheinlich.

„Es gibt Schlimmeres auf der Welt."

„Es gibt auch Besseres. Wie deinen Kunden. Ich wette, mit ihm könnte man besser kuscheln als mit einer streunenden Katze", sagt Saide mit einem verschmitzten Grinsen.

„Vermische niemals Geschäft und Vergnügen, Saide. Weißt du das nicht?", frage ich und werfe ihr einen spitzen Blick zu. Sie steckt wirklich tief in der Sache mit Jacob drin, und ich hoffe, dass sie da bald wieder herausfindet. Es wird Herzschmerz geben, und ich habe schon jetzt Angst davor.

Piep, piep!

„Gerettet. Mein Uber ist da. Ich muss los." Sie geht an mir vorbei und drückt mir einen Kuss auf die Wange, bevor sie die gefalteten Klamotten in ihre Tasche wirft, den Reißverschluss zuzieht und zur Tür eilt. „Bis nächste Woche!", ruft sie, bevor die Haustür zuschlägt. Ich mache mich gleich daran, das Chaos aufzuräumen, das sie hinterlassen hat, während ich versuche, das Chaos in meinem Kopf zu ordnen.

DAS HAUS IST SAUBER. Ich habe geduscht und mich depiliert, und bin gerade dabei, mich im Bett einzurollen, als mein Handy klingelt. Als ich es nehme und auf das Display schaue, sehe ich Tennysons Namen. Es ist fast elf Uhr Abend. Es ist spät. Keine Stunde, in der ein Anruf nur geschäftliches Geplänkel werden würde. Ich frage mich, ob etwas passiert ist.

„Tennyson?", antworte ich besorgt.

„Hey", sagt er einfach, seine Stimme klingt normal.

„Alles in Ordnung?", frage ich, als ich mich ins Bett sinken lasse, mein Körper ist müde, die weiche Bettdecke scheint nach mir zu rufen.

„Alles ok", antwortet er einsilbig, und dieses Mal spüre ich, wie Stress in mir aufsteigt.

„Was ist los?" Meine Kunden können mich jederzeit anrufen. Meine Dienste stehen ihnen zur Verfügung, wann immer sie sie brauchen. Meistens sind die nächtlichen Anrufe darauf zurückzuführen, dass sie bei etwas erwischt wurden, was sie nicht tun sollten, und ich frage mich, ob das jetzt bei Tennyson der Fall ist.

„Ich hatte heute Abend eine Telefonkonferenz mit meinem Team in Hongkong und jetzt kann ich nicht schlafen", murmelt er.

„Okay. Gab es etwas Bestimmtes, das ein Problem darstellt?"

„Alles", knurrt er, aber auch das hilft mir nicht wirklich weiter.

„Hast du da drüben ein neues Bauprojekt oder so etwas?", frage ich und ändere meine Fragen, um zu sehen, ob er mir mehr sagen wird, warum er mich zu dieser Zeit anruft.

„Ein neues Einkaufszentrum, direkt am Wasser. Das größte in der südlichen Hemisphäre“, sagt er und seine Stimme nimmt einen entspannteren Klang an.

„Wow, das klingt nach einem großen Projekt. Ich kann mir gut vorstellen, dass es ziemlich stressig ist?“ Für mich wäre es unmöglich, ein Projekt dieser Größe zu leiten.

„Es gibt Verzögerungen. Wir können keine guten Arbeiter finden, und die Lieferanten haben Probleme, uns die Materialien zu beschaffen. Außerdem habe ich heute herausgefunden, dass die Firma, die wir mit der Inneneinrichtung beauftragt haben, den *Modern Slavery Code* nicht unterzeichnet hat“, sagt er seufzend, und ich komme zum Kern des Problems. Ich muss sagen, es ist das erste Mal für mich, dass mich ein Kunde so spät in der Nacht wegen so etwas anruft, aber ich beginne zu verstehen, dass Tennyson alles andere als normal ist.

„Okay, ist das ein Vertrag, der aufgehoben werden kann? Kannst du jemand anderen suchen?“, frage ich und lasse mich in mein Bett sinken. Ich habe eine Menge Geld für dieses Bett ausgegeben. Für die Laken, für die Kissen und Decken. Ich brauche jeden Tag etwas, das sich luxuriös, sicher und beruhigend anfühlt. Einen Ort, an dem ich vom Tag abschalten kann, von den unzähligen schlechten Nachrichten, der Negativität und dem Druck. „Es sind Dinge wie diese, die die Medien aufgreifen und darüber berichten werden, sollte Harrison jemals für die Präsidentschaft kandidieren. Sie könnten es sogar jetzt bringen, da er Gouverneur ist, denn es wird immer noch Likes bekommen.“ Ich weiß, dass Tennyson das verstanden hat, sonst würde er mich nicht anrufen.

„Ich habe Ben und mein Anwaltsteam darauf angesetzt. Deshalb brauche ich meinen regelmäßigen Whisky-Schlummertrunk. Ich kann nicht schlafen, und normalerweise hilft Whisky, aber seit du ihn mir verboten hast, liege ich wach und mein Verstand rast." Obwohl ich mit ihm fühle, verdrehe ich die Augen. Er übertreibt es ein wenig mit der Regel.

„Du kannst einen Schlummertrunk trinken, Tennyson. Es geht eher darum, den Alkoholkonsum einzuschränken, wenn du unterwegs bist. So kannst du klügere Entscheidungen treffen", stelle ich klar.

„Ich treffe kluge Entscheidungen", murmelt er.

„Da bin ich anderer Meinung." Ich schüttele den Kopf. Wenn ich jetzt nicht die Kontrolle über sein Leben hätte, wüsste ich schon, welche Entscheidungen er treffen würde. Die meisten von ihnen sind blond.

„Was machst du gerade?", fragt er, und ich stelle mir vor, wie er wach liegt und an die Decke starrt. Die Frage ist ganz harmlos, aber sie lenkt meine Gedanken von der Arbeit auf das Persönliche. Ein warmes Gefühl breitet sich in meinem Bauch aus und lässt ein leichtes Schwindelgefühl in mir aufsteigen. Ich sollte darauf nicht antworten, aber es ist nett, dass er fragt.

„Ich bin gerade ins Bett gegangen. Es war ein langer Tag."

„Hmmm. Was hast du an?", fragt er sanft, und mein Körper versteift sich.

„Tennyson! Hör auf damit", ermahne ich, aber meine Warnung ist bestenfalls leise. Ich schaue bereits auf mein altes T-Shirt und meine wenig schmeichelhaften Socken hinunter und weiß sofort, dass Männer sich Frauen so nicht vorstellen. Und doch trage ich genau das. Kein Wunder, dass ich Single bin.

„Entspann dich, ich mache nur Spaß." Sein leises Lachen klingt ungewohnt in meinen Ohren, aber ich fühle mich gut, weil ich ihn dazu gebracht habe. „Bist du mittlerweile verheiratet?", fragt er scherzhaft, und ich entspanne mich noch etwas mehr.

„Nein, in den vergangenen sechs Monaten ist kein Prinz Charming erschienen." Mit ihm zu scherzen, ist eine meiner Lieblingsbeschäftigungen. Wir kommen gut miteinander aus.

„Nun, du könntest an dem Morgen, an dem du dich aus meinem Zimmer geschlichen hast, jemanden kennengelernt haben. Er wäre ein Idiot, wenn er dir keinen Ring an den Finger stecken würde." Ich halte den Atem an. Mein Herzschlag beschleunigt sich und fühlt sich buchstäblich an, als würde es mir gleich aus der Brust springen. Ich schlucke und beschließe, seine Bemerkung zu ignorieren.

„Nein. Ich bin immer noch mit meinem Job verheiratet", entgegne ich, denn ich will ehrlich sein, obwohl er mein Leben wahrscheinlich als langweilig einstufen würde. Damit habe ich kein Problem.

„Freund?", fährt er fort, und wieder seufze ich.

„Nein. Kein Freund."

„Freundin?", fragt er, wobei sich sein Tonfall leicht ändert.

„Nein, Tennyson, ich bin ledig. Was sollen die ganzen Fragen?"

„Du weißt jetzt alles über mich, also finde ich es nur fair, dass ich auch mehr über dich erfahre", sagt er, und ich kann nichts dagegen einwenden. Wir kennen uns sehr gut und wissen doch überhaupt nichts voneinander. Und er hat recht: Ich habe zwar recherchiert, aber über mich findet man so gut wie nichts im Netz.

„*Warum* bist du Single?", fragt er, und ich schnaube spöttisch.

„Wahrscheinlich, weil ich in einem alten T-Shirt und flauschigen Socken schlafe", sage ich zu schnell, bevor ich mich aufhalten kann und verziehe das Gesicht. Dieses Bett hat dafür gesorgt, dass ich mich zu sehr entspanne; es ist, als hätte ich ein Wahrheitsserum eingenommen.

„Socken zum Schlafen? Wie alt bist du, etwa sechzig?", stichelt er.

„Sie helfen mir beim Einschlafen. Ich hasse es, wenn meine Füße kalt sind", verteidige ich meine Wahl der Schlafkleidung, obwohl ich eigentlich einfach auflegen sollte.

„Ich wette, du siehst in flauschigen Socken wahnsinnig gut aus." Er lacht leise.

„Tennyson ...", stoße ich frustriert seinen Namen aus, während ich mich auf die Seite drehe und mein knallrotes Gesicht in das Kissen vergrabe. *Was mache ich hier eigentlich?* Ich hätte dieses Gespräch schon längst beenden sollen. Aber es fühlt sich gut an, zu plaudern. Es ist lange her, dass ich mich so mit einem Mann unterhalten habe. Aber er ist mein Kunde, und ich muss das beenden, bevor es aus dem Ruder läuft.

„Welche Farbe haben sie? Rosa? Lila?", fragt er und ärgert mich noch mehr.

„Oh Gott, hör auf", sage ich wieder, jetzt mit einem Lächeln im Gesicht.

„Blau? Grün?", fährt er fort, und ich muss mir ein Kichern verkneifen. *Was zum Teufel ist mit mir los? Ich bin ein Profi. Das ist überschreitet jegliche Grenzen, die ich mir gesetzt habe, und doch kann ich ihn nicht unterbrechen.*

„Gelb, okay. Sie sind gelb. Das ist meine Lieblingsfarbe", sage ich und weiß wieder nicht, warum ich so viel erzähle.

„Hmmm ... Gelb ist eine sexy Farbe ..."

„Oh mein Gott, geh schlafen, Tennyson, es ist schon spät", schimpfe ich.

„Vielleicht brauche ich auch ein Paar Socken, um schlafen zu können", murmelt er.

„Gute Nacht, Tennyson." Ich hasse es, wie schwer es mir fällt, das zu sagen.

„Tenn", sagt er schnell.

„Was?"

„Alle meine Freunde nennen mich Tenn. Ich möchte, dass auch du mich so nennst", sagt er ernst. Aber wir sind keine Freunde. Wir können keine Freunde sein. Oder sollten es nicht sein. Er ist mein Kunde. Ich muss die beruflichen Grenzen wiederherstellen, bevor sie sich völlig auflösen, unabhängig davon, welche Gefühle es in mir wachruft.

„Okay. Und jetzt gehe schlafen", sage ich leise und schwöre, morgen eine stärkere Barriere zu errichten.

„Gute Nacht, Willow."

Ich beende den Anruf und starre an die Decke. Meine Gedanken wirbeln durcheinander, mein Herz rast und in mir machen sich Gefühle breit, die ich schon lange nicht mehr hatte.

Für die eine Person, für die ich keine Gefühle haben sollte.

12

TENNYSON

Ich starre an die Decke und will meine Augen schließen, aber genau wie letzte Nacht bin ich hellwach. Ich greife nach meinem Telefon und sehe, dass es kurz nach elf ist. Ich weiß, ich sollte es nicht tun, aber ohne Whisky und ohne Frauen ist sie alles, was ich habe. Unser Geplänkel ist natürlich, die Visionen, die ich von ihr habe, sind so farbenfroh und lebendig in meinem Kopf, dass es unwirklich scheint, sie nicht berühren zu können. Ich sollte sie nicht anrufen. Ich weiß, dass sie professionell bleiben will. Unsere Beziehung ist nichts weiter als die zwischen Manager und Kunde, aber der Wunsch, mit ihr reden zu wollen, schwindet nicht. Es macht zu viel Spaß, und ich habe schon lange nicht mehr so mit jemandem gesprochen.

Ich wähle ihre Nummer und warte.

„Tennyson?" Sie spricht meinen Namen genauso fragend wie gestern Abend aus.

„Willow?" Ich tue es ihr gleich und ein kleines

Lächeln bildet sich auf meinen Lippen, als ich ihre Stimme höre.

„Ist alles in Ordnung?", fragt sie und geht wahrscheinlich vom Schlimmsten aus. Wer weiß, mit welchen anderen Idioten sie in DC schon zu tun hatte. Aber es ist schön, gefragt zu werden. Meine Mutter hat sich nie um mich gekümmert; meine Brüder sind die einzigen Rettungsanker, die ich habe.

„Ja." Ich seufze und spüre bereits, wie die Anspannung des Arbeitstages von mir weicht. „Ich kann einfach nicht schlafen", entschuldige ich mich für den Anruf und warte darauf, dass sie auflegt, aber sie tut es nicht.

„Ich auch nicht. Betty ist aus irgendeinem Grund extrem hyperaktiv", murmelt sie, und ich stelle mir vor, wie sie herumrennt und ihre Katze jagt. „Ich kann nicht glauben, dass du eine Katzenlady bist." Ich mag zwar Muschis, aber Katzen kann ich nicht ausstehen. Es ist, als könnten sie in meine Seele schauen, sehen, wie verdorben sie ist, und wollen mir dann die Augen auskratzen. Das passiert jedes Mal, wenn ich in die Nähe einer Katze komme, und ich kann mir nicht vorstellen, dass es bei Betty anders wäre.

„Ich hätte auch nie gedacht, dass ich das mal werde, aber jetzt nehme ich Katzen auf und füttere ihre Freunde."

„Freunde? Also gibt es jetzt mehr als eine?", frage ich und unterdrücke ein Lachen.

„Gestern ist ein anderer Kerl aufgetaucht. Ein großer Kater, der wohl mitbekommen hat, dass Betty hier Futter bekommt."

„Oh, ich nehme als an, dass du morgen schon alle

Katzen aus deiner Nachbarschaft bei dir hast", sage ich lachend, woraufhin sie schnaubt.

„Nein! Ich hoffe nicht. Es macht mir nichts aus, eine zu füttern und zu versorgen, aber für mehr habe ich keine Zeit", sagt sie fast panisch.

„Ich verstehe den Reiz nicht", sage ich ehrlich.

„Was ist falsch an Katzen? Sie sind klug, gute Gefährten und sauber." Ich höre ein Miauen im Hintergrund, als ob Betty ihr zustimmen würde.

„Ich selbst stehe eher auf Hunde." Ich könnte mir nichts Schlimmeres vorstellen als eine Katze in meiner Wohnung.

„Oh, du solltest dir einen Hund anschaffen! Ja, das wäre perfekt. Dadurch wärst du gezwungen, Verantwortung zu übernehmen und es wäre gut für deinen Ruf", schlägt sie vor, und ihre Stimme hebt sich bei dieser Idee um eine Oktave. Ich lache, als ich höre, dass sie sofort begeistert ist. Obwohl sie bereits im Bett liegt, läuft ihr Verstand noch immer auf Hochtouren, und sie denkt über Strategien und Taktiken für ihre Kunden nach.

„Ich bin mir nicht sicher ...", setze ich an, bevor ich von ihr unterbrochen werde.

„Du könntest einen adoptieren. Du müsstest dich um ihn kümmern, ihn trainieren, mit ihm Gassi gehen und ihn füttern. Es würde dir eine gute Beschäftigung geben, aber gleichzeitig würdest du ein Tier retten, das jemand anderes ausgesetzt hat", fährt sie fort, und die Tatsache, dass sie mit dem Gedanken so glücklich zu sein scheint, ist für mich fast Grund genug, auf der Stelle zuzustimmen.

„Ich habe keine Zeit für einen Hund." Die Arbeit

macht mir im Moment zu schaffen. Das ist eine gute Ausrede.

„Natürlich hättest du Zeit. Ich habe deinen Terminkalender gesehen. Du kannst den Hund jeden Morgen ausführen, ihn mit zur Arbeit nehmen und abends mit ihm spielen." Ihr Entschluss steht schon fest. Ich fahre mir mit der Hand Gesicht, als ich daran denke, dass Willow fast jeden meiner Schritte kennt und weiß, wie ich meine Zeit verbringe. Ich weiß nicht, wie wir darauf gekommen sind, dass ich mir einen Hund anschaffen soll, aber ich kann dieser Frau auf keinen Fall Nein sagen, vor allem nicht jetzt, wo ich gehört habe, wie glücklich sie darüber ist.

„Ich habe keine Ahnung, wo ich überhaupt nach einem Hund suchen soll." Ich habe noch nie ein Tier gehabt. Meine Mutter wollte nie wieder ein Haustier haben, nachdem Harrison einen Hund hatte und dieser all ihre Rosen ausgegraben hatte. Schon damals ging es immer um Äußerlichkeiten und nicht um Glück. Allein der Gedanke, mir jetzt einen Hund anzuschaffen, nur um sie noch mehr zu ärgern, klingt ziemlich verlockend.

„Ich werde etwas recherchieren und einen Termin in deinem Kalender eintragen." Ich stelle mir vor, wie sie bereits Dinge auf ihr Tablet eintippt. „Wie läuft es mit der Arbeit?", fragt sie, und meine Gedanken wandern augenblicklich zu dem anderen Problem, mit dem ich momentan zu kämpfen habe.

„Meine Anwälte haben ein Schlupfloch im Vertrag gefunden, und ich habe die Innenausstattungsfirma heute entlassen, sehr zu ihrem Missfallen", sage ich. Die Entscheidung lastet immer noch schwer auf meinen

Schultern. Diese Änderung wird das Projekt bestenfalls um ein paar Monate verzögern. Diese einfache Entscheidung wird uns Geld kosten. Sehr viel Geld. Ich verliere nicht gern Geld. Ich mag es nicht, zu verlieren. Punkt.

„Hast du jemand anderen gefunden, der den Anforderungen gewachsen ist, um den Job zu übernehmen?", fragt Willow, und ich höre das Rascheln ihrer Bettdecke und weiß, dass sie sich für die Nacht zudeckt. Ich frage mich kurz, ob sie wieder ihre Socken anhat, und der Gedanke daran lässt mich lächeln und mich in meinem eigenen Bett entspannen.

„Wir haben ein paar Unternehmen, die wir bei der ersten Ausschreibung noch in den Akten hatten, und mein Team wird sich mit ihnen in Verbindung setzen, um herauszufinden, ob sie bereit sind, sich jetzt noch zu beteiligen. Außerdem lassen mein Bruder und seine Rechtsexperten alle Verträge unserer Lieferanten überprüfen, um festzustellen, ob wir noch mit anderen Unternehmen zusammenarbeiten, die sich nicht an die *Modern Slavery Code* halten, und wenn ja, müssen wir auch diese auswechseln." Auch wenn es eine Menge Arbeit bedeutet und Geld kostet, bin ich stolz darauf, diese Änderung vorzunehmen. Sie ist überfällig, etwas, das meine Brüder und ich schon längst bei all unseren Unternehmen hätten tun sollen, und ich werde sie darauf aufmerksam machen.

„Klingt, als hättest du alles unter Kontrolle. Du bist gut in deinem Job, Tennyson. Das kann jeder sehen." Dieses kleine Kompliment von ihr, in der Stille der Nacht, umhüllt mich wie eine warme Umarmung. Echte Komplimente erhalte ich nicht oft. Es fühlt sich gut an.

„Es sei denn, es geht alles den Bach runter und ich sorge dafür, dass die Firma mit diesen Änderungen bankrottgeht", sage ich mit einem Anflug von Sarkasmus.

„Du könntest auch Hundetrainer werden ...", sagt sie und ich lache. Nach einem ruhigen Moment höre ich sie gähnen, und ich weiß, dass sie dagegen ankämpft, einzuschlafen.

„Ich werde dann mal Schluss machen. Du brauchst deinen Schlaf", sage ich leise. Ich bin mir ziemlich sicher, dass sie die ganze Nacht mit mir reden würde und damit meine Bedürfnisse vor ihre eigenen stellt.

„Gute Nacht, Tennyson", sagt sie leise, und ich kann die Müdigkeit deutlich aus ihrer Stimme heraushören.

„Gute Nacht, Willow."

Ich beende den Anruf und lege mein Handy auf den Beistelltisch, ich fühle mich leichter und glücklicher als zuvor. Es ist drei Tage her, dass ich sie zum ersten Mal wiedergesehen habe, und seitdem bin ich geil auf sie. Es ist das erste Mal, dass ich so für eine Frau empfinde. Normalerweise schlafe ich mit ihnen, streiche sie aus meinen Gedanken und mache weiter. Aber Willow geht mir nicht aus dem Kopf. Ich will mit ihr reden. Und ich sehne mich danach, sie zu berühren, obwohl ich weiß, dass ich es nicht sollte. Sie verändert alles, was ich dachte, was ich wollte, und lässt mich die Dinge zum ersten Mal klar sehen.

Ich denke an die Nacht zurück, die wir hatten, nicht nur daran, wie gut sich ihr Körper angefühlt hat, sondern auch daran, wie toll unser Geplänkel ist. Ihr langes Haar, wie es ihr über den Rücken fiel, wie sie auf meinem Körper wippte und sich an mir festhielt, als sie mich ritt.

Ihre perfekten Brüste, wie sie vor meinem Gesicht auf und ab hüpften. Ich will sie. Ich will sie unbedingt.

Ich schiebe meine Hände unter die Decke und berühre meinen steinharten Schwanz. Ich schließe die Augen, als ich an die Nacht denke, die wir hatten. Ihr Lachen, ihre klugen Kommentare, ihre Schlagfertigkeit. Mein Griff ist fest, mein Schwanz pocht, und ich streichle mich in der Erinnerung. Ihr Stöhnen, ihr Wimmern, ihre Lippen, wie sie mein Glied umschlossen. Sie im Sessel zu ficken, sie zu schmecken, sie auf den Knien vor mir zu haben. Mein Atem kommt in kurzen Stößen, meine Haut fühlt sich heiß an, während ich mich fester und schneller massiere. Ich erinnere mich an unsere Zeit in der Dusche, als ich sie hochhob, sie gegen die Wand drückte und sie so hart und schnell fickte, dass keiner von uns genug bekommen konnte.

„Verfluchte Scheiße", stoße ich hervor, als ich komme und meinen Samen auf meinen Bauch spritze. Ich lasse meinen Kopf ins Kissen sinken und bin einen Moment lang atemlos, als der Stress des Tages von meinem Körper abfällt. Als sich meine Atmung wieder verlangsamt, fühlt sich mein Körper entspannt an, und ich gehe ins Bad, um mich zu waschen, bevor ich wieder ins Bett steige. Und genau wie letzte Nacht falle ich innerhalb von fünf Minuten in den zweittiefsten Schlaf, den ich seit Jahren hatte.

13

TENNYSON

Es ist Donnerstag, und Willow sollte jede Minute hier sein. Ich fühle mich unruhig, und eine nervöse Energie vibriert durch meinen Körper, während ich in meinem Büro auf. und abgehe, weil ich einfach nicht stillsitzen kann. Ich habe diese Woche so gut geschlafen wie noch nie, vor allem dank meiner nächtlichen Telefonate, gefolgt von Bildern von Willow, die mich in den Schlaf treiben. Meine Motivation ist hoch, mein Blick ist klarer, mein Gehirn läuft auf Hochtouren, und generell fühle ich mich so gut wie schon lange nicht mehr.

Am Montagabend reichte ihr Geständnis, gelbe Socken im Bett zu tragen, um meine Stimmung aufzuhellen. Seitdem stelle ich sie mir nackt vor, nur mit gelben Socken bekleidet. Am Dienstagabend rief ich sie an, weil ich erneut nicht schlafen konnte, und erfuhr alles über Betty, die streunende Katze, die sie aufgenommen hatte, und aus irgendeinem Grund stimmte ich zu, einen Hund zu adoptieren. Beim Anruf am Mittwoch sprachen wir über ihre Muffins und ich erfuhr, dass sie backt, wenn sie gestresst oder wütend ist. Ich erinnerte mich lebhaft daran, wie ich diesen Kuchen verschlungen hatte, nachdem sie Anfang der Woche gegangen war. Es war das Beste, was ich seit Langem gegessen habe. Seit mindestens sechs Monaten ...

„Was ist los?" Willows Stimme unterbricht meine Gedanken, als sie in der Tür erscheint und mich mustert. Dieses Mal trägt sie ein schwarzes Kleid, das sehr professionell wirkt, aber ihre Kurven betont. Ihr Haar fällt ihr wie beim letzten Mal offen über die Schultern. Ich starre sie an, während ich versuche, den Kloß, der sich in meiner Kehle gebildet hat, herunterzuschlucken. Es ist das dritte Mal in dieser Woche, dass mir ihre Schönheit vor Augen geführt wird, und jedes Mal ist besser als das vorherige.

„Was meinst du?", frage ich, als mein Geist langsam in die Gegenwart zurückkehrt.

„Warum gehst du in deinem Büro auf und ab? Was ist passiert?", fragt sie, die jetzt langsam hereinkommt und ihren Mantel und ihre Tasche auf den Sessel legt, aber keine Anstalten macht, sich zu setzen, während sie mich beobachtet.

„Manchmal laufe ich, wenn ich nachdenken muss", sage ich achselzuckend.

„Ist etwas Gutes passiert?" Ein kleines Lächeln umspielt ihre Lippen, als sie zögerlich auf mich zugeht. Verdammt noch mal, sie ist umwerfend.

„Nein. Warum?" Der Drang, sie in meine Arme zu ziehen, wird von Tag zu Tag stärker, je näher sie mir kommt.

„Weil du lächelst", sagt sie, ihr Lächeln ist jetzt breit und lässt meines noch breiter werden. „Woran auch immer du gedacht hast, es macht dich offensichtlich glücklich, also halte diesen Gedanken fest. Du kannst immer darauf zurückgreifen, wenn du gestresst oder wütend bist." Wenn sie nur wüsste, dass ich an sie gedacht habe.

„Oh, ich habe dir etwas mitgebracht." Sie wendet sich von mir ab und geht zurück zu dem Sessel, auf dem ihre Handtasche liegt, in der sie herumkramt und zwei braune Papiertüten herauszieht.

Ich weiß sofort, was es ist, als mir der Geruch von frisch gebackenem Gebäck in die Nase steigt. Ich setze mich wieder auf meinen Platz und behalte den Schreibtisch als Sicherheitsvorkehrung zwischen uns, damit ich nicht etwas Dummes mache, wie meine Lippen auf ihre zu pressen.

„Hier. Diesmal Red Velvet", sagt sie und legt die beiden Tüten vor mir ab. Ich werfe einen Blick hinein und sehe den Muffin mit dicker weißer Glasur und einem Spritzer rotem Glitzer. Mein Blick wandert zurück zu ihr.

„Warum warst du gestresst?", frage ich sie besorgt, da ich mittlerweile weiß, wann sie backt.

„Ach, nur so." Sie winkt ab, ihr Lächeln ist nicht mehr so strahlend wie zuvor. Ich weiß, dass sie nicht ganz ehrlich ist, aber ich lasse es auf sich beruhen, als ich die zweite Tüte öffne und etwas Grünes sehe, bevor ich die Tüte umdrehe und ein Paar Socken auf meinen Schreibtisch fällt.

Ich lache, als ich sie nehme. Sie sind weich, leuchtend

lindgrün und sehen aus, als würden sie mir bis zu den Knien reichen.

„Socken zum Schlafen. Damit du jede Nacht so lächerlich aussiehst wie ich", sagt sie.

„Meinst du, die werden mir beim Einschlafen helfen?", frage ich und fühle ihre Weichheit. Sie sind völlig absurd, aber ich kann es jetzt schon kaum erwarten, sie anzuziehen.

„Nun, man sollte alles ausprobieren. Unterschätze niemals einen guten Schlaf", sagt sie einfach, aber für mich ist das alles andere als einfach. Sie hat sich die Mühe gemacht, die hier für mich zu besorgen.

„Aber es reicht schon aus, mit dir zu reden, um besser zu schlafen. Ich rufe dich einfach an", sage ich, reiße die Etiketten von den Socken und behalte einen in der Hand, um seine Weichheit zu genießen.

„Ja, aber unsere Gespräche müssen professionell bleiben." Mein Lächeln schwankt, aber ich habe mich rasch wieder im Griff.

„Aber es hat doch immer etwas mit der Arbeit zu tun, wenn wir miteinander reden. Indem ich jeden Abend mit dir spreche, halte ich mich aus Schwierigkeiten heraus", sage ich, bevor ich ihr zuzwinkere und mein Lächeln in ein Grinsen übergeht. Sie weiß, dass ich sie necke. Ihre Lippen pressen sich zu einer schmalen Linie zusammen, und sie seufzt, weil sie sichergehen will, dass sie das Richtige tut, während ich nur das Falsche will. Das ganz Falsche. Mit ihr. Wieder und wieder.

„Aber ich werde nicht jeden Abend da sein. Ich werde heute Abend nicht mit dir telefonieren können." Mein Kopf schnellt hoch und ich starre sie an.

„Wieso nicht?", frage ich, bevor ich mich ein wenig zurücklehne, denn ich weiß, dass es mich wahrscheinlich nichts angeht, aber ich bin neugierig, was Willow in ihrer Freizeit macht.

„Ich habe eine Verabredung", sagt sie und schaut unbehaglich drein, während ich spüre, wie sich mein Morgenkaffee in meinem Magen dreht.

„Eine Verabredung?", wiederhole ich und meine Augenbrauen wandern in die Höhe. Diese Information gefällt mir überhaupt nicht. Ich bewege mich in meinem Sitz, unsicher, wie ich diese Nachricht aufnehmen soll. Ich kann es ihr schließlich nicht verbieten oder ihr sagen, dass sie nicht gehen soll. Meine Brust fühlt sich eng an, während ich versuche, das zu verarbeiten, und mich frage, wie ich sie dazu bringen kann, diese Verabredung ausfallen zu lassen. Sie ist ein guter Fang, einer, von dem ich nicht will, dass sonst noch jemand ihn bemerkt.

„Ja, eine Verabredung", bestätigt sie mit einer Frechheit, die ich nicht erwartet habe, und ich spüre, wie ich mit den Zähnen knirsche, bevor ich versuche, mich zu entspannen.

„Mit wem?", dränge ich mit zusammengekniffenen Augen und versuche, so zu tun, als wäre es mir egal. Ich will herausfinden, wer es ist und ihm die Beine brechen, damit er nicht gehen kann und absagen muss.

„Oh, ein Typ, den ich über eine App kennengelernt habe." Sie schnappt sich ihr Tablet und tippt es an, um sich nun den Themen unseres Treffens zuzuwenden, als hätte sie nicht gerade diese Bombe platzen lassen.

„Eine App?", frage ich ein wenig zu laut, sodass ihr Blick zu mir hochschnellt.

„Ja, eine App", ist alles, was sie sagt, und ich bin kurz davor, mir die Haare auszureißen.

„Weißt du, was für Männer eine solche App nutzen?" Ich koche vor Wut. Hat sie überhaupt eine Ahnung, was sie da tut? Diese Männer sind Tiere. Ich weiß es, ich bin einer von ihnen.

Sie seufzt. „Ja, ich weiß. Ich habe in den letzten Tagen mehr Pimmel-Bilder auf meinem Handy erhalten, als ich zugeben möchte."

„Dann sag es ab. Sag ihm, dass du arbeiten musst", fordere ich.

„Aber ich muss ja nicht arbeiten", sagt sie achselzuckend und ignoriert meinen Tonfall. „Außerdem hat mir meine Schwester gesagt, ich solle mehr ausgehen und Leute treffen, und das tue ich auch. Also, lass uns deine soziale Strategie durchgehen. Ich möchte sichergehen, dass du alles verstanden hast, bevor wir sie ab heute Abend umsetzen." Sie legt ihr Tablet zwischen uns auf den Tisch und erklärt damit, das Gespräch über dieses Thema für beendet.

Sie erklärt mir den neuen Plan, und während ich unter dem Schreibtisch meine Finger knacken lasse, bleibt mein Gesicht ausdruckslos. Sie ist gut. Die gesamte Strategie ist wie etwas, das ich von einem großen Unternehmen oder einem dieser wirklich trendigen Medienunternehmen erwarten würde. Sie hat an alles gedacht, an Inhalte, Bilder, Timings, Kooperationen und Abläufe.

„Du bist also mit allem zufrieden?", fragt sie, während sie ihre Sachen in die Tasche packt, um zu gehen.

„Es sieht gut aus, und ich vertraue dir", sage ich, stehe

auf und gehe um meinen Schreibtisch herum, nur um ihr ein wenig näher zu sein.

„Gut. Meine Digital Managerin wird es ab heute Abend einführen." Sie schenkt mir ein kleines Lächeln, ihr Gesicht ist weich und frei von Vorurteilen, ihre Augen funkeln im Licht meines Büros.

„Apropos heute Abend, wo führt dich dieser Romeo hin?" Ich komme nicht gegen den Drang an, sie zu fragen. Ich muss es wissen. Ich kann nicht aufhören, darüber nachzudenken. Wer er ist. Was sie tun werden. *Wird sie ihn sie anfassen lassen?* Scheiße, jetzt will ich auf etwas einschlagen.

„Oh, nur ein kleines Restaurant in DC, nichts allzu Ausgefallenes." Ich schlucke, damit ich nicht sage, was ich eigentlich sagen will, nämlich: *„Geh nicht hin. Geh stattdessen mit mir aus."* Ich werde sie in das beste Restaurant ausführen, verdammt, ich werde mit ihr nach Paris fliegen, um auf dem Eiffelturm zu essen, wenn das ihr Wunsch ist.

„Viel Spaß", stoße ich hervor, weil mir die Situation immer noch nicht gefällt, aber ich weiß nicht, was ich tun soll, um sie davon abzuhalten. Ich kann nichts sagen. Ich kann sie nicht drängen.

„Danke. Oh, bevor ich es vergesse, ich habe deinen Terminkalender aktualisiert. Wir werden dieses Wochenende einen Hund für dich finden", sagt sie mit einem breiten Lächeln.

„Dieses Wochenende? So schnell?" Wie kann ich aus diesem verrückten Plan, in den sie mich hineingezogen hat, wieder herauskommen? Ich bin mir nicht sicher, ob ich für eine solche Verpflichtung bereit bin, aber dann sehe ich in ihre Augen, sehe, wie sie mich freudig anstrahlt, und gebe nach.

„Jap, dieses Wochenende!", flötet sie, während ich nicke und beobachte, wie sie sich umdreht und mein Büro verlässt. Ich bleibe stehen und halte mich an meinem Schreibtisch fest, damit ich ihr nicht folge.

Ich muss vorsichtig vorgehen. Die beruflichen Erwartungen, die sie hat, mit den sehr unprofessionellen Gedanken, die ich hege, abwägen und hoffen, dass diese Verabredung ein Desaster wird.

14

WILLOW

Ich fühle mich wie ein Idiot, während ich hier sitze. Kerzenlicht taucht die kleinen und sehr intimen Tische in ein warmes Licht. Die Einrichtung und die Musik sind genau richtig für einen romantischen Abend. Das ist alles viel zu viel für ein erstes Date. Schon jetzt sind die Erwartungen an den heutigen Abend hoch, und ich bin leicht nervös.

Ich musste viel suchen, um diesen Mann zu finden. Obwohl er einigermaßen gut aussah und in seinem Profil stand, dass er im Finanzwesen arbeitete und Tiere liebte, hatten die wenigen Textnachrichten, die wir austauschten, etwas an sich, das mich daran zweifeln ließ, ob dieser Abend von Erfolg gekrönt sein würde. Vielleicht, weil es mir lieber wäre, wenn mir heute Abend ein anderer Mann gegenübersitzen würde. Ich hatte Tennyson Eifersucht gespürt, als ich ihm von meinem Date erzählte. Ein Teil von mir wollte, dass er verlangte, ich solle absagen und stattdessen mit ihm ausgehen sollte. Aber ich weiß, dass es das Beste ist. Ich muss ihn und alle Gedanken, die ich an ihn habe, ganz tief in mir vergraben.

Außerdem hatte meine Schwester recht. Es ist Monate her, dass ich mich mit einem Mann verabredet habe. Diese eine Nacht in New York war das letzte Mal, dass ich mit jemandem intim war, und ich musste dringend raus, um ein Yin für mein Yang zu finden.

Doch als ich mich im Raum umsehe und all die anderen Paare betrachte, die sich liebevoll in die Augen schauen und die Hände auf dem Tisch zusammenhalten, beginnen meine eigenen Hände leicht zu zittern, und ich nehme einen kleinen Schluck von meinem Wasser. Meine Verabredung ist spät dran. Und wenn es etwas Schlimmeres gibt, als den ersten Schritt zu tun und um eine Verabredung zu bitten, dann ist es, versetzt zu werden.

Ich versuche so zu tun, als wäre ich beschäftigt, schaue mir die Speisekarte an und starre sie so lange an, dass ich schon weiß, dass ich das gebratene Huhn mit Karotten haben möchte. Dann hole ich mein Handy heraus und checke meine E-Mails. Ich sehe, dass mein Social Manager mit Tennysons neu kuratiertem Feed begonnen hat, und ich sehe mir ein Bild nach dem anderen von ihm an. Er ist so heiß, dass sich augenblicklich ein Kribbeln in mir breitmacht.

„Willow?", sagt eine Männerstimme neben mir, und ich zucke überrascht zusammen.

„Ja. Roger?", frage ich, schiebe Tennysons sexy Grinsen beiseite und stecke mein Handy zurück in meine Handtasche, während ich ihm ein Lächeln schenke.

„Tut mir leid, dass ich zu spät bin. Ich wurde im Büro

aufgehalten“, sagt er, nimmt mir gegenüber Platz und ich schaue ihn an. Er sieht anders aus als auf seinen Online-Fotos. *Ganz* anders.

„Wow, du siehst genauso aus wie auf den Fotos. Du bist wunderschön“, sagt er und lächelt, während der Kellner sein Glas mit Wasser füllt.

„Oh, danke schön. Du siehst ... auch ein bisschen wie auf deinen Fotos aus“, sage ich mit einem erzwungenen Lächeln.

„Nun, ich gebe zu, dass diese Fotos ein wenig alt sind. Ich bin etwas gealtert.“ Das ist eine ziemliche Untertreibung.

Der Mann auf den Fotos sah aus, als wäre er Mitte dreißig, vielleicht Ende dreißig; sie zeigen ihn beim Bergsteigen, dann im Anzug, dann beim Schwimmen. Der Mann, der vor mir sitzt, ist schätzungsweise ungefähr fünfzig, hat viel zugenommen, und sein Haar ist so dünn geworden, dass es fast nicht mehr vorhanden ist. Nicht, dass ich etwas gegen Männer mit Glatze hätte, aber er ist nicht so, wie er sich darstellt, und ich frage mich schon, worüber er mich noch anlügen würde.

Während Roger die Speisekarte durchblättert, fallen wir in ein unangenehmes Schweigen. Ich denke wieder an Tennyson. Seine Anwesenheit schafft es problemlos, einen ganzen Raum zu erhellen. Seine Persönlichkeit wirkt wie ein Magnet, seine Gespräche sind genauso attraktiv wie sein Aussehen. Als er weiß, was er bestellen wird, legt Roger die Speisekarte weg und sieht mich an.

„In deinem Profil steht, dass du im Finanzwesen arbeitest. Was für eine Art von Arbeit machst du denn?“

Einer von uns muss reden, auch wenn dieser Abend schon jetzt nicht so verläuft, wie ich es mir erhofft hatte.

„Ich arbeite in der Abteilung für Fusionen und Übernahmen am anderen Ende der Stadt", sagt er und sein Blick wandert von mir durch den Raum und wieder zurück. Ich höre, dass mein Handy in der Tasche vibriert und greife danach, um sicherzugehen, dass es keinen Notfall gibt. Es ist mir eigentlich auch egal, ob ich deswegen unhöflich wirke.

Tennyson: Wie läuft die Verabredung?

Natürlich ist er es. Ich tippe schnell eine Antwort.

Ich: Großartig. Schönes Restaurant.

Ich lege mein Handy zurück in meine Handtasche, nehme meine Speisekarte zur Hand und tue so, als würde ich sie lesen. Ich bin frustriert. Frustriert, weil dies eine Verschwendung meiner Zeit ist. Es gibt hundert andere Dinge, die ich tun könnte, zum Beispiel mit Tennyson über unsere nächtlichen Anrufe sprechen. Mein Inneres zieht sich zusammen, weil ich weiß, dass ich mich heute Abend viel besser amüsieren würde, wenn er stattdessen bei mir wäre.

„Das klingt, als würde ziemlicher Druck auf dir lasten? Gefällt dir deine Arbeit?", frage ich, da er keine Anstalten macht, mir irgendeine Frage zu stellen. Aber da höre ich schon wieder das Vibrieren in meiner Handtasche. Diesmal ignoriere ich es.

„Das tut sie. Ich habe schon immer im Finanzwesen

gearbeitet. Aber da ich hier in DC bin, muss ich sagen, dass ich einige politische Ambitionen habe."

„Es ist diese Art von Stadt", sage ich mit einem Lächeln. Ich weiß, dass es besser ist, nicht über Politik zu sprechen. Das ist ein Thema, dem ich gerne aus dem Weg gehe, denn in dieser Stadt sind die Leute sehr meinungsfreudig in dieser Frage. Erneut vibriert mein Handy, aber auch diesmal ignoriere ich es. Ich werde später mit Tennyson sprechen. Ich muss diese Verabredung einfach hinter mich bringen.

„Möchten Sie bestellen?", fragt der Kellner, als er an unseren Tisch herantritt.

„Ich nehme das Steak. Halbgar, mit gedünstetem Gemüse als Beilage. Sie nimmt das Gleiche", bestellt Roger und ich bin ein wenig überrascht. Der Kellner verschwindet fast augenblicklich, und die Speisekarte wird mir so schnell aus den Händen gerissen, dass ich mich frage, was zum Teufel gerade passiert ist.

„Bist du Demokratin oder Republikanerin?", fragt er, als ich gerade einen Schluck Wasser nehme, um meine Nerven zu beruhigen, und verschlucke mich fast. *Das* ist die erste Frage, die er mir stellt. *Wirklich?*

„Oh, verzeih. Ich habe mich verschluckt." Ich greife nach meiner Serviette und tupfe mir den Mund ab. Wieder vibriert mein Handy, aber Roger bemerkt es nicht. „Bitte entschuldige mich. Ich muss mich nur kurz frisch machen", sage ich, stehe auf, schnappe mir meine Tasche und gehe zur Damentoilette. Ich schlängele mich zwischen den Tischen hindurch und gehe im schwachen Licht des Restaurants zu einer kleinen Toilette im hinteren Bereich. Als ich die Badezimmertür aufstoße, werde ich von Erleichterung durchströmt. Ich halte mich am Waschbecken fest und atme tief durch. *Was mache ich hier eigentlich? Warum kann ich keinen netten Mann finden?*

Wieder vibriert mein Handy und diesmal öffne ich meine Tasche und ziehe es heraus.

> Tennyson: Wer ist er?

> Tennyson: Wo hat er dich hingebracht?

> Tennyson: Hat er überhaupt schon nach deinen Socken gefragt? Denn wenn nicht, ist er es nicht wert, dass du deine Zeit mit ihm verschwendest.

Ich lache über seine letzte Nachricht und meine Stimmung hellt sich sofort auf. Ich bin mir jedoch bewusst, dass unser Gespräch überhaupt nichts mit der Arbeit zu tun hat, und das ist ein gefährliches Terrain. Sein reges Interesse an meiner Verabredung ist ein Problem, und ich überlege, ob ich lügen und ihm sagen soll, dass es super läuft, oder ob ich die Wahrheit sagen soll.

Die Wahrheit gewinnt.

> Willow: Keine Socken. Er ist keine zehn Minuten hier, und ich will schon fliehen. Das Badezimmerfenster sieht sehr einladend aus.

Ich tippe schnell meine Antwort, bevor ich nach meinem Lipgloss greife und mein Make-up auffrische. Es ist völlig in Ordnung, aber ich bin noch nicht bereit, mich Roger wieder zu stellen, also mache ich ein Selfie vor dem Badezimmerspiegel. Ein Beweis für meine Schwester, dass ich tatsächlich ausgegangen bin. Auch wenn es nicht so endet, wie wir es uns beide erhofft hatten, habe ich es wenigstens versucht. Das sollte mir genug Zeit verschaffen, um mindestens ein halbes Jahr lang keine weitere Dating-App mehr auszuprobieren. Sie sind wirklich deprimierend. Ich poste das Bild in meinen sozialen Medien und markiere sie darin, weil ich weiß, dass sie es auf der anderen Seite der Welt sehen wird, wo sie ständig auf ihr Handy starrt.

Ich packe alles wieder in meine Tasche, atme tief durch und gehe zurück zu meinem Date. Obwohl ich eigentlich das Hühnchen bestellen wollte, kann ich genauso gut mein Steak genießen. Denn sobald der heutige Abend vorüber ist, habe ich vor, so lange wie möglich im Arbeitsmodus zu bleiben.

NACHDEM ICH EINE Flasche Rotwein und ein zartes Steak genossen habe, stelle ich fest, dass Roger einer der arrogantesten und egozentrischsten Männer ist, die ich je getroffen habe.

„Du wirst mir also sicher darin zustimmen, dass ich ein guter Präsident wäre. Mein finanzieller Scharfsinn, meine geschäftliche Präsenz und meine familiären Bindungen deuten alle in diese Richtung." Ich habe nicht vor, seine Seifenblase platzen zu lassen, aber er hat ganz sicher nicht das Zeug zum Präsidenten.

„Hört sich an, als hättest du alles geplant", meine ich, sehe mich nach einem Kellner um und will am liebsten bezahlen und gehen. Wir sind seit fast zwei Stunden hier, und ich denke, das ist lang genug.

„Für Sie, Madame", sagt der Kellner und kommt auf mich zu. Als er einen Teller vor mir abstellt, blicke ich auf einen einzigen Muffin. Vanille mit sonnengelber Glasur.

„Das habe ich nicht bestellt", spuckt Roger aus. Sein Verhalten gegenüber der Bedienung war heute Abend nicht gerade vorbildlich.

„Nein, aber ich", sagt eine vertraute tiefe Stimme. Ich blicke auf und sehe Tennyson Rothschild, wie er auf mich zukommt und seine Hand auf die Lehne meines Stuhls legt. Ich bin froh, dass ich sitze, denn obwohl ich ihn schon einmal in einem Anzug gesehen habe, würde mich sein Anblick jetzt mit Sicherheit umhauen. Ein schwarzer Anzug, der perfekt seine breiten Schultern umschließt. Darunter ein weißes Hemd, das am Hals leicht geöffnet ist. Er ist entspannt und doch professionell und sieht aus wie der Traummann einer jeden Frau.

„Wer zum Teufel sind Sie?", fragt Roger.

„Tennyson Rothschild", sagt Tennyson und streckt seine Hand zur Begrüßung aus.

„Roger Court." Roger steht auf und schüttelt seine Hand. Es ist klar, dass er weiß, wer Tennyson ist, der Name Rothschild ist jetzt, da Harrison Gouverneur ist, häufiger zu hören. Roger schenkt Tennyson das strahlendste Lächeln, das er zu bieten hat, wahrscheinlich denkt er, dass es für seine politischen Pläne gut wäre, ihn auf seiner Seite zu haben.

„Ich habe Ihre Rechnung bereits beglichen. Roger, Sie können gehen. Ich werde dafür sorgen, dass man sich um Ihre Verabredung kümmert", sagt Tennyson. Als ich mich im Raum umsehe, stelle ich fest, dass die meisten Leute schon gegangen sind.

Roger sieht mich an, als würde er entscheiden, ob er bleiben oder gehen soll. Ich kann nicht einmal etwas sagen. Ich bin zu verblüfft, dass Tennyson hier ist, und mehr als nur ein wenig sauer, dass er scheinbar ernsthaft erwägt, mich einem anderen Mann zu überlassen, ohne mich zu fragen. Meine Gedanken wirbeln wild durch meinen Kopf, bis ich sie spüre – Tennysons Hand auf meiner Schulter. Er streicht mit dem Daumen über meine Haut, und ich entspanne mich sofort. Ich schaue zu Tennyson auf und merke, dass er Roger direkt anstarrt, um sicherzustellen, dass er genau weiß, zu wem ich gehöre, und er es nicht ist. Und dann spüre ich Erleichterung. Erleichterung darüber, dass Tennyson hier ist. Die Berührung seines Daumens auf meiner Schulter ist kaum spürbar, aber das Summen, das durch meinen Körper geht, lässt meine Haut kribbeln und Schmetterlinge wie wild in meinem Bauch flattern. Zwischen uns gibt es eine elektrisierende Spannung. Diese Berührung intensiviert das nur.

„Gut", murmelt Roger, wirft seine Serviette auf den Tisch, schnappt sich dann seinen Mantel und geht direkt zur Tür hinaus, wahrscheinlich mehr als zufrieden, dass er für den heutigen Abend nichts bezahlen musste.

„Was machst du denn hier?", frage ich Tennyson, als er mir gegenüber Platz nimmt. Der Kellner räumt eilig den Tisch ab und stellt einen weiteren Teller mit einem Muffin vor ihm ab.

„Nun, ich konnte mein Mädchen nicht die ganze Nacht leiden lassen", sagt er mit einem frechen Lächeln, bevor er die Gabel in den Muffin sticht und von ihm abbeißt. *Mein Mädchen.* Bei diesen zwei Worten wird mir trotz aller guten Vorsätze warm ums Herz. Ich sollte es nicht zulassen, geschweige denn es genießen.

„Woher wusstest du, wo ich bin?", frage ich und bin mir nicht sicher, ob ich erleichtert sein soll, dass er mich vor meiner katastrophalen Verabredung gerettet hat, oder ob ich mich ärgern soll, dass Tennyson überhaupt aufgetaucht ist. Vor allem, weil er um diese Uhrzeit unterwegs ist und sich nicht an meinen Zeitplan hält.

„Dein Foto in den sozialen Medien", antwortet er und nimmt einen weiteren Bissen.

„Stalkst du mich etwa?", frage ich neckisch, und er lächelt.

„Das tue ich. Du weißt jede Minute des Tages, wo ich bin, also finde ich es nur fair. Wirst du das essen?" Er deutet mit seiner Gabel auf den Muffin vor mir. Er sieht köstlich aus, und mir läuft das Wasser im Mund zusammen, sodass ich nicht zögere, ihn selbst zu essen.

„Weshalb bist du in DC? Ich habe das nicht in deinem Terminkalender gesehen." Ich bin seinen Terminkalender diese Woche dreimal durchgegangen, und ein Besuch in DC wäre mir aufgefallen. Ich nehme einen Bissen von dem Muffin und stöhne. Er ist frisch, zitronig und so weich, dass ich sofort mehr will.

„Scheiße", murmelt Tennyson, kaum laut genug, dass ich es hören kann, und mein Blick wandert zu ihm. Sein Blick glüht vor Verlangen, als er mich ansieht, und ich ziehe fragend die Augenbrauen hoch.

„Geht es dir gut?", frage ich, mit einem Mund voller Kuchen.

„Dein Stöhnen ist genau so, wie ich es in Erinnerung habe", brummt er. Ich schlucke und spüre, wie mir ganz heiß wird. Wir tanzen beide viel zu nah an der Flamme. Meine Gefühle für ihn sind kaum zu bändigen. Die Tatsache, dass er hier ist, ist der einzige Beweis, den ich brauche, um zu wissen, dass er dasselbe empfindet. Ich räuspere mich und versuche, uns wieder auf den rechten Weg zu bringen. Ich kann nicht so über ihn denken. Er ist ein Kunde. Ich kann das nicht tun.

„Wie bist du so schnell hierhergekommen? Ich habe das Foto erst vor einer Stunde oder so gepostet." Ich presse meine Oberschenkel zusammen und versuche, meinen rasenden Herzschlag zu beruhigen. Seinen Blick auf mir zu spüren, verleiht mir ein gutes Gefühl. Ich fühle mich begehrt, und es fühlt sich zu gut an.

„Ich habe mir den Hubschrauber geschnappt", sagt er achselzuckend, als würde er einen Ausflug in den Supermarkt beschreiben.

„Ernsthaft?" Ich traue meinen Ohren nicht. *Hat er Hubschrauber gesagt?*

„Was?", fragt er, schiebt den letzten Bissen seines Muffins in den Mund, während er mich ansieht, als sei ein Hubschrauberflug nach DC etwas ganz Normales. Vielleicht ist es das für ihn auch. Das sind die Art von Ausgaben, von denen Harrison gesprochen hat.

„Du bist hierhergeflogen, nur um meine Verabredung zu beenden?", frage ich verblüfft.

„Nein. Ich bin hierhergeflogen, um *dich* vor deiner Verabredung *zu retten*", erwidert er mit einem zufriedenen Lächeln im Gesicht.

„In einem Hubschrauber?" Das ist doch verrückt. Ich

habe noch nie jemanden gehabt, der mich auch nur mit einem Auto abholt. *Ein Hubschrauber? Meinetwegen?*

„Nein, in *meinem* Hubschrauber." Er lehnt sich zurück, und auf seinem Gesicht breitet sich ein Grinsen aus, das in mir den Wunsch aufsteigen lässt, ihn auf der Stelle zu küssen. Ich bin schockiert und bleibe einen Moment lang still sitzen, um seine Worte zu verarbeiten. Als ich mich dieses Mal im Restaurant umsehe, sehe ich, dass es leer ist. Nur Tennyson und ich sind noch da, und zwei Angestellte, die an der Bar Gläser polieren.

„Tennyson, du kannst nicht ... Ich meine, wir können nicht ..." Ich versuche, die richtigen Worte zu finden. Sosehr ich auch über diesen Tisch springen und seine Hände auf meinem Körper spüren möchte, es geht nicht. Meine Aufgabe ist es, seinen Ruf wiederherzustellen. Und wenn ich eine romantische Beziehung zu einem Kunden habe, könnte auch mein Ruf Schaden nehmen.

„Ich weiß, Willow. Es ist alles in Ordnung. Iss deinen Muffin und dann bringe ich dich nach Hause", sagt er leise und sieht mich ernst an. Ich nicke und nehme noch einen Bissen, während er mich in Gedanken versunken beobachtet.

Es ist offensichtlich, dass wir beide das Gleiche wollen. Die elektrisierende Spannung, die zwischen uns herrscht, scheint kurz davorzustehen, Funken zu sprühen.

„Ich weiß, dass wir nicht ...", beginnt er zu sagen, und ich blicke ihn an. Ich schweige und warte, während mein Herz so heftig schlägt, dass ich die Vibration in meiner Brust spüre. „Aber Willow, ich will es. Ich will es *wirklich*, verdammt." Es ist so aufrichtig, wie er das sagt, als ginge es ihm um so viel mehr als nur um Sex, und ich schmelze dahin. Er legt seine Karten auf den Tisch. Er ist mit einem *Hubschrauber* gekommen, um mich vor dem Date zu retten, weil er mich will.

„Das können wir nicht. Mein Geschäft bedeutet mir so viel. Ich habe in den letzten Jahren hart gearbeitet, und wenn ich etwas mit einem Kunden anfange, könnte das alles zerstören, wofür ich so hart gearbeitet habe." Meine Stimme ist nur noch ein Flüstern. Es ist so kompliziert. Ein erbitterter Kampf tobt zwischen meinem Verstand und meinem Herzen. Aber ich muss mich zusammenreißen. Ich bin ein Profi, verdammt noch mal. Ich räuspere mich und strecke meinen Rücken durch. Ich lasse die Schultern zurückrollen und atme tief ein.

„Du kommst doch noch zu dem Geschäftsessen, oder?", fragt er, und ich weiß es zu schätzen, dass er das Gespräch wieder auf die Arbeit lenkt. Ich habe in letzter Zeit viel über diesen Abend nachgedacht. Harrison und Beth bereiten es vor. Es wird eine großartige Gelegenheit sein, potenzielle neue Kunden kennenzulernen, dafür zu sorgen, dass mehr Leute mich kennen und so mein Geschäft auch außerhalb von DC aufzubauen. Inzwischen weiß ich, dass eine ganze Reihe namhafter Geschäftsleute anwesend sein wird, sodass ich mich auch darauf konzentrieren muss, dass Tennyson in einem guten Licht dasteht.

„Ich werde da sein, um dich zu unterstützen und dafür zu sorgen, dass alles reibungslos abläuft. Ich muss nur noch etwas zum Anziehen organisieren." Ich bin nervös, weil es das erste Mal sein wird, dass wir zusammen zu einer formellen Veranstaltung erscheinen werden.

„Selbst, wenn du einen Kartoffelsack tragen würdest, würdest du wunderschön aussehen", sagt er leise, aber seine Aussage trifft mich mitten in die Brust. „Wir sollten gehen. Ich habe einen Wagen hier, der auf mich wartet. Er kann dich hinbringen, wo immer du hin musst", fährt er fort, während mich meine Gefühle fast überwältigen. Aber es muss so sein. *Oder etwa nicht?* Sein Lächeln ist klein, aber es ist da. Er weiß es. Er weiß, dass es nur eine Frage der Zeit ist, bis ich meinem Verlangen nachgeben werde.

„Geh voran." Er sieht mir zu, wie ich aufstehe, bevor er sich ebenfalls erhebt, dem Kellner meine Jacke abnimmt und mir hilft, sie anzuziehen. Er bleibt dicht bei mir, als wir losgehen, seine Hand liegt auf meinem Rücken, als er mich aus dem Restaurant auf die Straße führt, und er nimmt sie erst wieder weg, als ich sicher im Auto sitze. Seine schützende Berührung macht die Sache nicht einfacher. Ich sehe, wie er sich draußen einen Moment Zeit nimmt, bevor er zu mir steigt.

Die Nacht endet für uns beide nicht so, wie wir es uns wünschen.

„HIER WOHNST DU ALSO?", fragt Tennyson, als die Limousine vor meinem Haus stehenbleibt. Ich kann es kaum erwarten, aus diesem Auto auszusteigen. Die Spannung zwischen uns lässt die Nervosität in mir immer weiter steigen. Wir sitzen dicht beieinander, ohne uns jedoch zu berühren. Wir reden über das Geschäftliche, versuchen aber, nicht zu persönlich zu werden. Normalerweise gelingt es mir sehr gut, professionell zu bleiben, aber diesmal ist es schwieriger, als ich je erlebt habe. Die Art und Weise, wie er selbstbewusst neben mir sitzt, das perfekte, natürlich verlaufende Gespräch und die Art und Weise, wie ich ständig seine Augen über meinen Körper gleiten spüre ... all das lässt meinen Körper kribbeln. Wenn ich jetzt nicht aussteige, werde ich mich noch rittlings auf ihn setzen.

„Das ist es." Ich betrachte mein kleines Haus mit einem gewissen Stolz.

„Es passt zu dir", sagt er, bevor er schnell aussteigt. Ich greife nach meiner Handtasche und öffne die Tür, als er mir gerade heraushelfen will. Federleicht umschließt seine Hand die meine. Es ist, als würden mich mein Körper, mein Geist und mein Herz zu ihm drängen, und ich kann nichts mehr richtig kontrollieren. Mein Körper sehnt sich verzweifelt nach ihm, meine Hand fühlt sich gut in seiner an, und ausnahmsweise möchte ich einfach nur das Mädchen sein, das von einem Mann festgehalten werden will. Als sich die Autotür schließt, atme ich tief aus.

„Was meinst du damit?", frage ich, während er mich zu meiner Tür begleitet. Meine Beine zittern leicht, während meine Hand immer noch in seiner liegt. Es sollte sich irgendwie falsch anfühlen, aber das tut es nicht. Es fühlt sich zu richtig an.

„Es ist klein, elegant und einladend, genau wie du."

„Nun ...", setze ich an und er schenkt mir ein wissendes Lächeln. „Danke, dass du mich nach Hause gefahren hast. Bitte komm gut nach Hause." Ich bin mir nicht sicher, wie sicher Hubschrauber in der Nacht sind, aber er muss auf jeden Fall gehen. Als wir meine Veranda erreichen, mache ich keine Anstalten, meine Hand aus seiner zu lösen.

„Das Auto wird mich nach Hause bringen. Es sind nur vierzig Minuten von hier. Auf dieser Seite der Stadt bist du näher an Baltimore", sagt er und grinst. „Bist du sicher, dass du mir nicht deine Socken zeigen willst?" Sein Daumen löst sich aus meiner Hand und streichelt sanft meinen Handrücken.

Ich lache und gebe ihm spielerisch einen Klaps auf die Hand. „Gute Nacht, Tennyson", sage ich und lächle, als er grinsend einen Schritt zurück zum Auto macht, allerdings lässt er meine Hand noch immer nicht los.

„Ein andermal", sagt er und zwinkert mir zu. Unsere Hände lösen sich, ich warte und sehe zu, wie er zum Auto geht, bevor ich meine Haustür öffne und eintrete. Als ich die Tür schließe, lehne ich mich mit dem Rücken dagegen, meine Beine geben nach und mein Körper gleitet hinunter, bis ich auf dem Boden sitze.

Ich habe keine Ahnung, wie ich die nächsten Wochen überstehen soll. Die Arbeit steht an erster Stelle, so war es schon immer. Sie ist mein Anker, sie treibt mich an und gibt mir einen Sinn. Das kann ich nicht aufs Spiel setzen.

Alles, was ich habe, ist mein Ruf. Das ist alles, was ich brauche, um den nächsten Job zu bekommen. Die Leute empfehlen mich weiter. Die Leute erfahren von mir und meinen Dienstleistungen. Wenn ich anfangen würde, mit einem Kunden zu schlafen, könnte alles, was ich mir aufgebaut habe, im Handumdrehen zusammenbrechen. Zudem würde das in Zukunft die falschen Kunden anziehen. Ich vertraue Beth, aber ich kenne die Rothschild-Männer überhaupt nicht. Wenn Tennyson und ich diesen Schritt machen, wer weiß, was der Gouverneur dann tun würde.

15

TENNYSON

Es stinkt, überall bellen Hunde, und mein Mädchen bleibt vor jedem Käfig stehen, an dem wir vorbeikommen, und spricht die Tiere darin mit zuckersüßer Stimme an; einer Stimme, die ein völlig unbekanntes Gefühl in mir aufwallen lässt. *Mein Mädchen.* Ich bin mir nicht sicher, wann es passiert ist, aber als das sehe ich sie mittlerweile. Sie gehört mir. Ich wusste es in dem Moment, als wir uns in New York trafen. Ich wusste es, als ich bei ihrer Verabredung in DC auftauchte. Und ich weiß es auch jetzt.

„Ohhhh, sieh dir den an! Hallo, mein Hübscher!", sagt sie mit einer Stimme, die nur deshalb Eifersucht in mir aufsteigen lässt, weil sie etwas anderes als hübsch bezeichnet und ihm ihre ganze Aufmerksamkeit schenkt.

„Nein. Er sabbert zu viel", murmle ich und schaue zu dem riesigen Bernhardiner, der vor der Tür steht und aussieht, als würde er Willow gleich beißen, sobald sie seinen Käfig betritt.

„Hallo, kleiner Mann!", sagt sie wieder, als wir an

einem Käfig vorbeikommen, in dem einer der kleinsten Hunde sitzt, die ich je gesehen habe.

„Sieht aus wie eine Ratte!", sage ich und verziehe das Gesicht, weil mir keine dieser Optionen gefällt. Willow hat mich überredet, mir einen Hund anzuschaffen, und nach reiflicher Überlegung bin ich zu dem Schluss gekommen, dass sie recht hat und es eine gute Idee sein könnte. Obwohl es zweifellos eine Umstellung ist, denke ich, dass es ein positiver Schritt sein wird. Ein Begleiter, ein Laufpartner, jemand im Haus. Etwas nur für mich.

„Und was ist mit dem hier? Den will man doch nur drücken!" Ihre Stimme wird ein wenig lauter, ihre Hände machen eine drückende Bewegung, als wir an einem Mops vorbeikommen, der sich um seine eigene Achse dreht. Ich wette, er schnarcht.

„Nein, zu dick. Ich denke nicht, dass er mit mir laufen gehen wird." Ich will den Hund eines Mannes. Einen mit Ausdauer, Kraft und Anmut.

„Welcher gefällt dir denn?", fragt sie und sieht mich mit funkelnden Augen und einem Lächeln im Gesicht an. Ich würde das ganze verdammte Tierheim kaufen, nur damit sie mich weiterhin so anlächelt.

Mein Blick fällt auf die Straße, und ich sehe einen Paparazzo auf einem Motorrad ankommen, gefolgt von einem weiteren. Offensichtlich ist es eine Woche mit wenig Nachrichten. Bevor sie ihre Kameras bereit haben, strecke ich meine Finger aus und streiche über Willows Hand, die ich gerne halten möchte, aber es nicht wagen kann. Ich möchte einfach nur ihre Haut auf meiner spüren.

„Keiner. Lass uns gehen", sage ich und suche den nächsten Ausgang.

„Nein, du musst dich für einen entscheiden. Du kannst sie nicht alle hier lassen", sagt sie, sieht zu mir auf und schiebt ihre Unterlippe vor, zu der mein Blick schnell wandert, bevor ich ihr wieder in die Augen sehe. Ich möchte mich hinunterbeugen und hineinbeißen. Ich möchte sie mir über die Schulter werfen, sie mit in meine Wohnung nehmen und ihr den perfekten Hintern versohlen. Gott, was ich mit dieser Frau alles anstellen möchte. Dann lächelt sie mich an, ihr Finger krümmt sich leicht um meinen eigenen. Wir halten uns nicht an den Händen, wir berühren uns nur, aber die Wärme, die ich dabei spüre, ist alles. Wir beide sind so kurz davor, uns zu verbrennen, dass ich es spüren kann. Ihre kleine Berührung scheint meine Haut zu versengen. Ich lächle leicht, wohl wissend, dass wir einen Anschein der Professionalität wahren müssen, dennoch kann sie nicht anders, als mich zu berühren. Ich liebe es verdammt noch mal.

„Wenn du noch einmal einen solchen Schmollmund machst, musst du mit den Konsequenzen rechnen, Cupcake", knurre ich.

„Cupcake?", fragt sie mich mit hochgezogener Augenbraue.

„Süß, individuell und köstlich. Das macht dich aus." Es hilft auch, dass sie die meiste Zeit über so süß wie ein Muffin riecht, denn ihre Backkünste werden offensichtlich regelmäßig trainiert. Sie sieht mich mit einem Lächeln an, das das ganze Universum erhellen könnte, und ihre Augen funkeln. Eine glückliche Willow ist verdammt erleuchtend, und am liebsten würde ich jeden Tag dafür sorgen, dass sie so strahlt.

„Die Paparazzi sind hier", sage ich.

„Hmmm ...", murmelt sie und schaut aus dem Fenster, als sie ihre Hand zurückzieht, und ich schaue finster drein.

„Okay, zurück zu den Hunden. Du kannst nicht ohne einen gehen." Ihr Ton wird jetzt professionell, ihr Blick wandert über die Käfige.

„Doch, kann ich. Sie waren schon hier, als wir ankamen." Eine Sache, die ich aus unserer gemeinsamen Zeit gelernt habe, ist, dass sie sich auf ihre Arbeit konzentriert, und im Moment bin ich ihre Arbeit, also nimmt sie die Aufgabe, mir einen Hund zu besorgen, sehr ernst. „Was ist, wenn ich verreise? Wer wird sich dann um ihn kümmern?"

„Eine Hundepension oder einer deiner Brüder, zur Not könnte auch ich auf den Hund aufpassen." Plötzlich will ich jeden verdammten Hund an diesem Ort haben.

„Sie sehen doch glücklich aus, meinst du nicht?" Es ist sauber, das Personal scheint freundlich zu sein, und die Hunde sind gut gepflegt.

„Ja, aber sie brauchen ein Zuhause, eine Familie, Tennyson." Ich sehe die Traurigkeit in ihren Augen und weiß, wenn sie sie alle retten könnte, würde sie es tun. Diese Frau mag frech und klug sein, aber ihr Herz ist groß.

„Lass mich raten, du würdest am liebsten alle retten, habe ich recht?"

„Sie sollten alle ein Zuhause haben ...", murmelt sie

und sieht sich alle Hunde an, die in den ihnen zugewiesenen Bereichen bellen und herumlaufen.

„Vielleicht sollte ich dir einfach diese ganze Einrichtung als ihr Zuhause kaufen", necke ich sie, denn die Idee gefällt mir.

„Wage es ja nicht. Wir müssen deine Ausgaben einschränken, nicht noch erweitern", schimpft sie und denkt wieder an mich und meinen Ruf.

„Gut, was ist mit ihm?" Sie könnte mich jetzt um alles bitten, und ich würde zustimmen. Ich deute mit einem Nicken auf einen, den ich seit unserer Ankunft beobachte. Er ist sicher eine Mischung aus verschiedenen Rassen, aber er sieht aus, als hätte er ein wenig Leben in sich.

„Ohhhh, der ist süß! Sein Name ist Bob", sagt sie, geht zum Käfig und liest seine Daten durch.

„Bob? Wer zum Teufel nennt einen Hund ‚Bob'?" Es muss etwas Männlicheres sein. Wie Buster oder Beast.

„Ich habe eine Katze Betty genannt", sagt sie und wirft mir einen herausfordernden Blick zu.

„Ja, aber das bist du", sage ich achselzuckend.

„Was soll das heißen?", fragt sie und stemmt die Hände in die Hüften. Es soll wohl einschüchternd wirken, aber es ist liebenswert.

„Du weißt schon. Du bist ..." Ich mustere sie von oben bis unten.

„Was bin ich?" Sie verengt die Augen und zieht die Augenbrauen zusammen.

„Du weißt schon, süß." Ich kann mir ein kleines Grinsen nicht verkneifen, als sie ein Schnauben ausstößt.

„Süß? Du findest mich süß?", fragt sie und ihre Haltung entspannt sich ein wenig.

„Unter anderem, aber süß ist das Erste, was mir in den Sinn gekommen ist." Ihr Körper entspannt sich, und sie verdreht die Augen.

„Hast du etwa gerade die Augen verdreht?" Ich glaube nicht, dass das irgendjemand je vor mir getan hat, zumindest nicht so wie sie.

„Und wenn schon?", fragt sie, wieder mit fester Haltung, und ich lache. Ich werde so viel Spaß dabeihaben, ihr die Frechheit auszutreiben. Ich will gerade mit einem schlauen Spruch antworten, da sehe ich das Aufblitzen von Kameras und richte mich auf. Willow tut das Gleiche und schafft damit eine Distanz zwischen uns, die mir nicht gefällt.

„Wie sieht es aus, Bob? Willst du mit mir nach Hause kommen?", frage ich und gehe in die Hocke, um mein neues Familienmitglied zu betrachten, woraufhin er bellt, im Kreis läuft und mit dem Schwanz wedelt. Er ist hellbraun, hat blaue Augen und wedelt fröhlich mit dem Schwanz.

„Das klingt für mich wie ein Ja", sagt Willow mit einem strahlenden Lächeln. Dieser Tag fühlt sich schon jetzt viel besser an als jeder andere Morgen der letzten Monate, und das alles nur, weil sie mir ein Lächeln schenkt.

16

———

WILLOW

Ich schiebe mit meiner Schulter die Haustür auf, die Einkäufe baumeln an meinen Handgelenken und hinterlassen Spuren auf meiner Haut. Warum ich mich bemühe, alles hineinzutragen und nicht zweimal zu gehen, kann ich nicht sagen.

„Du bist zu Hause!", höre ich Josh von nebenan rufen. Ich schaue auf und beobachte, wie er über die niedrige Hecke springt und zu meinem Haus gestürmt kommt. Er schenkt mir ein breites Lächeln und mustert die Tüten, weil er weiß, dass ich auch ein paar Dinge für ihn mitgebracht habe. Ich halte die Tür mit meinem Fuß auf, als er mir hinein folgt.

„Ja. Bleibst du heute bei mir?", frage ich. Ich weiß nicht mehr, ob ich gesagt habe, dass ich heute auf ihn aufpasse, oder ob seine Mutter zu Hause ist und er nur hinter dem Bonbonglas her ist, das ich mitgebracht habe.

„Nein, Mom ist zu Hause. Aber sie schläft", sagt er, lässt sich auf mein Sofa plumpsen und schaltet den Fernseher ein, als gehöre ihm das Haus. Josh hat hier geschlafen, weil sie letzte Nacht Nachtschicht hatte, also erholt sie sich wohl noch. „Hast du Cheerios bekommen?", fragt er. Die isst er am liebsten, und er weiß, dass ich sie ihm gelegentlich kaufe.

„Ja, in einer der Tüten. Bediene dich." Er springt auf und gesellt sich zu mir in die Küche, wir beide bewegen uns umeinander herum, er macht eine Sauerei, und ich räume sie auf. Mein Handy klingelt und Tennysons Name blinkt auf meinem Display.

„Tennyson?", frage ich und klemme mir das Telefon zwischen Schulter und Ohr. Ich dachte, er wäre zu sehr mit seinem neuen Kumpel beschäftigt, um mich anzurufen. Ich würde gerne sagen, dass Bob sich gut eingelebt hat, aber es ist schon eine Woche her, und sie haben noch immer Eingewöhnungsprobleme.

„Er zerstört meine Möbel, meine neuen Schuhe sind ruiniert, und er hat auf den Küchenboden gepisst", schreit er, und er spricht die Worte so schnell aus, dass ich ihn kaum verstehe.

„Wahrscheinlich ist er einfach nur aufgeregt, in seinem neuen Zuhause zu sein. Es ist alles noch neu." Ich presse die Lippen zusammen, um mein Lachen zu unterdrücken.

„Ich brauche ein verdammtes neues Sofa!" Ich kann mein Kichern nicht mehr unterdrücken.

„Lachst du etwa? Lach du ruhig. Du bist diejenige, die jetzt mit mir Möbel kaufen gehen muss", sagt er immer noch aufgebracht, wenn auch etwas weniger gestresst.

„Bist du mit ihm Gassi gegangen?", frage ich. „Vielleicht muss er sich nur die Beine vertreten?" Ich frage mich, ob Tennyson die Merkblätter über Hundehaltung, die ich ihm geschickt habe, wirklich gelesen hat.

„Ja", brummt er.

„Wann?" Das glaube ich ihm nicht. Ich sollte seine Assistentin dazu bringen, es in seinen Terminkalender einzutragen und es zu einer Priorität zu machen. Ich schreibe eine Notiz für mich selbst, um genau das zu tun.

„Letzte Woche", antwortet er schließlich.

„Letzte Woche? Du musst jeden Tag mit ihm Gassi gehen." Ich kann nur den Kopf über ihn schütteln. „Und mach ein Foto, damit wir es diese Woche auf Instagram veröffentlichen können." Wir brauchen ein paar gute neue Inhalte, um die alten langsam verschwinden zu lassen.

„Ich weiß, ich weiß. Ich hatte vor, jeden Morgen mit ihm zu laufen, aber die Arbeit macht mir im Moment einen Strich durch die Rechnung mit frühmorgendlichen Telefonkonferenzen und späten Meetings", stöhnt er.

„Bob", sage ich und versuche, nicht zu lachen.

„Was?", stößt er hervor.

„Bob, sein Name ist Bob", wiederhole ich, denn ich weiß, dass er den Namen hasst.

„Ich nenne ihn nicht Bob." Ich kann mir das Lächeln nicht verkneifen.

„Und wie nennst du ihn dann?", frage ich und jongliere mit der Milch und dem Saft, während ich sie in den Kühlschrank stelle.

„Du hast einen Garten, nicht wahr?", fragt er mich und wechselt zu schnell das Thema, um damit mithalten zu können.

„Was?", frage ich, während die Kühlschranktür gegen meinen Arm knallt.

„Ein Haus mit einer Rasenfläche? Ich bringe ihn vorbei. Wir können uns den Terminkalender der Woche ansehen, und er kann bei dir laufen. Ganz einfach." Ich höre, wie sich sein Aufzug schließt und weiß, dass er schon auf dem Weg ist.

„Warte. Was?" Ganz offensichtlich sind meine kuscheligen Socken und ein Film mit Josh fürs Erste gestrichen.

„Wir sehen uns in dreißig Minuten."

„Tennyson?", sage ich, aber er hat bereits aufgelegt. Er ist bereits unterwegs, das heißt, ich muss mich umziehen und das Haus aufräumen, bevor er kommt.

Wie angekündigt, klopft es dreißig Minuten später an meine Tür, und ich öffne sie. Ich sehe einen müden Tennyson mit Bob an seiner Seite vor mir stehen. Die beiden sehen gut aus. Tennyson trägt eine Jeans und ein weißes Oberteil, das sich über seine wohlgeformte Brust spannt. Seine breiten Schultern und muskulösen Arme werden mir fast zum Verhängnis, und ich klammere mich etwas fester an die Tür, damit ich nicht so eine Dummheit begehe und mich auf ihn stürze.

„Hallo, mein süßer, knuddeliger Junge", gurre ich, während ich in die Hocke gehe und Bob meine volle Aufmerksamkeit schenke, damit ich nicht seinen Besitzer anstarre und vielleicht noch anfange zu sabbern. Ich kraule ihn hinter den Ohren, woraufhin er mir einen feuchten Kuss gibt.

„Hey, ich bin hier oben. Bekomme ich auch so eine Begrüßung?", scherzt Tennyson, bevor ich mich ihm zuwende. Seine Schultern entspannen sich, jetzt, wo er bei mir zu Hause ist.

„Dir auch hallo", sage ich und kraule ihn hinter dem Ohr, allerdings packt er mich an der Hüfte, zieht mich zu sich und drückt mir einen Kuss auf die Stirn. Die Bewegung sieht ganz unschuldig aus, aber zwischen uns fließt so viel Energie, dass wir ganz New York City mit Strom versorgen könnten.

„Du treibst mich noch in den Wahnsinn, Frau", murmelt er. Diese neue Vertrautheit zwischen uns ist schön, auch wenn der Drang, ihn auszuziehen, immer weiter wächst.

„Kommt rein", sage ich, öffne die Tür weiter und lasse die beiden herein, bevor ich zur Hintertür gehe und sie für Bob öffne, der sofort losrennt und meinen kleinen Hof erkundet. Ich schaue hinaus, um mich zu vergewissern, dass Betty nicht in der Nähe ist, aber die Luft ist rein.

Als ich mich wieder umdrehe, blicke ich zu Tennyson, der an der Küchentheke sitzt und mich anschaut. In meinem kleinen Haus wirkt er noch größer, da er fast den gesamten Platz am Tresen einnimmt ein, und seine Präsenz erfüllt den Raum.

„Du siehst erschöpft aus", sage ich mit einem kleinen Lächeln, obwohl ich besorgt bin. Ich frage mich, ob er schläft.

„Der Köter hält mich die ganze Nacht wach. Er weint jedes Mal, wenn ich das Licht ausmache. Ich muss mit eingeschaltetem Licht im Flur schlafen. Letzte Nacht schlief ich endlich ein, aber als ich aufwachte, lag er auf meinem Bett. Hast du eine Ahnung, wie viel diese Bettwäsche aus ägyptischer Baumwolle kostet? Jetzt sind überall Hundehaare drauf", sagt er und reibt sich die müden Augen.

„Er wird sich schon eingewöhnen. Kaffee?", frage ich und gehe in der Küche umher.

„Das wäre toll", murmelt er und seufzt.

„Was machst *du* hier, Ninja?", fragt Josh, ohne Tennyson überhaupt zu begrüßen, als er in die Küche kommt und seine schmutzige Schale in die Spüle stellt. Er beäugt Tennyson misstrauisch, und ich kann nur vermuten, dass es daran liegt, dass dies der erste Mann ist, der jemals in meinem Haus war. Es ist süß, dass mein zwölfjähriger Freund so beschützend ist. Er wird eines Tages ein Mädchen sehr glücklich machen, da bin ich mir sicher.

Tennyson zieht die Stirn in Falten und wirft mir einen verwirrten Blick zu, bevor sich sein Blick wieder auf mich richtet.

„Michelangelo, nicht wahr?", fragt Josh, öffnet den Kühlschrank und wirft einen Blick hinein, bevor er sich einen Apfel schnappt.

„Der kleine Fußballer?", vermutet Tennyson, und ich beobachte die Interaktion mit Interesse.

„Ich bin überrascht, dass du dich erinnerst. Ich dachte, ein alter Kerl wie du würde unter Gedächtnisverlust leiden", scherzt Josh, bevor er in den Apfel beißt, und ich huste, um mein Lachen zu unterdrücken.

„Ich bin nicht alt!", stößt Tennyson hervor, als Josh den Raum verlässt und ins Wohnzimmer zurückkehrt, wo er sich wieder direkt vor den Fernscher setzt.

„Ich bin nicht alt", grummelt Tennyson, während ich

ihm eine Kaffeetasse reiche. „Obwohl ich mich heute verdammt alt fühle."

„Dann würde ich sagen, dass du heute Abend früh ins Bett gehst", sage ich und stelle mich neben ihn.

„Ja. Kommst du mit?", fragt er und nimmt einen Schluck, wobei er mich über den Rand der Tasse hinweg beobachtet. Er kann diese Sticheleien, dass er mich will, einfach nicht sein lassen. Wenn es nur so einfach wäre. Mein Körper erbebt bei dem Gedanken. Ich will es. Mit Tennyson in einem Bett zu liegen ist eine verlockende Aussicht, die mir oft durch den Kopf geht.

„Tennyson", sage ich warnend, wobei mein Blick über meine eigene Kaffeetasse hinweg zu ihm wandert. Mein Körper verrät mich in letzter Zeit viel zu oft, wenn ich ihn sehe. Aber meine Arbeit und mein Geschäft sind mir wichtig. Einen Moment lang frage ich mich, ob ich beides haben könnte. Wäre das möglich? Logistisch gesehen, ja, aber ist es klug, für einen von uns beiden im Moment? Ich weiß es wirklich nicht. Vielleicht sollte ich einfach alle Vorsicht in den Wind schlagen. Mehr wie Saide sein und ein bisschen leben.

„Ich weiß, ich weiß. Berufliche Grenzen, ich verstehe das. Das Fotoshooting ist also gebucht?", fragt er, und wir gehen seinen Terminkalender für die kommenden Wochen durch. Normalerweise mache ich das montags in seinem Büro, aber jetzt hat er mir einen Weg erspart.

„Wir haben ein Shooting mit Natasha Libermans. Sie ist Fotografin für das *Manhattan Men's Magazine* und macht viele Editorial- und Modeshootings. Ich habe dafür gesorgt, dass ein Stylist ein Regal mit Designerkleidung für Männer von der Modewoche mitbringt, und ich möchte sowohl Anzug- als auch Unternehmensaufnahmen und vielleicht etwas Entspannteres", sage ich und stelle mir schon vor, wie gut er in allem aussehen wird.

„Du wirst doch mit mir dort sein, oder?"

„Ja, Tennyson, ich werde da sein", bestätige ich mit einem Nicken, wobei er mich ansieht. „Ich werde sogar zu dir ins Büro kommen und wir können zusammen hingehen."

„Gut. Was haben wir sonst noch vor?", fragt er, der seine Kaffeetasse fast geleert hat, und ich blicke ihn fragend an.

„Es steht das Geschäftsessen mit Harrison und Beth an", erwähne ich.

„Scheiße, das habe ich ganz vergessen. Wirst du dort sein?", fragt er mich erneut, offensichtlich gefällt ihm nicht die Aussicht, ohne mich dorthin zu gehen.

„Irgendjemand muss ja dafür sorgen, dass du dich benimmst. Außerdem ist es gut fürs Geschäft, sich mit einigen der Reichen und Mächtigen von Baltimore zu treffen und Kontakte zu knüpfen." Ich bin froh, dass ich an dieser Veranstaltung teilnehmen kann, aber sie ist viel größer, als ich zunächst dachte. Der Stress, auf Tennyson aufzupassen und zu hoffen, dass er vor dem Gouverneur zeigt, dass er sich gebessert hat. Ich muss ihnen zeigen, dass er bereits tolle Fortschritte gemacht hat.

„Gut. Sonst noch etwas?", fragt er, während er all die Informationen verarbeitet.

„Nächstes Wochenende wirst es eher ruhig zugehen. Bis jetzt ist noch nichts geplant, also dachte ich, du würdest das nächste Wochenende gerne mit Bob verbringen." Ich könnte ihn zwar bei einer Wohltätigkeitsveranstaltung vorführen, aber wenn ich meine Klienten aus dem Rampenlicht heraushalte, kann jemand anderes in das Rampenlicht treten und die Aufmerksamkeit auf sich ziehen. Wir wollen Tennyson nicht völlig aus den Medien heraushalten, aber ein wenig Abstand, um ihn unauffälliger zu machen, verschafft uns etwas Zeit, um die positive Presse im Hintergrund aufzubauen.

„Das wäre schön, wenn nichts anderes dazwischenkommt. Ich habe morgen eine weitere Telefonkonferenz mit dem Team in Hongkong. Das Projekt verlängert sich, ist aber noch nicht gestoppt." Ich sehe, wie seine Schultern schwer werden, als er darüber spricht.

„Gut, Fortschritt ist Fortschritt, egal wie langsam er auch sein mag", versuche ich ihn zu ermutigen, aber seinem Gesichtsausdruck nach zu urteilen, bewirkt es nicht viel.

„Es ginge schneller, wenn Newcomb mir aus dem Weg ginge. Er versucht, den Markt dort an sich zu reißen und hat die Leute in der Tasche. Es wird immer schwieriger, Fuß zu fassen." Tennyson ist so in Gedanken vertieft, dass er wohl nicht merkt, dass ich keine Ahnung habe, von wem er spricht.

„Wer ist Newcomb?"

„Geoffrey Newcomb besitzt eine große Baufirma, die hier in Maryland eine Menge Gebäude errichtet. Und er ist eine riesige Nervensäge." Allein an seinem Tonfall erkenne ich, dass sie keine Freunde sind.

„Warum gehst du nicht dorthin, wo er nicht ist? Warum nicht ein neues Standbein aufbauen? Ich meine, ich weiß, dass Hongkong großartig ist, viel Fortschritt und Weiterentwicklung, aber was wäre mit Singapur zum Beispiel? Das ist ein wirklich großartiges Land mit vielen Investitionen und eine Infrastruktur, die die Grenzen überschreitet. Intelligente, Technologie gestützte Gebäude sind ein neuer Bereich, den du dir ansehen solltest", schlage ich vor, nachdem ich vor Kurzem etwas darüber in den Nachrichten gelesen habe.

„Du bist eine wahre Fundgrube an Informationen, nicht wahr? Nicht nur klug, sondern auch sexy", murmelt er und fährt sich mit der Hand durch die Haare.

„Ich bin mir ziemlich sicher, dass ich darüber im *Wall Street Journal* oder so etwas gelesen habe, aber vielleicht denkst du wirklich mal darüber nach. Ändere die Dinge ein wenig", sage ich achselzuckend. Ich verstehe nicht wirklich, was er tut, aber ich gebe gerne Denkanstöße, wenn sie hilfreich sind.

„Die Dinge ändern? Klingt wie mein momentanes Leben."

„Du weißt ja, was man sagt: Abwechslung ist so gut wie Urlaub." Ich lächle ihn an, aber als er mich ansieht, ist da etwas in seinen Augen, das mir den Atem raubt.

„Warum hast du dich in jener Nacht in New York einfach aus dem Zimmer geschlichen?", fragt er und ich blinzle ihn einfach nur an. Ich war nicht einmal annähernd bereit für dieses Gespräch.

„Tennyson ...", warne ich noch einmal, da ich das Gefühl habe, damit Dinge ins Rollen zu bringen, die man nicht mehr aufhalten kann. Ich hänge ohnehin schon am seidenen Faden. Der Drang, mit ihm zusammen zu sein, wird von Tag zu Tag stärker.

„Ich dachte, wir hätten uns beide amüsiert. Dein

Stöhnen hat mir jedenfalls gesagt, dass du das hast." Der Blick, den er mir zuwirft, lässt meine Knie weich werden. Ich will ihm unbedingt antworten, auch wenn ich es nicht sollte.

„Wir sollten wirklich nicht darüber reden", sage ich leise, mein Blick schweift ins Wohnzimmer, um sicherzugehen, dass Josh uns über den Fernseher hinweg nicht hören kann.

„Nicht darüber reden? Willow, ich denke an nichts anderes, und ich weiß, dass du auch daran denkst. Ich werde nicht lügen, ich war an jenem Morgen, als ich in einem leeren Bett aufwachte, verdammt enttäuscht." Seine Gesichtszüge werden weicher, und ich weiß, dass er mir aufrichtig seine Gefühle mitteilt. Ich weiß nicht, woher ich das weiß, aber ich glaube, es ist neu für ihn, so offen zu sein. Irgendetwas an unserer Verbindung führt dazu, dass wir uns in der Gegenwart des anderen wohlfühlen, ohne es überhaupt zu versuchen. Ich könnte ihm alles sagen, und er würde mich nicht verurteilen, würde es mir nicht vorwerfen und mir stattdessen den Rücken stärken.

Aber ich kann das nicht tun. *Du liebst deinen Job, Willow.*

„Stellst du allen deinen One-Night-Stands diese Frage? Ich bin doch sicher nicht die Einzige, die sich in der Nacht aus dem Staub macht?", weiche ich aus und sehe, wie sich sein Körper versteift.

„Du warst anders", murmelt er und nippt an seinem Kaffee, sein Kiefer spannt sich an. „Wir waren anders. Wir *sind* anders." Ich bin kein Idiot, ich weiß, dass er ein Playboy ist und unsere gemeinsame Nacht genau das war.

Eine Nacht. Aber wenn ich ihn jetzt höre, zusammen mit seinen ständigen Flirtversuchen, fühle ich mich ein wenig besser mit der Situation. Auch wenn es nur eine Nacht war, hat sie ihm genauso viel bedeutet wie mir.

„David Taylor Smith", nenne ich einen Namen, und Tennysons Rücken wird kerzengerade.

„Du hast mich für den verdammten David Taylor Smith verlassen? Das Arschloch von Baseballspieler, das im Gefängnis sitzt?", fragt er schockiert und verwirrt.

„Das habe ich", sage ich beiläufig, nicke und nippe an meinem Kaffee.

„Ist er nicht wegen Drogenbesitzes und Prostitution im Gefängnis gelandet?" Er zieht die Stirn in Falten, als ob er sich uns zusammen vorstellen würde.

„Ja, ist er. Vor etwa sieben Monaten wurde er nachts um drei Uhr in einem Klub in DC, mit einer großen Tüte weißen Pulvers und einem fragwürdigen Partner an seiner Seite, aufgegriffen. Als er auf der Polizeiwache war, gewährte man ihm einen Anruf. Was glaubst du, wen er angerufen hat?", frage ich ihn und beobachte ihn, um zu sehen, wann der Groschen fällt.

„Dich", sagt er und setzt sich auf.

„Ja, mich. Er war mein Kunde, Tennyson. Ich hatte ihn erst ein paar Wochen zuvor als Kunden angenommen. Als ich ihn kennenlernte, wusste ich sofort, dass er mir viel Kopfschmerzen bereiten würde. Er hatte keinen Funken Ehrlichkeit im Leib. Aber ich habe den Job trotzdem angenommen, ich und meine optimistische Vorstellung, dass ich jeden retten kann. Er ist der einzige Kunde, bei dem ich keinen Erfolg hatte. Mein einziger Misserfolg", sage ich reumütig. David hat meine beruflichen Grenzen auf eine ganz andere Art und Weise verschoben. Er war eine Herausforderung, eine, die ich nicht gewonnen habe.

„Verheiratet mit deinem Job ...", sagt Tennyson ehrfürchtig, und man sieht ihm die Erleichterung an, dass ich wegen eines beruflichen Notfalls gegangen bin, nicht weil ich es wollte.

„Verheiratet mit meinem Job", bestätige ich und schenke ihm ein kleines Lächeln, und ich sehe, wie sich sein Gesicht aufhellt.

„Zeigst du mir jetzt deine Socken?", scherzt er, und ich lache, als sein Humor jede Spannung löst.

„Du hast deine Eigenen, die du dir ansehen kannst." Ich nehme Tennyson nicht mit in mein Schlafzimmer. Ich weiß jetzt schon, dass wir, wenn wir dorthin gehen, nicht mehr herauskommen werden. Zumindest nicht mehr heute.

„Wenigstens hat der Hund sie nicht gefressen", murmelt er, und wie aufs Stichwort bellt Bob. Wir springen auf und schauen nach draußen, um zu sehen, was los ist, und ich stehe fassungslos da. Bob und Betty stehen sich gegenüber und starren sich an.

„Betty! Komm her! Hier, miez, miez, miez", rufe ich, als ich die Tür öffne, aber ich sehe, wie sich ihr Rücken krümmt und sich ihr Nackenfell sträubt.

„Bob! Komm her, Junge", schreit Tennyson, als er mir nach draußen folgt, während Bob herumspringt, als wäre es Spielzeit, ohne zu wissen, dass man ihm gleich die Augen auskratzen wird.

„Scheiße", sagen wir beide unisono und eilen zur Tür hinaus.

„Ich habe ihn!", ruft Tennyson, springt auf Bob und packt ihn.

„Betty!", sage ich und versuche, sie hochzuheben, aber sie hat immer noch kein Vertrauen zu mir, also faucht sie noch mehr und ich sehe, wie sie in die Luft springt und dabei auf Tennysons Arm landet, als sie versucht, zu seinem Hund zu gelangen.

„Verdammte Scheiße!", schreit er und schüttelt sie ab, woraufhin sie zum Zaun sprintet, um dann vom Hof zu verschwinden.

Tennyson lässt Bob los, der herumhüpft, als ob er sich prächtig amüsieren würde, und dann sein Revier an einem nahen Busch markiert.

„Ich hole den Erste-Hilfe-Kasten", sage ich und ziehe eine Grimasse angesichts von Tennysons zerkratztem Arm.

„Kannst du eine Schwesterntracht anziehen? Ich glaube, das würde gegen die Schmerzen helfen."

Ich verdrehe nur die Augen, strecke die Hand aus und ziehe seinen Arm zu mir, um mir die Verletzung anzusehen. Sie ist nicht tief und hat die Haut nur leicht verletzt, aber ich weiß, wie Katzenkratzer sind. Sie brennen eine Weile, bevor sie besser werden.

„Woher wusstest du, dass ich eine Schwesterntracht habe?", necke ich ihn, nachdem ich die Kratzer begutachtet habe.

„Mein Gott. Ist das dein Ernst? Jetzt musst du wirklich reingehen und sie anziehen. Ich glaube, ich brauche jetzt ein wenig Rollenspiel", sagt er und grinst, während meine Hände immer noch seine halten.

„Vielleicht kann ich dieses Jahr an Halloween eine

unartige Krankenschwester sein?", meine ich lässig und zucke mit den Schultern, woraufhin er knurrt.

„Auf keinen Fall wird dich irgendjemand außer mir in einem solchen Kostüm sehen", brummt er und schüttelt den Kopf, woraufhin ich ein kleines Lachen ausstoße.

„David Taylor Smith. Jetzt hasse ich ihn noch mehr."

„Wir beide, Tennyson", sage ich und führe ihn ins Haus, damit ich ihn säubern kann, wobei er seine Finger mit meinen verschränkt.

Und selbst wenn es nur für einen Moment ist, genieße ich diese einfache Berührung.

17

TENNYSON

Der Morgentau erhebt sich in einem leichten Nebel von dem gepflegten Gras, und zum ersten Mal seit langer Zeit fühle ich mich gut. Ich schlafe besser. Mein Körper ist nicht mehr so steif, mein Geist fühlt sich klar an. Heute Morgen bin ich mit Leichtigkeit aufgestanden, statt mit rasenden Kopfschmerzen. Mein Verstand ist schärfer, und ich weiß, dass ich das alles Willow zu verdanken habe. Die Änderungen, die wir an meiner Routine und meinem Lebensstil vornehmen, zusammen mit ihrer bloßen Anwesenheit, machen einen gewaltigen Unterschied.

„Weshalb lächelst du?", fragt mich Harrison, als er an mir vorbeigeht, um seinen Schlag auszuführen.

„Ich lächle, weil ich euch alle heute Morgen schlagen werde", sage ich und bin zuversichtlich, dass ich diese achtzehn Löcher gewinnen werde, auch wenn wir erst am dritten Loch sind. Mein Bruder schlägt, und der Ball fliegt durch die Luft und landet in der Nähe des Abschlags.

„So wie es aussieht, ist er heute in guter Form", murmelt Ben, während er und Eddie im Golfwagen sitzen und auf Harrison und mich warten.

„Im Ernst, was soll das dumme Grinsen?", fragt Harrison erneut, während er seinen Schläger in seine Golftasche schiebt und mich ansieht.

„Welches Grinsen?", frage ich und versuche, seine Aussage zu ignorieren.

„Dieses Grinsen." Er zeigt auf mein Gesicht, und ich versuche, einen ernsten Ausdruck aufzusetzen, aber ich weiß, dass meine Mundwinkel verräterisch zucken.

„Was? Ich hatte ein paar gute Wochen, das ist alles", sage ich achselzuckend, während wir in den Wagen springen und Ben uns den Fairway hinunterfährt.

„Wie läuft's mit Willow?", fragt Harrison, und mir entgeht nicht, wie Bens Blick im kleinen Rückspiegel zu mir flackert. Ich habe seit jenem Tag in Bens Haus nicht mehr ausführlich mit meinen Brüdern gesprochen, also habe ich keinen Zweifel daran, dass sie alle dachten, ich würde Probleme mit ihr haben.

„Gut. Sie ist gut in ihrem Job", antworte ich einfach, ohne auf Einzelheiten eingehen zu wollen.

„Hast du viel mit ihr gesprochen? Wie ist es, mit ihr zu arbeiten?", fragt Eddie.

Ich möchte ihnen nicht die Wahrheit sagen, dass Willow und ich fast jeden Tag miteinander sprechen. Ich will auch nicht zugeben, dass ich jeden Abend diese hellgrünen Socken im Bett trage, seit sie sie mir geschenkt hat. Mein Bett hat sich noch nie so gemütlich angefühlt. Nachdem ich in ihre Verabredung platzte und bei ihr Zuhause war, versuche ich immer noch, mir darüber klar zu werden, wo wir stehen. Ich will eine zweite Runde, und ich weiß, dass sie das auch will, aber wegen ihrer Arbeit und ihrem Ruf, zögert sie. Das ist mir klar. Ich muss nur einen Weg finden, das zu umgehen.

„Ja, wir haben eine neue Social-Media-Strategie entwickelt. Ihr Team kümmert sich jetzt um alles", entgegne ich, und sie scheinen zufrieden zu sein. Ich war von ihrer Strategie beeindruckt, wenn auch ein wenig verlegen über all die Nachrichten von Frauen, die ich erhalte, und all die Fotos, auf denen ich markiert bin. Ich bin so daran gewöhnt, dass ich sie größtenteils ignoriere, aber Willow hat alles aufgeräumt, und ihre Digital Managerin ist bereits dabei, die neue Strategie umzusetzen und mich als freundlichen, sympathischen Milliardär darzustellen, der mit einem breiten Lächeln für wohltätige Zwecke spendet. Als der Wagen anhält, ziehe ich mein Handy aus der Tasche und mache ein Selfie auf dem Golfplatz. Der strahlend blaue Himmel hinter mir, das saftige Grün des Fairways im Hintergrund. Dann schicke ich das Foto an Willow.

„Klingt so, als ob es bisher gut läuft, was?", fragt Ben, als wir zu unseren Bällen gehen.

„Bis jetzt. Sie hat bald ein Fotoshooting für neue Bilder gebucht, die wir verwenden können. Offenbar ist mein Profil nicht auf der Höhe der Zeit." Ich finde meinen Ball und verfalle in stille Konzentration, schlage ihn gerade so, dass er auf dem Grün landet. Der Schlag ist so gut, dass ich wieder lächle.

„Klingt so, als könne ich morgen wieder zum Schwimmunterricht gehen?", fragt Ben, und ich werfe ihm schulterzuckend einen Blick zu.

„Ja, das kannst du, und es tut mir leid, dass ich nicht bemerkt habe, welche Auswirkung mein Handeln auf dein Leben hatte. Willow wird heute Abend beim Geschäftsessen dabei sein, und ich habe die strikte Anweisung, Wasser zu trinken und um elf Uhr abends zu Hause zu sein." Er nickt, und ich habe das Gefühl, dass mir eine Last von den Schultern genommen wurde. Willow hat kein Problem damit, mir die kalte, harte Wahrheit ins Gesicht zu sagen. Aber ich musste sie hören. Ich habe vorher so viel nicht mitbekommen, und das Letzte, was ich will, ist, irgendeinen negativen Einfluss auf das Leben meiner Brüder zu haben.

„Ich mag Willow jetzt schon. Sie scheint eine tolle Frau zu sein! Wer sonst könnte dich um elf Uhr schon nach Hause schaffen?!", scherzt Eddie, und ich werfe ihm einen finsteren Blick zu. Es gefällt mir nicht, dass er sie mag. Ganz und gar nicht.

„Was war das?", fragt Ben und sieht mich eindringlich an.

„Was?", frage ich und runzle die Stirn.

„Dieser Blick. Was war das für ein Blick?", drängt Ben, und ich knurre, weil sich die Eifersucht, die sich nach Eddies Bemerkung aufgebaut hat, nicht wieder verflüchtigt. Harrison zieht die Augenbrauen hoch, und Ben mustert mich mit gerunzelter Stirn. Eddie hält verblüfft mitten im Schritt inne.

„Was?" Ich schaue zwischen ihnen hin und her und frage mich, was zum Teufel los ist.

„Magst du sie?", fragt Eddie.

„Was meinst du?", frage ich und hoffe, dass sie mir meine Dummheit abkaufen.

„Fang nichts mit ihr an. Du bist ihr Kunde. Vermassle es nicht", warnt Harrison todernst, während er mit dem Finger auf mich zeigt. Das hat unser Vater auch immer gemacht.

„Entspann dich. Ich glaube, sie ist die einzige Frau, der ich begegnet bin, die vollkommen immun gegenüber meines Charmes ist", sage ich und versuche, den Frieden zu wahren. Es ist keine vollständige Lüge. Ich dachte, wenn wir uns jemals wiedersehen würden, wäre es so heiß, dass wir direkt ins Schlafzimmer rennen würden. Dass sie das bisher verhindert hat, lässt mich an mir zweifeln.

„Die klügste Frau des Landes also", stichelt Ben.

„Ja, sie ist wirklich sehr klug." Ich reibe mir das Kinn und denke über die Frau nach, deren Geschäftssinn mit dem der vielen Geschäftskontakte, die ich habe, konkurriert.

„Sei einfach vorsichtig, Tenn", sagt Harrison, der mich immer noch aufmerksam mustert. Ich erwidere seinen Blick und nicke. „Ich weiß, dass ihr eine Vorgeschichte habt; Willow hat es Beth und mir gegenüber bei unserem ersten Gespräch erwähnt. Aber sie hat versprochen, professionell zu bleiben", fügt er hinzu, und meine Schultern versteifen sich.

„Sie ist hervorragend in ihrem Job. Sie ist ein Profi. Aber was sie darüber hinaus tut und mit wem sie das tut, steht nicht zur Diskussion", erkläre ich. Ich werde nicht zulassen, dass er ihr irgendwelche Vorhaltungen oder Probleme macht. Ich kann mich auf keinen Fall von dieser Frau fernhalten, und wenn etwas zwischen uns passiert, bedeutet das nicht, dass sie in ihrem Job versagt hat.

„Scheiße", murmelt Harrison und reibt sich den Kopf. „Nun ... du bist ein anderer Mann, seit sie in dein Leben getreten ist. Du fickst nicht mehr jedes Wochenende alles, was nicht bei drei auf dem Baum ist."

„Das ist wahr. Wir haben schon lange keine frühmorgendlichen Fotos mehr von dir gesehen, wie du aus dem Bett einer Frau fliehst", sagt Eddie.

„Ja, ich weiß, in den letzten sechs Monaten oder so war ich nicht besonders gut. Aber die Dinge ändern sich", sage ich und spüre die Veränderung in mir selbst. Und das alles nur wegen Willow.

„Ich hoffe, dass sie es tun." Harrison mustert mich aufmerksam, er hat es noch nicht ganz akzeptiert.

„Ich habe mich an die Regeln gehalten, alles getan, was von mir verlangt wurde, und ich habe nicht vor, irgendetwas zu versauen. Aber Willow ist jemand, nach dem ich schon verdammt lange gesucht habe. Und jetzt taucht sie einfach wieder auf, und ich soll die Dinge professionell angehen?" Meine Stimme hebt sich, ohne dass ich etwas dagegen tun kann. Das fängt an, mich zu nerven.

„Was meinst du?", fragt Ben und schaut zwischen Harrison und mir hin und her.

„Willow war die Frau, die ich in New York kennengelernt habe", erzähle ich und lasse sie nun die Wahrheit wissen. Ich erzähle ihnen nicht viel über mein Leben, aber nach dieser Nacht in New York habe ich ein paar Wochen lang versucht, sie zu finden, und meine Brüder wissen das.

„Willow ist jene Frau aus New York?", fragt Eddie, dem der Schock ins Gesicht geschrieben steht.

„Mein Gott, wie stehen die Chancen?", fragt Ben.

Harrison blickt mich schockiert an, während er die Teile zusammensetzt.

„Ich werde vorsichtig sein. Ich bin nicht dumm. Ich werde die Dinge professionell angehen. Aber Willow ist anders als alle anderen, die ich bisher getroffen habe", sage ich fest, während ich meine Brüder unnachgiebig ansehe.

Ich werde Willow wieder haben. Vielleicht nicht so bald, wie ich es mir wünschen würde, aber es wird geschehen.

18

WILLOW

Ich habe schon öfters Extravaganz gesehen, aber als ich durch diesen Raum gehe, ist es etwas ganz anderes. Ich bin mir nicht sicher, wie das normalerweise hier in Baltimore gehalten wird, aber selbst in DC ist die Eleganz bei Veranstaltungen eher zurückhaltend. Hier ist sie in voller Pracht zu sehen. Dies ist eine der wichtigsten geschäftlichen Veranstaltungen für Harrison und Beth. Das Büro des Gouverneurs hat wichtige Interessenvertreter aus einer Vielzahl von Branchen zu einem formellen Abendessen zusammengebracht, um Netzwerke aufzubauen, Partnerschaften zu fördern und das Geschäftsangebot von Maryland zu erweitern. Meine Schultern sind steif, da ich darauf achten muss, dass Tennyson eine gute Figur macht. Es ist seine erste große Veranstaltung, seit ich an Bord bin, und ich muss ihm und seinen Brüdern zeigen, dass es einen spürbaren Unterschied gibt.

„Willow, du bist da!", sagt Beth und zieht mich in eine

Umarmung. Sie hat offensichtlich auf mich gewartet, aber ich bin gerade erst angekommen.

„Hey, du siehst umwerfend aus", sage ich, denn das tut sie. Die Haare hochgesteckt, ein burgunderrotes, bodenlanges Kleid, das ihre umwerfende Figur betont. Sie sieht umwerfend aus, genauso wie es sich für eine Firstlady gehört.

Ich gehe nicht viel aus, aber zumindest in DC kenne ich jeden. Hier kenne ich nur wenige, aber das hält die Leute nicht davon ab, mich mit Interesse zu mustern. Die Blicke, die ich ernte, sind so intensiv, dass ich ständig meine Kleidung überprüfe und mich frage, ob ich einen Fleck auf meinem Kleid habe oder so.

„Ich bin wohl nicht die Einzige, die so denkt", sagt sie mit einem wissenden Lächeln.

„Was meinst du?", frage ich verwirrt.

„Jeder Mann in diesem Raum hat ein Auge auf dich geworfen. Nicht nur, weil du neu in der Szene von Baltimore bist und sie alle frisches Blut lieben, sondern weil du umwerfend aussiehst, und ich muss sagen, dieses zartblaue Kleid betont deine Augen auf unglaubliche Art und Weise."

„Ach, hör auf. Dieses alte Ding", necke ich, und wir lachen. Wir sind beide kluge Frauen; wir sind mehr als die Kleidung, die wir tragen.

Ich habe dieses Kleid schon eine Weile nicht mehr getragen. Ich arbeite so viel, dass ich normalerweise in Yogahosen vor dem Computer sitze oder in Firmenkleidung zu meinen Meetings gehe. Formelle Kleidung ist etwas, das ich nicht sehr oft aus meinem Kleiderschrank hole. Ich hatte vergessen, dass der Beinschlitz so hoch war, aber da ich wenig Zeit hatte, eine Alternative zu wählen, da Betty Aufmerksamkeit suchte und gefüttert werden wollte, beschloss ich, dass der Chiffon gut genug war, um ihn weitestgehend zu verbergen, und mein Bein nur zu sehen ist, wenn ich gehe oder es absichtlich so positioniere.

„Meine Damen, ihr seht heute Abend beide wunderschön aus", sagt Harrison, während er Beth auf die Lippen küsst. Die beiden sind so offensichtlich ineinander verliebt, dass es fast schon ekelerregend ist. „Willow, wie läuft es mit Tennyson?" Er kommt direkt zur Sache.

„Die letzten Wochen waren großartig. Sehr produktiv", sage ich mit einem Nicken, während ich ihm ein strahlendes Lächeln schenke. Ich möchte nicht ins Detail gehen. Erstens, weil dies weder der richtige Zeitpunkt noch der richtige Ort ist, und zweitens, weil meine Loyalität jetzt bei Tennyson liegt. Ungeachtet der Tatsache, dass Harrison sich zuerst an mich gewandt hat. Das ist einer der Gründe, warum ich so gut in dem bin, was ich tue. Ich blende den Lärm und das Gerede aus und konzentriere mich ganz auf meinen Kunden. Wenn sie mich brauchen, bin ich für sie da.

„Er benimmt sich also?", drängt Harrison.

„So weit, so gut." Ich beschwichtige seine Bedenken, bevor ich mich im Raum nach dem fraglichen Mann umschaue. Ich kann ihn immer noch nicht entdecken.

„Ausgezeichnet. Er war heute Morgen ein neuer Mann beim Golf, ich hoffe, das bleibt so. Beth, wir müssen wohl zur Bar. Ich sehe jemanden, mit dem wir uns unterhalten sollten", sagt Harrison und führt sie bereits in die entsprechende Richtung.

„Wir sehen uns später am Tisch." Ich lächle und beobachte, wie die beiden sich gemeinsam durch den Raum bewegen, als gehöre ihnen das ganze Land. Ich kann mir gut vorstellen, dass Harrison irgendwann Präsident wird.

„Ein schönes Paar, nicht wahr?", sagt ein Mann neben mir. Ich sehe ihn an, und wie alle Männer in diesem Raum sieht er in seinem Anzug adrett aus. Sein Haar ist bereits silbern, seine Schultern sind breit, und er sieht sehr, sehr gut aus.

„Das sind sie wirklich. Wunderbare Führer von Maryland", sage ich mit einem Lächeln.

„Geoffrey Newcomb", sagt er und streckt seine Hand aus.

„Willow Valentine." Ich ergreife seine Hand und schüttle sie. Sein Griff ist fest, seine Hand ist groß und umschließt die meine.

„Ich habe Sie noch nie auf einer Veranstaltung gesehen?", fragt er subtil und zieht die Augenbrauen leicht hoch.

„Ja, das ist mein erstes Mal auf einer", sage ich und erwidere sein Lächeln. Er flirtet mit mir, und während die Frau in mir sich extrem geschmeichelt fühlt, weiß ich genau, was er bedeutet. Ärger.

„Jetzt bin ich froh, dass ich gekommen bin", sagt er und nimmt einen Schluck von seinem Getränk, seine Augen funkeln im Licht, während sie an meinem Körper hinunter und wieder hinauf fahren. Ich bin mir sicher, dass er ein Mann ist, der immer bekommt, was er will. Ich wette, zu ihm hat noch nie jemand Nein gesagt.

„Ich nicht, verdammt." Tennysons Stimme erklingt von meiner anderen Seite, während er seine Hand auf meinen unteren Rücken legt. Seine Finger legen sich um meine Taille und er zieht mich leicht zu sich heran.

„Tennyson", knurre ich, während sich meine Stirn in Falten legt. Das ist nicht die Professionalität, die ich heute Abend von ihm erwartet habe. Aber seine Augen sind weiterhin auf Geoffrey gerichtet.

„Ich dachte, Sie würden sich von solchen Events fernhalten, Geoffrey." Ich schaue zwischen den beiden Männern hin und her. Tennyson wirkt nüchtern, aber ein wenig aufgebracht.

„Tennyson", sagt Geoffrey, er hat die Lippen zusammengepresst und seine Schultern haben sich versteift. Er nickt mir stumm zu, bevor er sich zurückzieht und ich mich umdrehe, um mich dem Problem zu stellen.

„Was zum Teufel sollte das? Du kannst hier nicht herumlaufen und die Leute so begrüßen", zische ich leise.

„Er ist ein Arschloch", murmelt Tennyson und schaut mich einfach an. Seine Hand bleibt auf mir liegen, fast so, als wolle er hier vor allen seinen Anspruch geltend machen. Ich sollte mich bewegen, aber ich tue es nicht.

„Es spielt keine Rolle, ob er es ist oder nicht, du kannst die Leute trotzdem nicht so begrüßen", sage ich, während mein Herz in meiner Brust zu rasen beginnt.

Tennyson sieht mich mit verengten Augen an. Ich erwidere seinen Blick, unser stummer Meinungsaustausch wird von niemandem außer uns bemerkt.

„Gut. Entschuldigung", murmelt er halbherzig. „Bist du schon lange hier?" Seine Hand umschließt meine Taille etwas fester und drückt mich noch etwas mehr an sich.

„Nicht lange. Ich bin vielleicht vor zehn Minuten angekommen." Ich kann nicht umhin zu bemerken, dass meine Stimme atemlos klingt.

„Hmmm, dann hat er ja nicht lange gebraucht", murmelt Tennyson kopfschüttelnd, während er mich betrachtet. „Du siehst aus ..." Sein Blick senkt sich auf mein Kleid und den Beinschlitz. „Als müsste ich dich schleunigst an einen ruhigen Ort schaffen, meine Lippen an deinem Bein entlanggleiten lassen und mich für den Rest der Nacht in dir vergraben."

Jede Antwort bleibt mir für einen Moment im Hals stecken, mein Mund ist wie ausgedörrt, als seine Worte meinen Verstand erreichen. Ich merke immer mehr, dass Tennyson damit zu kämpfen hat, dass er das Einzige, was er will, nicht bekommen kann. *Mich.*

„Sie sehen auch sehr adrett aus, *Mr. Rothschild.* Aber wir sind hier, um zu arbeiten. Erinnern Sie sich?", flüstere ich und mache ihn auf unsere Umgebung aufmerksam, bevor sich sein Griff um mich langsam lockert, und nicht mehr besitzergreifend, sondern eher gentlemanlike wird.

„Ich bin erst seit fünf Minuten hier und brauche schon einen Drink." Ich wusste, das würde schwierig werden.

„Oh, ich habe dir etwas mitgebracht", sage ich und erinnere mich an den kleinen Gegenstand, den ich in meiner Tasche habe. Ich ziehe ihn heraus und reiche ihn ihm, wobei der Schlüsselanhänger im Licht funkelt.

„Ein Muffin?", fragt er mit gerunzelter Stirn.

„Ja. Ein Muffin. Steck ihn in deine Tasche, und wenn du den Drang hast, etwas zu tun, was du nicht tun solltest, hältst du ihn stattdessen fest. So wie ein Stressball."

„Er ist hart und glitzert", murmelt er, als er ihn nimmt.

„Das ist er. Etwas, das man in der Hand spürt und das einen von der schlechten Idee ablenkt, die einem gerade in den Sinn kommt", sage ich und lächle, als ich sehe, wie er den kleinen Schlüsselanhänger einsteckt.

„Ohh, ich habe viele schlechte Ideen. Und auch schmutzige", flüstert er mir zu, wobei er mir tief in die Augen blickt.

„Tennyson, hallo!", ruft eine junge blonde Frau, als sie auf uns zukommt. Sie sieht umwerfend aus, mit einem knallroten Lächeln und funkelnden blauen Augen. Sie ist voller Energie und benimmt sich wie ein Teenager, sie kichert leicht, als sie sich uns nähert. Ich sehe sie an und weiß sofort, dass sie jemand ist, der Tennyson sehr gut kennt. Ich versteife mich, aber Tennysons Hand legt sich wieder um meine Taille und hält mich fest.

„Hi", sagt Tennyson mit einem Nicken, ohne ihren Namen zu sagen oder uns in irgendeiner Weise vorzustellen, also nehme ich an, dass er sich nicht erinnern kann, wer sie ist. Ich bin mir nicht sicher, ob es die Situation besser oder schlechter macht.

„Hallo, ich bin Willow Valentine", stelle ich mich vor, und ihr Blick wandert zu mir. Ihr Lächeln verschwindet, sobald ihr Blick auf mich fällt und sie seinen Griff um mich bemerkt.

„Hallo, Katerina Newcomb", entgegnet sie. Ihre Körpersprache verrät mir, dass sie sich überhaupt nicht dafür interessiert, wer ich bin. Ich würde gerne sagen, dass ich den Typ Frau, der Katerina ist, nicht kenne, aber das wäre eine Lüge. Leider ist sie keine Seltenheit. Frauen wie sie sind oft in der Umgebung reicher Geschäftsleute zu finden, Männer, die reisen und ihre Frauen betrügen und normalerweise etwas tun, was sie nicht tun sollten, bevor sie mich anrufen. Ich bin ihrem Typus schon ein paar Male begegnet.

„Newcomb?", fragt Tennyson mit verwirrtem Blick. „Irgendeine Verwandtschaft mit Geoffrey?"

„Er ist mein Vater, Dummerchen. Das weißt du doch", sagt sie, während sie Tennyson spielerisch gegen den Oberarm schlägt und damit bestätigt, dass sie sich sehr gut kennen. Ich muss mich aus diesem Gespräch zurückziehen, bevor ich etwas sage, das ich später bereuen werde. Eifersucht brodelt in meinem Inneren, und ich bohre meine Fingernägel in meine Handfläche und atme tief durch.

„Oh, wie wunderbar", sage ich mit einem falschen Lächeln und drehe mich zu Tennyson um, der mir nicht mehr in die Augen schaut. Mit einer Reihe von Frauen ins Bett zu gehen, ist eine Sache. Mit der Tochter des größten Konkurrenten ins Bett zu steigen, ist etwas ganz anderes.

„Ich muss mich frisch machen. Ich lasse euch beide dann mal allein, damit ihr euch unterhalten könnt", sage ich.

„Willow …", setzt Tennyson an und ergreift meinen Ellbogen, wobei seine Berührung ein brennendes Gefühl auf meiner Haut hinterlässt.

„Bis später", sage ich, während ich meine Tasche so fest wie möglich umklammere. Ich befreie meinen Ellbogen aus seinem Griff und gehe zur Bar, wobei ich auf die Stelle zugehe, wo ich Beth zuletzt gesehen habe. Erst als ich ein Glas Champagner bestelle, spüre ich, wie jemand neben mir auftaucht.

„Noch ein süßes Paar. Meine Tochter hat sich sofort in Tennyson verguckt, als sie sich kennenlernten. Obwohl sie in Kentucky auf unserer Ranch lebt, kommt sie jetzt häufiger hierher, um mich zu besuchen. Ich dachte, sie vermisst es vielleicht nur, bei ihrem Vater zu sein, aber ich habe bald gemerkt, dass sie kommt, um jemand anderen zu sehen", sagt Geoffrey neben mir. Bei dem Gedanken, dass Tennyson mit jemand anderem als mir zusammen ist, wird mir schlecht. Aber ich habe keinen Anspruch auf ihn.

„Kinder haben so eine Art, hinterhältig zu sein", meine ich und versuche, meinen Ärger über die Situation abzuschütteln und ein falsches Lächeln aufzusetzen, das ich gut geübt habe. Ich habe keine Ahnung, wie Kinder wirklich sind, aber wenn mich meine kleine Schwester und Josh etwas gelehrt haben, dann, dass sie mir nur dann die Wahrheit sagen, wenn sie es wirklich müssen.

„Haben Sie Kinder?", fragt er, und ich spüre den vertrauten Schmerz in meiner Brust bei dieser Frage. Da ich schon eine Weile Single bin, wird mir diese Frage nicht oft gestellt. Ich wünsche mir Kinder. Sehnlichst. Meine mütterlichen Instinkte sind stark, aber wer weiß, ob ich sie jemals ausleben kann. Mit einem von Tennysons Geschäftskonkurrenten zu plaudern, ist zwar nicht meine Vorstellung von einem angenehmen Abend, aber ich sehe niemanden, den ich kenne, also lehne ich mich an die Bar und versuche, nicht in Tennysons Richtung zu schauen.

„Nein. Aber ich habe ausreichend Erfahrung mit ihnen, um zu wissen, dass wenn man ihnen den kleinen Finger gibt, sie die ganze Hand und dann noch den Arm nehmen", sage ich, und er lacht, was mich zum Lächeln bringt. Ich nehme einen Schluck von meinem Champagner.

„Wie wahr das doch ist. Als Katerina noch jünger war, schlich sie sich aus dem Haus. Ich wusste natürlich Bescheid, ließ sie beschatten und wartete auf sie, bis sie nach Hause kam. Sie versuchte, mir eine Ausrede zu verkaufen, dass sie ein Vatertagsgeschenk kaufen wollte. Aber ich konnte nicht verstehen, welche Geschäfte an einem Freitagabend um elf Uhr geöffnet haben und warum sie den kleinen Jungen am Ende der Straße brauchte, um ihr zu helfen." Er lacht bei dieser Erinnerung.

„Sie war also ein schwieriges Kind?", frage ich, um das Gespräch in Gang zu halten, wobei mein Blick von ihm zu den anderen im Raum und wieder zurückschweift.

„Das war schon immer so. Sie hat sich in Tennyson verguckt. Er ist zwar nicht der Mann, den ich gerne an der Seite meiner Tochter sehen würde, aber ich fürchte, sie hat mich um den kleinen Finger gewickelt. Ich würde alles für sie tun, damit sie glücklich ist."

„Mein Vater ist genauso. Nichts ist zu viel für seine Mädchen", sage ich und denke an meinen Vater, den ich schon seit einer Weile nicht mehr gesehen habe.

„Es tut mir leid, wenn wir uns auf dem falschen Fuß erwischt haben. Tennyson und ich sind Geschäftspartner, die nicht immer einer Meinung sind, also entschuldige ich mich, wenn ich vorhin zu weit gegangen bin." Seine Entschuldigung kommt für mich überraschend. Ich habe ein wenig über Tennysons Geschäft und seine Konkurrenten nachgelesen. Soweit ich mich erinnere, ist Geoffrey Newcomb Tennysons Hauptkonkurrent in allen Belangen. Die beiden kommen offensichtlich nicht miteinander aus, aber vielleicht ist er doch nicht so ein Arschloch, wie ich aufgrund der Informationen, die ich erhalten habe, angenommen habe.

„Fangen wir also von vorn an. Guten Abend, ich bin Willow Valentine. Ich bin hier als Gast von Beth und Harrison." Ich strecke ihm meine Hand zum Schütteln entgegen.

„Das Vergnügen ist ganz meinerseits, Willow. Es ist mir eine Freude, Sie heute Abend getroffen zu haben." Als seine Hand meine umschließt, lächeln wir beide. Auf der anderen Seite des Raumes entsteht ein Tumult, und ich sehe, dass Tennysons Mutter eingetroffen ist. Das ist eine Frau, von der ich schon viel gehört habe und von der ich schon jetzt weiß, dass sie sehr anstrengend sein wird. Ich kehre in den Arbeitsmodus zurück, und mein Beschützerinstinkt für meinen Kunden und sein Wohlergehen setzt ein, als ich sehe, wie sie durch den Raum schlendert, als gehöre er ihr. Ich sehe mich schnell nach Tennyson um und entdecke ihn drüben in der Ecke, wo er sich mit seinem Bruder Eddie unterhält, und seine Augen durchbohren mich. Mir entgeht nicht, wie sich seine Schultern versteifen, als er merkt, wie sich seine Mutter ihm nähert.

„Es tut mir leid, Geoffrey, wenn Sie mich bitte entschuldigen würden", sage ich mit einem kleinen Lächeln, stelle mein Glas auf der Bar ab und gehe auf Tennyson zu.

Es ist Zeit für mich, Bodyguard zu spielen.

19

TENNYSON

Die Nacht hat kaum begonnen, und schon möchte ich jemanden umbringen.

„Was regt dich denn so auf?", fragt Eddie über sein Whiskyglas hinweg, das im Moment unglaublich verführerisch wirkt.

„Nichts", knurre ich, ohne ihn auch nur anzusehen und lasse Willow keinen Augenblick aus den Augen, während sie lachend und lächelnd mit Geoffrey Newcomb drüben an der Bar steht. Sie sieht umwerfend aus. Das Kleid sitzt wie angegossen, der Schlitz an ihrem Bein tut nichts anderes, als mich und jeden anderen Mann in diesem Raum zu reizen, und sie weiß es nicht einmal. Ihre Augen funkeln unter der Deckenbeleuchtung, aber ich habe gesehen, wie sie sich verdunkelt haben, als Kerry oder Katrina oder wie auch immer sie heißt, auf uns zukam. Es war eine Überraschung für mich, dass eine meiner Bettgeschichten die Tochter meines Erzfeindes ist – noch ein Fehler, den ich begangen habe. Die Liste wird von Tag zu Tag länger.

Ich beobachte die beiden jetzt mit tiefem Widerwillen. Geoffrey hat nicht lange gebraucht; der alte Bastard hat Frischfleisch gesehen, als Willow hereinkam, und versucht zweifellos, sie in sein Bett zu bekommen. Was nicht passieren wird, denn es gibt nur ein Bett, in das sie gehört, und das ist meins.

„Ahhh, Geoffrey Newcomb ist da. Harrison und Beths Art und Weise, die Fronten vor den Geschäftsleuten in Baltimore zu klären", sagt Eddie. „Oder liegt es daran, dass er gerade mit deiner Reputationsmanagerin flirtet?" Ein Knurren entweicht meinen Lippen, das uns beide verblüfft. Eddies Augen weiten sich vor Überraschung, als er mich ansieht, bevor sein Blick über meine Schulter wandert und sich sein Gesicht verfinstert.

„Scheiße, sieh nicht hin", zischt Eddie, aber es ist zu spät. Ich sehe meine Mutter auf uns zukommen, und am liebsten würde ich die Flucht ergreifen. Das ist meine übliche Art, mit ihr umzugehen, einfach in die andere Richtung zu gehen. Aber da ich mit dem Rücken zur Wand stehe und Eddie und ich uns hier in der Ecke zurückgezogen haben, gibt es für mich keinen Fluchtweg.

„Guten Abend, meine beiden Jüngsten." Die Begrüßung meiner Mutter ist kalt, distanziert, genau wie unsere Beziehung.

„Hi, Mom", grüßt Eddie, und sie schenkt ihm ein Lächeln. Dann wandert ihr Blick zu mir, aber ich sage kein Wort. Ich hasse sie verdammt noch mal.

„Hallo, Tennyson", bemerkt sie und schürzt die Lippen vor Unmut.

„Mutter", stoße ich hervor, und balle meine Hände in den Hosentaschen zu Fäusten. Ich fühle mich, als würde ich gleich explodieren. Mit einem Raum voller Gäste und Willow, die mir sagt, ich solle professionell sein, grüße ich sie, obwohl ich es nicht will. Meine Hand umklammert den verdammten Muffin, den Willow mir vor ein paar Minuten gegeben hat, und ich spüre, wie es sich in meine Handfläche drückt.

„Oh, Tennyson, wirklich", entgegnet sie spöttisch über meine mangelnde Begeisterung für sie, und ich bin kurz davor, durchzudrehen. Zum Teufel damit, Harrison und Beths Geschäftsessen mit einem öffentlichen Ausbruch zu verderben.

„Wirklich was, Mutter?", knurre ich, und ich spüre, wie Eddie sich neben mir anspannt. So viel haben meine Mutter und ich seit Jahren nicht mehr gesprochen. Der Schaden, den sie in unserer Beziehung angerichtet hat, hat mich früh getroffen und wir konnten ihn nie bereinigen. Und wenn ich sie sehe, bin ich normalerweise entweder betrunken oder ich entziehe mich ihrer Gegenwart völlig. Ich würde am liebsten schreien. Ohne den Whisky oder die Frauen, die sie dämpfen, habe ich meine Stimme gefunden, und ich will sie verdammt noch mal benutzen.

„Tennyson, schön zu sehen, dass du deine Stimme tatsächlich benutzen kannst. Als deine Mutter habe ich sie nicht mehr gehört, seit ...? Seit du zwölf warst?", zischt meine Mutter und weckt Erinnerungen, die verborgen bleiben sollten.

Aus dem Augenwinkel sehe ich Eddie, der uns beide aufmerksam beobachtet. Wut, Frustration und alle anderen negativen Gefühle kochen an der Oberfläche.

Das Bedürfnis, mir diese Krawatte vom Hals zu reißen, lässt mich fast ersticken.

„Willst du das Gespräch wirklich in diese Richtung lenken? Denn ich bin verdammt noch mal bereit", knurre ich, und mir entgeht nicht, wie sich ihre Augen weiten.

„Tennyson, mach dich nicht lächerlich." Sie wedelt mit ihrer Hand, als wäre ich albern und lächelt ein paar vorbeigehende Leute an. Gott bewahre, sollte jemand annehmen, dass wir nicht die perfekte Familie sind, auch wenn unsere jüngste Geschichte oft in jeder Lokalzeitung des Staates abgedruckt ist.

„Wirklich? Was ...", spucke ich, bevor ich mich zurückhalten kann. Wärme umhüllt meinen Arm, ein Körper schmiegt sich an meine Seite, und ich atme tief ein und rieche ihren Duft. *Willow.*

„Guten Abend, Mrs. Rothschild. Ich bin Willow Valentine und entschuldige mich für die Unterbrechung, aber ich werde Ihren Sohn für einen Moment entführen", sagt Willow und zieht mich bereits weg. Meine Augen richten sich auf sie, und mein Herzschlag beruhigt sich ein wenig, meine Schultern entspannen sich etwas. Ich lasse meine Hand leicht in ihre gleiten, während wir durch den Raum gehen und uns zwischen den Leuten hindurchschlängeln. Sie ist eine Frau auf einer Mission, und ich halte sie nicht auf, denn im Moment brauche ich Luft und Raum, und ich weiß, dass sie mir beides verschaffen wird. Sie führt mich zügig auf den Korridor hinaus, in einen nahe gelegenen Besprechungsraum, und schließt die Tür ab.

„Gott, ich hasse sie. Ich hasse sie verdammt noch mal", stoße ich hervor, während ich in dem Raum auf-

und abgehe und mir mit den Händen durch die Haare fahre, bevor ich an meiner Krawatte reiße und versuche sie zu lockern, um besser atmen zu können.

„Atme, Tennyson. Versuche, dich zu entspannen." Sie tritt neben mich, und es ist mutig von ihr, mir so nahezukommen, wenn ich so wütend bin. Ich würde ihr nie etwas antun, aber ich bin aufgebracht. Der blanke Hass wallt in mir auf und ich muss ihn irgendwie herauslassen.

„Entspannen? *Entspannen?* Gott, Willow, wenn du wüsstest, wenn du wüsstest, was sie wirklich ist", sage ich und öffne meine beiden obersten Knöpfe, während sie einfach an meiner Seite steht und mich beobachtet.

„Ist schon gut. Du musst nicht mit ihr reden. Du musst dich ihr nicht nähern", versichert sie mir. Besorgnis liegt in ihren Zügen, während sie versucht, mir zu helfen, mich zu beruhigen.

„Das ist verdammt schwer, wenn sie meine Mutter ist. Sie ist immer da, immer in meiner Umgebung, immer wühlt sie in unserem Leben herum. Zweifellos versucht sie bereits herauszufinden, wer genau du bist und warum du meine Hand gehalten hast", keuche ich und versuche, nach Luft zu schnappen. Das Letzte, was ich will, ist, dass meine Mutter in Willows Nähe kommt. Eher wird die Hölle zufrieren, als dass ich zulassen werde, dass das geschieht.

„Gut. Lass sie es herausfinden. Ich habe keine Angst vor ihr", entgegnet Willow und stemmt die Hände in die Hüften. Ich bleibe stehen und starre sie an.

„Du bist die erste Frau, die ich je getroffen habe, der es scheißegal ist, dass ich ein Rothschild bin."

„Nein, dein Nachname hat wirklich keine Bedeutung für mich", gibt sie zu, und wenn ich sie zuvor schon mochte, dann vergöttere ich sie jetzt.

„Sie ist so verdammt geistesgestört. Verblendet. Schrecklich, hinterhältig. Ich hasse sie. Ich hasse sie einfach", schreie ich fast, meine Hände ballen sich zu Fäusten und lockern sich dann wieder.

„Okay, atme tief durch", sagt sie mit beruhigender Stimme, aber ich bin schon so weit, dass ich mich nicht mehr beherrschen kann.

„Ich kann nicht", gebe ich zu, meine Stimme ist fast panisch.

„Hier, mit mir. Atme ein und dann aus." Sie tritt vor und nimmt meine Hände. Sie sieht mir ein paar Mal beim Atmen zu, aber es ist nicht das Atmen, das hilft, es ist sie. Und jetzt ist meine Aufmerksamkeit nur auf eine Sache gerichtet ... auf das, was ich am meisten will.

„Scheiße", schreie ich frustriert und gehe auf Willow zu, packe sie an der Taille und drücke sie mit dem Rücken gegen die Wand. Ich lege meine Stirn an ihre und halte ihre Hüften fest umschlossen. Wir atmen heftig, ihre Brust hebt und senkt sich im Takt mit meiner.

Ihre Augen weiten sich, als sie in meine blicken.

„Tennyson", flüstert sie, ihr Ton ist eine Mischung aus Lust und Warnung, und das wird mir fast zum Verhängnis. Ich weiß, dass ich ihr nicht so nahe kommen sollte. Aber es ist wirklich verdammt schwer, vor allem, weil ich weiß, dass sie mich genauso will wie ich sie.

„Scheiße, ich will dich. Ich will dich verdammt noch mal, Willow. Seit jener Nacht vor Monaten habe ich an nichts anderes gedacht als an dich. Ich will dich wieder in meinem Bett haben. Ich will, dass du meinen Namen schreist und stöhnst, während ich in dich stoße. Ich will dich schmecken, dich halten, deine Haut an meiner spüren. Ich *sehne* mich so verdammt nach dir", stoße ich hervor, meine Finger graben sich in ihr Fleisch, während sich mein Becken gegen ihres drückt. Sie lässt mich zum ersten Mal seit langer Zeit wieder etwas fühlen, und ich will nicht mehr davor weglaufen. Ich will darauf zulaufen.

Ihre Hände ergreifen meine Oberarme und ihr Körper wölbt sich meinem entgegen.

„Tennyson ...", haucht sie, ihre Stimme warnt mich, während ihr Körper mir etwas ganz anderes sagt. Ich weiß, dass sie mich will, aber die missliche Lage, in der wir uns aus beruflicher Sicht befinden, verkompliziert die Dinge ungemein.

„Ich weiß, dass wir das nicht können. Ich weiß, wir sollten es nicht tun. Ich weiß, dass du deine Arbeit ernst nimmst, und ich würde das nie aufs Spiel setzen. Aber Gott, Willow, was tust du bloß mit mir?", unterbreche ich sie.

Bevor sie etwas sagen kann, klopft es laut an der Tür.

„Tenn, alles in Ordnung?", ruft Eddie. Offensichtlich ist er unsere Mutter losgeworden und ist gekommen, um zu sehen, ob es mir gut geht.

„Scheiße", stöhne ich und ziehe mich von Willow zurück, frustriert darüber, dass wir unterbrochen wurden, aber noch mehr über diesen ganzen Abend. Ich sehe, wie sie ihr Kleid zurechtrückt und höre, wie sie sich räuspert. Der Moment ist endgültig vorbei.

„Ich will nach Hause", sage ich niedergeschlagen. Erschöpft.

„Dann lass uns gehen", entgegnet sie, ohne Fragen zu stellen. Sie versucht nicht, mich zum Bleiben zu bewegen. In diesem Moment wird mir klar, dass sie auf meiner Seite ist. Mein Team. Sie ist hier, um mir zu helfen. Sie steht hinter mir, und ich werde dafür sorgen, dass sie weiß, dass ich auch hinter ihr stehe.

20

———

WILLOW

Wir sitzen beide in angenehmem Schweigen auf dem Rücksitz und lassen den Abend Revue passieren. Als ich uns aus dem Gebäude und ins Auto geführt habe, hat Tennyson langsam angefangen sich zu beruhigen. Er war heute Abend am Rande des Abgrunds, das konnte ich sehen. Und ich konnte es fühlen. Ich beginne zu verstehen, dass er ein leidenschaftlicher Mann mit vielen Schichten ist. Als er mir sagte, wie sehr er mich will, hat mich das fast umgehauen. Mein Herz schlug schon lange nicht mehr so heftig, und bei seiner Erklärung, gepaart mit seiner Nähe, gaben beinahe meine Knie nach.

Ich habe keine Ahnung, was genau seine Mutter getan hat, das ihn so wütend macht. Ich habe meine Nachforschungen angestellt und weiß, dass sie keine nette Frau ist. Aber in der Art, wie Tennyson sich aufregt, muss mehr dahinterstecken. Es ist etwas sehr Persönliches für ihn. Fast so, als wäre es noch frisch und würde sich immer noch in ihn hineinfressen. Ich bin keine

Psychologin, aber die tief sitzende Wut ist wahrscheinlich das, was ihn antreibt und zu dem Ruf geführt hat, den er jetzt hat.

Das Abendessen dauerte nur fünfundvierzig Minuten, bevor wir Tennysons Bruder Eddie sagten, er solle uns entschuldigen, und wir gingen geradewegs zur Tür hinaus zu einer wartenden Limousine.

„Biegen Sie hier links ab", sage ich dem Fahrer, der von mir zu Tennyson schaut, um seine Zustimmung zu erhalten. Tennyson bleibt still, nickt aber. Er sieht mich kurz an, dann blickt er wieder aus dem Fenster. Seine Schultern sind immer noch steif, und er fährt sich tief in Gedanken versunken mit der Hand über den Mund.

„Biegen Sie einfach die Nächste links ab und halten Sie dann in der Nähe des gelben Gebäudes an", weise ich den Fahrer erneut an, der dieses Mal nickt, ohne auf Tennysons Zustimmung zu warten.

„Wohin bringst du mich, Willow?", fragt Tennyson mit einem Seufzer, seine Stimme klingt entkräftet. Jeden anderen Kunden hätte ich sofort nach Hause gebracht. Wahrscheinlich hätte ich ihren Manager oder ein Familienmitglied angerufen und ihnen gesagt, was sie falsch gemacht haben. Tennyson ist anders. Er ist ein Kunde, aber ich sorge mich auf einer anderen Ebene um ihn. Er leidet, und ich muss ihn auf andere Gedanken bringen.

„Du wirst schon sehen", sage ich, ohne zu wissen, ob ihn das wütend machen wird oder nicht, aber wir brauchen etwas, um die Stimmung aufzulockern, und ich habe mich nicht umsonst schick gemacht. Ich schenke ihm ein kleines Lächeln, und der Blick in seinen Augen wird weicher.

Er hat in dem Raum eine Menge Dinge gesagt, die mir noch immer im Kopf herumschwirren. Wer weiß, was passiert wäre, wenn Eddie uns nicht unterbrochen hätte. Ich glaube, ich war nur Sekunden davon entfernt, mich meines Kleides zu entledigen und mich ihm hinzugeben.

Das Auto hält direkt vor *Softies*, einer der ältesten Eisdielen der Welt, und reißt mich aus meinen Gedanken.

„Eiscreme?", fragt Tennyson und zieht die Augenbrauen hoch, wobei seine Mundwinkel leicht nach oben wandern. Ich weiß, dass ich die richtige Wahl getroffen habe. Eiscreme macht alles besser.

„Ich habe gehört, dass sie den besten Rocky Road haben, und Eis ist genau das, was wir jetzt brauchen", sage ich mit einem breiten Lächeln und bin froh, dass auch er wieder lächelt.

„Du bist das, was ich im Moment brauche, Willow. Wenn ich Eis essen muss, um dich zu bekommen, dann ist das für mich in Ordnung. Komm, lass uns hineingehen", sagt er schnell, ohne auf meine Antwort zu warten. Das waren nicht die Worte eines Playboys, der mir an die Wäsche will. Er meint, was er zu mir sagt, das kann ich spüren.

Er steigt aus, lässt die Tür offen und hält mir die Hand hin. Die Spannung zwischen uns ist immer noch da. Sie köchelt, das wütende Inferno von vorhin ist ein wenig abgeklungen, aber nicht erloschen. Ich lege meine Hand in seine und lasse ihn gewähren, während er mich an sich drückt und seine Körperwärme mich einhüllt. Wir gehen hinein, und ich verschlinge alles mit meinen Augen. Es ist so lustig und bunt. In einer Ecke steht eine kleine Jukebox, die Old-School-Musik spielt. Eine Reihe von Vinyl-Ständen säumt die lange Wand, der schwarz-weiß-karierte Boden und die Neonlichter an den Wänden verstärken die Atmosphäre des Lokals.

Zum Glück ist es hier für einen Samstagabend sehr ruhig. Man muss sich keine Sorgen um Paparazzi oder Fremde machen, die Fotos schießen.

„Ahh, hallo, ihr Turteltauben, was kann ich euch bringen?", begrüßt uns ein alter Mann hinter der Vitrine, als wir herantreten und uns die Geschmacksrichtungen ansehen. Aber ich weiß schon, was ich für uns bestellen will.

„Zwei Rocky Roads, bitte!", sage ich mit einem breiten Lächeln, während ich zwei Finger hochhalte. Ich finde es toll, dass er, obwohl er schon in den Sechzigern sein muss, wie ein Eisverkäufer der alten Schule gekleidet ist, mit einem Oberteil mit roten und weißen Streifen und einem dazu passenden Hut.

„Mein Kindermädchen hat mich als Kind hierher gebracht", sagt Tennyson und schaut nicht zu mir, sondern zu dem alten Mann, der das Rocky-Road-Eis in Waffeln schöpft.

„Wirklich? Du erinnerst dich noch?"

„Ich erinnere mich an alles, Willow." Er sagt es, als würde es ihn schmerzen. Als ob seine Erinnerungen keine Guten wären. „Am Anfang eines jeden Sommers. Mom wusste es nicht. Sie wäre nicht einverstanden gewesen. Aber mein Kindermädchen war wirklich toll", fügt er lächelnd hinzu.

„Hier, bitte sehr. Geht aufs Haus", sagt der ältere Mann.

„Oh nein, wir können bezahlen!", entgegne ich eilig.

„Sei nicht albern, ihr habt euch so herausgeputzt, also muss es ein besonderer Abend sein. Viel Spaß", sagt er und schlurft davon, als ich ihm ein „Danke" zurufe. Tennyson und ich nehmen unser Eis und setzen uns an einen der leeren Tische an der Wand, und ich hoffe, dass er mir ein wenig mehr erzählen wird.

„Wie lange hattest du denn ein Kindermädchen?", frage ich, nehme einen Löffel voll von meinem Eis und genieße den süßen Geschmack auf meiner Zunge. Tennyson ist einen Moment lang still, bevor er sich räuspert.

„Ich hatte von meiner Geburt an bis zu meinem zwölften Lebensjahr das gleiche Kindermädchen. Dann bin ich auf ein Internat gegangen", sagt er leise, und das weckt mein Interesse.

„Ihr müsst euch nahe gestanden haben. Wie hieß sie?", frage ich, nicht sicher, ob ich ihn drängen soll, denn ich habe das Gefühl, dass dies ein wunder Punkt für ihn ist.

„Helen. Sie war für mich mehr wie eine Mutter als meine eigene, das steht fest." Ich merke, wie sich sein Kiefer anspannt, und so wende ich mich einem sichereren Thema zu.

„Und, wie gefallen dir die Socken? Ist Grün deine Farbe?", frage ich mit einem Lächeln. Ich bin sicher, dass er sie weggeworfen hat, aber es war ohnehin eher ein Scherzgeschenk.

„Grün war heute Abend definitiv meine Farbe",

murmelt er und gibt seine Eifersucht zu. „Wie lief dein Gespräch mit *Geoffrey Newcomb* heute Abend?", knurrt er fast, und ich höre, wie er mit den Zähnen knirscht. Offensichtlich ist er immer noch nicht glücklich darüber, dass ich mit Geoffrey gesprochen habe. Er ist süß, wenn er schmollt.

„Er war nett", sage ich vorsichtig und versuche sicherzustellen, der Sache nicht mehr Bedeutung zu geben, als sie hat. Ich weiß, dass er eifersüchtig ist, aber er hat keinen Grund dazu.

„Nett? Er ist ein riesiges Arschloch. Mein Hauptkonkurrent. Der ständige Dorn in meinem Auge. Du kannst nicht mit ihm flirten", entgegnet er.

„Ich habe nicht *geflirtet*. Ich war freundlich. Ich kann mit jedem reden, mit dem ich es will. Das ist wichtig für das Geschäft", antworte ich, bevor ich mir noch einen Löffel mit Eis in den Mund schiebe. Ich muss die Grenze der Professionalität beibehalten. Ich kann sie nicht überschreiten, auch wenn ich es wirklich möchte.

„Ahh, ja. Das Geschäft. Der einzige Grund, warum wir heute Abend hier sind, oder?", fragt er und weist damit auf unsere kleine Verabredung hin. Würde ich das mit einem normalen Kunden tun? Nein. Aber Tennyson ist alles andere als normal.

„Tennyson. Ich kann nicht ...", setze ich an und versuche zu erklären, warum wir die Grenzen nicht überschreiten dürfen, aber er unterbricht mich.

„Du hast da ein bisschen ...", sagt er und zeigt auf seine Lippe.

„Hier?", frage ich und wische mir mit der Serviette den Mundwinkel ab.

„Hier", sagt er und beugt sich über den Tisch. Bevor ich überhaupt begreifen kann, was er tut, greift er nach meinem Hinterkopf und seine Lippen treffen auf meine. Mein Mund öffnet sich unter einem Keuchen, und ich lasse mich für eine Sekunde darauf ein, genieße die Weichheit seiner Lippen, doch dann zieht er sich genauso schnell wieder zurück. Ich bin ein wenig verblüfft, mir ist heiß, und ich will mehr. Mein Herz fühlt sich an, als würde es mir gleich aus der Brust springen, während mein Körper zittert. Nichts hat sich jemals so gut angefühlt, wie seine Lippen auf meinen. Sanft und doch fordernd. Behutsam und doch besitzergreifend. Seine Hand bleibt an meinem Hinterkopf liegen, unsere Gesichter sind nur Zentimeter voneinander entfernt, und er sieht mir tief in die Augen.

„Ich weiß, dass du die Kontrolle magst. Ich weiß, dass du jetzt die volle Kontrolle über mein Leben hast, und das ist die Art, wie du arbeitest – du hast die volle Kontrolle über die Dinge. Ich weiß, du bist klug, erfolgreich und, wie ich bereits festgestellt habe, wunderschön. Aber lass mich dir eines sagen, Willow Valentine. Auch wenn du nach außen hin mein Leben kontrollierst, habe ich bei uns das Sagen. Im Schlafzimmer gehörst du mir, und ich kann es nicht erwarten, dass sich unsere Nacht in New York wiederholt. Aber ich werde geduldig sein. Ich werde dieses Spiel der Professionalität mit dir spielen, weil ich dein Geschäft nicht gefährden will, aber sei gewarnt, was auch immer das hier ist ...", sagt er, „die Flamme ist nach einer Nacht noch nicht erloschen. Wenn überhaupt, brennt sie mit jedem Tag heißer und heller, und du und ich werden in

Flammen aufgehen, und ich für meinen Teil freue mich darauf."

Ich bin sprachlos, als ich ihn dabei beobachte, wie er sich zurücklehnt und mich von der anderen Seite des Tisches aus angrinst, während er sich einen großen Löffel voller Eiscreme zwischen die Lippen schiebt. Er war mir gegenüber immer offen und ehrlich, was seine Gefühle angeht, und jetzt hat er mir buchstäblich genau gesagt, wie er denkt, dass es laufen wird.

„Wir sollten aufessen und gehen. Wir haben diese Woche ein Fotoshooting und du brauchst deine Ruhe", sage ich, räuspere mich und lenke das Gespräch wieder auf sicherere Themen. Als wir mit unserem Eis fertig sind und das Restaurant verlassen, bin ich wie auf Autopilot geschaltet. Seine Worte gehen mir immer wieder durch den Kopf, und ich spiele den Kuss immer wieder in Gedanken ab. Meine Lippen kribbeln immer noch von der Erinnerung. Als ich mein Hotelzimmer erreiche, lasse ich mich direkt aufs Bett fallen, und da wird mir klar, dass er recht hat. Ich werde bald Wachs in seinen Händen sein.

Tennyson Rothschild ist nicht der Mann, für den ihn alle halten. Er ist so viel mehr.

21

TENNYSON

Nachdem ich sie in der Privatsphäre unseres Tisches in der Eisdiele kurz geküsst hatte, brachte ich sie in ihr Hotel und verabschiedete mich wie ein Gentleman von ihr. Es war schön, meine Lippen wieder auf ihren zu haben, auch wenn es nur kurz war. Danach war sie still, aber ich habe bereits bemerkt, dass sie auf diese Weise die Dinge verarbeitet. Ich weiß, dass ich recht hatte. Sie will mich genauso sehr, wie ich sie. Wie sie so tun kann, als hätte sich die Welt nicht verändert, als wir uns küssten, weiß ich nicht, aber sie verbirgt es gut. Besser als ich, denn das Einzige, was ich will, ist sie an mich zu ziehen und ihr die Kleider vom Leib zu reißen.

Als unsere Fotografin Natasha die Hintergrundmusik auflegt, um sich in Stimmung zu bringen, und ich in Designerjeans und einem engen weißen Henley-Top gekleidet da stehe, dachte ich, ich würde mich unwohl fühlen, wenn ich vor dieser kleinen Gruppe von Leuten posiere, aber das tue ich nicht. Denn Willows Augen sind fest auf mich gerichtet, und ich kann sehen, wie sie versucht, nicht an unsere letzte Begegnung zu denken.

Aber sie tut es.

„Das ist es, Tennyson, neigen Sie den Kopf einfach ein wenig nach links. Sie sind ein Naturtalent", sagt Natasha, bevor sie die Kamera senkt und auf mich zugeht. Sie legt ihre Handfläche auf meine Brust und bleibt dicht bei mir stehen. Ihre Augen blicken zu mir hoch, während sie mit ihrer Hand über meinen Oberkörper streicht und die nicht vorhandenen Falten in meinem Hemd glättet, bevor ihre Hände auf meiner Gürtelschnalle ruhen.

„Was würden Sie von einem Oben-ohne-Foto halten? Ich glaube, das wäre toll", säuselt sie. Seit ich angekommen bin, flirtet sie ohne Unterlass. Zuerst dachte ich, es sei ihre Art, damit ich mich vor der Kamera entspanne und in Stimmung komme, aber im Laufe des Shootings wurde es immer schlimmer, und angesichts des Geflüsters, das im Raum umhergeht, weiß ich, dass sie mich anmacht. Wenn man bedenkt, dass sie oft mit männlichen Models arbeitet, hätte ich ein wenig mehr Professionalität erwartet, und ich bewundere Willow plötzlich mehr für ihre starken Grenzen.

Früher hätte ich Natasha, ohne zu überlegen, genommen. Ich weiß, dass ich nur vorschlagen müsste, die Kleidung zu wechseln, und ich könnte sie über das Schuhregal im hinteren Bereich beugen, bevor ich bis zehn zählen könnte. Aber mein Blick schweift über ihre Schulter zu Willow, die mich beobachtet. Ich bin mir nicht sicher, wann oder wie es passiert ist, aber ich sehe nur noch sie. Keine andere Frau hat die gleiche Wirkung auf mich wie Willow. Aber wenn Blicke töten könnten, wären Natasha und ich schon vor dreißig Minuten tot gewesen. Sie ist offensichtlich nicht glücklich mit der Situation, also beschließe ich, sie zu meinem Vorteil zu nutzen.

„Klar, warum nicht?", sage ich mit einem Grinsen und freue mich darauf, Willow wieder meinen Körper zu zeigen. Mir entgeht nicht, wie Natasha sich auf die Unterlippe beißt. „Sagen Sie einfach, wie Sie es brauchen", füge ich hinzu, meine Stimme seidig und laut genug, dass Willow sie hören kann. Willows Augen verengen sich, ihr Mund verzieht sich zu einer dünnen Linie. Sie gibt sich große Mühe, professionell zu bleiben, aber sie ist kurz davor zu explodieren. Ich kann es spüren.

„Also, ich finde Ihre Jeans in Ordnung, aber lassen Sie uns das Oberteil ausziehen. Zeigen wir den Frauen von Baltimore, aus welchem Holz Sie geschnitzt sind." Ihre Hände unter meinem Oberteil fahren bereits über die Haut an meinem Bauch und versuchen bereits, den Stoff zu entfernen. Ich mache einen kleinen Schritt zurück, um ein wenig Abstand zu gewinnen. Ich will nicht, dass sie denkt, ich würde sie wollen, da ich bereits die Eifersucht in Willows Augen lodern sehe.

„Ich glaube nicht, dass wir eine Oben-ohne-Aufnahme brauchen", wirft Willow ein, die mit dem Handy in der Hand auf das Set zugeht. Ich sehe, wie sie Natasha einen bösen Blick zuwirft, aber es sind ihre Knöchel, die weiß hervortreten, die sie verraten. Sie umklammert ihr Handy so fest, dass ich mich wundere, dass es nicht kaputtgeht.

„Oh, glauben Sie mir, seine weiblichen Fans werden es lieben. Selbst wenn er es nur für soziale Netzwerke verwendet, kann ich es in schwarz-weiß machen, und es wird geschmackvoll sein“, entgegnet Natasha und macht ein paar Fotos, während sie zurücktritt, um sich in Position zu bringen, sodass Willow keine Chance hat, zu reagieren.

Willow sieht mich an, und ich zucke mit den Schultern, aber meine Augen sind fest auf sie gerichtet, während ich mein Hemd im Nacken packe und es mir über den Kopf und vom Körper ziehe. Ich sehe, wie sie schluckt und ihre Augen über meinen halb nackten Körper wandern, während sich ihre Wangen röten.

„So heiß, Tennyson. Sie haben den Körper eines griechischen Gottes“, ruft Natasha und bringt mich dazu, in ihre Richtung zu schauen. Ich spanne meine Bauchmuskeln an und fahre mir mit der Hand durch die Haare. Ich fühle mich zu gleichen Teilen wie ein Idiot, aber auch erregt, weil Willows Augen an mir kleben und ich es verdammt nochmal liebe.

Ich drehe mich zur Kamera, stemme eine Hand in die Hüfte und lächle. Das ist verdammt surreal. Wer denkt sich so einen Scheiß überhaupt aus? Ich habe eine Million Dinge im Büro zu erledigen. Ich frage mich, was meine Brüder denken würden, wenn sie wüssten, was ich jetzt gerade mache.

„Ich glaube, wir sind hier fertig“, sagt Willow und beendet damit das Shooting abrupt. Ich zwinkere ihr zu, als Natasha auf mich zukommt.

„Ich glaube, wir haben es. Tennyson, die Anzüge, die Sie vorhin anhatten, waren fantastisch, aber das hier, ernsthaft ... Eines dieser Bilder muss unbedingt auf die Titelseite einiger Zeitschriften, denn wow ...“, sagt sie und tritt subtil in meine Seite, direkt in meinen persönlichen Bereich, und ich sehe, wie Willow sie mit verengten Augen betrachtet.

„Danke, Natasha. Können Sie mir die Fotos morgen bringen? Ich möchte sehen, womit ich arbeiten kann", sagt Willow und bleibt dabei professionell, aber ich weiß bereits, dass Willow sie nicht benutzen wird.

„Sicher. Vielleicht behalte ich sogar eines der Letzten für mich, für meine Mappe", sagt sie, wendet sich mit einem fragenden Blick an mich und beißt sich erneut auf die Unterlippe. Ich stoße ein Lachen aus. Diese Frau meint es ernst, und wenn sie nicht mit ihrem schamlosen Flirten aufhört, wird mein Mädchen ihr die Augen ausstechen.

„Sicher", antworte ich achselzuckend, als ob es mich nicht stören würde, aber ich weiß, dass Willow es niemals erlauben wird. Ich schnappe mir mein Hemd und überlasse es den beiden Frauen, das zu klären, während ich mich hinten umziehe.

MAN KÖNNTE die Spannung mit einem Messer durchschneiden. Willow war die ganze Fahrt über still, also habe ich die Gelegenheit genutzt, um einige E-Mails zu beantworten, und als ich in mein Büro gehe, folgt sie mir dichtauf. An ihrem Schritt kann ich erkennen, dass sie verärgert ist.

„Keine Unterbrechungen, Melody", sage ich zu meiner Assistentin, während ich an ihr vorbeigehe, meine Bürotür öffne und Willow eintreten lasse, bevor ich ihr folge und die Tür hinter mir abschließe. Ich wappne mich für das, was kommen mag.

„Was zum Teufel sollte das?“, faucht sie, sobald meine Bürotür geschlossen ist.

„Wovon sprichst du?“, frage ich unschuldig, obwohl ich genau weiß, wovon sie redet. Mein Mädchen hat eine eifersüchtige Ader, und das gefällt mir. Ich gehe zu meinem Schreibtisch, lehne mich dagegen, verschränke die Arme vor der Brust und warte.

„Schämst du dich nicht, bei der Art wie du mit der Fotografin geflirtet hast?“ Sie stemmt die Hände in die Hüften und betont damit ihre kurvige Figur. Ich beiße mir auf die Unterlippe, während ich diesen Anblick in mir aufnehme. Die wütende Willow ist verdammt heiß. Sie meint es ernst. Ich kann nicht anders, stoße mich vom Schreibtisch ab, gehe auf sie zu und bleibe direkt vor ihr stehen.

„Warum darf ich nicht mit der Fotografin flirten?“ Erstens war es harmlos, und zweitens hat Willow klargestellt, dass wir keine Grenzen überschreiten dürfen. Warum sollte es sie also stören?

„Weil es unprofessionell ist. Die Leute reden, Tennyson“, sagt sie, tritt sogar noch näher, statt zurückzuweichen. Ich liebe das Feuer in ihren Augen.

„Sie ist eine nette Frau, und hübsch ist sie auch“, meine ich achselzuckend und reiße mich zusammen, um nicht über ihren empörten Gesichtsausdruck zu grinsen.

„Hübsch? Du findest sie also hübsch?“, faucht sie und beugt sich zu mir vor. Unsere Oberkörper berühren sich fast, ihr Atem geht schnell, und ich spüre, dass sie kurz davor ist, auszuflippen. Ich *muss* sie dazu bringen.

„Sicher, ihr schien auch zu gefallen, was sie sah", sage ich, bereit, meinen Worten Nachdruck zu verleihen. „Sie schien eine Frau zu sein, die genau wusste, was sie wollte, und die keine Probleme hatte, es zu erreichen. Das gefällt mir. Vielleicht sollte ich ..."

„Halt die Klappe und küss mich", unterbricht sie mich, und ich zögere keinen Augenblick lang. Wir fallen übereinander her, ohne uns darum zu kümmern, was wir tun oder wo wir sind.

Ich packe sie an den Hüften und ziehe sie an mich, während ich meine Lippen auf ihre presse. Ihre Hände legen sich um meinen Nacken und ziehen mich an sich, während meine Zunge in ihren Mund eindringt. Sie zu schmecken, ihre Lippen auf meinen zu haben, fühlt sich noch besser an, als ich in Erinnerung habe.

„Ich fühle mich, als hätte ich eine verdammte Ewigkeit auf dich gewartet", murmle ich, unsere Bewegungen sind hektisch, nicht unähnlich denen in dem Hotelzimmer in New York vor all den Monaten. Ich lüge nicht. Ich habe mir diesen Moment schon oft ausgemalt, aber die Fantasie kann nicht einmal ansatzweise mit der Realität mithalten.

„Wir müssen die Tür abschließen", keucht Willow, ihre Hände sind bereits an meiner Gürtelschnalle, während meine Finger über ihre nackten Schenkel gleiten und ich mich darum bemühe, sie aus ihrer Kleidung zu befreien.

„Die Tür ist bereits verschlossen. Aber wir müssen leise sein, auch wenn ich dich zum Schreien bringen will." Ihr Rock liegt nun um ihre Taille, meine Hose ist bereits offen, ihre Hand wandert unter meinen Slip. Mein Atem stockt, als sie meinen Schwanz berührt.

„Gott, ich brauche das, ich brauche dich", haucht sie, und meine Hände legen sich auf ihren Hintern, ich drehe uns um und setze sie auf meinen Schreibtisch. Ich hatte schon an vielen Orten Sex, aber mein Büro gehört nicht dazu. Aber in diesem Moment würde ich Willow überall ficken, mein Verlangen, sie zu haben, übersteigt jedes moralische Gefühl, das ich noch in meinem Körper habe.

„Ich muss dich schmecken", stoße ich hervor. So gut es sich auch anfühlt, dass sie mich berührt, ich will meinen Mund auf sie legen. Ich lasse mich vor ihr zu Boden sinken, spreize ihre fantastischen Beine und fahre mit den Händen an ihren Schenkeln hinauf. Ich stöhne auf, als ich einen feuchten Fleck auf ihrem Höschen sehe.

„Gott, du bist so feucht für mich, Willow, so verdammt hübsch", murmle ich und nehme alles in mich auf.

„Tennyson, bitte ...", fleht sie, und ihr Tonfall lässt mich fast zusammenzucken.

„Scheiße." Ich küsse die Innenseite ihres Oberschenkels und drücke mit meinen Händen ihre Arschbacken zusammen. Ich warte nicht. Ich ziehe ihre Unterwäsche zur Seite, drücke meinen Lippen, ohne zu zögern auf sie und lasse meine Zunge um ihr Geschlecht herumwirbeln.

„Oh mein ...", keucht Willow. Sie lässt den Kopf nach hinten sinken, und ich schaue zu ihr auf. Ich bin hingerissen von ihr. Ihr Haar fällt ihr in einer einzigen Kaskade über den Rücken und landet auf meinem Schreibtisch. Ihr Körper wölbt sich, ihre Hände umklammern den

Schreibtisch auf beiden Seiten. Ihre Fingerknöchel treten weiß hervor. Ihre Beine sind weit gespreizt.

„Darin bist du so gut ...", murmelt sie und beißt sich auf die Lippe, als sich ihr Blick auf mich richtet.

Ich schließe meine Augen, sauge an ihrer geschwollenen Perle und spüre, wie ihre Hüften gegen mein Gesicht wippen. Ich wünsche mir, dass dieser Moment ewig anhalten mag.

„Tennyson ...", stöhnt sie, aber dann landet ihre Hand in meinem Haar und ihre Hüften wippen noch gieriger. Meinem Mädchen gefällt mein Mund auf ihr, und ich bin froh darüber, denn ich liebe den Ort, an dem ich ihn gerade habe.

„Komm für mich. Komm auf meinem Gesicht. Gib dich mir hin", stöhne ich, meine Zunge und mein Mund arbeiten synchron zusammen, und ich höre, wie ihr Keuchen lauter wird und ihr Griff in meinem Haar fester wird.

„Tennyson ... Oh Gott, Tennyson", stöhnt sie leise, bevor sie hörbar nach Luft schnappt und erschaudert. Ich knurre, spüre ihren Orgasmus um mich herum, schmecke alles, was sie mir gibt. Ich höre nicht auf. Mein Schwanz ist hart und pulsiert heftig. Ich brauche verdammt noch mal mehr von ihr.

„Du siehst so verdammt heiß aus, halb nackt auf meinem Schreibtisch. Ich habe keine Ahnung, wie zum Teufel ich jetzt hier arbeiten soll, ohne an deine perfekte, feuchte Muschi zu denken", stoße ich hervor, während ich mich vor sie stelle, meine Hose weiter herunterlasse und meinen Schwanz streichle.

„Gib mir deinen Schwanz. Jetzt", verlangt sie und

greift nach mir. Alle Professionalität ist völlig verschwunden, ihr Verlangen nach mir ist genauso groß wie meines nach ihr. Ich greife in mein Portemonnaie, ziehe ein Kondom heraus, streife es über und genieße das Gefühl, ihre Augen auf mir zu haben.

Sie beugt sich vor, ihre Hand umschließt mich, und ich halte mich mit einer Hand am Schreibtisch fest, während meine andere ihren Körper hinauf wandert. Ich öffne ihre Bluse ein wenig, will ihre perfekten Brüste sehen, die mir verlockend von einem schwarzen Spitzen-BH unter die Nase gedrückt werden, von dem ich bereits weiß, dass er teuer ist, ihr Duft umhüllt mich und erfüllt all meine Sinne.

„Ich werde dir meinen Schwanz geben, wann immer du willst." Ich schiebe ihre Unterwäsche zur Seite und dringe mit einer schnellen Bewegung in sie ein.

Wir stöhnen beide gleichzeitig, als ich sie ausfülle. Es ist ein himmlisches Gefühl. Als ich anfange, mich zu bewegen, greift sie nach meinem Hemd, während sich ihre Beine um meine Taille schlingen. Ich packe ihren Hintern und ziehe sie noch näher an mich. Meine Bewegungen sind jetzt schnell, ich stoße hart in sie.

„Hören wir jetzt auf, uns zu verstellen und verhalten uns wie verdammte Erwachsene?", frage ich, während ich meinen Schwanz in einem harten Rhythmus in sie hämmere.

„Nur wenn du mir versprichst, mich so zu ficken ...", stöhnt sie und beißt sich auf die Lippe, ihre Augen sind dunkel vor Lust.

„Ich will diese Muschi jeden verdammten Tag. Sie gehört mir. Ich will sie vernaschen, mit ihr spielen, sie ficken, sie erbeben lassen. Ich will sie bis zum Äußersten treiben und dich dann kommen lassen. Eine Nacht mit dir hat dich für immer in mein Gedächtnis eingebrannt. Ich will dich für Tage, Wochen, Monate. Ich will regelmäßig mit dir zusammen sein. Jetzt komm für mich, Cupcake, denn ich habe jetzt das Sagen, und ich will dich hier auf meinem Schreibtisch ficken, bevor du die ganze Nacht in meinem Bett verbringst. Hast du das verstanden?"

Mein Ton ist fordernd und passt zu meinen Bewegungen. Ich will sie besitzen. Diese Frau, die wild und unabhängig ist, klug, frech, sexy, und die verdammt noch mal die Dinge in ihrem Geschäft regelt wie ein Boss. Ich will, dass sie bettelt, dass sie stöhnt, dass sie keucht, dass sie jedes Mal kommt, wenn ich sie berühre. Ich will, dass sie mein ist.

„Ja, ja, ich verstehe", stöhnt sie, während ich meine Hand zu ihrem Kitzler bewege, um sie wieder kommen zu lassen.

„Wirst du mein sein?", frage ich. Ich will hören, wie sie es sagt. Mein Finger umkreist sie aufreizend, hält ihren Körper fest, während ich darauf warte, dass sie mir gibt, was ich will, um sie kommen zu lassen.

„Dein, Tennyson. Ich gehöre dir allein", sagt sie, ihr Atem geht schnell, ihre Augen sind fest auf meine gerichtet, und ich spüre, wie sie kurz davor ist, erneut zu kommen. Ich knirsche mit den Zähnen und versuche, den Moment auszukosten, als sie kommt. Wir sehen uns direkt in die Augen, ihr Gesicht errötet, ihre Gliedmaßen schlingen sich um mich, womit sie mich vollends zum Äußersten treibt. Als ich in sie stoße, mich entleere und spüre, wie sie sich um mich herum anspannt, lehne ich mich vor und lege meine Stirn an ihre. Wir keuchen, ein leichter Schweißfilm glänzt auf unserer Haut. Das war der heißeste Sex, den ich seit New York hatte, das Feuer, das diese Frau in mir entfacht, ist nicht mehr ein Köcheln, sondern ein verdammtes Inferno.

„Braves Mädchen, Willow. So ein braves Mädchen", murmle ich, bevor ich sie küsse, als würde ich sie mehr brauchen als die Luft zum Atmen.

„Tennyson", haucht sie und zieht sich leicht zurück. Unsicherheit klingt in ihrer Stimme mit, unsere Realität sickert wieder zu uns durch.

„Ich habe jedes Wort, das ich gesagt habe, ernst gemeint, Willow. Das ist real. Wir werden es tun", sage ich, ohne mich von ihr zu lösen.

„Wer ist jetzt der Boss?", schimpft sie mit einem kleinen Grinsen, und ein Lächeln bildet sich auf ihren Lippen.

„Vergiss das nicht", sage ich und küsse sie erneut, bereit für die zweite Runde.

22

WILLOW

Ich gehöre ihm. Ganz und gar ihm. Ich habe versucht, es professionell zu halten, aber das hat nur dazu geführt, dass ich ihn noch mehr wollte. Ich wollte ihn, seit ich ihn in New York getroffen habe. Die Tatsache, dass ich es geschafft habe, mich so lange von ihm fernzuhalten, sollte belohnt werden. Seine Augen und seine Gedanken waren von Anfang an auf mich und nur auf mich gerichtet. Er wusste, was er wollte; er war von Anfang an ehrlich zu mir, und so sehr ich mich auch bemüht habe, es gibt für mich kein Zurück mehr. Mein Unternehmen wird überleben, denn ich bin ausgezeichnet in dem, was ich tue. Aber ich glaube nicht, dass ich mit meinem Leben hätte weitermachen können, ohne ihm eine Chance zu geben. Es wäre mir unmöglich gewesen, diesem Mann zu widerstehen. Also habe ich es getan, und jetzt ist es, als ob ein Damm gebrochen wäre und das Wasser hindurchströmte – so überwältigend ist unser Verlangen nacheinander. Wir schaffen es gerade noch bis zu seiner Wohnung, während wir beide uns im

Aufzug gegenseitig umarmen. Ein privater Aufzug in seinem Büro, der direkt in sein Penthouse führt, ist etwas vollkommen Neues für mich, aber ich war noch nie in meinem Leben so dankbar für so einen Luxus wie jetzt.

„Ich will unseren Rekord brechen", sagt Tennyson, ergreift meine Hand und führt mich in seine Wohnung. Ich habe kaum Zeit, sie zu bewundern, bevor sich seine Lippen wieder auf meine legen. Der letzte Monat, seit wir wieder zusammen sind, hat sich wie ein reines Vorspiel angefühlt, so wie wir jetzt über die beruflichen Grenzen springen, die ich versucht habe, zu setzen. Die Grenze, die ich mir geschworen hatte, nicht zu überschreiten, ist jetzt nichts weiter, als eine Erinnerung.

„Was für ein Rekord?", frage ich, meine Stimme ist fast ein Stöhnen unter seinen Lippen.

„New York. Du hattest fünf Orgasmen", sagt er, als wir das Wohnzimmer erreichen, wo er sich auf das Sofa fallen lässt und mich mit sich zieht. Ich setze mich rittlings auf ihn, während er mein Kleid anhebt und auszieht, sodass ich nichts weiter, als meine schwarze Spitzenunterwäsche trage. Seine Hose hat er bereits ausgezogen und sein Hemd liegt ebenfalls auf dem Boden.

„Ich erinnere mich lebhaft daran", keuche ich, meine Lippen pressen sich wieder auf seine, während seine Hände über meine Hüften zu meiner Taille streichen, bevor er meine Brüste umschließt.

„Es ist in mein Gedächtnis eingebrannt. Du bist bereits zweimal unten gekommen, und du wirst diesmal mein Bett nicht mitten in der Nacht verlassen, also gehe ich von mindestens sechs aus." Sein Kopf senkt sich, als er den Ansatz meiner Brüste küsst, seine Hand zieht meine BH-Körbchen herunter und entblößt meine Brustwarzen. Er umschließt sie, saugt und leckt an ihnen, während ich mich seiner Berührung vollkommen hingebe.

„Versprechungen, Versprechungen", stöhne ich, mein Kopf sinkt nach hinten, seine Hände liegen nun auf meinem Rücken und halten mich fest, während sein Gesicht in meinem Dekolleté vergraben ist.

„Bist du bereit zu hüpfen, Cupcake? Denn ich brauche diese perfekten Titten in meinem Gesicht, während du auf meinem Schwanz kommst", sagt er und seine Worte lassen mich noch feuchter werden.

„Ich bin so bereit ...", hauche ich und sehe, wie sich seine Pupillen weiten und ein Grinsen seine Lippen umspielt.

„Das Kondom ist in meinem Portemonnaie", sagt er und neigt seinen Kopf ein wenig zur Seite, woraufhin ich sein Portemonnaie in der Nähe entdecke. Er beugt sich vor und seine Hände wandern weiter über meine nackte Haut, während ich sein Portemonnaie nehme und es aufklappe.

Aufrecht sitzend lehnt er sich auf dem Sofa zurück und lässt seinen Kopf nach hinten sinken. Er ist entspannt, während er mich aufmerksam betrachtet und seine Hände an meinen nackten Schenkeln auf und ab fahren. Er sieht mir zu, wie ich das Päckchen öffne, den Gummi herausnehme und ihn langsam über seine Eichel stülpe.

„Ich liebe es, wenn du mich berührst", murmelt er, während ich das Kondom über seinen Schwanz streiche.

„Es gibt viel von dir zu berühren", flüstere ich und beziehe mich dabei auf seine Größe, während ich ihn langsam massiere.

„Ja, und ich gehöre ganz dir", sagt er, während sein Atem stockt und seine Augen vor Verlangen übergehen, während seine Hand über meine Hüften streicht und zu meiner Mitte wandert. Dann reibt er mich, wobei sich das dünne Stück Spitze noch immer zwischen uns befindet, während er mit dem Daumen kleine Kreise über meine geschwollene Perle zieht.

„Komm her." Seine Finger drücken sich in meine Arschbacken, er hebt mich hoch, schiebt meine Unterwäsche zur Seite und legt sich unter mich.

„Gott, bist du groß", keuche ich, meine Hände umklammern seine Schultern, während ich mich langsam auf ihn gleiten lasse.

„Du bist perfekt für mich", stöhnt er, als ich ihn komplett in mir aufnehme. Seine Hände wandern über meinen Rücken zu meinem BH, den er öffnet und von meinem Körper zieht.

Langsam beginne ich, meine Hüften zu bewegen. Seine Hände landen wieder auf meinem Hintern und seine Finger graben sich in mein Fleisch.

„Das ist es. Scheiße, das fühlt sich gut an", stöhnt er, während sich seine Muskeln sichtlich anspannen.

„Ich brauche ...", keuche ich und will nicht aufhören, weil es sich so gut anfühlt.

„Was? Was brauchst du?", fragt er.

„Die Spitze. Ich muss sie loswerden", stöhne ich, während ich meine Hüften kreisen lasse. Ich brauche mehr Reibung und die Spitze meiner Unterwäsche beginnt, mich zu stören. Dann spüre ich seine Hand, als er mir die dünne Spitze von den Hüften reißt, und sie quer durch den Raum wirft.

„Jetzt will ich, dass du auf meinem Schwanz kommst", sagt er mit tiefer Stimme, während seine Hand meine Brust ergreift und er seinen Mund senkt, um meine Brustwarze erneut zu umschließen, das Gefühl, das er dabei erweckt, schießt direkt zu meinem Geschlecht.

„Oh Gott", stöhne ich, beschleunige meinen Rhythmus und jage dem Höhepunkt entgegen.

„Ich liebe deinen Körper verdammt noch mal", murmelt er.

„Tennyson ...", wimmere ich. Ich bin kurz davor zu kommen, seine Worte, seine Hände, sein Verlangen verzehren mich fast vollständig.

„Ich habe dich, Willow." Seine Lippen drücken sich wieder auf meine, seine Hand legt sich in meinen Nacken und zieht mich an ihn.

„Tennyson, ich werde ...", keuche ich.

„Komm für mich, Willow, komm auf meinen Schwanz", fordert er, und ich lehne mich zurück. Als seine Hände auf meiner Taille landen, hebt er mich hoch und von ihm, als würde ich nichts wiegen.

„Tennyson. Oh Gott ...", stöhne ich immer wieder, als die Wellen des Orgasmus mich durchströmen.

„Scheiße, Willow", stößt er hervor, seine Hände drücken mein Fleisch zusammen, während er ein letztes Mal tief in mir stößt und kommt.

Er lässt sich zurück auf das Sofa fallen, zieht mich mit sich und ich lege mich auf seine Brust. Wir beide keuchen, ein leichter Schweißfilm bedeckt unsere Körper, als wir von unserem Rausch herunterkommen. Ich wende leicht meinen Kopf, und ich schaue aus dem Wohnzimmerfenster, um auf die Stadt zu sehen.

„Tennyson?", sage ich leise, als mir die Tragweite dessen, was wir tun, bewusst wird. Das ist kein Sex. Das ist mehr. Viel mehr. Ich habe keine Ahnung, was es ist, denn ich habe so etwas noch nie erlebt.

„Ich weiß, Cupcake. Ich weiß", sagt er, während seine Hand auf meinem nackten Rücken auf und ab fährt und über meine Haut streicht. Unsere Atmung geht gleichmäßig, während wir einfach hier nackt in den Armen des anderen liegen, beide tief in Gedanken versunken.

23

TENNYSON

Ich habe mein Ziel erreicht. Es ist sechs Uhr, und obwohl es schon spät ist, sind wir beide noch hellwach. Ich liebe es, sie kommen zu lassen. Ich glaube, das könnte meine Lieblingsbeschäftigung werden. In der Tat gibt es vieles, was ich an dieser Frau liebe. Ich liebe die Herausforderung und die Tatsache, dass sie mich immer wieder antreibt, sei es in meiner Arbeit, in meinem Privatleben oder einfach mit ihren feurigen Scherzen. Das macht mich an. Ich stehe auf sie.

Nachdem ich sie in der Dusche einmal zum Kommen gebracht habe, beobachte ich sie von meinem Platz im Bad aus. Sie liegt auf meinem Bett, völlig nackt, und sieht jedes Mal besser aus, wenn ich sie sehe.

„Du schuldest mir zwei Paar Unterwäsche", murmelt sie.

„Zwei?", frage ich schmunzelnd, gehe zur Tür und lehne mich gegen den Rahmen.

„Du hast mir in New York meine Unterwäsche weggenommen und die, die ich heute anhatte, zerrissen", sagt sie und lächelt mich an.

„Ich kaufe dir mehr als nur zwei Paar, denn ich kann dir garantieren, dass deine Unterwäsche bei mir nicht lange überleben wird", sage ich, denn die Dringlichkeit und das Verlange, das ich in ihrer Nähe verspüre, ist überraschend. Ich kann es kaum erwarten, bis sie nackt ist, um sie zu haben. Ich lehne mich gegen die Badezimmertür und beobachte sie.

„Hast du schon einmal Unterwäsche für Frauen gekauft?", fragt sie, und die Frage lässt mich stutzig werden.

„Nein. Niemals", sage ich und frage mich, worauf diese Frage hinauslaufen soll.

„Niemals?", fragt sie und zieht eine Augenbraue hoch.

„Niemals. Aber es scheint, dass ich bald damit anfangen werde."

„Hast du schon einmal einen Muffin für eine Frau gekauft?" Ich lächle, als ich an den Zitronenkuchen denke, den ich ihr geschenkt habe, als ich ihre Verabredung unterbrochen habe.

„Nein. Ich kann auch nicht behaupten, dass ich das jemals gekauft habe", sage ich ehrlich.

„Wie oft bist du schon mit dem Hubschrauber geflogen, um eine Frau vor ihrer katastrophalen Verabredung zu retten?", scherzt sie und schenkt mir ein kleines Lächeln, da sie offensichtlich Gefallen an diesem Spiel findet, bei dem es darum geht, meine Vergangenheit mit Frauen zu erforschen.

„Nur einmal. Da bin ich nach DC geflogen, um die schönste Frau zu retten, die ich je gesehen habe. Sie ist auch lustig. Und klug. Sie ist eine erfolgreiche Geschäftsfrau, kann aber auch in ihrer Küche ganz entspannt Muffins backen. Sie kann ein Geschäftstreffen mit geschlossenen Augen leiten und trägt jeden Abend bezaubernde, flauschige Socken im Bett", erzähle ich ihr und kann mir ein breites Lächeln nicht verkneifen.

„Wow, sie scheint ein guter Fang zu sein", stichelt sie.

„Das ist sie, und ich bin der Glückspilz, der sie gefangen hat. Und ich habe nicht vor, sie gehen zu lassen."

„Ach, wirklich?", scherzt sie und ihre Augen leuchten.

„Das ist eine Tatsache", entgegne ich ernst. Meine Augen wandern an ihrem Körper auf und ab, und brennen diese Vision von ihr in mein Gehirn ein.

„Was schaust du mich so an?", fragt sie mit schläfriger Stimme.

„Dich. Dein Körper. Wie gut du in meinem Bett aussiehst. Wie dein Haar wie Wasser um deine Schultern fließt. Deine Kurven, deine perfekten Titten, dein toller Hintern. Alles von dir. Ich sehe mir alles von dir an", sage ich und weiß nicht, wann ich so süchtig nach ihr geworden bin. Aber ich bin es.

„Tennyson ...", stöhnt sie, wobei sich ihre Wangen röten, und ich lächle.

„Wenn du meinen Namen weiter so stöhnst, bin ich mir nicht sicher, ob ich noch ein Gentleman sein kann."

„Was machen wir jetzt?" Ich weiß, dass sie besorgt ist. Wir haben jetzt beide die Vorsicht in den Wind geschlagen und haben uns genommen, was wir wollten, aber das macht die Realität unseres Problems nicht weniger ernst.

„Wir sind zusammen. Wir müssen es nicht an die große Glocke hängen, aber ich werde es auch nicht verheimlichen." Ich kann auf keinen Fall meine Hände von dieser Frau lassen, also werden die Leute es irgendwann herausfinden. Ich höre ihren Bauch knurren.

„Ich habe Hunger ...", sagt sie.

„Ich habe etwas, das ich dir anbieten könnte", sage ich. Ich sollte uns etwas zu essen besorgen, aber im Moment bin ich bereits wieder steinhart, und ich muss dieses Problem lindern, bevor ich mich in die Küche begebe.

„Bist du jemals gesättigt?" Ich erkenne an dem Lächeln auf ihren Lippen, dass sie mich neckt.

„Nicht wenn du in der Nähe bist." Ich beobachte, wie sich ihre nackte Brust schneller hebt und senkt.

„Willst du den ganzen Tag nur dastehen oder zeigst du mir, was du drauf hast?", sagt sie. Mir gefällt diese freche, sexy Willow.

Ich ziehe das Handtuch, dass ich um meine Hüften geschlungen hatte, beiseite und werfe es zu Boden. Die kühle Luft streicht über meinen nackten Körper, während ich auf sie zugehe und am Ende des Bettes stehen bleibe.

„Mir gefällt es, dich in meinem Bett zu sehen", sage ich, während mein Blick über ihren nackten Körper wandert, da ich mich einfach nicht an ihr sattsehen kann. Wir sind schon seit Stunden zusammen. Das Rendezvous in meinem Büro am frühen Nachmittag ist nun von der Dunkelheit der Nacht überholt worden. Mein Blick schweift über ihre braunen Locken, ihre leuchtände Haut, ihre langen, wohlgeformten Beine und ihre Kurven.

Diese Kurven lassen mir jedes Mal das Wasser im Mund zusammenlaufen, wenn ich sie betrachte. Ihre erstaunlichen Titten sitzen hoch und keck. An ihrer Taille verjüngt sich ihr Körper, wirkt weich, rund, feminin. Ihre Hüften sind weiblich, ihr Arsch ist rund und voll, und ihre Schenkel möchte ich ständig um meinen Hals haben. Sie sind prall und am liebsten würde ich in sie hineinbeißen, um sie zu markieren, dann an ihnen saugen, um den Schmerz zu beruhigen.

Sie streicht mit den Fingern über ihre Hüften und zeichnet ihre Kurven nach, bevor sie sie wieder senkt. Sie reizt mich, ihre Augen leuchten vor Erregung, die, genau wie meine, nicht nachgelassen hat. Diese Frau ist mir in allem ebenbürtig und nimmt alles, was ich ihr gebe, und noch mehr. Meine Hand wandert zu meinem Schwanz, der trotz all der vergangenen Aktivität hart ist. Ihr Blick bleibt an meiner Hand kleben, als ich sie um meinen Schwanz lege. Ich sehe, wie sie sich auf die Lippe beißt, und kann das Stöhnen, das mir zu entweichen droht, kaum unterdrücken. Ich sehne mich nach ihr. Körperlich spüre ich dieses seltsame Ziehen in meiner Brust.

Meine Augen haften an ihr, als sie auf alle viere geht und über mein Bett krabbelt, hinüber zu der Seite, auf der ich stehe. Ihr Rücken neigt sich ein wenig, ihre Hüften wiegen sich, wie eine Katze, die sich an ihre Beute heranpirscht, und das Bedürfnis, sie zum Schnurren zu bringen, ist allumfassend. Ich halte das Tempo meiner Hand aufrecht. Hitze lodert in ihrem Blick auf, als sie näherkommt, und meine Bewegungen beobachtet.

Ein Lusttropfen erscheint an meiner Spitze, und sie zögert nicht. Sie lehnt sich vor, reckt ihren Arsch in die

Luft und fährt mit der Zunge über meine Eichel, und meine Knie geben fast unter mir nach.

„Das ist mein Mädchen ...", murmle ich, als sie sich wieder herunterbeugt und meine Spitze in ihren Mund nimmt. Ich bewege meine Hand und überlasse ihr die Kontrolle. Ich habe keine Ahnung, was sie mit mir macht, aber wenn sie so weitermacht, werde ich härter kommen als ein Teenager, der seine ersten Titten gesehen hat.

„Scheiße, dein Mund fühlt sich so gut an", murmle ich, während ich ihren Rücken streichle und mit meiner Hand ihre Wirbelsäule rauf und runter fahre, bevor ich ihren Hintern fest umklammere. Ich muss sie berühren, sie fühlen, mich vergewissern, dass sie echt ist. Mein Atem beschleunigt sich, als sie meinen Schwanz noch tiefer in ihrem Mund aufnimmt. Es fühlt sich verdammt gut an. Dann stöhnt sie, ihre Zunge wirbelt um meinen Schwanz, der Klang erzeugt eine Vibration, die meinen gesamten Schwanz erfasst. Ihre Lippen und ihr Mund nehmen alles von mir auf. Ich beginne zu lernen, dass diese Frau vielleicht in allem, was sie tut, talentiert ist. Einschließlich der Art und Weise, wie sie mir einen bläst. Ich ergreife eine ihrer Brüste, ziehe und zwicke ihre Brustwarze. Sie verhärten sich unter meiner Berührung, und ich weiß, dass sie erregt ist. Sie war die ganze Nacht feucht für mich, unser Verlangen nacheinander war offensichtlich.

„Gutes Mädchen. Du bist ein verdammt gutes Mädchen. Du hast einen verdammt tollen Mund, Cupcake", murmle ich zwischen keuchenden Atemzügen. Ich sehe, wie ihre Hüften zucken, und ich weiß, dass sie mehr braucht. Meine schmutzigen Worte stellen Dinge mit ihrem Körper an, von denen ich weiß, dass sie es genießt. Sie leckt an meinem Schaft auf und ab, und meine Hand legt sich auf ihren Hinterkopf, während ich ihr langes Haar ergreife.

„Du schmeckst so gut ...", haucht sie, und ich ziehe fester an ihren Haaren, und wieder kommt sie mir entgegen, indem sie mich noch tiefer in sich aufnimmt, sodass ich an die Rückseite ihrer Kehle stoße.

„Genau so. Du siehst verdammt schön aus mit meinem Schwanz in deinem Mund", stöhne ich, während sich meine Hüften ein wenig bewegen und ich meinen Rhythmus beschleunige, indem ich meine Länge in ihren warmen, feuchten Mund hinein- und wieder herausschiebe.

Ich ziehe sie noch fester an den Haaren, während meine andere Hand ihren Hinterkopf umklammert und sie bei mir hält. Diese Vision, die ich von ihr habe, wird niemals ausgelöscht werden. Es ist das Schärfste, was ich je gesehen habe. Sie lehnt sich immer noch auf allen Vieren nach vorn, ihren runden Hintern hoch in der Luft.

„Berühre dich selbst. Ich möchte, dass du mit meinem Schwanz in deinem Mund kommst." Sie tut genau das, worum ich sie bitte und legt ihre Finger auf ihre Klitoris, während sie um meinen Schwanz herum stöhnt. Ich gebe jetzt den Rhythmus und das Tempo vor, halte ihren Kopf fest und stoße in ihren Mund, während sie ihren Kitzler umspielt und erneut aufstöhnt.

„Scheiße, Willow. Du siehst verdammt schön aus. Komm für mich. Komm für mich, während ich deinen Mund ficke." Kaum habe ich die Worte ausgesprochen, gibt sie sich der Lust endgültig hin. Ihr Orgasmus durchfährt sie, und ich spüre, wie sich ihre Kehle entspannt, während ich mich schneller bewege, bevor auch ich komme.

„Scheiße!", stöhne ich, als ich tief in ihrem Mund komme. Mein Griff lockert sich, und ich streiche ihr das Haar aus dem Gesicht und über ihren Rücken. Ich kann nicht aufhören, sie zu berühren, und ich beobachte, wie sie sich zurückzieht und auf die Knie setzt. Sie blickt zu mir auf, ihre Lippen sind geschwollen, ihre Lider schwer und ihre Brust hebt sich unter heftigen Atemzügen.

„Verdammt schön", murmle ich erneut, während ich mich nach vorn beuge, sie in den Nacken fasse, sie an mich ziehe und sie heftig küsse. Unsere Lippen lösen sich nicht voneinander, als ich auf das Bett steige, sie auf den Rücken lege und Küsse von ihren Lippen, über ihren Hals und ihr Schlüsselbein und wieder zurück verteile. Ich bin gerade gekommen, aber ich kann nicht genug bekommen. Wenn es um sie geht, bin ich immer hungrig.

„Tennyson", kichert sie, und ich ziehe mich mit einem Lächeln zurück.

„Was?", frage ich und grinse in mich hinein. Ich bin so verdammt glücklich.

„Ich brauche Essen, dann brauche ich Schlaf. Ich glaube, mein Körper hat nicht mehr so viel trainiert, seit ..." Sie unterbricht sich selbst und ihre Wangen erröten.

„Seit?", frage ich nach und frage mich, was sie wohl sagen wird.

„Seit New York", haucht sie, und ich bin erleichtert. Erleichtert, dass ich der einzige Mann bin, der sie so bekommen hat. Der Letzte, den sie hatte.

„Nun, dann werde ich dir wohl besser etwas zu Essen

besorgen und dich dann ins Bett bringen", sage ich und lächle, denn sie hat recht: Sosehr ich auch immer wieder mit ihr zusammen sein möchte, wir brauchen Essen und Schlaf. Es ist spät, aber ich kann mir stolz sagen, dass ich sie siebenmal zum Höhepunkt gebracht habe. Ein neuer Rekord, den ich hoffentlich in naher Zukunft übertreffen werde.

ES REGNET. In meinem Penthouse ist kein Geräusch zu hören, aber der Blick aus meinem Schlafzimmerfenster ist dunkel und düster, die Tropfen prallen auf das Glas, bevor sie langsam herunterrollen. Meine Augen sind geöffnet, mein Geist ist wach, doch mein Körper ist entspannt, während die Frau neben mir leise schnarcht. Ich fühle mich zufrieden. Zum ersten Mal seit langer Zeit habe ich die ganze Nacht durchgeschlafen. Jetzt ist mein Bett warm, ihr weicher Körper liegt neben mir, und es juckt mich, ihre Lippen zu küssen, die sich bei jedem Ausatmen leicht öffnen.

„Ich spüre, wie du mich ansiehst", sagt sie, und ich grinse. Nichts entgeht ihr.

„Damit du nicht wieder wegläufst", sage ich scherzhaft, obwohl ein Funken Wahrheit in meiner Aussage steckt. Ihre Augen öffnen sich langsam, und sie sieht mich direkt an.

„Ich laufe nicht weg. Ich werde nicht weggehen. Ich könnte mich an dieses bequeme Bett und an all die Orgasmen gewöhnen, die du mir bescherst", sagt sie und ihr Mund verzieht sich zu einem Lächeln, woraufhin ich lache.

Meine Finger wandern an ihrem Arm auf und ab und streichen über ihre weiche Haut. Ich will nicht aufstehen und all das zurücklassen, aber ich muss ins Büro. Ich habe Besprechungen angesetzt, und nachdem ich gestern früh den Arbeitstag beendet habe, ist mir bewusst geworden, dass sich der Papierkram, den ich erledigen muss, wahrscheinlich verdoppelt hat.

„Wie hast du geschlafen?", frage ich.

„Wie ein Stein. Und du?", fragt sie. Für sie mag es eine unschuldige Frage sein, aber für mich ist sie bedeutungsschwer.

„Erstaunlich gut", sage ich ehrlich.

„Warum scheinst du überrascht? Schläfst du normalerweise nicht gut?" Ich hatte vergessen, wie klug sie ist. Sie merkt immer, wenn ich etwas nicht sage.

„Nein, eigentlich nicht. Ich glaube, das letzte Mal, dass ich gut geschlafen habe, war in New York", antworte ich. Sie hier an meiner Seite zu haben, bringt mich dazu, vollkommen ehrlich mit ihr zu sein.

„Wirklich? Wie kommt das?", fragt sie und ich zucke mit den Schultern.

„Mir geht viel durch den Kopf, schätze ich. Apropos, ich habe deinen Rat befolgt", sage ich.

„Und welchen?"

„Singapur. Das war eine gute Idee. Ich habe unsere Scouts dorthin geschickt, und sie bereiten bereits Treffen vor." Ich bin sehr optimistisch, was diesen Schritt angeht, über den ich mit meinen Brüdern sprechen muss.

„Das ist gut? Oder?", fragt sie und ein kleines Lächeln umspielt ihre Lippen.

„Ja. Bis jetzt. Es kann sein, dass ich demnächst selbst hin muss, um dafür zu sorgen, dass alles glattläuft." Eigentlich ist das mein übliches Vorgehen, aber momentan widerstrebt es mir, Willow auch nur einen Moment zu verlassen.

„Nun, das wird unser Schwerpunkt in dem Interview mit *Business News* sein, das wir demnächst führen werden. Es wäre gut, wenn du über das Beschreiten neuer Wege und den Eintritt von *Rothschild Construction* in neue Märkte sprechen könntest. Du müsstest keine Details nennen, aber es würde Führung, Innovation, Stärke und Widerstandsfähigkeit zeigen", sagt sie. Während ich sie beobachte, kann ich deutlich sehen, dass ihr Verstand auf Hochtouren läuft, genau wie meiner. Ihr schnelles Denken und ihre Einsichten lassen sie noch begehrenswerter erscheinen, wenn das überhaupt möglich ist.

„Wirst du auch dort sein?", frage ich. Ich hasse Interviews und hasse es, wenn man mich mit Fragen regelrecht in die Ecke drängt, daher würde ich mich besser fühlen, wenn sie in der Nähe wäre, um zur Not einzugreifen. Das und die Tatsache, dass ich sie einfach bei mir haben möchte. Die ganze Zeit über.

„Natürlich. Aber ich muss jetzt aufstehen und nach Hause gehen. Meine Schwester kommt heute nach Hause, und ich habe sie seit ein paar Wochen nicht mehr gesehen", sagt sie und legt ihre Hand an meine Wange, ihr Daumen streicht sanft über meine Haut. Es ist ein schönes Gefühl, mit ihr hier zu liegen. Ich habe das noch nie gemacht. Normalerweise springe ich aus dem Bett und gönne meinen Sexualpartnern keine morgendlichen Gespräche oder Gekuschel. Aber Willow ist anders. In ihrer Gegenwart bin ich anders.

„Nun, bevor du gehst ..." Ich beuge mich vor und lege meine Lippen sanft auch ihre. Ich küsse sie langsam. Nehme mir Zeit. Ich ziehe sie näher an mich heran, und augenblicklich entspannt sich ihr Körper und gibt sich mir hin. Ich fahre mit meiner Hand an ihrem nackten Oberkörper auf und ab, fühle alles an ihr, während sie ihre Beine bewegt und eines um mich schlingt. Meine Hand wandert an ihrem Bauch hinunter, bis ich ihr Geschlecht erreiche, und tauche meine Finger in sie. Sie ist warm, feucht und bereit.

„Ich werde einen neuen Rekord aufstellen", flüstere ich auf ihren Lippen.

„Ach?", fragt sie mit belegter Stimme, während ich ihren Kitzler reibe.

„Ja. Ich glaube, wir schaffen noch zwei, bevor du gehen musst." Sie stöhnt leicht und beißt sich auf die Unterlippe, während meine Finger rhythmisch in sie stoßen.

„Ich denke, das ist eine gute Idee." Gerade als sie mir ihren Körper entgegendrückt und ihre Brüste meine Brust berühren, senke ich meinen Mund. Damit habe ich mein Ziel an diesem Morgen erreicht und meinem Mädchen neun Orgasmen verschafft.

24

WILLOW

Nachdem ich zu Hause angekommen bin, habe ich mir erst einmal ein lange, heiße Dusche gegönnt. Ich fühle mich unglaublich zufrieden, auch wenn mein Körper an Stellen schmerzt, wo er es schon seit langer Zeit nicht mehr getan hat. Während ich auf die Tastatur meines Laptops tippe, spüre ich, wie sich das vertraute Gefühl des Verbots wieder in mir breitmacht. Ich habe die Grenze überschritten. Es gibt kein Zurück. Habe ich das Richtige getan? Mein Bauchgefühl sagt mir, dass es das Richtige ist. Ich will ihn. Er will mich. Wir sind erwachsen. Ein kleines Lächeln bildet sich auf meinen Lippen, wenn ich an die letzte Nacht denke. Wie gut sie war. Wie gut unsere Körper scheinbar zueinanderpassen. Ich stoße meinen angehaltenen Atem aus und versuche, meinen Körper auch den restlichen Stress abzuschütteln, der sich wegen dieser Situation in mir festgesetzt hat. Wird dies meinem Ruf schaden? Das Zusammensein mit einem Kunden? Ich versuche, an andere Menschen in ähnlichen Situationen zu denken, und bei einigen hat es geklappt, bei anderen nicht, aber in allen Fällen hatte ihre Romanze keine Auswirkungen auf ihre Arbeit. Zumindest nicht auf lange Sicht.

Ich schüttele den Kopf, um die Gedanken zu vertreiben, während ich dem Monatsbericht den letzten Schliff gebe. Es ist kaum zu glauben, dass ich jetzt schon seit über fünf Wochen mit Tennyson arbeite, und wenn ich an all die Fortschritte denke, die wir gemacht habe, kann ich nicht verhindern, dass sich ein Gefühl des Stolzes in mir ausbreitet. Keine betrunkenen One-Night-Stands mehr, keine Paparazzi-Fotos, auf denen er jedes Mal mit einer anderen Frau zu sehen ist oder morgens in einem zerzausten Zustand ein Hotel verlässt. Die Aufmerksamkeit, die er in der Presse erhält, ist durchweg positiv, mit tollen Fotos und inspirierenden Geschichten über seine Philanthropie, sogar das gute Verhältnis zu seinen Brüdern wird erwähnt.

Ich füge die Highlights in den sozialen Medien hinzu und gehe die E-Mail meiner Digital Managerin durch, um sicherzugehen, dass ich nichts übersehen habe, und da sehe ich eine kleine Notiz, Tennysons Nachrichten zu überprüfen. Ich speichere die Datei, an der ich gerade arbeite, öffne sein Instagram-Profil und wühle mich durch die Nachrichten, die auftauchen – die meisten Nachrichten sind von Frauen, einige von Männern, von denen sich keiner für seine Vorschläge schämt. Leider gehört das Löschen und Blockieren dieser Nachrichten zu den täglichen Aufgaben meines Teams. Ich sehe, dass noch einige übrig sind, die ich durchsehen kann, und klicke mich durch. Ich beiße mir auf die Lippe, als ich einen bekannten Namen sehe: Katerina Newcomb. In ihrer Nachricht bittet sie um ein Treffen mit Tennyson. Das allein ist noch kein Grund zur Beunruhigung, denn sie hat schon bei dem Geschäftsessen deutlich gemacht, dass sie mehr als interessiert ist. Aber jede darauffolgende Nachricht klingt verzweifelter als die Vorherige. Ich lösche sie und notiere mir, dass ich mit Tennyson darüber sprechen werde. Ich finde es zwar nicht gut, dass er mit anderen Frauen privaten Kontakt hat, besonders jetzt, wo wir zusammen sind, aber ich bin erwachsen. Ich kann damit umgehen.

Als ich fertig bin, klingelt es an der Tür. Ich erwarte nichts, aber ich eile zur Tür und sehe einen Lieferanten davor warten.

„Hallo?", sage ich und öffne die Tür.

„Willow Valentine?", fragt er.

„Ja, das bin ich." Ich lächle und komme zu dem Schluss, dass Saide vielleicht etwas bestellt hat.

„Unterschreiben Sie bitte hier." Ich unterschreibe auf dem digitalen Bildschirm, und er reicht mir ein Päckchen.

„Danke", sage ich, aber der Mann ist schon weg, sicher in Eile, um das nächste Päckchen auszuliefern.

Als ich die Tür schließe, betrachte ich das Päckchen. Auf der Vorderseite steht mein Name, aber es gibt kein anderes Etikett, das mir einen Hinweis darauf gibt, woher es kommt. Als ich in die Küche gehe und den Karton öffne, sehe ich eine luxuriöse cremefarbene Schachtel mit einem breiten cremefarbenem Band. La Perla.

Mein Herzschlag beschleunigt sich, als ich die Schachtel herausziehe und öffne. Schwarze Spitzenunterwäsche. Darunter liegt noch weitere Unterwäsche in

Rot und Weiß, und ein wunderschönes Negligé aus Spitze. Als ich den Boden der Schachtel erreiche, sehe ich einen Zettel und ziehe ihn heraus.

Ich möchte sie dir vom Leib reißen und jeden Zentimeter deines schönen Körpers darunter küssen.

Ein Lächeln huscht über mein Gesicht, als ich seine Nachricht lese. Ich weiß, dass ich das Richtige getan habe. Ich stelle nichts mehr infrage. Es ist geschehen. Tennyson und ich sind zusammen.

„Oh, gut, du bist zu Hause", erklingt plötzlich Saides Stimme, und ich zucke zusammen, weil ich nicht gehört habe, wie die Haustür geöffnet wurde. Ich packe eilig den Zettel und das Geschenk weg, meine Handflächen schwitzen und mein Herz rast. Wie kann er mich so fühlen lassen, wenn er nicht einmal hier ist? Die Haustür wird zugeknallt, kurz bevor Saide vor mir erscheint.

„Hey, willkommen zu Hause. Wie war deine Reise?", stelle ich meine Standardfrage und räuspere mich, meine Stimme verrät mich ein wenig.

„Er hat mit mir Schluss gemacht", jammert sie. Jetzt, wo ich mich auf sie konzentriere, merke ich, dass meine kleine Schwester wie ein Häufchen Elend aussieht, mit verweintem Gesicht und verquollenen Augen.

„Oh, Süße", flüstere ich und umarme sie, wobei mein Oberteil in Windeseile von ihren Tränen durchnässt ist. Ich kann nicht sagen, dass ich nicht erleichtert bin, aber ich hasse es trotzdem, sie so zu sehen.

„Komm, setzen wir uns erst mal und dann kannst du mir alles erzählen", sage ich, lege meinen Arm um sie und führe uns zum Sofa.

„Was gibt es da zu erzählen? Er hat mit mir Schluss

gemacht, weil seine Frau schwanger ist. Er wird Vater“, jammert sie, und obwohl ich weiß, dass sie ihn oft gesehen hat, hatte ich keine Ahnung, dass es ihr so ernst mit ihm ist.

„Es tut mir leid, dass es nicht geklappt hat, Saide.“

„Ich weiß, dass du darauf brennst, zu sagen: ‚Ich hab’s dir ja gesagt‘, also los, sag es“, stößt sie hervor.

„Nein, Saide, ich habe es vielleicht nicht gutgeheißen, und es war immer eine schwierige Situation, aber ich wollte nie, dass du verletzt wirst“, sage ich, und sie beginnt wieder zu weinen. Ich umarme sie eine Weile und lasse sie alles herauslassen, bevor ihre Tränen langsam versiegen.

„Warum gehst du nicht nach oben, duschst und ziehst dich um. Ich bin mir sicher, dass ich die Zutaten für ‚Tod durch Schokolade‘-Muffins habe, um uns eine Portion zu machen.“ Das ist ihr Lieblingskuchen.

„Kannst du zwei Portionen machen? Ich möchte eine Weile auf dem Sofa sitzen und in Selbstmitleid schwelgen“, sagt sie, und da weiß ich, dass es ihr gut gehen wird.

„Klar, zwei Portionen und vielleicht noch eine Red Velvet.“ Sie weiß, dass ich alles für sie tun würde. Auch wenn ich mich damit für die nächsten Stunden an die Küche ketten muss, um ihre Lieblingsmuffins zu backen und zu glasieren. Sie lächelt, springt auf, schnappt sich ihre Tasche und macht sich auf den Weg in ihr Zimmer.

„Oh, und wenn ich zurückkomme, möchte ich, dass du mir alles über letzte Nacht erzählst“, sagt sie und wirft mir einen frechen Blick zu.

„Letzte Nacht?“, frage ich und tue so, als hätte ich keine Ahnung, wovon sie spricht.

„Du kannst mir nichts vormachen, Willow Valentine. Man sieht dir an, dass du letzte Nacht Sex hattest, und ich will alles darüber hören", sagt sie, sieht mich an und wartet darauf, dass ich ihre ´widerspreche, aber ich schweige, was Antwort genug für sie ist.

„Und ich will auch sehen, was in der Schachtel ist, wegen der du dich offensichtlich so unbehaglich fühlst", fügt sie hinzu und verdreht die Augen. Ich kann nichts vor ihr verbergen. Sie kann in mir lesen wie in einem Buch.

„Es sind nur ein paar Klamotten ..." Ich winke ab und tue so, als sei es nichts, während ich spüre, wie mir die Hitze in die Wangen steigt.

„Ich sehe cremefarbenes Band. La Perla ist nicht nur Kleidung." Sie wirft mir einen triumphierenden Blick zu.

Ich kann das dumme Lächeln nicht unterdrücken, das sich auf meinem Gesicht bildet und ihre Augen leuchten vor Freude auf.

„Gut. Wenigstens hat einer von uns tollen Sex!", ruft sie, als sie in ihr Zimmer geht, und ich lache, froh, sie wieder zu Hause zu haben.

25

TENNYSON

Ich habe keine Ahnung, warum ich hier bin. Warum mache ich mir überhaupt die Mühe? Warum macht das überhaupt jemand von uns? Ich schaue mich am Tisch um, und keiner von uns Jungen scheint damit glücklich zu sein. Trotzdem kommen wir jeden Monat zum Abendessen zu meiner Mutter. Wir vergewissern uns, dass sie am Leben ist, und versuchen unser Bestes, damit sie für die nächsten Wochen ruhig ist. Wenn wir sie sehen, wissen wir wenigstens über alles Bescheid, was sie geplant hat, sodass wir ihr zuvorkommen und die negative Presse einschränken können. Normalerweise liebt sie es, über ihren neuesten Ausflug in die Gesellschaft zu berichten, sodass wir alle kleinen Probleme aufgreifen können, bevor sie entstehen.

„Willst du einfach nur mit einem sauren Gesichtsausdruck dasitzen, Tennyson, oder wirst du das erstklassige Steak vor dir essen?", fragt meine Mutter vom anderen Ende des Tisches. Ich knirsche mit den Zähnen und sehe sie an. Mein Körper ist angespannt, meine Schultern sind steif, und ich brauche einen verdammten Whisky.

„Ich habe dich nicht mehr gesehen, seit du Harrisons Geschäftsessen vorzeitig mit diesem Flittchen verlassen hast. Ich kann nicht sagen, dass ich überrascht bin, aber du solltest bei diesen Ereignissen doch etwas warten, bevor du mit einer solchen Frau abhaust, Tennyson." Mir ist klar, dass sie nur versucht, mich zu reizen.

Mein Blick richtet sich auf Harrison, der mich ansieht und den Kopf schüttelt, um mir stillschweigend mitzuteilen, dass ihn dieser Vorfall bei dem Geschäftsessen nicht interessiert und ich sie ignorieren soll. Ich knirsche so stark mit den Zähnen, dass mein Kiefer schmerzt. Ihr Blick richtet sich auf mich, und wir starren uns einen Moment lang an. Je länger ich sie ansehe, desto mehr kommen die Erinnerungen zurück. Indem ich mich von ihr distanziert habe, konnte ich alles aus meinem Kopf verdrängen, aber ich habe seit über einem Monat nichts mehr getrunken. Ich schlafe besser, esse besser, genieße das Leben mehr, genieße die Zeit mit Willow. Und das bedeutet, dass sich der Nebel, den ich über all die Jahre in meinem Kopf aufgebaut habe, lichtet und die Erinnerungen, die ich ignoriert habe, allmählich an die Oberfläche kommen. Ich kann sie nur noch nicht richtig begreifen.

„Kann mir irgendjemand hier sagen, warum wir immer noch hierherkommen und uns diese Scheiße antun?", frage ich in die Runde. Meine Brüder sind still, obwohl alle Augen auf mich gerichtet sich.

„Tennyson!", schimpft meine Mutter, und mein Kiefer spannt sich noch fester an.

„Was, Mutter?", frage ich herausfordernd. Ich höre, wie einer meiner Brüder nach Luft schnappt, wahrscheinlich schockiert darüber, dass ich tatsächlich das Wort an sie richte.

„Sprich nicht in diesem Ton mit mir", schimpft sie.

„Sonst was? Ist das eine Drohung?" Wir wissen beide, dass es das ist.

„Das nennt man Respekt."

„Respekt? Respekt!?", rufe ich. Sie hat nicht die geringste Ahnung von Respekt. Wenn sie in der Nähe ist, bin ich innerhalb von Sekunden von Null auf Hundert. Es ist wie ein natürlicher Instinkt, den ich in ihrer Gegenwart habe. All meine Schutzmechanismen werden sofort aktiviert. Zu diesem Zeitpunkt ist es noch nicht einmal eine bewusste Entscheidung. Es ist, als ob mein Verstand mich schützen würde.

„Beruhige dich, mein Sohn", mahnt sie. Sie scheint noch immer zu denken, ich sei derselbe kleine, hilflose Junge, der ich einmal war.

„Sonst was, Mutter?", wiederhole ich. Für den Bruchteil einer Sekunde sehe ich Angst in ihren Augen aufflackern. Sie weiß, dass ich es ernst meine. Ich habe keine Angst vor ihr. Nicht mehr.

„Tennyson Rothschild, benimm dich", schreit sie, und ich habe genug.

„Ich bin raus, verdammt noch mal." Ich schiebe meinen Stuhl mit solcher Kraft zurück, dass er umfällt. Ich werfe meine Serviette auf meinen unangerührten Teller. Ich traue ihr nicht; wahrscheinlich würde sie das Essen, das sie mir serviert, vergiften.

Als ich aus der Tür stapfe, höre ich meine Brüder

nach mir rufen, aber ich ignoriere sie. Ich schließe die Haustür hinter mir, gehe zu meinem Auto und rase kurz darauf aus der Einfahrt. Sie hat mich noch nie so sehr auf die Palme gebracht, dass ich so eilig ihr Haus verlassen musste. Während noch immer die Wut in mir brodelt, achte ich nicht einmal darauf, wo ich hinfahre.

Mein Verstand läuft auf Autopilot. Erinnerungen überschwemmen mich, ich reibe mir die Augen und versuche, die Bilder zu verdrängen, die mir durch den Kopf gehen, aber sie bleiben. Sie führen alle zu Nanny Helen. Die Frau, die mich aufgezogen hat. Die Frau, die ich eigentlich Mom nennen wollte. Die Frau, die mir bei den Hausaufgaben half, mir zu essen gab, mir Gute-Nacht-Geschichten vorlas und sich um meine Wunden und blauen Flecken kümmerte.

Ich stelle das Radio an und drehe es laut, um den Lärm in meinem Kopf zu übertönen, knirsche mit den Zähnen und habe das Gefühl, auf etwas einschlagen zu müssen. Ich schlage mit der Hand gegen das Lenkrad, einmal reicht nicht, also tue ich es wieder und wieder. Während ich durch den Verkehr rase, mich durch die Straßen und über die Autobahn schlängele, beginne ich mich zu beruhigen. Je weiter ich mich von ihrem Haus entferne, desto mehr beginnt sich mein Körper zu entspannen. Mein Telefon klingelt, und ich sehe Harrisons Namen, aber ich ignoriere ihn. Ich biege ab, fahre in die ruhige Wohnstraße und parke den Wagen an der Seite. Ich stelle den Motor ab und schaue zu Willows kleinen Haus, in dem das Licht brennt. Es sieht warm, sicher und einladend aus.

Ich hatte noch nie eine Freundin, und ich bin mir

nicht sicher, ob Willow eine ist. Wir haben nie darüber gesprochen, aber ich weiß, wenn sie mit jemand anderem ausgehen würde, würde ich ihn umbringen. Ich sitze schweigend da und schaue auf ihre Tür. Ich habe ihr eine Schachtel mit ihrer Lieblingsunterwäsche geschickt, nicht nur, weil ich ein paar ruiniert habe, sondern weil ich möchte, dass sie jeden Tag etwas von mir trägt. Auf diese Weise hat sie mich auf ihrem Körper, auch wenn ich nicht bei ihr bin.

Ich seufze und fahre mir mit der Hand übers Gesicht. Ich sollte gehen. Sie war die ganze letzte Nacht bei mir. Sie wollte Zeit mit ihrer Schwester verbringen. Sie war wahrscheinlich erschöpft und würde sauer werden, wenn ich einfach so aufkreuze. Aber im Moment sehnt sich mein Körper danach, sie zu sehen. Das Klingeln meines Telefons lässt mich zusammenzucken. Als ich Willows Namen sehe, zögere ich keinen Augenblick.

„Hey", sage ich und schaue weiterhin zu ihrem Haus.

„Kommst du rein oder bleibst du da draußen wie ein Stalker sitzen?", fragt sie, und ich muss lachen. Warum überrascht es mich nicht, dass sie wusste, dass ich hier war?

„Ich wusste nicht, ob du wach bist oder Besuch empfangen willst", sage ich und gebe ihr die Chance, einen Rückzieher zu machen, wenn sie es wünscht.

„Komm rein. Ich backe gerade. Du kannst mein Geschmackstester sein." Ich schnalle mich ab und verlasse rasch das Auto.

„Ich bin gleich da", sage ich, beende den Anruf und gehe zu ihrem Haus, wobei sich ihre Tür öffnet, bevor ich sie erreiche.

„Alles in Ordnung?", fragt sie. Sie trägt eine Schürze, hat ihr Haar zu einem Zopf gebunden und ein bisschen Mehl auf der Nase, in meinen Augen sieht sie unglaublich sexy aus.

„Jetzt ist es das", sage ich ehrlich, meine Arme legen sich automatisch um ihre Taille und ich ziehe sie an mich. Ich vergrabe meinen Kopf an ihrer Halsbeuge und atme ihren fantastischen Duft ein, der Stress, der Schmerz und der Kummer verschwinden augenblicklich.

„Gut." Sie lächelt breit, bevor ich ihr Lächeln erwidere. Ich küsse sie langsam und spüre das tiefe Verlangen in ihr.

„Mein Gott, war neun nicht schon genug?", höre ich eine Frauenstimme hinter uns, und ich ziehe mich von Willow zurück. Ich versuche, ein Lachen zu unterdrücken, während Willow der Frau einen bösen Blick zuwirft.

„Tennyson, das ist meine Schwester, Saide. Saide, das ist ...", sagt Willow, bevor Saide sie unterbricht.

„Der Mann, der mehr Orgasmen liefert als eine ganze Armee. Ja, ich glaube, das habe ich verstanden", sagt sie und kommt mit ausgestrecktem Arm auf mich zu. Sie ist kleiner als Willow, hat ebenfalls langes Haar, ist jung und ein echter Knaller, aber sie kann der Frau in meinen Armen nicht das Wasser reichen. Jedoch ist sie verdammt lustig.

„Schön, dich kennenzulernen, Saide", sage ich, lege einen Arm um Willow und strecke den anderen aus, um Saide die Hand zu schütteln.

„Gleichfalls. Gerade noch rechtzeitig, um einen frischen Muffin zu bekommen, bevor ich sie alle aufesse."

Ich schaue nach unten und sehe einen Teller mit etwa sechs Schokomuffins in ihrer Hand.

„Sie sehen gut aus", sage ich und lächle Willow an, die sich jetzt an meine Seite schmiegt.

„Ja, aber du wirst dir deine eigenen besorgen müssen. Das sind meine. Ich mache Frustessen", murmelt sie, bevor sie sich umdreht und im Wohnzimmer verschwindet. Als ich dorthin sehe, merke ich, dass der Junge vom letzten Mal auch schon dort ist, und mir nun einen bösen Blick zuwirft.

„Hey, Kleiner", rufe ich. Ich glaube nicht, dass er mich besonders mag, aber da ich nicht vorhabe zu gehen, sollte er sich lieber an mich gewöhnen.

„Wie auch immer", murmelt er, bevor er nach einem Muffin greift, und sich wieder dem Fernseher zuwendet.

„Tut mir leid, ihr geht es nicht so gut. Jacob hat mit ihr Schluss gemacht", sagt Willow und führt mich in die Küche.

„Der verheiratete Mann?", frage ich, denn das ist überraschend.

„Anscheinend wird er Vater."

„Scheiße." Ich zucke zusammen. Egal, wie gut eine Beziehung ist, diese Art von Nachricht kann wehtun. Als ich in ihre Küche gehe, halte ich inne und schaue mich um.

„Ähm, darf ich fragen, wofür das alles ist?", frage ich und schaue mich im Raum um. Überall stehen Muffins. Schokolade, Red Velvet, alle sehen aus, als gehörten sie in eine Fünf-Sterne-Bäckerei.

„Ich habe Saides Lieblingsessen gemacht, und dann

wollte Josh welche für sich und seine Mutter, also ..." Sie zuckt mit den Schultern, und ich lache leise.

„Sag mal ...", setze ich an und gehe auf sie zu, meine Arme legen sich automatisch wieder um ihre Taille und ich ziehe sie an mich.

„Was denn?", sagt sie und schaut mit einem strahlenden Lächeln zu mir auf, während ihre Hand über meine Arme fährt. Ich liebe es, sie zum Lächeln zu bringen.

„Was ist dein Lieblingsgeschmack?" Ich vermute nämlich, dass es weder Schokolade noch Red Velvet ist. Dann kichert sie und ein Funkeln erscheint in ihren Augen, als sie mich ansieht.

„Zitrone", sagt sie, und ich ziehe die Augenbrauen hoch.

„Die Geschmacksrichtung, die ich dir in dem kleinen Restaurant in DC besorgt habe?", frage ich. Ich habe nur Zitrone genommen, weil mich das an sie erinnert hat. Hell, sonnig, freundlich und eine angenehme Mischung aus sauer und süß.

„Ja. Es ist frisch, spritzig und köstlich. Und jetzt setz dich hin. Ich mache dir einen Kaffee und bringe dir ein paar Muffins. Wenn du sie nicht isst, wird Saide sie essen, und dann hat sie eine Woche lang Bauchschmerzen", sagt sie und kümmert sich immer noch um alle anderen außer sich selbst. Ich setze mich an den Tresen und beobachte, wie sie in der Küche herumwerkelt.

„Weißt du, die letzte Person, der ich beim Backen zugesehen habe, war Nanny Helen", sage ich und weiß nicht genau, warum mir dieser Gedanke in den Sinn kommt. Wenn ich mich recht erinnere, war ich seit meiner Kindheit nicht mehr in einer so geschäftigen Küche.

„Ach ja? Erzähl mir mehr von ihr." Sie sieht mich interessiert an, während sie uns Kaffee kocht und dabei mühelos Multitasking betreibt.

„Sie war wie du, sie liebte es zu backen. Kuchen, Brote, jede Art von Gebäck ...", erzähle ich und denke zurück an meine Kindheit. „Wenn ich von der Schule nach Hause kam, empfing mich der Duft von Backwaren, sobald ich die Tür öffnete."

„Was war dein Lieblingsessen, das sie für dich gemacht hat?", fragt Willow, stellt sich neben mich, schiebt mir den Kaffee und den Muffin vor die Nase und lehnt sich dann auf den Tresen.

„Jeden Freitag hat sie mir einen klassischen New Yorker Käsekuchen gebacken. Wir nahmen beide ein Stück und setzten uns nach draußen, und ich erzählte ihr alles über meinen Tag in der Schule, meine Freunde und alles andere dazwischen. Wir besprachen die vergangene Woche. Sie lachte über meine Witze und gab mir Ratschläge. Es war das Beste." Ich starre in die Ferne und nehme mir einen Moment Zeit, um in meinen Gedanken zu leben. „Als ich das letzte Mal diesen Kuchen gegessen habe, war ich zwölf. Es war das letzte Mal, dass sie ihn für mich gemacht hat, bevor sie starb." Traurigkeit überkommt mich mit voller Wucht.

„Es tut mir leid, dass du sie verloren hast. Wie ist sie gestorben?", fragt Willow mit gerunzelter Stirn, während sie meine Hand ergreift.

„Wenn du mir diese Frage vor ein paar Jahren gestellt

hättest, hätte ich Herzversagen gesagt ...", murmle ich und sehe sie ernst an.

„Und jetzt?", fragt Willow nach, und ich lege meinen Arm um ihre Taille und ziehe sie näher zu mir.

„Ich würde sagen, ich bin mir nicht mehr sicher", sage ich einfach.

„Ist ihr etwas zugestoßen? Ein Unfall oder so etwas?" Ich kann die Verwirrung in ihren Augen sehen. Aber genau das ist das Problem. Ich kann mich nicht an alle Einzelheiten erinnern. Ich war jung, beeinflussbar, und erst jetzt fange ich an, mich an Bruchstücke von diesem Tag zu erinnern, aber nichts davon passt zusammen.

„Ich war jung. Ich kann mich nicht wirklich erinnern, aber aus irgendeinem Grund kommen meine Erinnerungen zurück, und ich habe das ungute Gefühl, dass die Dinge nicht so sind, wie ich dachte", sage ich seufzend.

Sie sieht mich einen Moment lang an und dann ändert sie glücklicherweise das Thema.

„Okay. Nun, hier gibt es keinen Käsekuchen, nur Muffins", sagt sie, zieht sich zurück und öffnet eine Schublade.

„Nun, es gibt eigentlich nur einen Muffin, den ich wahnsinnig gerne vernaschen würde", sage ich mit einem frechen Grinsen.

„Das habe ich gehört!", ruft Saide aus dem Wohnzimmer und meine Augen weiten sich. Ich hatte völlig vergessen, dass wir nicht allein sind.

„Hier, zieh das an." Willow wirft mir eine Schürze zu und ich halte sie hoch. Sie ist rosa und hat Rüschen.

„Wozu?" Ich sehe sie an, als wäre sie verrückt, weil sie das überhaupt vorschlägt.

„Weil ich vermute, dass der Anzug, den du trägst, ein Designeranzug ist und du gleich beschäftigt sein wirst." Sie schiebt einige leere Schüsseln über den Tresen.

„Ich habe in meinem Leben noch nie etwas gebacken ..."

„Das kann ich mir vorstellen. Hier, miss die Milch ab." Sie schiebt die Milch zu mir rüber und macht sich daran, das Mehl abzumessen. Ich stelle mir vor, wie mein Leben mit ihr aussehen könnte. Sie ist eine Haushaltsgöttin, und ich versuche irgendwie, mit ihr mitzuhalten. Es ist der totale Kontrast zu meinem jetzigen Lebensstil, und doch kann ich ein glückliches Lächeln nicht unterdrücken.

Sie macht mich glücklich, und Backen ist ihr Ding, also ziehe ich die Rüschenschürze an, kremple die Ärmel hoch und mache mich an die Arbeit.

26

WILLOW

Ich beobachte Tennyson in seinem Designeranzug. Er ist scharf, seine Augen sind klar und lebendig, seine Haut leuchtet. Das steht in krassem Gegensatz zu dem, wie er aussah, als man mich einstellte. Ich bin stolz auf ihn, auf uns, weil wir ihn dazu gebracht haben, die beste Version seiner selbst zu sein. Deshalb liebe ich meinen Job. Tennyson hat recht. Ich liebe es, Menschen zu retten, ihnen zu helfen und sie dann strahlen zu sehen.

Gerade wird er von einem Journalisten der *Business News* interviewt. Dieser Beitrag wird aufgezeichnet und landesweit an die Geschäftswelt gesendet. Es ist eine große Sache, eine großartige Gelegenheit, ihn als Geschäftsmann hervorzuheben und auch die großartige Arbeit, die er für *Rothschild Construction* leistet. Das wird sich sowohl für ihn als auch für seine Brüder positiv auswirken, und wenn ich mir das ansehe, kann ich schon jetzt sagen, dass er sich dadurch fest etablieren und ernst genommen werden wird. Dies ist sein Moment.

„Er sieht gut aus", sagt plötzlich eine tiefe Stimme neben mir. Erschrocken blicke ich auf und sehe Tennysons Bruder Ben, der in seinem Anzug ebenso elegant aussieht und seinen Blick nicht von seinem Bruder abwendet.

„Das tut er", stimme ich zu und nicke.

„Ich habe in seinem Büro angerufen, und Melody sagte, er sei hier unten. Es scheint, dass Sie einen positiven Einfluss auf meinen Bruder haben. Ich muss zugeben, dass ich mir ein wenig Sorgen um ihn gemacht habe. Sieht so aus, als wäre das jetzt nicht mehr nötig", sagt er, sieht mich an und schenkt mir ein kleines Lächeln. Ich weiß die Anerkennung zu schätzen.

„Er ist talentiert, hoch qualifiziert und einer der besten Geschäftsleute, mit denen ich je zusammengearbeitet habe." Und das meine ich ernst. Viele sehen in Tennyson nur einen Playboy, und nicht den hart arbeitenden, erfolgreichen Mann, den ich versuche, zum Vorschein zu bringen.

„Das ist er", stimmt Ben mir zu, wobei er mich etwas länger als nötig ansieht. Er blinzelt leicht, als würde er versuchen herauszufinden, welchen Trick ich angewendet habe. „Ich bin froh, dass die Welt es endlich zu sehen bekommt. Und ihn so glücklich zu sehen", fügt Ben mit einem weiteren Lächeln hinzu, das mich ein wenig beruhigt.

„Der Schein kann trügen." Ich bin mir nicht sicher, was es ist, aber ich weiß, dass Tennyson mit etwas zu kämpfen hat. Allerdings habe ich keine Ahnung, was.

„Was meinen Sie?", fragt Ben, sein Lächeln ist verschwunden.

„Ich weiß es nicht. Aber er wirkt so, als würde eine schwere Last auf seinen Schultern liegen." Ich seufze und blicke zurück zu dem Mann, der meine Gedanken beherrscht.

„Es könnte etwas mit den Anrufen in meinem Büro zu tun haben", sagt Ben, und ich drehe mich zu ihm um.

„Welche Anrufe?", frage ich. Ich kann meine Arbeit nur machen, wenn ich über alles Bescheid weiß. Ich kann keine Überraschungen gebrauchen; sie sind so schwer zu handhaben. Ben sieht mich einen Moment lang an und ich weiß schon, dass mir nicht gefallen wird, was er zu sagen hat.

„Eine seiner vielen Bettbekanntschaften versucht, Kontakt mit ihm aufzunehmen. Eine Frau namens Katerina Newcomb."

„Sie hat ihm auch oft Nachrichten über die sozialen Medien geschickt", sage ich, jetzt tief in Gedanken versunken.

„Wir haben es vielleicht mit einem potenziellen Stalker zu tun, aber genau darüber wollte ich heute mit Tenn sprechen. Mal sehen, was er zu sagen hat, bevor wir irgendwelche Maßnahmen ergreifen. Ich kann ihm eine einstweilige Verfügung erwirken, damit sie sich von ihm fernhält, wenn er glaubt, dass sie ein Problem wird. Aber ich will auch keine größere Sache daraus machen, als sie ist."

„Machen Sie das oft? Einstweilige Verfügung ausstellen?", frage ich. Da er so beiläufig darüber spricht, klingt es wie etwas, das er oft macht.

„Mehr als Sie sich wahrscheinlich vorstellen", sagt er seufzend, als wäre es schmerzhaft, also sage ich nichts daraufhin und sehe wieder zu Tennyson. Sein Gesicht scheint bei seinem Lächeln zu erstrahlen. Er bezaubert den Interviewer und zweifellos auch alle Zuschauer zu Hause, die diesen Beitrag in ein paar Wochen sehen werden, wenn er ausgestrahlt wird.

Wir stehen beide schweigend da und bewundern, wie gut Tennyson sich macht. Er liefert großartige Argumente, führt eine tiefgehende Diskussion über das Geschäftsumfeld und trägt zu einem wirklich aufschlussreichen Gespräch bei. Er geht auf die Expansionspläne in Asien ein, ohne jedoch etwas zu verraten. Er ist wortgewandt, präzise, sitzt selbstbewusst da und strahlt eine gewisse Autorität aus, die die Leute überraschen wird, wenn sie ihn sehen. Er ist ein Naturtalent, sowohl was das Interview als auch das Geschäftswissen angeht. Ich glaube, am Ende ist sogar sein Bruder beeindruckt.

„Wie habe ich mich geschlagen?", fragt Tennyson, der auf uns zukommt, als das Interview beendet wurde.

„Perfekt", sage ich lächelnd, als er an meine Seite tritt, und die vertraute Geste seiner Hand um meine Taille lässt ein warmes Gefühl in meinem Innern aufkommen. Er zieht mich an seine Seite und scheut sich nicht, seinen Bruder wissen zu lassen, wie nah wir uns sind. Ben mustert uns und hält inne. Ich hätte schon längst mit Harrison und Beth darüber sprechen sollen, aber ich war so mit meinen eigenen Gefühlen beschäftigt, dass ich es vollkommen aus den Augen verloren habe. Meine Handflächen beginnen zu schwitzen, während ich auf seine Reaktion warte.

„Scheiße", sagt Ben, während seine Augen zwischen Tennyson und mir hin und her huschen. „Ich meine, vor ein paar Wochen auf dem Golfplatz wusste ich, dass es so sein könnte, aber ... Scheiße." Ich ziehe die Augenbrauen hoch, und ich sehe Tennyson fragend an. Wir haben nicht darüber geredet, was wir sind oder was vorgefallen ist. Wir sind aber beide zu dem Schluss gekommen, dass wir uns gernhaben, gern Zeit miteinander verbringen, und wir dafür sorgen werden, dass dieser Auftrag von Erfolg gekrönt sein wird.

„Golfplatz?", frage ich und wundere mich, wovon Ben spricht.

„Ich wusste schon vor Wochen, dass dies geschehen würde, aber du hast etwas länger gebraucht, um es herauszufinden, Cupcake", scherzt er und zwinkert mir zu, bevor er wieder zu seinem Bruder schaut. Ich entspanne mich ein wenig, denn ich weiß, dass Tennyson sie bereits vorbereitet hat, sodass es kein allzu großer Schock sein sollte.

„Gibt es ein Problem?", fragt Tennyson, und ich bin mir nicht sicher, ob er mich oder jemand anderes meint.

„Vielleicht. Wer ist Katerina Newcomb?", fragt Ben, als wir uns zu dritt in eine ruhige Ecke des Studios zurückziehen. Ich spüre, wie Tennyson sich leicht versteift, und Ben wirft mir einen unsicheren Blick zu. Ich bleibe unparteiisch, obwohl ich innerlich in Flammen stehe. Eifersucht krampft sich in meinem Magen zusammen, und ich erinnere mich an den Abend, als ich sie bei diesem Geschäftsessen kennenlernte. Hübsch, wunderschön sogar. Selbstbewusst, jemand, der offensichtlich nicht zögert, sich das zu holen, was sie will, nachdem sie direkt auf Tennyson zugegangen ist und so getan hatte, als gehöre sie ihm. Ich könnte mir vorstellen, dass seine Zurückweisung sie verletzt oder zumindest ihr Ego angekratzt hat.

„Eine alte Bekannte", sagt Tennyson und belässt es dabei.

„Nun, sie ruft in meinem Büro an und versucht, dich zu erreichen. Weißt du etwas darüber?", fragt er erneut.

„Scheiße", sagt Tennyson und fährt sich mit der Hand durch die Haare, aber seine andere Hand bleibt an meiner Taille und hält mich fest.

„Sie hat auch in meinem Büro angerufen, aber ich habe Melody gebeten, sie mir vom Hals zu schaffen", gibt er zu.

„Sie hat auch Nachrichten über soziale Medien geschickt", füge ich hinzu, und Tennyson sieht mich verwirrt an.

„Warum?", fragt er und sieht Ben und mich an.

„Geld. Sie wollen immer Geld, Tenn", antwortet Ben, als wüsste er es aus eigener Erfahrung. „Sprich einfach mit ihr, finde heraus, was sie will, und dann können wir uns darum kümmern. Ruf mich an, sobald du es getan hast", fügt er hinzu, zieht sein Handy aus der Tasche und überprüft es. „Ich muss los. Siehst gut aus, Bruder." Er lächelt und klopft Tennyson auf die Schulter.

„Danke, Benny Boy", sagt Tennyson, sein Lächeln ist klein, aber dennoch da.

Wir sehen Ben nach, als er geht, dann drehe ich mich zu Tennyson um und mustere sein Gesicht. Mein Verstand rast und mein Magen zieht sich zusammen. Irgendetwas fühlt sich nicht richtig an. Kein bisschen. Ich brauche Platz. Ich muss meine Gedanken ordnen. Ich muss der Sache zuvorkommen, denn ich verspüre den Drang, alles im Griff haben zu müssen.

„Mach dir keine Sorgen, Cupcake. Es ist alles in Ordnung", sagt Tennyson, da mir meine Gefühle offensichtlich ins Gesicht geschrieben stehen. Ich wünschte, seine Worte würden mich trösten, aber das tun sie nicht.

„Ich muss los. Ich habe einen neuen Kunden, mit dem ich mich treffen muss. Telefonieren wir später?", frage ich, während ich ein falsches Lächeln aufsetze und meine Arbeit in den Vordergrund rücke, wo sie hingehört. Sein Kiefer spannt sich an, es ist offensichtlich, dass es ihm nicht gefällt, dass ich gehe.

„Das machen wir", sagt er, zieht mich an sich und drückt mir einen Kuss auf die Stirn, bevor ich mich von ihm trenne, die Schultern straffe und zum Ausgang gehe. Ich atme tief durch, während ich mich um das Team herum manövriere, über die Kabel steige und den vielen Menschen ausweiche, die in diesem Studio zugegen sind. Meine Schritte werden schneller, die Luft fühlt sich dünner an als noch vor zehn Minuten, aber ich schiebe all das schnell in den Hintergrund. Ich muss zu dieser Besprechung, dann nach Hause gehen und das Interview von heute durchsehen und für das Studio freigeben. Ich muss arbeiten. Ich bin mit meinem Job verheiratet, das darf ich nicht vergessen.

27

TENNYSON

Es ist bereits ein ganzer Tag vergangen, seit ich Willow das letzte Mal gesehen habe, und ich hasse diese Tatsache. Die Minuten fühlen sich wie Stunden an, die Stunden wie Tage. Wann diese Veränderung in mir eingetreten ist, kann ich nicht genau sagen, ich kann nur sagen, dass ich nicht mehr derselbe Mann bin, der ich vor New York war. Es gibt jetzt einen Scheidepunkt in meinem Leben. Vor Willow und danach. Ich bin ein viel besserer Mann, seit sie in meinem Leben ist.

Die Erinnerung daran, wie sie gestern einfach ging, hat sich in meinem Gedächtnis festgesetzt. Ich will lieber die Art von Erinnerungen schaffen, wie die, wo sie sich nackt unter mir windend oder stöhnend meinen Schwanz reitet. Mein Schwanz wird schon hart, wenn ich nur an sie denke. Aber sie hat gestern lange gearbeitet, und ich habe die ganze Nacht mit meinen Leuten in Asien telefoniert. Wir beide hatten kaum Zeit zum Plaudern, abgesehen von einem kurzen Anruf, als wir beide innerhalb weniger Minuten fast eingeschlafen waren.

„Tennyson, da ist eine Katerina Newcomb auf Leitung eins." Melodys Stimme durchbricht meine Gedanken, und ich erstarre. Ich habe sie gestern nicht angerufen, wie mein Bruder es verlangt hatte. Nachdem er mich heute Morgen darauf angesprochen hat, beschloss ich, es auch nicht zu tun, es sei denn, sie rief an, dann würde ich mit ihr sprechen. Ich werde ihr einfach sagen, dass sie sich nicht die Mühe machen soll anzurufen. Ich bin nicht interessiert und nicht verfügbar. Ich kann mich kaum an ihr Gesicht erinnern und habe keine Erinnerung an sie oder an die eine Nacht, die wir zusammen verbracht haben. Hätte ich sie nicht bei Harrisons Geschäftsessen getroffen, würde ich so weit gehen zu sagen, dass ich keine Ahnung habe, wer sie ist. Die Tatsache, dass sie die Tochter meines größten Konkurrenten ist, ist zwar ein wenig beunruhigend, aber dennoch unbedeutend. Dass ich mich nicht an sie erinnere, ist nicht unbedingt etwas, worauf ich stolz bin, aber es ist die Wahrheit.

„Danke, Melody", sage ich, als ich den Anruf entgegennehme. „Tennyson Rothschild", antworte ich, als ich den Anruf annehme.

„Tennyson, hier ist Katerina Newcomb", sagt sie, ihre Stimme klingt anders als ich sie in Erinnerung habe.

„Wie kann ich dir helfen?", frage ich.

„Ich bin schwanger", platzt es aus ihr heraus, und ich warte auf etwas mehr, aber sie schweigt.

„Glückwunsch?", sage ich fragend und habe keine Ahnung, was sie von mir erwartet.

„Es ist deins. Du bist der Vater dieses Babys", sagt sie.

Meine Handflächen beginnen zu schwitzen und mein Herz bleibt fast in meiner Brust stehen. *Das kann nicht sein.* Meine Gedanken rasen, ich versuche mich daran zu erinnern, wann ich mit ihr zusammen gewesen bin, aber diese Nacht ist nur eine verschwommene Erinnerung. Es muss vor sechs oder sieben Wochen gewesen sein. Das Einzige, was mir als Orientierung dient, ist die Tatsache, dass ich am Tag darauf, Willow in Bens Haus wiedergesehen habe. Dieser Tag hat sich tief in mein Gedächtnis eingebrannt.

„Unmöglich", stoße ich hervor, während ich mit der freien Hand nach meinem Handy greife. Meine Hand zittert, als ich schnell 911 in den Gruppenchat meiner Brüder eintippe.

„Du bist die einzige Person, mit der ich in den letzten Wochen zusammen war", entgegnet sie.

„Ich habe darauf geachtet, ein Kondom zu benutzen. Wir haben verhütet", sage ich. Auch wenn ich immer betrunken war, wenn ich mit Frauen zusammen war, habe ich immer daran gedacht, zu verhüten. Diese kleine Handlung ist mir nach den Fehltritten meines Vaters in Fleisch und Blut übergegangen. Ich hatte noch nie ungeschützten Sex.

„Was soll ich sagen, es hat nicht funktioniert." Ihre Stimme nimmt wieder einen anderen Klang an. Einen, der zu einem selbstzufriedenen Lächeln passen würde. Ich habe das Gefühl, dass ich mich jeden Augenblick übergeben muss. Das ist meinem Vater passiert. Er war mit so vielen Frauen zusammen, dass wir am Ende nicht mehr mit all den Geldforderungen mithalten konnten. Nach seinem Tod kamen so viele Frauen aus heiterem

Himmel und verlangten Geld für die Kinder, deren Vater er angeblich war. Die Tatsache, dass Ben und sein Anwaltsteam bei jedem Kind einen DNA-Test durchführen ließen, laut denen keines der Sprössling unseres Vaters war, trug wenig zur Beruhigung unserer Nerven bei.

„Mein Anwalt wird sich bei dir melden", sage ich und lege auf, während ich zu hyperventilieren beginne. Das kann doch nicht wahr sein. Das kann verdammt noch mal nicht wahr sein. Ich blicke auf die kleine Bar an der Seite meines Büros, mein Blick fällt augenblicklich auf die Karaffe mit dem Whisky. Sie funkelt im Licht, und der alte Holzschrank, auf dem sie steht, fleht mich fast an, darauf zuzugehen. Ich brauche Willow oder Whisky, und ich bin mir nicht sicher, ob die erste Option im Moment eine gute Idee ist. Ich stehe auf, gehe zum Schnapsschrank und nehme mir ein Glas.

„Scheiß drauf", sage ich und schenke mir ein wenig ein, höchstens einen Finger, bevor ich es in einem Zug hinunterstürze. Das Brennen ist fast ungewohnt, da es schon eine Weile her ist, aber es hat den gewünschten Effekt.

„Was ist passiert?", fragt Ben, als er zusammen mit Eddie den Raum betritt. Sie mustern mich aufmerksam und halten inne, als sie meinen aufgebrachten Zustand und das leere Glas in meiner Hand wahrnehmen. Es hilft, dass sich alle unsere Büros in einem Gebäude befinden und unsere Penthäuser die obersten vier Stockwerke einnehmen. Wir sind uns nahe, sowohl in Bezug auf unsere liebevollen Beziehungen zueinander, als auch in Bezug auf die Logistik.

„Scheiße", stößt Eddie hervor, und mein Blick richtet sich auf ihn. Er ist heute leger gekleidet. Zu leger, fast wie ein Handwerker, als würde er etwas reparieren, obwohl ich, da er hinter einem Schreibtisch und nicht in einer Werkstatt arbeitet, keine Ahnung habe, was er gemacht hat.

„Was ist los?", fragt Harrison, als er durch die Tür gestürmt kommt. Wir haben schon genügend Notrufe in unserem Gruppenchat gehabt, um die Panik zu rechtfertigen.

„Ich habe mit Katerina Newcomb gesprochen", sage ich und blicke zu Ben, dessen Gesicht sich verzieht. Er ahnt, dass ich nichts Gutes zu berichten habe.

„Wer zum Teufel ist Katerina Newcomb?", fragt Harrison, als er die Tür zu meinem Büro schließt, und meine Brüder drängen sich in der Nähe des Schnapsschranks um mich.

„Einer von Tennysons vielen One-Night-Stands", stößt Ben hervor und wartet darauf, dass die Bombe platzt.

„Tochter von Geoffrey Newcomb", sagt Eddie fast gleichzeitig. Harrison runzelt die Stirn.

„Sie ist schwanger. Sie behauptet, es sei von mir." Meine Brüder sehen mich erst mit einem Ausdruck des Schocks und dann der Enttäuschung an, und ich habe mich noch nie so sehr wie ein Versager gefühlt wie in diesem Moment. Ich habe sie alle enttäuscht. Ich habe mich selbst enttäuscht. Und ich weiß ohne jeden Zweifel, dass ich auch Willow enttäuschen werde, sobald sie es erfährt.

„Hast du etwa nicht verhütet?" Harrison schäumt vor

Wut, tritt an den Schrank, schenkt sich einen Whisky ein und leert ihn in einem Zug.

„Schenk mir auch einen ein", murmelt Ben.

„Mir auch", sagt Eddie, bevor Harrison einfach die ganze Karaffe und vier Gläser nimmt und auf meine Couch zugeht.

„Ich verhüte immer. Ich hatte noch nie Sex ohne ein verdammtes Kondom." Ich beginne, in meinem Büro auf- und abzugehen und versuche mich so gut es geht, an diese Nacht zu erinnern, aber es gelingt mir nicht. Ich massiere meine Schläfen und versuche, die aufkommende Migräne zu beruhigen, bevor ich mir mit der Hand durch die Haare fahre und grob an ihnen ziehe.

„Dann werden wir einen Test machen", sagt Eddie, was mir ein leichtes Gefühl der Ruhe beschert. Sicher, es besteht die Möglichkeit, dass es meins ist. Aber es besteht auch die verdammte Möglichkeit, dass sie versucht, mich hinters Licht zu führen.

„Vaterschaftstests können in der zehnten Woche durchgeführt werden. In welcher Woche ist sie?", fragt Ben, während Harrison die vier Gläser aufstellt und jedem eine ordentliche Portion einschenkt.

„Ich weiß es nicht. Ich habe nicht gefragt", sage ich und fühle mich noch mehr wie Scheiße. Ich wünschte, ich könnte die letzten fünfzehn Minuten meines Lebens komplett auslöschen.

„Was, du erinnerst dich nicht an sie? Wann hast du sie gefickt?", fragt Eddie mit hochgezogenen Augenbrauen, überrascht, dass ich mich nicht an die Nacht erinnern kann.

„Es war die Nacht, bevor ich Willow auf dem

Anwesen wiedertraf", sage ich. Willow wirkt wie ein Rettungsanker bei all dem.

„Wenn ich mich richtig erinnere, war das vor acht Wochen", murmelt Ben, der offensichtlich an das Wochenende denkt, als wir alle mit den Kindern auf seinem Anwesen waren.

„Scheiße", seufzt Eddie, als wir alle unsere Gläser nehmen und sie rasch leeren. Das Brennen, dass es erst in meiner Kehle und dann meinem Magen hinterlässt, fühlt sich gut an, aber ich kann nicht behaupten, dass ich es so genieße, wie ich es früher getan habe. Ich stelle das leere Glas zurück auf den Couchtisch und beginne wieder, auf- und abzugehen.

„Gott, mein Kopf ist ein einziges Chaos. Ich fühle mich schon mit den Erinnerungen an Nanny Helen überfordert", sage ich, bevor ich über meine Worte nachdenken kann, und ziehe an meinen Haaren, in der Hoffnung, so meine Gedanken ein wenig beruhigen zu können.

„Nanny Helen?", fragt Ben und sieht mich an, als ob ich verrückt geworden wäre.

„Ja. Ich habe keine Ahnung warum, aber seit ich Willow getroffen habe, taucht sie immer wieder in meinen Gedanken auf."

„Apropos Willow, wir müssen sie in die Sache einweihen. Sie muss davon erfahren", sagt Harrison und lenkt das Gespräch wieder auf das eigentliche Thema.

„Ich bin mir nicht sicher, wie sie darauf reagieren wird", murmelt Ben erneut und sein Blick richtet sich auf mich.

„Was? Warum?", fragt Harrison und verengt seine Augen.

„Es wird ihr wehtun", sage ich und ein mulmiges Gefühl macht sich in meiner Magengegend breit. Welche Frau würde mit einem Mann zusammenbleiben, den sie gerade erst kennengelernt hat, wenn er bald Vater wird? Ich schüttele den Kopf, um den Gedanken zu verdrängen. Es ist nicht mein Baby. Das kann es nicht sein.

„Sie ist ein Profi. Ich bin sicher, dass sie so etwas schon einmal erlebt hat", sagt Harrison, als er aufsteht.

„Willow und ich sind ...", setze ich an, aber ich verstumme, als Harrison mit finsterer Miene vor mir stehenbleibt.

„Scheiße", sagt Eddie, lehnt sich zurück und fährt sich mit der Hand durch die Haare.

„Na, das ging ja schnell!", bellt Harrison und sieht mich streng an.

„Wir hatten bereits etwas in der Vergangenheit, und die Flammen haben sich neu entfacht." Aber das weiß er bereits.

„Also was, seid ihr jetzt zusammen? Oder fickt ihr nur?", fragt er, und sein Ton gefällt mir nicht. Besonders, als er so über Willow spricht. Ich weiß, dass er sich nur Sorgen um mich macht, aber ich gebe ihm keine Antwort darauf.

„Das ist wirklich unprofessionell von ihr", spuckt Harrison, und ich weiß, dass da nur der Stress aus ihm spricht. Er mag Willow, das tun sie alle.

„Halt die Klappe. Du hast nicht das Recht in irgendeiner Form zu urteilen, schließlich hast du deine Eventmanagerin monatelang gevögelt, bevor es jemand merkte. Du weißt doch am besten, wie so etwas abläuft. Und keine Sorge, sie ist die professionellste Person, mit der ich je gearbeitet habe, und außerdem ...", sage ich, wobei ich wieder abbreche, als die Emotionen mich übermannen.

„Außerdem was?", fragt Eddie und meine Brüder schauen mich abwartend an.

„Außerdem glaube ich ... dass ich in sie verliebt bin", sage ich und halte den Atem an. Sie sehen mich an, als wäre ich verrückt geworden, bevor sich der Ausdruck in ihren Augen erst in Akzeptanz und dann in Traurigkeit und Reue verwandelt.

„Verliebt?", fragt Ben und zieht die Augenbrauen hoch.

„Sie backt mir Muffins und kauft mir Socken zum Schlafen. Sie ist klug, frech, sexy und lustig. Ihr bester Freund ist ein zwölfjähriger Junge, der mich hasst; sie nimmt streunende Katzen auf; Bob liebt sie verdammt noch mal; Melody will ihre beste Freundin sein, und ich glaube, ich will sie heiraten." Die Worte kommen mir einfach so über die Lippen. Ich halte mich mit einer Hand am Schreibtisch fest, halb gebückt, während ich keuche. Ich verwandle mich in einen Mann mit Gefühlen, und das lässt mein Innerstes brennen, und die Reue, die ich wegen meiner Taten empfinde, ist mehr als schmerzhaft. *Gott, fühlt es sich so an? Fühlt sich Liebe so an?*

„Scheiße", stößt Harrison hervor, bevor er die Karaffe nimmt und die vier Gläser nachfüllt. Den Rest des Nachmittags bleiben wir in meinem Büro und leeren eine ganze Flasche guten Whiteman-Whisky.

28

WILLOW

Da Saide heute Abend nicht zu Hause ist und mit Freunden die Nacht durchtanzt, um ihre sündige Affäre zu vergessen, und Josh bei seiner Mutter ist, nutze ich den seltenen ruhigen Abend für mich und lasse mir ein warmes Bad ein. Meine Muskeln schmerzen noch immer, und als ich mich in die Wanne setze, spüre ich, wie mich ein Gefühl der Ruhe überkommt. Ich lasse mich ins Wasser sinken und atme tief den Duft des Lavendelöls ein, das ich hineingetan habe, in der Hoffnung, dass es mir hilft, mich zu entspannen.

Die vergangenen Wochen sind anstrengend gewesen. Meine Gedanken drehen sich nicht nur um die Arbeit, Saides Liebeskummer, Josh, Betty und alle anderen, sondern plötzlich auch um mich selbst. Ich schaue auf meinen nackten Körper unter dem Wasser. Früher habe ich ihn gehasst. Die Röllchen, die Cellulitis. Die Kurven waren in Ordnung, auch wenn sie aus meiner Sicht etwas zu üppig waren. Ich fahre mir mit der Hand über den

Bauch. Ich fühle mich in letzter Zeit gut. Keine Blähungen. Kaum Regelschmerzen. Ich atme tief ein und stoße ihn dann langsam wieder aus, während ich über das Gespräch nachdenke, das ich mit Tennyson führen muss. Es fühlt sich seltsam an, das Thema so früh anzusprechen, aber wenn Kinder zu seiner Zukunft gehören, dann sollte er bereits jetzt erfahren, dass ich ihm nie welche schenken kann. Ich habe keine Ahnung, wie er zu diesem Thema steht. Für eine Frau, die ihr ganzes Leben damit zu kämpfen hatte, habe ich mich in meinem eigenen Körper noch nie sexy gefühlt, vor allem nicht mit dem, was mir zu fehlen scheint.

Bis Tennyson in mein Leben trat.

Diese Nacht in New York war magisch. Ich hätte nie gedacht, dass ich mich jemals wieder so fühlen würde. Wie eine begehrenswerte Frau. Jetzt gibt mir Tennyson das Gefühl, es zu sein, und zwar jeden Tag. Er kann seine Hände und Augen nicht von mir lassen. Das sexuelle Verlangen, das er in mir geweckt hat, das Verlangen, ihn ganz für mich allein zu haben, das mit jedem Tag, der vergeht, weiter anschwillt. Es fühlt sich fast egoistisch an. Ich habe immer zuerst an die anderen gedacht. Ich habe mich immer erst um alle anderen gekümmert und dann um mich selbst. Aber jetzt will ich diese eine Sache nur für mich, und das macht mir Angst, denn das sieht mir überhaupt nicht ähnlich.

Ich höre, wie es an der Tür klingelt und seufze. Ich habe heute Abend nicht mit Josh gerechnet, da seine Mutter zu Hause ist, also habe ich die Tür abgeschlossen. Bestimmt will er ein Eis oder so, obwohl es schon spät ist und er schon im Bett sein sollte. Ich verlasse die Badewanne, wickle ein Handtuch um mich und eile zur Tür. Mein Körper tropft, und ich hinterlasse nasse Fußabdrücke auf dem Boden, während ich die Treppe zur Haustür hinunterlaufe, in der Hoffnung, ihn hereinzulassen und wieder in das warme Wasser steigen zu können, bevor ich mich erkälte.

„Josh, was machst du ..." Ich verstumme, als ich Tennyson gegen den Türrahmen lehnen sehe. Seine Augen sind gerötet und halb geschlossen. Seine Kleidung ist zerknittert, die Hemdknöpfe sind am Hals offen, seine Krawatte ist lose. Sein Haar ist zerzaust, als ob er daran gezogen hätte. Und er stinkt nach Whisky.

„Tennyson?" Ich habe ihn noch nie betrunken gesehen, und als er auf mich zu stolpert und dabei fast eine Vase umstößt, frage ich mich, ob ich mit ihm in diesem Zustand zurechtkommen werde.

„Was machst du hier?", frage ich und öffne die Tür weiter, damit er hereinkommen kann. Er sieht mies aus. Ich schließe die Tür und ziehe mein Handtuch fester um mich, jetzt bereue ich, dass ich meinen Bademantel nicht angezogen habe.

„Ich wollte dich sehen", lallt er. Er hat ganz offensichtlich eine Menge Whisky intus.

„Du bist betrunken!" Der Schock lässt langsam nach, und meine Stimme wird lauter und anklagend. Ich fühle Enttäuschung in mir aufsteigen. Es ist nicht so, dass er nicht trinken soll. Aber er sollte den Alkohol nur in Maßen genießen. Aber heute hat er es eindeutig übertrieben.

„Du bist süß, wenn du schreist, Cupcake", sagt er mit

einem Lächeln, während er in Richtung meines Wohnzimmers taumelt.

„Ich schreie nicht!", entgegne ich und folge ihm.

„Immer süßer ...", singt er, während er fast über seine eigenen Beine stolpert und sich an der Rückenlehne meines Sofas abstützen muss.

„Tennyson!" Ich stoße frustriert den Atem aus, während ich meine Hände ein die Hüften stemme und meine Wut immer weiterwächst.

„So verdammt süß", murmelt er und streckt seine Hand aus, um mein Gesicht zu berühren. Seine Berührung ist warm und fühlt sich gut an, aber seine Augen sind glasig. Er schafft es nicht den Blick auf mich zu fokussieren und scheint keine Ahnung zu haben, was vor sich geht.

„Ich kann es nicht fassen." Ich schüttle den Kopf, aber seine Hand auf meinem Gesicht sorgt dafür, dass ich ihn weiter ansehe.

„Warum bist du nicht angezogen?", fragt er und mustert mich, als würde er mich zum ersten Mal sehen. Meine Haare sind zu einem Dutt hochgesteckt, das Handtuch ist eng unter meinen Armen verknotet und bedeckt kaum meinen Hintern.

„Ich *war dabei* ein Entspannungsbad zu nehmen", sage ich, aber er sieht mich nur liebevoll an.

„Oh, toll, ich komme mit." Er zieht seine Schuhe und seine Anzugsjacke aus, und wirft sie auf den Boden.

„Warte. Was? Nein!", sage ich verwirrt, als er beginnt, sein Hemd aufzuknöpfen.

„So verdammt liebenswert." Er lässt sein Grinsen aufblitzen, und ich schmelze leicht dahin.

„Tenn, warum hast du so viel getrunken?", frage ich und benutze zum ersten Mal seinen Spitznamen. Dieser Mann gräbt sich jedes Mal, wenn ich ihn sehe, tiefer in mein Herz. Er kämpft darum, sich das Hemd auszuziehen. Meine Wut lässt ein wenig nach, als ich sehe, wie er versucht, es sich wie ein wütendes Kleinkind von den Armen zu reißen.

„Oh, ich werde Vater und kann mich nicht einmal mehr an die Mutter erinnern ...", sagt er, und ich zucke zusammen.

„Was?" Meine Augen weiten sich, mein Herz beginnt zu rasen, und ich frage mich, ob ich ihn richtig verstanden habe.

„Hinreißend", murmelt er, bevor er den Halt verliert und auf das Sofa hinter ihm plumpst.

„Ich verstehe nicht", sage ich mit zittriger Stimme, gehe auf ihn zu. Er liegt halb nackt ausgestreckt auf dem Sofa, wobei seine nackten Füße über den Rand baumeln.

„Ich liebe dich, Willow. Verlass mich nie", murmelt er, bevor er einschläft.

Ich fürchte mich davor, auch nur einen Muskel zu bewegen. *Passiert das wirklich? Ist es wahr, was er gerade gesagt hat?* Das Grauen wirbelt in meinem Magen, während ich langsam seine Worte verarbeite. *Ein Vater? Tennyson wird Vater sein?* Auch wenn ich versuche, es zu ignorieren, spüre ich, dass er die Wahrheit sagt. Tennyson wird Vater werden. Ich klammere mich am Sofa fest, als meine Beine drohen, unter mir nachzugeben.

Ich werde nie in der Lage sein, ihn zum Vater zu machen.

29

TENNYSON

Ich öffne blinzelnd die Augen, als ich Geräusche höre. Die Sonne brennt in meinen Augen und ich schließe sie rasch wieder. Mein Kopf dröhnt, und es fühlt sich an, als würde ein Presslufthammer gegen meine Schädeldecke schlagen. Ich versuche zu schlucken, aber es gelingt mir nicht. Mein Mund ist völlig ausgedörrt, und fahre mir mit der Zunge über die trockenen Lippen, aber es ist völlig sinnlos.

„Hmmm", murmle ich, als ich die Wärme auf meiner Brust spüre, und denke gleich an Willow, die sich neben mich gelegt hat. Ich versuche, mich nicht zu sehr zu bewegen, weil ich sie nicht wecken will. Ich spüre kurze, scharfe Stiche an meiner Stirn und hebe meine Hand, um sie zu vertreiben, wobei sich etwas an meinem Finger festkrallt, als ich mir über die Haut fahre.

„Was zum …", flüstere ich, als ich die Augen öffne und es sofort bereue, als mich erneut das gleißende Licht trifft. Ich weiß, dass ich nicht in meinem Bett liege, so viel kann ich mit Sicherheit sagen, also versuche ich, meine

Gedanken zu sammeln, um herauszufinden, wo ich bin. Ich atme ein, rieche Backwaren und komme zu dem Schluss, dass ich bei Willow bin. Ich senke meine Hand und strecke sie ihr entgegen. Ich bin hart und kann mir nichts Schöneres vorstellen, als in ihr warmes, feuchtes Inneres einzutauchen, aber als meine Hand nach ihr greift, ertaste ich Fell. Ich reiße die Augen auf und versuche zu verstehen, was los ist.

„Du musst gehen." Mein Blick fällt auf den Jungen, der mir gegenüber im Sessel sitzt. Er hält gerade einen industriegroßen Tacker in die Luft und zielt auf mich.

Ping.

„Was zum Teufel?", rufe ich, als ich einen weiteren scharfen Stich in der Stirn verspüre. Er schießt mit Tackerklammern auf mich. *Was zum Teufel ist bloß los mit diesem Jungen?*

„Was hast du mit ihr gemacht?", fragt er. Er sieht verärgert aus, und ich schaue zur Seite, wo ich Willow vermutet habe, und sehe Betty, die ihre Krallen ausfährt, als sie sich streckt und dabei leicht über meinen Unterarm kratzt. Es brennt, und ich stoße sie eilig von mir runter, woraufhin sie mich böse anfaucht.

„Scheiße! Betty!", brumme ich, als ich mir über den Unterarm fahre. Sie faucht mich noch einmal an, als wäre es meine Schuld, bevor sie in die Küche läuft. *Was zum Teufel ist heute Morgen nur mit allen los?*

Ping.

Der scharfe Stich trifft wieder meine Stirn, und ich reiße meinen Kopf herum. Augenblicklich schießt ein scharfer Schmerz durch meinen Nacken. Ich reibe meinen Kopf und versuche, den Schmerz zu lindern, und als ich meine Hände zurückziehe, sehe ich Blut.

„Was zum Teufel. Hör auf, du Penner", knurre ich den Jungen an, während mein Kopf pocht und mein Herz sich schwer anfühlt.

„Oh, ich habe noch gar nicht angefangen …", warnt der Junge. Ein böser Blick liegt in seinen Augen, als er mich scharf ansieht. Ich frage mich, ob er zu viele Marvel-Filme gesehen hat. Mein Blick senkt sich auf den Tacker, den er fest umklammert hält und weiterhin auf mich richtet. Er gibt einen weiteren Schuss ab, der mich diesmal genau zwischen die Augen trifft.

„Kind. Hör auf damit!", sage ich lauter und schneide eine Grimasse, als meine erhobene Stimme meinen Schädel pochen lässt.

„Du musst gehen", sagt er wieder, feuert einen weiteren Schuss ab und legt den Kopf schief. Er sieht aus wie ein schießwütiger Pate, obwohl er nichts weiter als ein Teenager ist.

„Wo liegt dein Problem, Josh?", frage ich, setze mich auf und bemerke, dass ich obenrum nichts anhabe, aber zumindest eine Hose trage. Ich versuche, mich an letzte Nacht zu erinnern und daran, warum ich auf Willows Sofa liege und nicht in ihrem Bett.

„Du bist mein Problem", höhnt er und feuert einen weiteren Schuss ab. Seine Mundwinkel wölben sich leicht nach oben, als wäre er ein Cowboy in einem Western. Benehmen sich alle Zwölfjährigen so? Was zum Teufel ist aus dem Respekt vor den Älteren geworden?

„Hör zu, ich hatte eine lange Nacht und du fängst an,

mir auf die Nerven zu gehen", knurre ich und setze mich auf, wobei meine nackten Füße den Boden berühren, bevor ich sie sofort wieder hochziehe, als ich das Stechen spüre.

„Was zum Teufel ...", murmle ich und schaue nach unten, wo der Boden mit Heftklammern übersät ist. „Wo zum Teufel hast du den Tacker her?" Er wirft mir einen hochmütigen Blick zu.

„Den? Das ist Krankenhausqualität. Das Beste vom Besten. Die Klammern sind extra spitz. Die Art, die die Haut durchbohrt", antwortet er, und meine Augenbrauen heben sich. Wer zum Teufel hat diesen Jungen aufgezogen? Wer zum Teufel überlässt ihm ein solches Ding?

„Ich werde es dir noch einmal sagen, denn für einen Geschäftsmann bist du wirklich langsam. *Verschwinde von hier.*"

„Sonst was!?", fordere ich ihn heraus. *Dieses Spiel kann ich auch spielen, Arschloch.*

Im Sessel sitzend, senkt er seine Waffe und lehnt sich zurück. Ich seufze und grinse ihn an. *Ja, Arschloch, diese Runde habe ich gewonnen.*

Er zieht einen großen, glänzenden roten Apfel aus seiner Tasche, zusammen mit einem scharfen Messer, womit er mich wahrscheinlich liebend gern abstechen würde. Wir starren uns weiterhin an, während er den Apfel langsam in Stück schneidet, bevor er sich ein Stück in den Mund schiebt und kaut. Es wäre wahrscheinlich das Beste, wenn Willow umzieht. Ich werde Melody sagen, dass sie sich mit meinem Immobilienmakler in Verbindung setzt, um zu sehen, ob wir für Willow ein neues Haus finden können. Der Junge hat eindeutig Aggressionsprobleme. Meine Augen brennen, aber ich weigere mich, zuerst zu blinzeln, während er ein Stück nach dem anderen abschneidet. Ich schlucke. Er sieht verdammt gruselig aus.

„Wofür hältst du dich? Den Paten oder was?", frage ich und blinzle, weil meine Augen jetzt tränen. Der Bastard hat gewonnen.

„Oder so etwas", antwortet er, wobei er den Blick noch immer nicht von mir wendet.

„Wie spät ist es?" Ich habe keine Ahnung, wo mein Telefon ist, und ich will seinem Blick entkommen. Wer weiß, was er in seiner anderen Tasche hat.

„Neun Uhr morgens", antwortet der Junge, schneidet sich ein weiteres Stück ab und schiebt es sich in den Mund, bevor er langsam kaut. Dieses Kind geht mir verdammt noch mal auf die Nerven.

„Warum bist du schon so früh auf?" Kinder schlafen normalerweise am Wochenende aus, oder etwa nicht?

„Ich bin ein Frühaufsteher. Du anscheinend auch", sagt er und richtet das Messer direkt auf meinen Schwanz, der hart gegen meinen Reißverschluss drückt. Seit ich mit Willow zusammen bin, ist meine Morgenlatte größer als je zuvor. Als meine Gedanken wieder zu ihr wandern, erinnere ich mich vage daran, sie in ein Handtuch gewickelt gesehen zu haben.

„Du musst gehen", sagt er erneut und lenkt meine Aufmerksamkeit wieder auf ihn. Er bewegt das scharfe Messer in seinen Fingern, wirbelt es fast.

„Ich gehe nirgendwo hin. Ich denke, *du* solltest gehen", wehre ich ab, denn dieser Junge schmeißt mich nicht aus dem Haus meiner Freundin.

„Du willst nicht wissen, wozu ich fähig bin", sagt er

und legt den Kopf wieder schief, als wäre er in einem Mafia-Film.

„Wahrscheinlich Malstifte und Legos", meine ich spöttisch.

Ping.

Er hält den Tacker so plötzlich wieder in der Hand, dass ich kaum die Bewegung bemerke, und schießt mir in die Schläfe, wobei die Klammer nur knapp mein Auge verfehlt.

„Was ist dein Problem?", wiederhole ich.

„Du bist mein Problem. Und jetzt verschwinde."

„Ich werde nirgendwo gehen. Wo ist Willow?", frage ich und schaue mich um, meine Augen haben sich inzwischen an das Licht gewöhnt. Ich stehe auf und versuche, den Klammern auf dem Boden auszuweichen, wobei ich spüre, wie sich einige in meine Fußsohlen bohren

„Oh, ich werde so viel Spaß haben, dich zu Fall zu bringen …", droht er, und ich gehe an ihm vorbei, aber er steht auf und folgt mir, als ich auf ein Geräusch zugehe, das aus der Küche zu kommen scheint.

An der Tür bleibe ich mit großen Augen stehen. In der Küche herrscht das reinste Chaos. Auf jeder freien Fläche befinden sich Muffins. Schokomuffins, Red Velvet-Muffin, Vanillemuffins und eine Vielzahl anderer. Ich entdecke sogar ein paar rosa Muffins, die gerade auf dem Esstisch abkühlen. Schüsseln, Mehl, Tabletts, Löffel, Zuckerguss und Backformen sind auf dem Tisch verstreut. Ich kann keinen einzigen freien, sauberen Bereich sehen. Dann sehe ich sie, wie sie mit dem Rücken zu mir steht. Sie trägt Jeans und ein weißes T-Shirt, ihre Haare sind zu einem unordentlichen Dutt hochgesteckt. Sie sieht umwerfend aus, wie immer, dennoch bemerke ich die Anspannung in ihrem Körper. Sie steht an der Küchentheke, eine große Schüssel unter einem Arm, einen großen Holzlöffel in der anderen Hand, und rührt den Inhalt um, als würde ihr Leben davon abhängen.

„Willow?", frage ich zaghaft und mache einen kleinen Schritt auf sie zu. Sie hält abrupt inne, dreht sich aber nicht um.

„Du bist ein toter Mann", höre ich den Jungen flüstern, der mich von hinten beobachtet. Ich drehe mich leicht zu ihm um, um zu sehen, wie er erneut den Tacker anhebt und einen Schuss abgibt, der mich in die Brust trifft, bevor er sich an die Wand lehnt und mich beobachtet. Ich presse die Lippen zusammen und werfe ihm einen bösen Blick zu. Ich lasse mich nicht von einem zwölfjährigen Gör herumschubsen.

Ich wende mich wieder Willow zu, die immer noch an der Theke steht und mich nicht ansieht. Sie stellt die Schüssel langsam ab, bevor sie sich zu mir umdreht. Die Anspannung ist ihr deutlich anzusehen, sie sieht mir nicht in die Augen, und ich zermartere mir das Hirn, um herauszufinden, was passiert ist, bevor mich das Grauen überkommt, zusammen mit den Erinnerungen.

„Willow?", krächze ich. Schmerz breitet sich in meiner Brust aus. Ein Schmerz, den ich seit Langem nicht mehr gespürt habe, blüht auf.

„Ich habe Harrison angerufen. Er wird in fünf Minuten hier sein, um dich abzuholen", sagt sie und hält sich mit den Händen so fest am Rand der Theke fest, dass ihre Knöchel weiß hervortreten. Ich sehe, wie sie hart schluckt und sich ihr Brustkorb unter heftigen Atemzügen hebt und senkt.

„Willow. Wir müssen reden." Als ich sie ansehe, sehe ich, wie sie ihre professionelle Maske aufsetzt, und der Schmerz in mir explodiert. Ich will nicht die professionelle Willow, ich will meine Willow. Meine freche, sexy Willow. Das kann doch nicht wahr sein. Ich brauche sie. Kann sie nicht sehen, dass ich sie brauche? Panik durchströmt mich, während ich mir die Schläfen massiere und versuche, die Situation in den Griff zu bekommen.

„Ich habe mein Team beauftragt, sich um die Papparazzi zu kümmern, da sie in deiner Wohnung sind. Es scheint, dass Katerina bereits zur Presse gegangen ist. Sie ist uns einen Schritt voraus. Zu meinem Glück wissen sie nicht, dass du hier bist. Harrison bringt dich zu Bens Anwesen. Du wirst dort für die nächsten zwei Wochen bleiben. Du wirst keine sozialen Medien nutzen und dich nirgendwo blicken lassen." Sie gibt die Anweisungen wie ein Boss, aber nicht wie mein Mädchen.

Ich verliere sie. Ich kann sie nicht verlieren. Nicht jetzt. Ich habe sie gerade erst gefunden.

„Willow, ich brauche dich", flehe ich und trete näher an sie heran. Meine Stimme bricht fast. Ich spüre, wie sie sich immer weiter von mir zurückzieht, und obwohl ich versuche, ihr näherzukommen, befindet sie sich bereits in unerreichbarer Ferne.

„Mein Team und ich werden uns um alles kümmern, was du benötigen könntest. Wir werden uns um die Presse kümmern und Ben bei den rechtlichen Konsequenzen helfen, sollte es welche geben." Die Knie drohen unter mir nachzugeben, und ich schlucke schwer, weil sie mich immer noch nicht ansieht.

„Willow! Verdammt noch mal, sieh mich an!" Ich bin kurz davor, auf die Knie zu gehen. Ich würde alles tun. *Wirklich alles.*

„Ich kann nicht!", schreit sie zurück, und ich bin einen Moment lang schockiert über ihren Ausbruch, aber auch wenn ich den Schmerz in ihrer Stimme nicht gerne höre, weiß ich wenigstens, dass sie noch auf mich reagiert. Ich habe sie verletzt, aber ich kann Verletzungen heilen. Aber ich kann nichts in Ordnung bringen, wenn sie mich nicht an sich heranlässt.

Es klingelt an der Tür. *Scheiße. Harrison ist hier.*

„Du musst gehen", sagt der Junge, stößt sich von der Wand ab und tritt an Willows Seite. Ich mag den Jungen hassen, aber dennoch gibt es mir ein etwas besseres Gefühl, dass er sie beschützt. Dafür respektiere ich ihn.

„Das war vorher, Willow. Das ist alles passiert, bevor du wieder in mein Leben getreten bist", sage ich verzweifelt und sehe sie an. Sie nickt daraufhin nur und presst ihre Lippen, wenn möglich, zu einer noch festeren Linie zusammen.

„Ich weiß. Ich muss jetzt einfach meinen Job machen, Tennyson. Und du musst mich lassen." Ich sehe, wie sie zittrig einatmet. Ich hasse mich selbst. Ich hasse es, dass ich ihr das angetan habe. Ich hasse es, dass ich uns das angetan habe.

Es klingelt erneut an der Tür. Ich schaue zur Seite und sehe meine Schuhe, mein Hemd und meine Jacke fein säuberlich neben der Tür. Perfekt gewaschen und gebügelt. Als ich wieder in die Küche schaue, wird mir klar, dass sie die ganze Nacht wach gewesen sein muss. So zu backen, meine Sachen zu waschen und auch noch ihr Team im Einsatz zu haben, zusammen mit meinen Brüdern. Und das alles, während ich sturzbetrunken auf ihrem Sofa lag. Langsam gehe ich zur Tür und greife nach meinen Sachen.

„Willow ...", sage ich ein letztes Mal, und ihre Augen flackern, als sie mich endlich ansieht. Ich atme scharf ein, als ich den Schmerz in ihnen sehe. Ich habe in meinem Leben schon viel Mist gebaut. Viele Menschen enttäuscht, aber Willow so zu verletzen, wird bei weitem das Schlimmste sein, wofür ich verantwortlich bin. Ich schweige, und sie tut es auch. Ich nicke ihr zu und gehe zur Tür.

Ich werde alles tun, was sie von mir verlangt. Denn ich will mich nie wieder so fühlen.

30

WILLOW

Ich sitze ruhig auf dem Sofa. Seit ich meinen Leibwächter zu seiner Mutter nach Hause geschickt und Betty draußen gelassen habe, ist das Haus ruhig. Ich seufze. Vor allem ich sollte wissen, dass sich die Dinge innerhalb eines Augenblicks von wunderbar in katastrophal verwandeln können. Das macht mich so gut in dem, was ich tue. Das macht mich mit meinen Fähigkeiten so begehrt. Aber ich habe die Anzeichen ignoriert. Wäre ich nicht so sehr in Tennyson und unser unverschämt tolles Sexleben vertieft gewesen, hätte ich es bemerkt und das Ganze abfedern können. Es ist meine Schuld, dass ich jetzt einen Klienten habe, der sich von der Öffentlichkeit fernhalten muss. Es ist meine Schuld, dass sein ganzer Ruf wieder den Bach runter ist. Die lokalen Medien haben einen großen Tag. Mein einziger Segen ist, dass es außerhalb von Baltimore niemanden sehr zu interessieren scheint, was bedeutet, dass der Name Rothschild nicht zu sehr angeschlagen ist und Tennysons Geschäftsinteressen nicht beeinträchtigt werden. Aber ich bin mir sicher, dass Katerinas Vater nicht glücklich darüber sein wird, und wenn ich etwas über das Geschäftsleben weiß, dann, dass es eine Welt ist, in der jeder jeden frisst, und er wird diese Krise zu seinem Vorteil nutzen. Darauf habe ich mich allerdings vorbereitet.

Jetzt, nachdem ich die letzte Stunde in der Stille meines Hauses darüber nachgedacht hatte, wird mir klar, dass es Anzeichen gab. Das erste Anzeichen hätte mir Katerina beim Geschäftsessen vor ein paar Wochen geben sollen, denn Harrison hat mir danach sogar gesagt, dass sie gar nicht eingeladen war. Etwas, dem ich wahrscheinlich in dem Moment hätte nachgehen sollen. Die ständige Belästigung in den sozialen Medien durch sie. Das hätte ich sofort bemerken müssen. Ein vertrauter Name, eine ständige, tägliche Flut von Nachrichten. Sicher, es hätte nichts bedeuten müssen, aber es wäre meine Aufgabe gewesen, dem nachzugehen. Aber ich habe es nicht getan.

Ich lasse mich auf das Sofa fallen und kuschle mich in das Kissen. Ich rieche ihn, seinen Duft, vermischt mit Whisky. Kein Wunder, dass er mit seinen Brüdern Komasaufen betrieben hat. Es ist eine große Sache, wenn man erfährt, dass man Vater wird. Harrison hat mir das alles am Telefon erklärt, während Tennyson auf meinem Sofa geschlafen hat. Ich saß im Sessel und sah ihn die halbe Nacht lang an, enttäuscht darüber, dass ich ihn im Stich gelassen hatte, enttäuscht darüber, dass er Vater eines Kindes sein könnte, das er gar nicht haben wollte. Ein tiefer Schmerz durchzieht mein Inneres beim letzten Gedanken.

„Ich bin sofort nach Hause gekommen, als ich es gehört habe!", sagt Saide, als sie durch die Haustür gestürmt kommt und das Chaos in der Küche in Augenschein nimmt. Sie war die ganze Nacht unterwegs und hatte zweifellos ein ähnliches Schicksal wie Tennyson und schlief wahrscheinlich auf dem Sofa ihrer Freundin. Aber sie sieht deutlich besser aus als er.

„Das war nicht nötig", sage ich und ziehe die Schultern zurück, entschlossen, die Sache in Ordnung zu bringen. Wenigstens beruflich. Persönlich habe ich keine Ahnung, wo ich mit Tennyson stehe oder was ich tun soll. Ich weiß nur, dass ich mich nicht darauf konzentrieren kann, bis dieses Chaos geklärt ist.

„Ich habe heute Morgen die Nachrichten in den sozialen Medien gesehen. Geht es dir gut?", fragt sie leise und setzt sich neben mich. Wir haben uns immer nahe gestanden, aber normalerweise bin ich es, die emotionalen Beistand leistet. Diese Seite von Saide ist mir völlig neu, aber mehr als willkommen.

„Ich werde das in Ordnung bringen. Ich bin mir sicher, dass ich das in ein paar Tagen, höchstens einer Woche, aus der Welt schaffen kann, und dann ist er im Handumdrehen wieder ein Vorzeigekind", sage ich, ohne sie anzusehen, sondern nicke, um meine Meinung zu unterstreichen. Ich werde es schaffen, ich weiß es.

„Willow ...", sagt Saide, aber ich kann nicht, also bleibe ich still und starre geradeaus.

„Willow, sieh mich an." Bei dem sanften Ton ihrer Stimme richtet sich mein Blick sofort auf sie.

„Es ist in Ordnung, wütend zu sein."

„Mir geht es gut. Ich fühle mich zwar dumm, aber es geht mir gut", murmle ich.

„Du bist nicht dumm", sagt Saide verblüfft.

„Ich habe zugelassen, dass meine Wachsamkeit nachlässt. Ich hätte das verhindern können. Es gab Anzeichen dafür, dass diese Frau etwas vorhatte, und ich habe sie alle übersehen!", sage ich und bin über mich selbst verärgert.

„Willow, hörst du dir eigentlich selbst zu? Vielleicht hättest du es schaffen können, vielleicht auch nicht. Aber ich rede jetzt nicht von der Arbeit, Willow. Wie steht es zwischen dir und Tennyson?"

„Er bekommt ein Kind von einer anderen Frau. Was glaubst du, wie es zwischen uns steht?", sage ich bissiger als beabsichtigt. Ihre Lippen verengen sich ein wenig, und ich fühle mich einen Moment lang schlecht.

„Ich verstehe deinen Schmerz, aber das war, bevor ihr beide zusammenkamt, nicht wahr?" Sie hat ein gutes Argument, und das ist es, was ich nicht mit meinen Gefühlen vereinen kann. Mir ist zwar klar, dass das alles passiert ist, bevor ich mit Tennyson zusammenkam, aber das lindert den Schmerz in meiner Brust in keiner Weise. Der vernünftige Teil in mir weiß, dass solche Dinge passieren, und er braucht mich jetzt wahrscheinlich mehr als je zuvor. Aber der hormonelle Teil von mir möchte ihn ohrfeigen, einen Becher Eiscreme essen und in Tränen ertrinken.

„Du weißt, dass es nicht so einfach ist", murmle ich zu Saide und sehe Mitleid in ihren Augen.

„Vielleicht will er gar keine Kinder. Vielleicht hatte er nie vor, Vater zu werden?", meint Saide.

„Aber wenn er es will, bin ich nicht die Richtige für ihn. Ich werde ihm das nie geben können." Der Schmerz in meiner Brust verstärkt sich, als mich erneut die Realität mit aller Macht trifft.

„Das kannst du nicht mit Sicherheit sagen", entgegnet Saide.

„Ich weiß, aber nach allem glaube ich nicht, dass es jemals möglich sein wird. Der Arzt sagte, die Chancen stehen eins zu einer Million", wiederhole ich, was sie und ich bereits wissen. Ich werde niemals ein Baby bekommen, und selbst wenn ich das Glück habe, schwanger zu werden, kann ich es wahrscheinlich nicht austragen. PCOS ist lähmend, zumindest war es das für mich, und obwohl ich mich jetzt ausgeglichener fühle, gute Medikamente nehme und einen gesunden Lebensstil führe, hängt die dunkle Wolke immer über meinem Kopf.

„Aber es gibt immer eine Chance", sagt Saide. Wir haben schon so oft darüber gesprochen. Sie weiß, wie sehr ich mir Kinder wünsche. Noch als wir Kinder waren, haben wir zu Hause immer Mutter und Vater gespielt. Ich habe mich immer um alle gekümmert. Ich hatte schon immer stark ausgeprägte mütterliche Tendenzen.

„Das ist nichts weiter als Wunschdenken, Saide. Niemand hat so viel Glück. Jetzt hat Tennyson wenigstens die Chance, mit jemandem eine Familie zu gründen. Ich meine, dieser Schmerz hätte mich ohnehin früher oder später ereilt."

„Das ist der Grund, warum du dich nicht verabreden wolltest, habe ich recht?", fragt Saide.

„Sei nicht albern. Ich habe mich verabredet", weise ich ihren Vorwurf zurück.

„Oh mein Gott, ich kann nicht glauben, dass ich nicht schon vorher darauf gekommen bin. Du gehst nie aus. Du bist ein Workaholic. Du vergräbst dich darin, andere Menschen glücklich und erfolgreich zu machen, weil du nicht den Mann deiner Träume treffen und ...“

„Ihn enttäuschen will? Ihm sagen will, dass ich unfruchtbar bin und ihm nicht das geben kann, wozu wir Menschen im Grunde genommen auf diese Erde gekommen sind?“, unterbreche ich sie und ihre Lippen verziehen sich zu einer schmalen Linie.

„Ein Mann, der dir neun Orgasmen in ebenso vielen Stunden verschafft, kann dir doch sicher auch ein Baby machen“, scherzt sie, und ich muss lachen.

„Irgendwie glaube ich nicht, dass das eine Rolle dabei spielt, Saide. Wenn dieses Baby von Tennyson ist, dann ist das seine Chance, eine Familie zu gründen. Ich will ihn nicht daran hindern, das zu bekommen. Diese Frau war ein One-Night-Stand, aber das waren wir auch, und wir haben fast geschafft, dass es funktioniert. Vielleicht kann er es auch mit ihr schaffen“, meine ich.

„Das glaube ich nicht. Es ist sonnenklar, dass du starke Gefühle für ihn empfindest. Ich bin mir ziemlich sicher, dass er sie auch hat. Was, wenn er gar keine Kinder will? Ist dir das schon mal in den Sinn gekommen? Denn er ist ein genauso großer Workaholic wie du, wie es scheint, und wenn man bedenkt, wie viel Sex ihr beide hattet, glaube ich nicht, dass einer von euch beiden Zeit für Kinder hätte!“, protestiert Saide, und ich verdrehe die Augen.

„Willst du ein Eis?“ Dieses Gespräch führt zu nichts, und wir sind beide erschöpft. Ich weiß, dass sie immer noch unter dem Schmerz über das Ende ihrer eigenen Beziehung leidet, auch wenn er verheiratet war und sie es hätte besser wissen müssen.

„Ich kann nicht glauben, dass wir beide mit Männern zusammen waren, die jetzt Kinder mit anderen Frauen haben ...", bemerkt Saide, und ich seufze.

„Ich werde zwei Becher holen." Ich gehe in die Küche und hole zwei Becher Eiscreme, Löffel und eine Decke aus dem Schrank.

„*Titanic*? Leo lässt uns nie im Stich", fragt Saide und scrollt durch das Filmangebot.

„Klingt perfekt", sage ich, lasse mich neben sie sinken, und wir machen es uns beide bequem. Unter der Decke, mit unserem Eis, verlieren wir uns in der Geschichte von Rose und Jack und ihrer Liebe, die nie hätte sein sollen.

31

TENNYSON

Ich habe zwölf Stunden am Stück gearbeitet. Meine Augen brennen und tränen. Ich habe seit Tagen nicht mehr geschlafen, ich habe keinen Appetit, und mein Körper sehnt sich ununterbrochen nach Willow. Es ist jetzt eine Woche her, dass die Bombe in meinem Leben geplatzt ist. Ben und sein Anwaltsteam kümmern sich um Katerina, sodass ich nicht noch einmal mit ihr reden musste. Alles läuft über Ben und die Kanzlei. Wir haben unabhängige Ärzte beauftragt, weil ich die Vaterschaftsfrage so schnell wie möglich klären will, aber Katerina zögert, Tests durchführen zu lassen. Sie sagt, es sei zu früh und könnte dem Baby schaden. Das halte ich für Quatsch.

Während ich eine weitere E-Mail nach Singapur schicke, um unsere Expansionspläne zu konkretisieren, schaue ich mich in Bens Bibliothek um, die ich jetzt als mein Büro übernommen habe. In der Ecke sehe ich eine rosafarbene Kiste voller Bücher und Spielzeug, es sind alles Rosies Sachen, mit denen sie so gerne spielt. Alles

Sensorik-Spielzeug, Geräuschmacher und taktile Spielzeuge, die sie fühlen und anfassen und in die sie sich vertiefen kann. Ich seufze, lehne mich zurück und starre die Kiste an. Ich kann immer noch nicht glauben, dass ich ein Kind bekommen *könnte*. Ein eigenes Kind. Ich verziehe das Gesicht und reibe mir die Augen. Das ist das Letzte, was ich will. Ich will nur Willow.

Ich höre Schritte, schaue auf und sehe Harrison, als dieser den Raum betritt. Ich habe ihn seit ein paar Tagen nicht mehr gesehen, da er mit jedem Tag, der vergeht, mehr Arbeit zu haben scheint. Ben hat sich um mich gekümmert und Eddie hat dafür gesorgt, dass ich nicht den Verstand verliere. Aber Harrison ruft mich jeden Tag an.

„Ich bin überrascht, dich zu sehen", sage ich und ziehe die Augenbrauen hoch, während ich mich zurücklehne und ihn mustere. Draußen dämmert es gerade, und wir beide sollten irgendwo sein, entweder beim Abendessen oder bei unseren Frauen, aber hier sind wir. Eingesperrt, weil es das ist, was meine sexy Reputationsmanagerin von mir verlangt.

„Willow hat mir gesagt, dass mindestens einer von uns immer in deiner Nähe sein sollte, damit du nicht wahnsinnig wirst, während du hier eingesperrt bist", sagt er, setzt sich und sieht mich an. „Sie ist ein Drill-Sergeant. Sie ist gut in ihrem Job. Ich wusste natürlich, dass sie es ist, aber sie in Aktion zu sehen, hat mich verblüfft. Sie hat nicht nur alles im Griff, macht jeden Punkt und jeden Strich, sondern macht es dreimal, nur um sicherzugehen, dass es richtig ist."

Ich knirsche mit den Zähnen, als ich höre, wie

Harrison mir erzählt, wie wunderbar meine Frau ist. Ich habe sie angerufen. Mehrmals am Tag, nur um ihre Stimme zu hören. Sie geht immer ran, erzählt mir Neues, gibt mir Anweisungen, aber alles ganz professionell. Die wenigen Male, wenn ich versuche, das Thema auf uns zu lenken, unterbricht sie mich. Sie muss sich auf ihre Arbeit konzentrieren. Das ist mir klar. Aber ich brauche sie.

„Wenn ich für das Amt des Präsidenten kandidiere, brauche ich sie für meinen Wahlkampf", fügt Harrison hinzu, und eine Welle des Stolzes durchflutet mich. Willow wäre eine hervorragende Ergänzung für sein Team. Mit ihr würde er ganz sicher gewinnen.

„Ich habe also nicht ungewollt dafür gesorgt, dass dieser Traum niemals realisiert werden kann?", frage ich, denn das war eine meiner Hauptsorgen. Ich wollte nicht, dass meine Fehler seine Chancen beeinträchtigen.

„Nein. Willow sagt, diese Nachricht beschränkt sich im Moment auf Baltimore. Es hängt von dem Vaterschaftstest ab, ob sich die Nachricht weiter verbreiten wird. Meine Kandidatur für das Amt des Präsidenten ist noch ein paar Jahre entfernt, also sollte alles in Ordnung sein. Bist du sicher, dass du ein Kondom benutzt hast?", fragt er. Er hat mich das fast jeden Tag gefragt, und meine Antwort ist immer die gleiche.

„Hundertprozentig sicher. Die einzige Möglichkeit, dass es von mir ist, besteht darin, dass es gerissen ist und ich es nicht bemerkt habe." Ich habe darüber nachgedacht. Ich habe immer und immer wieder über diese Nacht nachgedacht und versucht, mich an jedes Detail zu erinnern. Aber ich kann es nicht. Alles, woran ich denken kann, ist Willow.

„Gut. Willow hat alles im Griff. Beth sagte, sie sei gut, aber ich wusste nicht, wie gut, bis ich diese Woche mit ihr gearbeitet habe", sagt er voller Bewunderung für meine Frau.

„Du hast sie gesehen?" Ich beuge mich vor, begierig auf jede Information, die er mir geben kann.

Er sieht mich an und nickt. „Jeden Tag." Jetzt bin ich an der Reihe, überrascht zu sein.

„Jeden Tag? Was meinst du mit jeden Tag?", frage ich. *Warum kann mein Bruder sie sehen und ich nicht?*

„Wir treffen uns jeden Tag und versuchen nicht nur, die Situation in den Griff zu bekommen, sondern auch, sie zu bewältigen. Es ist nicht einfach da draußen. Willow erhält Anrufe und Nachrichten, die sozialen Medien laufen heiß. Es fühlt sich an wie damals mit Dad." Bei seinen Worten scheint jegliche Luft aus meinen Lungen gepresst zu werden. Als Dad starb, mussten wir Jungs uns ganz schön ins Zeug legen, um die Medien, ihre Geschichten und ihre Lügen zu stoppen. Es war eine harte Zeit.

„Scheiße. Das wusste ich nicht ...", murmle ich, als sich das vertraute Gefühl des Versagens wieder in mir breitmacht.

„Es ist alles in Ordnung. Willow hat es im Griff. Ich wünschte, sie hätte sich schon damals um die Dinge kümmern können. Es wäre viel einfacher gewesen." Harrison lehnt sich zurück und sieht mich an.

„Wie geht es ihr?" Ich habe fast Angst, es zu erfahren. Ich hoffe, sie backt nicht jeden Tag und passt auf sich auf.

„Sie sieht genauso beschissen aus wie du, falls das deine Frage ist. Die Tatsache, dass die Öffentlichkeit nichts von eurer Beziehung weiß, ist eigentlich ein Segen, sonst hätte sie es schwer, denke ich. Aber sie bleibt zielstrebig. Sie sagte, sie habe in der Vergangenheit nur bei einem Kunden versagt und wolle nicht, dass diese Zahl steigt. Ihr Engagement für dich ist unerschütterlich." Harrisons Stimme ist voller Zuversicht, und jedes Zögern, das er zuvor gegenüber Willow hatte, ist verschwunden. Sie hat noch einen anderen Rothschild, der sie in seinem Leben haben will, wenn auch beruflich. Gott sei Dank ist Harrison bereits verheiratet.

„Sie hat nicht versagt", murmle ich und ziehe die Stirn in Falten, weil es mir nicht gefällt, dass sie so denkt.

„Sie denkt, sie hat."

„Blödsinn. Sie ist unglaublich. Ich bin derjenige, der es versaut hat, nicht sie." Ich habe vielleicht einen großen Fehler gemacht, aber ich gebe ihn zu. Ich bin weder perfekt, noch habe ich das jemals behauptet.

„Sie nimmt es persönlich", meint Harrison und mustert mich aufmerksam.

„Ich wusste, dass sie das tun würde. Schließlich ist sie mit ihrem Job verheiratet, wie sie immer wieder betont."

„Was ist, wenn es von dir ist?", stellt Harrison schließlich die Frage, der jeder auszuweichen scheint.

„Was meinst du?"

„Was ist, wenn du der Vater dieses Kindes bist, Tennyson?", fragt er mit Nachdruck.

„Ich will nicht darüber nachdenken", weiche ich aus, in der Hoffnung, dass es von jemand anderem ist.

„Aber du musst es tun."

„Ich will keine Kinder. Versteh mich nicht falsch, ich versuche für Rosie der beste Onkel der Welt zu sein, und ich habe vor, das auch für deine Kinder zu sein, sollten du und Beth welche bekommen. Aber ich sehe mich nicht als Vater. Ich bin nicht dafür gemacht. Ich bin glücklich, mich um sie zu kümmern, sie zu verwöhnen, aber sie dann wieder an ihre Eltern weiterzureichen. Das ist alles, was ich will", sage ich ganz ehrlich. Kinder zu haben, war nie mein Ziel. Wenn es dazu käme, würde ich damit zurechtkommen, aber das war nie etwas, was ich wollte. Ich bin auch ohne diese Verantwortung glücklich. Das habe ich zumindest in den letzten Wochen gelernt, als ich mich um Bob kümmern musste. Ich schaue kurz aus dem Fenster und sehe, wie er im Garten die neuen Sträucher ausgräbt. Emily wird nicht begeistert sein, aber Rosie wird wenigstens etwas zu lachen haben. Sie ist vollkommen in diesen Hund vernarrt.

„Vielleicht denkst du anders darüber, wenn du ein Baby siehst und es dein eigenes ist", meint er achselzuckend.

„Wenn das mein Baby ist, werde ich das Richtige tun. Ich werde mich um sein Wohlergehen kümmern. Ich werde Zeit mit ihm verbringen. Ich werde alles tun, was ich kann, und der bestmögliche Vater sein. Aber ich werde Katerina nicht heiraten. Wir werden niemals die Rolle der perfekten Familie ausfüllen. Ich werde niemals gegen ihre Erziehungswünsche verstoßen. Sie kann dieses Baby aufziehen, wie sie es für richtig hält. Ich werde es lieben, natürlich werde ich das, aber es gibt hier keine glückliche Familie."

„Warum bist du so dagegen, Kinder zu haben?", fragt er und zieht die Stirn in Falten.

„Mom und Dad haben nicht unbedingt ein gutes Beispiel abgeliefert", murmle ich, wobei ich eigentlich das Gefühl habe, dass ich das nicht erklären muss.

„Aber du siehst doch Ben und wie glücklich er jetzt ist?"

„Ja, aber man spürt auch Schmerz, wenn ein Elternteil stirbt", gebe ich zurück, woraufhin Harrison die Augenbrauen hochzieht.

„Ich denke auch oft an Dad." Er nickt und beobachtet mich aufmerksam.

„Nicht nur Dad, sondern auch Nanny Helen", gebe ich zu.

„Helen?" Er sieht mich verblüfft an.

„Ja, ich habe in letzter Zeit oft an sie gedacht."

„Ich bin überrascht, dass du dich überhaupt an sie erinnern kannst."

„Sie war mehr eine Mutter für mich als Mom." Unsere Mutter hat diese Rolle nie wirklich ausgefüllt. Sie war nur eine Frau, die im Haus war, als wir aufwuchsen.

„Ja, aber sie ist schon vor so langer Zeit gestorben." Wir Jungs hatten alle Kindermädchen, und ich bin sicher, dass sowohl Harrison als auch Ben ihre Kindermädchen immer noch besuchen und ihren Ruhestand vollständig finanzieren. Etwas, wozu ich nicht die Gelegenheit hatte.

„Weißt du, ich habe das Gefühl, dass irgendetwas an der ganzen Sache seltsam ist", sage ich und spreche endlich aus, worüber ich schon die ganze Zeit nachgedacht habe.

„Was meinst du?"

„Die Nacht, in der sie starb."

„Du hast immer gesagt, dass du dich nicht erinnern kannst", sagt er und beugt sich neugierig vor.

„Ich konnte das nie, bis Willow mein Herz wieder zum Schlagen brachte, nachdem ich jahrelang die Welt und meine Gefühle ignoriert habe. Von dem Tag an, als wir uns in New York trafen, brachte sie mich dazu, mein Leben neu zu bewerten, und seitdem habe ich nicht mehr damit aufgehört. Da sind diese verschwommenen Erinnerungen an Helen, aber ich glaube ...", erzähle ich ihm, während ich in Gedanken versuche, alle Teile zusammenzusetzen.

„Was?"

„Ich denke nur, dass sie nicht an Herzversagen gestorben ist." Ich seufze. „Das ist alles, was ich habe. Ein Gefühl. Ich wünschte, es wäre etwas Greifbareres."

„Vielleicht solltest du mit ihrer Familie sprechen. Vielleicht hilft dir das, die mentale Blockade zu überwinden. Es scheint dich zu belasten und du hast im Moment genug um die Ohren. Es könnte dir guttun, diese Last endlich abstreifen zu können", schlägt Harrison vor, und er hat recht.

„Ich glaube, ich muss für den Deal nach Singapur", sage ich und blicke ihn an.

„Vielleicht solltest du das tun. Willst du Eddie mitnehmen und auf dem Weg nach Indonesien einen Zwischenstopp einlegen? Es könnte dir helfen, ihre Familie persönlich zu sehen." Ich nicke. Meine geschäftlichen Angelegenheiten in Singapur werde ich schnell geklärt haben. Die Dinge haben sich schnell entwickelt, da ich eine klare Vision, die richtigen Kontakte und keinen Konkurrenten hatte, der mir im Weg stand. Auch wenn die Medien vor Ort über nichts anderes berichten können, als über mein vermeintliches Kind, ist es in Asien für niemanden von Bedeutung. Das Projekt ist also in vollem Gange.

„Willow sagte, dass das Interview mit *Business News* in circa einer Woche veröffentlicht wird, sobald sich der Mediensturm ein wenig gelegt hat. Das Geschäft in Singapur kommt unabhängig von dieser Sache zustande, also solltest du vielleicht morgen hinfliegen", sagt Harrison, und ich atme tief durch.

„Vielleicht sollte ich mich schon heute Abend auf den Weg machen." Ich schaue ihn an, damit er mir sagt, dass es die richtige Entscheidung ist, und er nickt. Kurz darauf rufe ich Eddie und Melody an und packe eine Tasche.

Es ist an der Zeit, das Richtige zu tun.

32

WILLOW

Ich setze mich auf das Sofa und atme tief ein. Es ist schnell zu meinem neuen Ruheplatz geworden. Ich habe in der letzten Woche lächerlich viele Überstunden gemacht, und die einzige Chance, mal abzuschalten, waren die fünf Minuten, die ich mir genommen habe, um hier auf diesem Sofa zu sitzen.

Die Lage hat sich beruhigt. Aber ich bin immer noch nervös. Das ist nicht völlig untypisch für mich. Wenn einer meiner Kunden ein Problem wie dieses hat, arbeite ich den ganzen Tag und die ganze Nacht daran, es zu entschärfen. Und jetzt sehe ich, wie sich der Wirbel langsam legt. Auch wenn noch Interesse und ein Hauch von Intrige vorhanden sind, haben die lokalen Medien bereits von der Sache abgelassen, und da es keine Aktualisierungen oder zusätzlichen Informationen gibt, haben sie begonnen, sich anderen Themen zuzuwenden.

Natürlich ist es hilfreich, dass es genug andere Leute gibt, die in irgendeine Art von Skandal verwickelt sind, auf die sich die Medien stürzen können. Gegen den in

Ungnade gefallenen Baseballspieler und ehemaligen Sympathieträger von Maryland, David Taylor Smith, liegen offenbar neue Anschuldigungen vor, irgendetwas mit Steuerhinterziehung und Missmanagement von Geschäftsgeldern. In meinem Geschäft geht es zwar darum, die Probleme meiner Kunden zu lösen, aber ich habe ein gesundes Verhältnis zu guten Journalisten, und das habe ich diese Woche zu meinem Vorteil genutzt.

Auch wenn wir das große Thema jetzt hinter uns gelassen haben und es nicht mehr aktuell ist, besteht immer noch Unsicherheit über die Vaterschaft des Kindes. Ich spreche fast jeden Tag mit Tennyson, und seine Haltung hat sich nicht geändert. Er schwört, dass er ein Kondom benutzt hat und behauptet, dass das Kind nicht von ihm sein kann. Katerina hingegen ist unnachgiebig und schiebt die Durchführung des Vaterschaftstests immer weiter auf. Die Situation ist ein heilloses Durcheinander. Wir können sie nicht zwingen, und wir wollen auf keinen Fall, dass dem Baby etwas zustößt. Dass sie wegen dieser Situation unter enormem Stress steht, wie uns ihr Arzt sagt, hilft auch nicht weiter. Da sie sich noch in einem frühen Stadium ihrer Schwangerschaft befindet, sollte sie sich keinen unnötigen Stresssituationen aussetzen. Aber egal, ob wir es jetzt oder in acht Monaten herausfinden, irgendwann werden wir eine Antwort haben.

Jetzt muss ich nur noch entscheiden, was aus Tennyson und mir wird. Während der vergangenen Woche habe ich viel darüber nachgedacht. Saide und Josh waren in der Nähe, haben aber einen großen Bogen um mich gemacht, weil sie wussten, dass ich mich konzentrieren und einen klaren Kopf haben muss. Aber in den dunklen, ruhigen Momenten, wenn ich im Bett liege und nicht schlafen kann, denke ich an ihn. Mir wird klar, dass ich mich in ihn verliebt habe, auch wenn ich nicht sagen kann, wann es passiert ist.

Kann ich mit dieser Situation fertig werden? Kann ich trotz dieser Wolke über uns mit ihm weiterleben? In der Nacht, in der er betrunken auf meinem Sofa eingeschlafen ist, sagte er mir, dass er mich liebt, aber ich bezweifle, dass er sich daran erinnert. Und Menschen sagen eine Menge Dinge, wenn sie betrunken sind. Aber ich kann es fühlen. Wenn wir zusammen sind, ist da ein Glücksgefühl, wie ich es noch nie erlebt habe. Und ich weiß, dass er es auch spürt.

Aber was wird aus uns, wenn er ein Baby mit einer anderen Frau hat? Es war ein One-Night-Stand, bevor wir überhaupt zusammen waren. Da gibt es keine Liebe. Sie ist nicht diejenige, die er in seinem Bett haben will oder die, die er anruft. Ich bin erwachsen genug, um zu verstehen, dass solche Dinge passieren, und um mit den Folgen umzugehen, die sich daraus ergeben. Aber ich kann die Angst nicht leugnen, die in mir aufsteigt, wenn ich mir vorstelle, dass ich ihm irgendwann sagen muss, dass ich niemals seine Kinder haben werde. Dass, wenn er mich will, es niemals ein Baby in unsere Zukunft geben wird. Ich muss stark sein, um ihm zu sagen, dass ich ihm das nicht geben kann, und um ihn gehen zu lassen, wenn er darauf nicht verzichten will.

Das Klingeln meines Handys reißt mich aus meinen Gedanken, und ich greife schnell danach, wobei mein Adrenalinspiegel augenblicklich in die Höhe schießt. Ich betrachte kurz die unbekannte Nummer auf dem Display, bevor ich den Anruf entgegennehme.

„Willow Valentine", sage ich professionell.

„Willow, ich bin's, Beth", erklingt ihre Stimme.

„Hey, tut mir leid, ich habe deine Nummer nicht eingespeichert."

„Ich bin im Büro, auf dem Festnetz. Wie geht es dir?", fragt sie, und ich erzähle ihr von meiner Arbeit.

„Die Medien haben sich beruhigt, die Geschichte ist aus dem Rampenlicht. Ich bin sicher, du verstehst welch rechtlichen und elterliche Probleme das alles mit sich bringen kann", sage ich.

„Ja, das ist mir alles bekannt, aber wie geht es dir? Harrison hat erwähnt, dass Tennyson dich schrecklich vermisst." Ich halte für einen Moment den Atem an. Beth und ich haben uns zwar unterhalten, aber ich bin nicht auf die persönliche Art meiner Beziehung zu Tennyson eingegangen.

„Mir geht es gut. Es war natürlich ein Schock. Ich habe viel zu tun, um eine Strategie zu entwickeln, und ich fühle mich miserabel, weil das passiert ist, obwohl es meine Aufgabe war, es zu verhindern. Aber ich persönlich ..." Ich verstumme, als ich nachdenke, und Beth bleibt still und wartet, bis ich weiterspreche. „Ich persönlich denke, dass es mir jetzt gut geht", sage ich mit Entschlossenheit in meinem Tonfall, und ich bin fast erleichtert, dass ich es laut zugeben kann.

„Du bist eine starke Frau, Willow. Aber ich weiß, dass auch Tennyson leidet. Ich hoffe, ihr könnt irgendwann darüber reden?", fragt sie. Ich lächle, auch wenn sie mich nicht sehen kann.

„Das werden wir. Ich werde ihn heute Abend anrufen", sage ich und meine es auch so. Ich bin fest entschlossen, das mit ihm zu klären.

„Okay, ich muss jetzt auflegen. Ich wollte nur sichergehen, dass es dir gut geht. Lass uns in den nächsten Tagen etwas ausführlicher reden, ja?", fragt Beth, aber ich weiß, dass ihr Terminkalender voller ist als meiner, also verkneife ich mir ein Lachen.

„Das würde ich gerne", sage ich, bevor wir uns verabschieden und ich zurück ins Sofa sinke. Noch bevor ich das Handy beiseitelegen kann, klingelt es erneut. Erneut blinkt mir eine unbekannte Nummer entgegen, als ich aufs Display schaue und lache.

„Hast du etwas vergessen?", frage ich. Aber diesmal ist es nicht Beth, die mich anruft.

„Spreche ich mit Miss Valentine?", höre ich stattdessen eine strenge Frauenstimme.

„Ja, hier ist Willow Valentine", antworte ich und richte mich auf, jetzt in höchster Alarmbereitschaft.

„Hier ist Diane Rothschild. Ich nahm an, Sie würden sich um die Angelegenheiten meines Sohnes kümmern?" Meine Augenbrauen heben sich. Mit diesem Anruf hatte ich nicht gerechnet.

„Ich arbeite mit all Ihren Söhnen, Mrs. Rothschild." Harrison hat mich bereits gefragt, ob ich bereit wäre, mich seinem Team anzuschließen. Ben und ich sprechen etwa fünfmal am Tag miteinander, und Eddie ruft mich jeden Morgen und jeden Abend an, nur um zu fragen, wie es mir geht.

„Ja. Ich will, dass Sie es ab sofort unterlassen", sagt sie.

„Wie bitte?" Ich muss mich verhört haben.

„Sie müssen aufhören. Tennyson ist im Moment sehr verletzlich. Er wird Vater, und er muss mit der Mutter zusammen sein, damit sie das Baby gemeinsam großziehen können. Sie müssen dem Kind eine richtige Familie schenken." Mit jedem Wort fühlt sich mein Herz schwerer an.

„Es besteht die Möglichkeit, dass er nicht der Vater dieses Kindes ist, Mrs. Rothschild."

„Und?", schnauzt sie, und mein Magen zieht sich unangenehm zusammen.

„Wir müssen auch auf die Ergebnisse des Vaterschaftstests warten, bevor wir ...", setze ich an, aber sie unterbricht mich.

„Tsk. Es wird keinen Vaterschaftstest geben. Tennyson wird der Vater dieses Babys sein. Bitte lassen Sie die Dinge einfach geschehen." Diese Frau ist unglaublich.

„Mrs. Rothschild ..."

„Hören Sie mir einfach zu", unterbricht sie mich erneut. „Katerina Newcomb ist die Erbin einer der reichsten Geschäftsmänner des Landes. Tennyson *wird* der Vater dieses Babys *sein*. Ein Vaterschaftstest ist nicht nötig." Übelkeit steigt in mir auf. Ich habe schon von Mrs. Rothschild gehört, aber das hätte ich nicht erwartet. Wie kann eine Mutter ihrem Sohn so etwas antun? Ihren Sohn nutzen, um selbst mehr Macht und Ansehen zu erhalten. Warum zum Teufel will sie, dass er ein Leben führt, das nicht seinen Vorstellungen entspricht? Kein Wunder, dass er mich braucht. Er hat nicht einmal eine Mutter, die sich um ihn kümmert. In diesem Moment schwöre ich mir, dass ich mit ihm reden und die Dinge in Ordnung bringen werde. Das hat er nicht verdient. Nichts davon. Ich atme tief durch, als die Wut in mir aufsteigt. Diese Woche war das reinste Chaos, und jetzt habe ich genug.

„Nein, Sie hören mir zu", sage ich. Ich werde vor dieser Frau bestimmt nicht klein beigeben. „Es gibt eine feste Strategie für Tennyson und alle Rothschild-Brüder. Mir ist nicht gestattet, Sie in diese Strategie einzuweihen, da ich für Ihre Söhne arbeite. Ich würde vorschlagen, dass Sie, wenn Sie versuchen, diese Situation zu manipulieren, so wie Sie es bei Ihren beiden anderen Söhnen versucht haben, sich jetzt zurückziehen, denn bei mir werden Sie gegen eine Wand laufen." Mein Herzschlag beschleunigt sich. Ich kann nicht glauben, dass das Tennysons Mutter ist.

„Wie *können* Sie *es wagen* ..." Ich lasse nicht zu, dass sie ausredet.

„Nein, wie *können* Sie *es wagen*, Mrs. Rothschild!" Meine Stimme wird lauter, mein Körper vibriert regelrecht vor Wut.

„Also wirklich, für wen halten Sie sich, dass Sie so mit mir reden! Haben Sie eine Ahnung, *wer ich bin*?", kreischt sie.

„Oh, ich weiß genau, wer Sie sind. Aber die Frage, die Sie sich vielleicht stellen sollten, ist: *Wissen Sie es*?" Ich lasse mir ihren Schwachsinn nicht bieten. Jemand muss diese Frau in die Schranken weisen, und dieser Jemand scheine ich zu sein. Ich werde Tennyson vor ihr beschützen, und wenn es mein letzter Atemzug ist.

„Warum ..." Ich lege auf, bevor sie auch nur ein

weiteres Wort sagen kann. Ich habe genug, und es gibt nichts mehr, worüber ich mit ihr hätte sprechen können. Ich werfe mein Telefon auf das Sofa und springe auf. Viel zu viel nervöse Energie durchströmt mich, und ich muss mich unbedingt bewegen. Was für eine miese, hinterhältiger Frau sie doch ist. Offensichtlich weiß sie nicht, dass wir eine Liebesbeziehung haben, denn wenn sie es wüsste, dann wäre das Telefongespräch wohl anders verlaufen. Zumindest hoffe ich das.

Wie schon die ganze Woche klingelt auch jetzt wieder mein Telefon, und ich marschiere hin und greife danach. Wenn das wieder eine unbekannte Nummer ist, werde ich es an die Wand werfen. Aber als ich Tennysons Namen lese, atme ich erleichtert auf.

„Hey …“, sage ich ins Telefon, während ich mich wieder aufs Sofa sinken lasse. *Gott, ich vermisse ihn.*

„Hey … alles in Ordnung?“, fragt er besorgt. Ich schätze, ich verberge meinen Stress nicht besonders gut.

„Ja, natürlich“, sage ich, zwinge ein Lächeln auf mein Gesicht und versuche, fröhlicher zu klingen. Auf keinen Fall werde ich ihm von dem Anruf seiner Mutter erzählen. Er hat schon genug um die Ohren.

„Ich weiß, dass du nicht über uns reden willst. Ich weiß, du musst dich konzentrieren, aber …“

„Ich bin bereit. Ich bin bereit zu reden“, unterbreche ich ihn eilig. Ich bin so bereit, einfach zu versuchen, weiterzukommen, jetzt, wo ich die Dinge halbwegs im Griff habe.

„Wirklich?“, fragt er erstaunt.

„Ja, das bin ich. Es tut mir leid, Tennyson. Es tut mir leid, dass ich nicht früher mit dir gesprochen habe und ich dich letzte Woche regelrecht rausgeworfen habe. Es tut mir leid, dass ich dich mit dieser ganzen Sache im Stich gelassen habe." Mir steigen die Tränen in die Augen, als ich versuche, mich so gut wie möglich zu entschuldigen.

„Willow, hör auf. Du musst dich für gar nichts entschuldigen. *Gar nichts.* Es waren alles meine Fehler, und es geschieht alles meinetwegen."

„Willst du vorbeikommen, damit wir uns persönlich unterhalten können?", frage ich schnell, denn ich möchte ihn am liebsten sofort sehen, ihn umarmen.

Er stößt ein frustriertes Stöhnen aus. „Ich würde wirklich gerne, aber ich habe einen späten Flug heute Abend nach Singapur mit Eddie. Ich rufe nur an, um es dir zu sagen. Ich dachte, du würdest mich noch nicht sehen wollen, aber ich kann es absagen", sagt er, und ich weiß, dass es ihm das Liebste wäre, wenn ich genau das von ihm verlangen würde, wie die Hoffnung in seiner Stimme zeigt. Aber wir müssen uns an unsere Pläne halten, besonders wenn es um die Arbeit geht.

„Nein! Nein. Kümmere dich um diesen Auftrag. Singapur ist wichtig, und es ist ein guter Schritt in die richtige Richtung, von den lokalen Medien wegzukommen und diesen großen Geschäftsabschluss zu machen. Dein Interview mit den *Business News* wird in den nächsten Tagen ausgestrahlt, sodass sich das alles sehr gut ergänzen wird. Wir können reden, sobald du zurück bist." Sosehr ich ihn auch sehen und mit ihm reden möchte, Singapur ist eine Gelegenheit, die er vielleicht verliert, wenn er zu lange wartet.

„Willow ...", sagt er fast flehend und ich lache. Ich

habe die ganze Woche nicht gelacht, und es fühlt sich so gut an. „Gott, ich vermisse dich“, murmelt er, und schon fühle ich mich besser. Das ist mein Tennyson.

„Ich vermisse dich auch …“, antworte ich leise. „Wann kommst du zurück?“

„Ich wollte für eine Woche bleiben, aber jetzt werde ich schon in ein paar Tagen zurückkommen.“ Ich lache wieder, Tränen brennen in meinen Augen.

„Sag Ben, er soll Bob hier absetzen. Ich werde auf ihn aufpassen, während du weg bist“, biete ich an, denn ich weiß, dass Bob Bens schönes Anwesen und die Gärten verwüstet.

„Okay, höchstens drei Tage, und dann komme ich direkt zu dir.“ Ich nicke, auch wenn er mich nicht sehen kann.

„Drei Tage“, sage ich und höre hinter ihm einen Tumult.

„Ich muss los. Ich habe gerade den Jet erreicht.“ Ich stelle mir vor, wie er in seiner protzigen Limousine vor seinem Privatjet vorfährt, bereit für die Reise ans andere Ende der Welt.

„Okay, sei vorsichtig. Sichere dir diesen Auftrag.“ Ich vermisse ihn jetzt sogar noch mehr.

„Ich bin im Handumdrehen zurück. Und dann haben wir eine Menge nachzuholen“, sagt er, und ich kann die Erleichterung in seinem Tonfall hören. „Bis bald, Cupcake“, fügt er süß hinzu, und ich seufze.

„Pass auf dich auf, Tenn“, sage ich. „*Ich liebe dich*“ liegt mir auf der Zunge, aber es kommt mir nicht über die Lippen. Das will ich mir aufheben, für den Moment, wenn wir uns wiedersehen. Nachdem wir aufgelegt haben, bleibe ich auf dem Sofa sitzen und atme tief durch. Mein Körper fühlt sich zerschlagen an, mein Kopf schmerzt. Ich habe mit so vielen Themen jongliert und fühle mich nun völlig ausgelaugt. Also greife ich nach einer Decke, kuschle mich ein, und innerhalb einer Minute falle ich in einen tiefen Schlaf.

33

———

TENNYSON

Es ist so heiß, dass mein Hemd an der Brust klebt und mir der Schweiß an den Schläfen herunterläuft. Eddie und ich haben die letzten zwei Tage in Singapur verbracht, und das Projekt ist jetzt unter Dach und Fach. Ein paar Besprechungen, ein schickes Abendessen, ein paar Händeschütteln und Unterschriften, und schon habe ich das teuerste und größte Bauprojekt im asiatischen Raum in Auftrag gegeben. Ein Projekt, das größer ist, als alles, was *Rothschild Construction* je zuvor gebaut hat. Eddie wird sich um die Verwaltung der Miet- und Leasingvereinbarungen kümmern. Willows Ratschlag zu Singapur ist nun zementiert, mit dem besten Standort, den besten Bauunternehmern und dem besten Team. In ein paar Monaten werden wir den ersten Spatenstich machen. Dieses ganze Projekt verläuft fließender als jedes andere, das ich bisher hatte. Es scheint, dass alles, was Willow anfasst, wie Gold durch mein Leben fließt.

„Es ist verdammt heiß", sage ich zu Eddie, während wir beide aus dem Autofenster schauen.

„Ich fühle mich, als würde ich in Schweiß schwimmen", gibt Eddie zu, als wir an einem Reisfeld nach dem anderen vorbeikommen. Es ist ein wunderschöner Teil der Welt, aber es ist einfach nicht der Ort, an dem ich im Moment sein möchte.

Wir sind vor zwei Stunden in Indonesien gelandet und der Wunsch, zu Willow zurückzukehren, verzehrt mich fast. Als das Auto vor einer Hütte am Rande einer kleinen Stadt im Süden des Landes hält, sehe ich Kinder auf der Straße spielen. Nicht mit Rollern oder Fahrrädern, sondern mit Stöcken und etwas, das wie ein abgenutzter Fußball aussieht. Der Anblick erinnert mich an Josh und seinen fiesen Rechtsschuss. *Kleines Arschloch.*

„Sind wir da?", fragt Eddie und blickt auf die Straße hinaus.

„Ich glaube schon", murmle ich, als ich aussteige. Mein Magen fühlt sich schwer an. Als ob er schon wüsste, dass dieses Gespräch mir viel abverlangen wird. Ich habe keine Ahnung, was, wenn überhaupt, ich finden werde, aber ich habe das Gefühl, dass es das Richtige ist.

„Ich gehe ein wenig spazieren und komme später wieder. Ich gebe euch etwas Zeit", sagt Eddie, klopft mir auf die Schulter und geht die Straße hinunter, um mit den Kindern aus der Gegend Fußball zu spielen. Er ist durch und durch jemand, der irgendwann eine eigene Familie will.

Die Leute, die an der Straße stehen, schauen mich misstrauisch an, als ich auf das Haus zugehe. Es ist mehr als offensichtlich, dass ich nicht von hier bin. Mein Hemd und meine Anzughose, die glänzenden schwarzen Schuhe, die Sonnenbrille und das teure Auto lassen mich auffallen wie ein bunter Hund. Zwischen den Häusern erstrecken sich üppige Reisfelder und der Himmel hat eine strahlend blaue Farbe. Er ist wunderschön.

Ich schaffe es nicht einmal, anzuklopfen, als Helens Ehemann die Tür öffnet. Er hat mich bereits erwartet, da ich Melody gebeten hatte, ihn zu kontaktieren, während ich unterwegs war. Er schenkt mir ein breites, warmes Lächeln, das ich sofort erwidere.

„Kommen Sie bitte rein", sagt er und führt mich ins Innere des kleinen Hauses. Ich muss mich ducken, als ich eintrete, denn der Türrahmen ist niedriger, als ich es gewohnt bin, und als ich in der Tür stehe, sehe ich mich in dem Haus um. Mein Herz wird schwer angesichts der Bedingungen, in denen er lebt, aber sein Lächeln ist strahlend, als er mich ansieht. Ich schenke ihm ebenfalls ein Lächeln und erinnere mich daran, dass er glücklich und gesund ist und dass dies sein Leben ist.

An der gegenüberliegenden Wand steht ein kleiner Schrein, und meine Schuhe klacken auf dem rissigen Fliesenboden, als ich zu ihm hinübergehe. Darauf befinden sich ein paar Fotos von Helen, zusammen mit frischen Blumen und brennendem Weihrauch. Er muss sie vermissen, und mein Herz zieht sich schmerzhaft zusammen. Sie sieht genauso aus, wie ich sie in Erinnerung habe.

„Bitte setzen Sie sich." Er deutet mit der Hand in Richtung Sofa, und als ich in diesem überfüllten Wohnzimmer von Nanny Helens Haus Platz nehme, fühle ich mich gleichermaßen willkommen und fehl am Platz. Es ist so ungewohnt still an diesem Ort, an dem es keinerlei Verkehrsgeräusche gibt. Nur gelegentliches Kinderlachen dringt von draußen herein, und der Ventilator bläst uns warme Luft zu, was die drückende Hitze nicht gerade mildert, trotzdem bin ich dankbar. Helens Ehemann sitzt neben mir und holt ein altes Fotoalbum heraus, er scheint zu wissen, was ich brauche, ohne dass ich überhaupt etwas sagen muss.

„Das sind Bilder vom letzten Mal, als sie nach Hause kam, bevor sie starb." Er zeigt auf ein Foto, und ich schaue auf das Lächeln von Nanny Helen hinunter. Ich beuge mich vor und betrachte das Foto im Album mit einem Seufzer. Helen kam in jungen Jahren direkt aus Indonesien zu unserer Familie. Als sie anfing, sprach sie kaum ein Wort Englisch, aber als ich acht war, beherrschte sie es bereits fließend. Als ich jetzt ihr Bild betrachte, kommen viele Erinnerungen zurück, vor allem an Momente, an denen ich gelacht habe, und ihr Lächeln, dass sie mir immer schenkte.

„Wie war sie, als sie im Urlaub herkam?", frage ich. Sie kam eine Woche lang zu ihrem jährlichen Weihnachtsurlaub zurück. Genug Zeit, um ihre Familie zu sehen und Zeit mit ihrem Mann zu verbringen. Als Erwachsener bin ich mir nicht sicher, wie sie es geschafft hat, aber sie war die Alleinverdienerin, die Art von Frau, die mit sehr wenig Geld auskam, denn alles, was sie übrig hatte, schickte sie nach Hause zu ihrer Familie. Sein Gesicht wird ernst. Er lebt allein, denn er und Helen hatten keine Kinder, da sie zu sehr damit beschäftigt war, sich um die Kinder eines anderen zu kümmern.

„Sie war wunderschön. Strahlend. Voller Energie. Hat

ununterbrochen von Ihnen gesprochen", sagt er in gebrochenem Englisch und lacht. „Sie wäre so glücklich, Sie jetzt zu sehen, so erwachsen." Sein Lächeln ist echt, er sieht mich stolz an. Ich schenke ihm ein kleines Lächeln und nicke einfach nur. Es ist ein schönes Gefühl, zu wissen, dass sie mich geliebt hat. Wenigstens jemand hat es getan.

Es klopft leise an der Tür, und als wir aufschauen, sehen wir Eddie dort stehen. Sein Fußballspiel mit den Kindern scheint nur von kurzer Dauer gewesen sein. Ich stelle ihn kurz vor, und er setzt sich uns gegenüber auf einen Stuhl.

„Liegt Herzversagen in ihrer Familie?", frage ich, denn sie war jung, fit und glücklich. Aber die Todesursache auf ihrem ärztlichen Attest lautet Herzversagen. Ich habe das Attest in den letzten Wochen immer wieder gelesen und bin zu dem Schluss gekommen, dass es eine familiäre Vorbelastung geben muss, es sei denn, sie hatte irgendwelche Drogenprobleme oder etwas Ähnliches, von denen nie jemand etwas erfahren hatte. Eine andere Erklärung kann ich nicht finden.

„Nein. Ihre Eltern sind noch am Leben. Ebenso wie alle ihre Geschwister. Jeder von ihnen ist so gesund, wie am Tag seiner Geburt." Ich kann nicht glauben, dass er so ruhig ist. Mein Verstand ist verwirrt, mein Magen hat sich zu einem harten Knoten zusammengezogen. *Gott, ich brauche Willow.* Ich begegne Eddies Blick, der mich aufmerksam anschaut. Eine Mischung aus Verwirrung und Misstrauen ist in seinem Gesicht zu erkennen. Ich blicke wieder zu Helens Mann, um mehr zu erfahren.

„Sie hatte also überhaupt keine Beschwerden?", frage ich und runzle die Stirn, denn das ergibt keinen Sinn.

„Nur ihre Allergie", sagt er und blättert in dem Album, um weitere Fotos von Nanny Helen auf ihrer letzten Reise nach Hause an Weihnachten zu zeigen.

„Allergie?" Ich sehe ihn überrascht an. *Ich kann mich an keine Allergien erinnern.*

„Nüsse. Sie war hochgradig allergisch gegen Nüsse aller Art." Ich sehe, wie Eddie sich mit den Händen durch die Haare fährt, ein Ausdruck der Unsicherheit flackert über sein Gesicht.

„Daran kann ich mich nicht erinnern", murmle ich, als ich spüre, wie Übelkeit in meinem Magen aufwallt.

„Ich auch nicht", sagt Eddie, und wir schweigen einen Moment, weil wir wissen, dass sich die Teile langsam zusammenfügen, aber noch nicht die ganze Geschichte. Wir sehen uns weiter die schönen Fotos von Helen an und arbeiten uns durch ein zweites Album, dann ein drittes, aber ich komme zu keinem Ergebnis. Es ist, als würden meine Erinnerungen zusammenkommen, und ich spüre die Antworten auf meine Fragen direkt an der Oberfläche. Aber ich schaffe es noch nicht, sie zu ergreifen.

„WAS WILLST du mit diesen Informationen anfangen?", fragt mich Eddie. Während des Rückfluges hat er fast ununterbrochen geschlafen. Die Hitze und das Fußballspiel mit den Kindern in Indonesien haben ihn sichtlich erschöpft.

„Ich hatte keine Ahnung, dass sie eine Allergie hatte! Warum kann ich mich an etwas so Wichtiges nicht mehr erinnern?", knurre ich, frustriert über mich selbst. Ich kann es kaum erwarten, Willow zu sehen. Ich bin so schnell aus dem Flugzeug und zu unserem wartenden Auto gestürmt, dass Eddie Mühe hatte, mitzuhalten.

„Ich glaube, du setzt dich zu sehr unter Druck. Du warst erst zwölf. Ich bin überrascht, dass du dich an irgendetwas erinnerst." Er wirft mir einen besorgten Blick zu. Mein jüngerer Bruder ist der nette Rothschild-Junge. Er hat Frauen, die ihm überallhin folgen, wie wir alle, aber er ist etwas weicher als der Rest von uns. Er hasst die Milliarden, die wir haben. Ich bin mir sicher, dass er es vorziehen würde, um den Globus zu reisen und sich in Gemeinden auf der ganzen Welt zu verirren, ehrenamtlich zu arbeiten und anderen zu helfen. Aber er spielt eine wichtige Rolle in unserem Familienunternehmen, und ohne ihn würde ein Großteil dessen zusammenbrechen.

„Sie hat ihr ganzes Leben für mich aufgegeben, Eddie", sage ich und kann immer noch nicht begreifen, dass eine Frau, die nicht meine Mutter ist, das getan hat.

„Das ist das Leben, das viele Frauen führen. Sie verlassen ihre Heimatländer, um im Ausland Geld zu verdienen und es an ihre Familien zu schicken. Das ist ganz normal. Du musst dich deswegen nicht schlecht fühlen. Du hattest sowieso nie ein Mitspracherecht bei all dem." Seine Stirn legt sich in Falten, als er mich ansieht.

„Manchmal kehren Erinnerungen zurück. Sie

tauchen auf und verschwinden dann genauso schnell wieder."

„Wie lange geht das schon so?", fragt er.

„Schon eine Weile, aber in den letzten Monaten sind sie immer deutlicher geworden. Ich habe immer an sie gedacht, aber ich glaube, ich habe es verdrängt. Als Kind wurde ich so schnell auf ein Internat verfrachtet, dass ich kaum Zeit hatte, darüber nachzudenken. Dann fingen die Mädchen an, sich für mich zu interessieren, und das Feiern wurde zu meiner Lieblingsbeschäftigung."

„Das wurde stärker, seit du angefangen hast, mehr Zeit mit Willow zu verbringen, richtig?", fragt Eddie neugierig, und er liegt mit seiner Vermutung richtig.

„Willow hat mir tatsächlich für viele Dinge die Augen geöffnet, aber ich glaube, das Wichtigste ist, dass sie mir geholfen hat, meinen Kopf freizubekommen und meinen Lebensstil zu bereinigen, wodurch all diese Erinnerungen wieder zum Vorschein kommen." Ich lächle, als ich an sie denke. Sie wurde eingestellt, um meinem Ruf zu verbessern, aber ihr ist nicht bewusst, wie sehr sie mir wirklich geholfen hat. Ich fahre mir mit der Hand übers Gesicht und kann es kaum erwarten, sie zu sehen. „Ich habe Kopfschmerzen, wenn ich über all das nachdenke. Wie auch immer, bist du mit diesem Singapur-Geschäft einverstanden?", frage ich. Er liebte Singapur. Er hatte selbst einige gute Treffen.

„Das wird ein großes Projekt, aber ich denke, ich schaffe das", sagt er mit einem Lächeln, das ich erwidere.

Der Wagen wird langsamer, als wir in Willows Straße einbiegen. „Ich bin dann mal weg. Alles klar bei dir?", frage ich und schnappe mir schon meine Sachen, um auszusteigen.

„Ich werde mir die Wartungsarbeiten in Harborside ansehen. Geh und kümmere dich um dein Mädchen", sagt er. Ich habe so viele Fragen darüber, warum er seine Zeit mit der Instandhaltung eines Gebäudes verbringt, das uns gehört, wo wir doch eine ganze Reihe von Fachleuten für solche Dinge haben, aber ich weiß, dass es seine Art des Stressabbaus ist. Er arbeitet tatsächlich gerne mit seinen Händen, also lasse ich ihn gewähren.

Ich schnappe mir meine Tasche und warte nicht einmal darauf, dass das Auto wieder verschwunden ist, bevor ich die paar Stufen auf Willows Veranda sprinte. Ich bin direkt vom Flughafen hierher gerast. Ich brauche eine Dusche, ich brauche Essen, ich brauche Schlaf, aber am meisten brauche ich Willow. Ich hebe meine Hand, um zu klopfen, aber wie immer ist sie mir einen Schritt voraus und öffnet die Tür.

„Hallo", sagt sie sanft, und das reicht, um mir den Atem zu verschlagen. Sie lehnt sich gegen die offene Tür und sieht zu mir auf. Ihr Haar ist offen und fällt ihr locker über die Schultern. Sie trägt ein weißes T-Shirt, ein paar Jeans, die sie bis zu den Knöcheln hochgekrempelt hat, ihre Füße sind nackt und ihre Zehennägel hellrosa lackiert. Ich unterdrücke den Drang, sie direkt an mich zu ziehen und ihr die Kleider vom Leib zu reißen.

„Hey", sage ich und meine Stimme klingt rau.

„Du bist früh dran", sagt sie, tritt zurück und lässt mich eintreten.

„Ich wollte so schnell wie möglich bei dir sein", sage ich ehrlich, als ich hereinkomme. Ich strecke automatisch meine Hand nach ihr aus, lege sie auf die vertraute Kurve ihrer Taille und ziehe sie an mich. Meine Lippen landen auf ihrer Stirn, während sich ihre Hände um meine Taille schlingen. Für einen Augenblick stehen wir einfach nur da, und genießen die Nähe des anderen. Ich spüre, wie sich ihr Körper in meiner Umarmung entspannt. Ich schließe meine Augen und atme tief ein. *Es fühlt sich so gut an, sie wieder in meinen Armen zu haben.* Es gibt so viel, über das wir reden müssen, aber ich möchte sie nicht loslassen. Bobs lautes Bellen unterbricht diesen friedlichen Moment, und ich reiße die Augen auf, während Willow sich von mir löst und sich sofort ein Gefühl der Kälte in mir breitmacht.

„Komm, ich habe eine Überraschung für dich", sagt sie und ein kleines Lächeln umspielt ihre Lippen. Ich folge ihr in die Küche, der Rest des Hauses ist still. Mein Blick fällt auf das Sofa, auf dem ich meine letzte Nacht hier verbracht habe, und ich fahre mir mit den Händen durch die Haare. *Ich werde nie wieder mit meinen Brüdern trinken.*

Als ich Bob draußen sehe, wird mein Lächeln breiter. Überraschenderweise ist er mir ans Herz gewachsen, und ich gebe zu, ich glaube, ich habe ihn auch vermisst. Ich gehe zur Glastür und schaue ihm nach. Willow hat ihm ein paar Bälle und Spielsachen besorgt, und er schiebt gerade einen mit seiner Nase in einem großen Kreis herum und amüsiert sich dabei sehr. Es freut mich, dass er sich hier genauso wohlfühlt wie ich.

„Er hat deinen Garten nicht verwüstet?", frage ich und werfe ihr einen fragenden Blick zu, denn ihre Beete sehen immer noch tadellos aus.

„Nein. Ich habe ihm ein paar Spielsachen besorgt, und er war zu sehr mit denen beschäftigt, um meinen Garten umgraben zu wollen."

„Du scheinst beschäftigt gewesen zu sein?", meine ich und deute mit einem Nicken zu den Behältern mit Muffins, die auf dem Küchentisch stehen.

„Ja, ich werde sie Joshs Mutter mit ins Krankenhaus geben. Die Krankenschwestern lieben sie." Sie lacht, und ich spüre, wie mir bei diesem Geräusch warm ums Herz wird. Es ist, als ob ich tagelang in der Kälte gestanden hätte und jetzt langsam auftaue.

„Ich habe dich vermisst", sage ich, drehe mich zu ihr und sie lächelt.

„Ich habe dir etwas gemacht." Sie zieht sich von mir zurück und öffnet den Kühlschrank. Ich gehe ein paar Schritte auf sie zu, und der Schmerz darüber, dass sie mir nicht gesagt hat, dass sie mich vermisst hat, ist nur von kurzer Dauer, als ich sehe, was sie auf dem Küchentisch abstellt. Mein Körper erstarrt. Mein Herz beginnt zu rasen, als ich den großen New Yorker Käsekuchen betrachte, der dort steht. Er ist perfekt. Er ist genau so, wie Nanny Helen ihn zu machen pflegte. Jeden Freitag, ohne Ausnahme. *Heute ist Freitag.*

„Ich hoffe, es macht dir nichts aus. Ich habe mit Harrison gesprochen, und er hat mir erzählt, wie er war und aussah. Ich war mir nicht sicher, ob ...", sagt sie, aber ich unterbreche sie.

„Er ist perfekt." Ich stehe immer noch unter Schock, als ich den Kuchen betrachte, bevor mein Blick auf ihr landet. Ich mache einen Schritt auf sie zu, will sie wieder in meine Arme schließen, aber sie bleibt standhaft und hebt die Hände, um mich aufzuhalten. Ich runzle die Stirn, weil mir der Abstand nicht gefällt, den sie schafft, als sie einen Schritt zurückweicht.

„Es gibt etwas, das ich dir sagen muss. Etwas, worüber wir reden müssen." Sie sieht niedergeschlagen aus, und Übelkeit steigt in mir auf. *Wurde der Vaterschaftstest gemacht, und sie teilt mir jetzt das Ergebnis mit? Oder ist etwas anderes passiert?* Ich bekomme kein Wort heraus, also nicke ich ihr einfach nur zu, damit sie fortfährt.

„Setzen wir uns", sagt sie, und mein Körper wird von Grauen erfüllt.

„Ich sitze schon seit Stunden. Willow, was ist los?", frage ich mit leichter Panik in der Stimme. Sie setzt sich an ihren Esstisch und verschränkt die Hände vor sich.

„Bitte, kannst du dich setzen? Es ist wichtig." Ich gehe zum Tisch und ziehe einen Stuhl hervor. Ich habe das Gefühl, dass ich kurz davor stehe, mich zu übergeben.

„Ich weiß, es ist viel geschehen und vielleicht ist es zu früh für dieses Gespräch, aber ...", beginnt sie und ich sehe, wie sie schluckt und scheinbar nach den richtigen Worten sucht. Mein Herz rast, während mein Verstand sich bereits verschiedene Szenarien ausmalt, eines schlimmer als das andere.

„Was ist es? Sag es mir einfach", flehe ich fast.

„Es ist nur so, wenn das zwischen uns weitergehen soll, dann musst du es wissen. Du solltest wissen, dass ..."

„Willow, sag es mir einfach, bitte", stoße ich hervor und wünsche mir, sie würde es einfach sagen.

„Tennyson, als ich jünger war, hatte ich eine Menge medizinischer Probleme, viele kleinere Operationen und verschiedene medizinische Eingriffe an meiner Gebärmutter und meinen Eierstöcken. Aus diesem Grund kann ich keine Kinder bekommen. Ich wollte dir das jetzt sagen, weil ... weil der Vaterschaftstest zwar noch nicht gemacht wurde, aber wenn du dir Kinder wünschst, dann musst du wissen, dass ich dir niemals welche schenken kann. Unsere Beziehung ist noch frisch, dennoch habe ich sehr starke Gefühle für dich. Aber wenn eine große Familie und viele Babys etwas sind, das du dir für deine Zukunft wünschst, dann solltest du vielleicht Katerina und dieses Baby ...“

„Ich will keine Kinder. Ich wollte nie Kinder. Ich habe dir in der ersten Nacht, als wir uns in New York trafen, gesagt, dass ich kein Heiratskandidat bin, und das gilt auch für Kinder. Ich liebe Kinder. Ich liebe es, der lustige Onkel zu sein. Ich liebe es, Zeit mit Rosie zu verbringen und eine Weile mit Puppen zu spielen, dann gehe ich wieder und überlasse sie ihren Eltern. Kinder sind kein Teil meiner Zukunft, den ich mir jemals vorgestellt habe“, unterbreche ich sie schnell und hoffe, dass sie mir glaubt. Willow sieht mich an, ihre Augen sind glasig, ihr Brustkorb bewegt sich schnell.

„Aber, Tennyson, wenn du deine Meinung änderst, kann ich nicht ...“ Ich kann das Lächeln nicht unterdrücken, das sich auf meinem Gesicht ausbreitet, und Erleichterung macht sich in meinem Körper breit.

„Ich werde meine Meinung nicht ändern, Willow. Das ist etwas, das ich schon seit sehr langer Zeit weiß. Willow, du bist perfekter für mich, als wenn ich Gott eine Liste machen würde, und er hat genau das gemacht. Du bist alles, was ich mir von einer Frau jemals wünschen könnte. Du bist stark, unabhängig, karriereorientiert, liebevoll, die beste Köchin, die ich kenne, eine tolle Freundin und Schwester. Du bist für große Dinge in deinem Geschäft bestimmt, und ich liebe alles an dir. Sogar deinen verrückten zwölfjährigen besten Freund."

Ich sehe, wie sie hart schluckt und meine Worte verarbeitet.

„Aber wenn du ...", beginnt sie wieder, und ich sehe, wie sich ihre Schultern anfangen zu entspannen und ihre Stimme etwas hoffnungsvoller klingt. Ich möchte in die Luft springen und einen Freudentanz aufführen. Sie ist perfekt. So verdammt perfekt für mich.

„Ich werde meine Meinung nicht ändern, Willow. Wir sind füreinander bestimmt, du und ich. Du wurdest für mich auf diese Erde gebracht. Jetzt beweg deinen süßen Hintern hierher, bevor ich noch durchdrehe, weil ich dich nicht berühren kann." Ich meine es ernst, ich werde meine Meinung nicht ändern. Kinder sind nichts, was ich jemals wirklich wollte. Aber Willow ist jemand, den ich will. Ich warte einen Moment und frage mich, ob sie wirklich zu mir kommen wird. Mein Herz fühlt sich an, als würde es mir im Hals stecken bleiben, während ich den Atem anhalte.

„Ziemlich herrisch, was?", murmelt sie, bevor sie lächelt, von ihrem Sitz aufspringt und sich in meine Arme stürzt. Ich fange sie mit Leichtigkeit auf, spüre, wie sich ihre Beine um meine Mitte schlingen, und meine Hände greifen sofort nach ihrem runden Hintern, als ich meine Lippen auf ihre presse. Ich spüre, wie sich ihr Körper bei der Berührung entspannt. Erleichterung durchströmt uns beide, und mein Herz weitet sich noch mehr, weil ich weiß, dass wir soeben eine der größten

Grenzen überschritten haben, die wir als Paar je erleben werden. Wir sind auf derselben Seite. Wir haben reinen Tisch gemacht und können endlich so zusammen sein, wie ich es mir immer gewünscht habe.

„Gott, du fühlst dich gut an, Cupcake", stöhne ich gegen ihre Lippen. Jetzt, wo ich sie in meinen Armen halte, werde ich sie ganz gewiss nicht wieder loslassen.

„Ich habe dich so sehr vermisst", flüstert sie, und ich bemerke eine Träne, die ihr stumm über die Wange läuft. Ich löse mich ein wenig von ihr und schaue in ihre glasigen Augen. Eine weitere Träne rinnt ihr über die Wange, und ich beuge mich vor, um sie wegzuküssen, woraufhin sie ein Lachen ausstößt.

„Ich werde alle deine Tränen auffangen, Willow. Heute, morgen, übermorgen. Ich werde sie alle auffangen."

Sie lehnt ihre Stirn gegen meine, unsere Blicke kleben aneinander, während ihre Hände durch mein Haar fahren, bevor sie in meinem Nacken landen und mich näher zu sich ziehen. Unsere Lippen treffen sich, und ich küsse sie langsam. Gezielt. Bewusst. Ich lasse mir Zeit, will sie auskosten. Sie schmeckt nach Süße und Verführung in einem. Ich genieße es in vollen Zügen, ihre Lippen auf meinen zu haben. Ihre Hände fahren fort, meine Kopfhaut zu massieren und mich in einen Zustand der absoluten Ruhe zu versetzen. Meine Hände liegen auf ihrem Hintern, und ich ziehe sie fester an mich. So erschöpft ich auch bin, das Einzige, was ich will, ist meinen Schwanz in ihr zu versenken.

„Sagst du mir, wo dein Schlafzimmer ist, oder ficke ich dich gleich hier auf deinem Esstisch?"

34

WILLOW

„Nach links", keuche ich und fühle mich zum ersten Mal seit über einer Woche wieder ganz. Er ist zurückgekommen. Er ist hier. Er ist bei mir, und ich kann es noch immer nicht ganz fassen. Ich hatte mir solche Sorgen gemacht, dass er sich umdrehen und zur Tür hinausstürmen würde, sobald ich ihm meine Neuigkeiten erzählte. Ich habe den ganzen Tag geübt, wie ich es ihm sagen sollte. Ich wiederholte die Worte immer und immer wieder, um sicherzugehen, dass ich sie richtig sagte. Kinder zu haben und eine Familie zu gründen, ist für die meisten Menschen eine Selbstverständlichkeit, sodass es eine Überraschung war, als Tennyson zugab, dass er das nicht wollte. Ich brauchte ein paar Sekunden, um es zu begreifen, aber dann spürte ich Erleichterung, dann ekstatisches Glück. Jetzt will ich nur noch fühlen.

Ich knöpfe sein Hemd auf, während er mich fest in den Armen hält und die Treppe hinaufträgt. Er sah erschöpft aus, als ich die Haustür öffnete, wahrscheinlich wegen des langen Flugs und des Schlafmangels, aber jetzt ist er voller Leben. Während ich an ihm klebe, eilt er die Treppe hinauf und stolziert geradewegs auf mein Schlafzimmer zu. Meine Schwester ist mit Josh unterwegs, aber auch wenn das Haus leer ist, tritt er die Tür zu, bevor er uns auf das Bett sinken lässt.

„Du bist so wunderschön", murmelt er, und seine Lippen lösen sich von meinen für einen Moment, während er Küsse auf meinem Hals und mein Dekolleté verteilt. „Setz dich auf", fordert er, und ich tue es. Er zieht am Saum meines T-Shirts, zieht es mir aus und wirft es quer durch den Raum. Sein Mund landet sofort auf meinen Schultern, verteilt Küsse auf meiner Haut, während er mir die BH-Träger von den Schultern streift. Es fühlt sich so gut an, seine Lippen auf mir zu spüren. Er kniet auf dem Bett zwischen meinen Beinen, seine Hände umschließen meine Brüste und ziehen die Körbchen meines BHs nach unten. Er entblößt meine Brustwarzen, die bei seiner Berührung augenblicklich hart werden, bevor seine Hände über meinen Rücken wandern und er den Verschluss meines BHs öffnet.

„Gott, ich habe deine Titten vermisst", murmelt er, während er seinen Mund senkt und eine zwischen seine Lippen nimmt. Er umspielt sie mit seiner Zunge und beißt leicht hinein, während er die andere Brustwarze mit seiner Hand zwickt.

„Ich brauche dich", stöhne ich und erkenne meine eigene Stimme nicht wieder, das Flehen klingt neu, aber ich habe noch nie in meinem Leben etwas mehr gewollt als diesen Mann. Nachdem ich ihn von seinem Hemd befreit habe, greife ich nach seiner Jeans und knöpfen sie auf. Ich öffne den Reißverschluss und ziehe seine Jeans nach unten, wobei ich seine Unterwäsche ebenfalls hinunterziehe und beobachte, wie sein Schwanz herausspringt. Ich umschließe ihn mit meiner Hand und massiere ihn, was ihm ein Knurren entlockt.

„Mmmmm, ich habe deine Hände auf mir vermisst", sagt er und schaut auf mich herab, während seine beiden Hände meine Brüste massieren.

„Was ist mit meinem Mund?", frage ich unschuldig, dann beuge ich mich vor und nehme seine Spitze in meinen Mund. Ich stöhne auf, als sich sein Geschmack auf meiner Zunge ausbreitet.

„Mmm, dein Mund ist eines meiner Lieblingsdinge an dir", stöhnt er, mein Blick wandert nach oben und ich sehe, wie er direkt auf mich herabschaut, also wirble ich meine Zunge neckisch herum und nehme ihn tiefer in mir auf.

„Hast du meinen Schwanz vermisst? Hast du es vermisst, dass ich deinen Mund ficke, *Cupcake*?" Mein Körper bebt. Sein Dirty Talk ist etwas, das ich liebe, und ich presse sofort meine Schenkel zusammen. „Willst du mich zwischen deinen Schenkeln haben, Baby?" Seine Hüften beginnen sich im Takt mit meinem Mund zu bewegen. „Giert deine warme, feuchte Muschi nach meinem Schwanz, genau wie dein hübscher kleiner Mund?", stößt er mit einem Keuchen hervor. Als er sich zurückzieht, atme ich tief ein. Er packt mich an den Hüften und drückt mich rücklings aufs Bett, dann öffnet er blitzschnell meine Jeans und er zieht sie mir mitsamt der Unterwäsche in einer schnellen Bewegung die Beine hinunter.

„Willst du nur darüber reden oder mir auch etwas zeigen?", necke ich ihn mit einem verschmitzten Lächeln, und er lacht.

„Oh, du wirst dich noch wundern, wie sehr ich es dir zeigen werde. Ich werde diese Muschi lecken, bis du in meinem Mund kommst, dann werde ich sie so hart ficken, dass deine Schreie bis in die nächste Straße zu hören sind." Seine Hände wandern an der Innenseite meiner Schenkel hinauf, und er senkt sich, bereit, sein erstes Versprechen einzulösen. Seine Lippen treffen auf meinen Oberschenkel, und ich spüre seine zärtlichen Küsse, bevor seine Zunge zu meiner Mitte vordringt. Dann drückt er sein Gesicht zwischen meine Beine, sein Mund trifft auf meine Haut, seine Zunge leckt an mir, saugt an meinem Kitzler, findet einen Rhythmus.

„Ohhhh, das hat mir gefehlt", stöhne ich, während sich mein Körper bereits windet und das Gefühl fast zu viel ist. Ich stütze mich auf den Ellbogen ab, während meine andere Hand zu seinem Hinterkopf wandert. Meine Finger vergraben sich in seinem Haar und ziehen daran.

„Oh, Tenn ..." Seine Hände ergreifen noch fester meine Arschbacken, quetschen sie und ziehen mich noch fester an ihn. Mein Kopf sackt nach hinten, und er saugt fester an mir, seine warme Zunge trifft auf mein Inneres, und ich kollabiere. Ich schnappe nach Luft, während sich meine Muschi zusammenzieht, als er weiter an meiner Klitoris saugt, bis ich zittere.

„Tenn!", schreie ich. Aber er ist noch nicht fertig mit mir, er leckt und küsst weiter meine Mitte, bevor er meinen Körper hinauf wandert. Seine Zunge wandert über meine Haut, hält an meiner Brustwarze inne, saugt und stöhnt noch mehr.

„Wenn ich das jeden Tag für den Rest meines Lebens mit dir tun könnte, wäre ich ein sehr glücklicher Mann, Willow Valentine", murmelt er, als sich seine Lippen wieder auf der Höhe meiner befinden, und wir uns in die Augen schauen.

„Hmmm, ich glaube, das würde mir sehr gefallen, Mr. Rothschild." Ein breites Lächeln breitet sich auf meinem Gesicht aus, eines, das er erwidert.

„Aber jetzt will ich dich ficken, bis du schreist. Denkst du, du hältst das durch? Denn ich will dich hart und schnell nehmen. Es wird schnell und schmutzig", sagt er, und ich lache.

„Gib dein Bestes", entgegne ich und er lacht auf.

„Ich liebe dich, Willow", sagt er, immer noch lächelnd, mit funkelnden Augen, und mein Herz macht einen Salto. Mir stockt der Atem bei seinen Worten. Der Moment ist perfekt.

„Ich liebe dich auch, Tennyson", flüstere ich, und er beugt sich vor, um seine Lippen auf meine zu legen. Wir genießen einen Augenblick das Gefühl, das das Geständnis des anderen hervorgerufen hat. Genießen die Nähe, den Moment des Zusammenseins und uns unendlich berühren zu können.

Ich sehe, wie er sich umschaut, und mir wird klar, dass er ein Kondom sucht.

„Tenn ... ein Kondom ist nicht nötig ...", sage ich. Ich

will alles von ihm spüren. Er sieht mich mit leicht geweiteten Augen an und hält in seinen Bewegungen inne. „Ich bin sauber. Ich war vor dir, eine sehr lange Zeit mit niemandem zusammen, und wir haben bereits geklärt, dass es auch keine Babys geben wird", füge ich hinzu.

„Ich bin auch sauber. Du hast meine Krankenakte gesehen. Ich hatte noch nie Sex ohne Kondom, Willow", sagt er mit so viel Überzeugung, dass ich keine Zweifel habe. Ich kann nur nicken, denn ich habe seinen Gesundheitscheck gesehen. Im Rahmen der Vaterschaftstests musste er eine DNA-Probe abgeben, wurde aber gleichzeitig auch vollständig auf andere, sexuell übertragbare Krankheiten untersucht.

„Scheiße, Willow, ich hatte noch nie Sex ohne Kondom", sagt er, schiebt sich über mich und lächelt. Ich kann spüren, wie seine Vorfreude steigt.

„Okay, dann musst du mich nur noch zum Schreien bringen", necke ich ihn.

„Herausforderung angenommen", sagt er und stößt in mich. Ich klammere mich an seinen Schultern fest, denn er hat keine Witze gemacht, sein Tempo ist rasant. Seine Stöße sind schnell, treffen meine Klitoris mit jeder schnellen Bewegung. Wellen der Ekstase durchströmen mich augenblicklich, während ich mich an ihm festklammere.

„Scheiße, das fühlt sich verdammt gut an", stöhnt er.

„Oh mein Gott ..." Jeden Stress, jede Anspannung, jedes Gefühl, das er in sich trägt, gibt er an mich weiter. Er ist mächtig, sein Verlangen nach mir ist intensiv, und ich kann nichts anderes tun, als mich an sein Tempo anzupassen.

„Ich brauche dich ... ich brauche das", knurrt er und zieht sich schnell zurück, setzt sich auf seine Knie und greift nach meiner Hüfte. Er dreht mich mit einem Schwung um, sodass ich mit dem Gesicht nach unten liege, ergreift meine Hüften und hebt sie an, um von hinten in mich zu stoßen.

„Ohhhh, Tenn ...", wimmere ich. Er macht in demselben Tempo weiter, während seine Hände meine Hüften fest gepackt halten.

„Du fühlst dich so verdammt gut an, Willow", stöhnt er, während sich meine Finger in die Bettlaken krallen und ich darum kämpfe, mich festzuhalten, weil die Lust absolut überwältigend ist. Wir zementieren unsere Gefühle nicht. Wir gravieren sie ineinander ein.

„Komm für mich, Baby." Er ändert wieder unsere Position. Er zieht mich hoch, setzt mich auf seinen Schoß, meinen Rücken immer noch an seine Brust gelehnt. Seine Hand legt sich auf meine Klitoris und sein Finger beginnt, sie zu umkreisen, passt sich dem Tempo seiner Stöße an, der Schweiß bedeckt jetzt uns beide, das Klatschen unserer Haut hallt durch mein Zimmer.

„Tenn ...", schreie ich wie eine Besessene, denn so etwas habe ich noch nie gefühlt. Er hat die totale Kontrolle über meinen Körper, und er weiß genau, wie er vorzugehen hat. Ich lehne meinen Kopf an seine Schulter, schlinge meine Arme um seinen Hals. Er vergräbt seinen Kopf an meiner Halsbeuge und saugt an meiner Haut, während seine Finger weiter kreisen und die andere Hand meine Brust umschließt.

„Das fühlt sich so verdammt gut an. Ich werde dich nie wieder mit einem Kondom ficken. So gut, Baby. Deine

Muschi fühlt sich einfach unglaublich an", flüstert er mir ins Ohr, und seine Worte treiben mich endgültig zum Orgasmus.

„Tenn!", schreie ich und schnappe nach Luft, als mich eine Welle meines Höhepunktes nach der anderen durchfährt. Sein Griff um mich wird fester, seine Hände wandern zu meinen Hüften, während er ein letztes Mal tief in mich stößt.

„Scheiße, Willow ...", stößt er mit einem Schrei aus, während ich spüre, wie er seinen Samen in mich pumpt, bevor wir auf dem Bett zusammensacken.

Wir liegen einen Moment lang still da und versuchen, zu Atem zu kommen. Mir kommen die Tränen, wie intensiv das war, wie unglaublich verbunden ich mich mit ihm fühlte, bevor ich ihn ansehe und lächle.

„Das nenne ich mal ein *Willkommen zu Hause,* Cupcake."

DRAUßEN IST ES BEREITS DUNKEL, und Tennyson und ich haben uns kaum bewegt, abgesehen von einer sehr schnellen Dusche und als ich nach unten lief, um den Käsekuchen und zwei Gabeln zu holen. Jetzt sitzen wir in meinem Bett, den Kuchen fast halb aufgegessen. Wir sind beide noch nackt und haben stundenlang über alles Mögliche geredet.

„Und wie war deine Reise?", frage ich, während unser Gespräch sich erst jetzt auf die Ereignisse der vergangenen Tage richtet.

„Singapur ist unter Dach und Fach", sagt er und ein kleines Lächeln umspielt seine Lippen.

„Herzlichen Glückwunsch! Das ist großartig. Ich bin so stolz auf dich." Aber an seinem Gesichtsausdruck erkenne ich, dass da noch mehr ist.

„Außerdem war ich in Indonesien." Ich runzle verwirrt die Stirn.

„Nanny Helen stammte von dort. Ich habe ihr Dorf besucht", erklärt er, und weckt damit meine Neugierde. Er hat ein paar Mal über sein Kindermädchen gesprochen, und ich weiß, dass sie sich nahestanden, aber ich habe das Gefühl, dass es ihm schwerfällt, über sie zu sprechen. Ich weiß nur nicht, was es ist.

„Erzähl mir mehr von Nanny Helen", ermuntere ich ihn, während ich noch einen Bissen von dem Kuchen nehme, obwohl ich eigentlich schon satt bin.

„Sie kam zu uns nach Hause, als ich noch ein Baby war. Ursprünglich von einer Agentur, glaube ich. Sie war bei mir von kurz nach meiner Geburt bis zu ihrem Tod, als ich zwölf war", sagt er und blickt in die Ferne, verloren in seinen Erinnerungen.

„Als sie kam, sprach sie kaum Englisch, aber sie kam in die Vereinigten Staaten, um Geld zu verdienen und es ihrer Familie zu schicken. Sie lebte in einem kleinen Häuschen hinter unserem Haus. Ich war ihr Leben, und sie war meines." Ich habe ihn einige Male von ihr sprechen hören, aber jetzt, mit dem fernen Blick in seinen Augen, sieht er fast traurig aus.

„Hast du mit ihrer Familie gesprochen? Freunden?", frage ich und hoffe, dass es ihnen allen gut geht.

„Ich habe ihren Mann besucht, wir haben alte Fotos durchgesehen und haben über sie gesprochen." Seine Augen werden glasig, und mein Herz zieht sich schmerzhaft zusammen. Ich weiß, dass diese Wunde tief ist. Ich bin mir nur nicht sicher, wie tief tatsächlich.

„Es ist schön, dass du ihn treffen konntest. Ich bin sicher, es hat ihn getröstet, dich nach all den Jahren zu sehen", sage ich leise, und er dreht sich langsam zu mir um.

„Das hat mich auch getröstet. Ich denke immer noch oft an sie", gibt er zu.

„Sie war ein wichtiger Teil deiner Kindheit; es ist verständlich, dass du an sie denkst."

„Gibt es etwas, das ich tun kann? Für ihren Mann, meinst du? Er ist arm. Sie hat offensichtlich Geld nach Hause geschickt, und obwohl ich nicht glaube, dass er ein Mensch ist, der viel will, habe ich das Gefühl, dass ich etwas für ihn tun könnte. Ich meine, ich habe ihm zwölf Jahre lang seine Frau weggenommen und sie dann in einer Kiste zurückgeschickt", sagt er und wirkt dabei fast verlegen.

„Warum gründen wir nicht eine Art Fonds? Vielleicht für indonesische Kindermädchen oder die Kinder aus der Region, in der sie lebten? Vielleicht etwas, um ihn auf andere Weise zu unterstützen?", schlage ich vor, und meine Gedanken rasen bereits. Es gibt viele Möglichkeiten, diese Menschen zu unterstützen.

„Hmmm. Lass uns noch etwas darüber nachdenken, aber mir gefallen all deine Ideen." Ein kleines Lächeln erhellt seine Augen.

„Das ist eine schöne Sache, Tennyson. Du hast ein großes Herz."

„Und es gehört ganz dir, Willow Valentine", sagt er, während er sich zu mir beugt und seine Lippen auf meine legt.

35

TENNYSON

Es ist noch früh. Es muss ungefähr sechs Uhr sein, und ich liege nackt, mit Willow an meiner Seite, in ihrem Bett. In den wenigen Stunden, die wir hatten, habe ich gut geschlafen. Es tat gut, zu reden. Wir haben alles offen angesprochen, und es gibt jetzt nichts mehr, was Willow nicht weiß. Ich fühle mich frisch, als hätte sie mir neues Leben eingehaucht, und jetzt bin ich so hungrig nach ihr wie seit Wochen nicht mehr. Ich fahre mit meinen Händen über ihren nackten Oberkörper, spüre sie unter meinen Handflächen.

„Mmm, wie spät ist es?", stöhnt sie und bringt meinen ohnehin schon harten Schwanz zum Zucken.

„Es wird Zeit, dass ich dir zeige, was du mir bedeutest", sage ich leise. Irgendwann gestern Abend ist ihre Schwester nach Hause gekommen, mir ist also bewusst, dass wir nicht mehr allein im Haus sind. Ich ziehe sie sanft an mich und positioniere mich zwischen ihren Beinen.

„Habe ich dir in letzter Zeit gesagt, wie schön du

bist?", flüstere ich, während meine Lippen sich sanft auf ihre legen. Ihr Haar ist zerzaust, ihre Wangen sind leicht gerötet, ihre Lippen sind geschwollener als sonst.

„Hmmm, heute nicht ...", murmelt sie, noch im Halbschlaf.

„Habe ich dir heute schon gesagt, dass ich dich liebe?", necke ich und kann mir ein Lächeln nicht verkneifen. Ich habe noch nie jemandem gesagt, dass ich ihn liebe, und jetzt kann ich nicht mehr aufhören.

„Nicht mit so vielen Worten ...", sagt sie und richtet sich langsam auf, ein kleines Lächeln umspielt auf ihren Lippen.

„Habe ich dir heute Morgen einen Orgasmus verschafft?", frage ich und lasse meinen Mund auf ihre nackte Brust gleiten, während ich mit meiner Hand ihren weichen Bauch hinunterfahre und ihre warme Mitte finde. Ich beginne, ihr Geschlecht zu umkreisen und ihr so meine Absichten klarzumachen.

„Tenn ...", stöhnt sie, ihr Rücken wölbt sich ein wenig, und ich bewege meine Lippen zu ihren hinauf. Ich lasse mir Zeit, will nichts überstürzen, will jeden Moment auskosten, es richtig machen. Ich will heute Morgen mit Willow Liebe machen.

Unsere Lippen bewegen sich aufeinander, unsere Zungen umspielen einander. Sie schmeckt süß und herzhaft in einem. Eine perfekte Mischung. Meine andere Hand legt sich auf ihre Wange und hält sie bei mir, während meine Finger sie weiter unten umkreisen.

Sie stöhnt, und das Geräusch ist so süß, dass ich es in meine persönliche Audiobibliothek aufnehmen möchte, damit ich es mir immer wieder anhören kann. Ihre

Hüften bewegen sich, ihre Brustwarzen ziehen sich zu harten Spitzen zusammen, und ich löse meine Lippen von ihren, um ihr Gesicht zu betrachten, während ich in sie eindringe. Ihr Mund öffnet sich, ihre Augen blicken in meine, und ihr Atem stockt, als sie mich ganz in sich aufnimmt. Ich bin langsam, mein Schwanz ist so hart, dass ich das Gefühl habe, jeden Moment zu kommen. Es fühlt sich an, wie der verdammte Himmel. Sie ist so warm, so weich, so nass.

„Gott, das fühlt sich gut an, Willow. So verdammt gut", flüstere ich, meine Lippen wieder auf ihren, unsere Atmung beschleunigt sich. Vor ihr hatte ich noch nie Sex ohne Kondom, und wenn ich gewusst hätte, dass es sich so gut anfühlt, hätte ich es vielleicht schon eher ausprobiert.

„So gut ...", stöhnt sie. Wir bewegen uns synchron, unsere Körper arbeiten wie ein einziger. Ich weiß, was ihr gefällt. Ich weiß, was sie zum Stöhnen und Keuchen bringt, und während ich sie dabei beobachte, wie sie sich auf die Unterlippe beißt, wird mein Griff um ihre Hüfte fester.

Dann stütze ich mich auf meine Ellbogen, um sie zu umschließen und beobachte sie. Ich bewege meine Hüften langsam, koste diesen Moment in vollen Zügen aus, fühle jeden Stoß, lasse mir Zeit und genieße es, die Emotionen auf ihrem Gesicht tanzen zu sehen. Wie sie sich auf die Lippe beißt, wie sich ihre Augen langsam in Ekstase schließen. Ihre Hüften bewegen sich im Takt mit meinen, ihre Hände wandern meinen Rücken hinauf, ihre Finger tanzen auf meiner Haut, bevor sie sich in mein Haar schieben.

„Tenn, ich komme gleich …", keucht sie.

„Komm für mich, Cupcake. Ich will spüren, wie du kommst", stöhne ich. Ich liebe Sex, hart, schnell, verschiedene Stellungen, verschiedene Orte. Aber so habe ich noch nie Liebe gemacht. Es ist etwas Besonderes. Sie drückt ihren Kopf ins Kissen, öffnet den Mund und ein Keuchen entweicht ihren Lippen. Ich senke meinen Mund auf ihren und dämpfe ihre Laute der Lust.

Zu spüren, wie sich ihr Inneres um mich herum zusammenzieht, lässt auch mich kommen, und ich stoße ein letztes Mal in sie, bevor ich meinen Samen in sie pumpe. Ein tiefes Knurren entweicht meinen Lippen, während ich meinen Kopf an ihre Halsbeuge drücke und nach Luft schnappe. Ich spüre eine Verbindung, die ich noch nie zuvor gespürt habe. Ihre Hände wandern meinen Rücken hinauf und hinunter, während ich auf ihr liege und nach Atem ringe. Ich verlagere ein wenig mein Gewicht, um sie nicht zu erdrücken, aber so lange wie möglich mit ihr verbunden zu bleiben, während wir beide uns einen Moment Zeit nehmen, um zu Atem zu kommen und in die Realität zurückzukehren.

„Müssen wir heute aufstehen?", murmle ich, meine Lippen legen sich automatisch auf ihren Hals, schmecken ihre Haut, küssen sie, beißen sie. Mein Körper fühlt sich völlig erschöpft an, ich bin noch nie so oft und so heftig gekommen wie mit Willow am vergangenen Tag. Und doch kann ich nicht aufhören, sie zu küssen. Ich werde nie genug bekommen.

„Ja. Dein Interview wird heute Vormittag live übertragen, also sollten wir aufstehen und uns vorbereiten. Ich bin sicher, dass es einige Dinge gibt, die wir besprechen müssen, sobald es live ist." Ich kann sehen, wie ihre Gedanken zu wirbeln beginnen, wie die Arbeit wieder die Oberhand gewinnt, und ich weiß, dass wir aufstehen, duschen und uns dem stellen müssen, was dieser Tag uns bringen wird.

~

„WAS MACHST *DU* DENN HIER?", fragt das Teufelskind von nebenan, als ich nach dem Duschen und Umziehen die Treppe hinuntergehe. Willows Haus ist klein, aber gemütlich, und ich fühle mich schon wie zu Hause.

„Die Frage sollte wohl eher lauten: Was machst *du* denn hier?", murmle ich und richte mein Hemd. Dieser kleine Teufel hat es seit dem ersten Tag auf mich abgesehen und ich habe nicht vor, ihn zu schonen. Als ich mich umschaue, erblicke ich Willows Schwester, die draußen mit Bob spielt.

„Ich frühstücke gerade. Willow macht mir jedes Wochenende Frühstück. Das ist *unser* Ding", entgegnet er und wirft mir über seine Schüssel voller Cheerios hinweg einen Todesblick zu. Ich erwidere seinen Blick und verdrehe die Augen.

„Nun, ich habe letzte Nacht hier übernachtet. Das ist *unser* Ding", antworte ich und habe das Gefühl, dass ich dabei wie ein Kleinkind klinge. Ich starre ihn einen Moment lang an und frage mich, wie ich diesen nervtötenden Jungen loswerden kann.

„Hey, der Kaffee steht auf dem Tisch. Der Fernseher ist an. Es ist gleich so weit", sagt Willow, während sie in die Küche eilt, ihr Handy und einige Papiere vom

Küchentisch nimmt und wieder hinausgeht. Ich fahre mir mit den Händen über das Gesicht und hoffe, dass das Interview gut ist und in den Augen der Öffentlichkeit ein Erfolg wird. Um ehrlich zu sein, es könnte so oder so ausgehen. Vielleicht wurde es so geschnitten, dass ich in einem unpassenden Licht dastehe, dass ich in die Rolle des sorglosen Playboy-Arschlochs gerate, welche die lokalen Medien in der letzten Woche zu etablieren versucht haben. Vor ein paar Monaten hätten sie damit nicht Unrecht gehabt. Aber ich habe mich verändert. Sehr sogar. Ich bin nicht mehr derselbe Mensch und will es auch nicht mehr sein. Oder es könnte ein intelligentes Gespräch über das Geschäft und meine Expansionspläne sein, die nun alle in Singapur zementiert sind, und Geoffrey Newcomb wird sich an seinem Morgenkaffee verschlucken.

Der Gedanke an ihn bringt mir meine andere Realität zurück. Seine Tochter und ihre mangelnde Bereitschaft, einen Vaterschaftstest zu machen ... die ganze Sache stinkt bis zum Himmel. Sie lügt; ich habe nur keine Beweise und keine Möglichkeit, sie zu erbringen. Ich kann sie nicht dazu zwingen, einen Vaterschaftstest durchzuführen oder gar zu beweisen, dass sie tatsächlich schwanger ist. Sie könnte die Sache also durchaus die nächsten sieben Monate hinauszögern, bis ein Baby auftaucht. Aber ich will nicht warten. Ich will jetzt Antworten. Ich will, dass das alles geklärt wird, und ich will die Sache vergessen.

„Bist du nicht nur stumm, sondern auch taub?", fragt Josh, und ich werfe ihm einen bösen Blick zu. Er hat inzwischen sein Frühstück beendet und geht mit dem

Geschirr zur Spüle. „Hier ist dein Kaffee." Er schiebt die Tasse, die Willow für mich vorbereitet hat, über den Tisch, aber nicht bevor ich sehe, wie er seinen Finger ableckt und ihn in das heiße Gebräu taucht und den Kaffee umrührt, als würde er einen Löffel benutzen. „Noch warm, *nur für dich*", sagt er und setzt ein falsches Lächeln auf. Ich sträube mich dagegen, den Kaffee anzurühren. Wer weiß, wo er seine Hände hatte. Wahrscheinlich in seiner Nase.

„Hey, Rockstar", ruft Willows Schwester Saide, als sie hereinkommt.

„Saide, wie geht es dir?", frage ich sie und versuche, höflich zu sein, während Josh hinter ihr steht, mir den Mittelfinger zeigt und die Zunge herausstreckt. *Ich könnte sein Haus nebenan kaufen und ihn zwingen, umzuziehen.*

„Besser, jetzt, wo meine Schwester glücklich ist. Schön, dass du dich zusammengerissen hast, Teufelskerl. Mal sehen, ob du dich auch bei diesem Interview zusammenreißen konntest, was?", sagt sie und zieht die Augenbrauen hoch, fast wie eine Herausforderung. Ich hätte damit rechnen müssen. Natürlich würde sie ihre Schwester beschützen. Diese Situation ist für niemanden ideal. Saide geht an mir vorbei ins Wohnzimmer, Josh folgt ihr, aber nicht bevor er mich im Vorbeigehen mit der Schulter anrempelt. Da er viel kleiner ist als ich, stößt seine Schulter direkt gegen meinen Magen, sodass ich einen kleinen Schritt zurücktaumle. *Ich glaube, ich werde alle Häuser in der ganzen Straße aufkaufen, nur um sicherzugehen.*

Für einen kleinen Jungen hat er eine harte Schulter und ich frage mich wieder einmal, was sein Problem ist.

Den Kaffee ignorierend, folge ich ihnen ins Wohnzimmer und sehe, wie Saide sich auf den Sessel setzt und Willow auf dem Sofa direkt vor dem Fernseher auf ihrem Handy tippt. Josh kommt herein und setzt sich sofort neben sie, sodass sich der einzige freie Platz auf seiner anderen Seite befindet.

„Willow, du kommst doch diese Woche zu meiner Schulpräsentation, nicht wahr?", fragt Josh mit einer so unschuldigen Stimme, wie ich sie noch nie gehört habe. Ich ziehe die Augenbrauen hoch, als er mich mit einem verschmitzten Lächeln ansieht.

„Natürlich, das würde ich um nichts in der Welt verpassen!", sagt sie, und sein Lächeln wird noch breiter.

„Was hältst du davon, wenn ich Tennyson mitbringe? Ich bin sicher, er würde gerne sehen, wie du deinen Preis bekommst", sagt sie, wobei sie immer noch auf ihr Handy starrt, und keinen von uns beiden beachtet. Joshs Lächeln schwindet aus seinem Gesicht, aber dafür erscheint eines auf meinem.

„Das wäre toll, *Cupcake*. Wofür ist der Preis? Für das Bestehen der Grundschule?", ziehe ich ihn auf, wohl wissend, dass er schon in der Mittelschule ist. Meine Worte verletzen ihn, als er mir einen finsteren Blick zuwirft.

„Er hat ein Wissenschaftsstipendium erhalten", antwortet Willow, und meine Augenbrauen wandern in die Höhe. Der Junge ist offensichtlich intelligenter, als ich angenommen hatte.

„Ich weiß, wie man Sachen in die Luft jagt", flüstert er drohend, und ich schlucke. Toll, jetzt muss ich alles in meinem Leben vor einem möglichen Bombenangriff sichern. Wir starren uns einen Augenblick lang an, bevor das Intro der *Business News* läuft, und ich nehme Platz, während Willow die Lautstärke aufdreht.

Während der gesamten Show sind wir alle still und lauschen jedem einzelnen Wort, das gesagt wird. Ich lasse die Fingerknöcheln knacken und knirsche die ganze Zeit mit den Zähnen. Ich bin angespannt, aber ich brauche mir keine Sorgen zu machen. Es ist perfekt. Ich sehe gut aus, ich klinge selbstbewusst, und das Ganze konzentriert sich auf das Geschäftliche, ohne dass ich etwas über mein Privatleben sage, abgesehen von einer kleinen Erwähnung der aktuellen Situation kurz bevor der Abspann läuft.

„Das war perfekt", sagt Willow leise und staunend. Ich schaue zu ihr hinüber, und merke, dass sie mich verblüfft ansieht. Erleichterung steht ihr ins Gesicht geschrieben.

„Nein, Willow. Du bist perfekt." Ohne Zweifel ist sie diejenige, die das hier möglich gemacht hat. Unsere Blicke treffen sich über Joshs Kopf hinweg, und wir sehen uns einen Moment lang an, bevor unsere Handys verrückt spielen.

36

TENNYSON

Meine Brüder und ich sitzen um den großen hölzernen Esstisch herum. Die Politur wurde so dick aufgetragen, dass unsere Papiere bei jeder Gelegenheit verrutschen.

„Mit der Ausweitung des Baugeschäfts in Singapur erwarten wir in den kommenden drei bis fünf Jahren eine Verdreifachung unserer Gewinne", erkläre ich und gebe allen meinen Brüdern und meiner Mutter einen Überblick über den neuen Vertrag. Wir machen das jedes Quartal. Die Unternehmen gehören zwar uns, aber unsere Mutter hat eine stille Rolle in unserem Familienunternehmen, und als solche muss sie über den Papierkram, die Finanzen und unsere steuerliche Situation informiert sein. Im Gegenzug zahlen wir weiterhin für ihren Lebensstil. Ich bin mir sicher, dass sie lieber einkaufen oder mit ihren Freundinnen essen gehen würde, aber das ist es, was Vater nach seinem Tod für uns vorgesehen hat, und wie die vier Idioten, die wir sind, tun wir weiterhin, was unser Vater uns aufgetragen hat. Ich schaue auf meine Uhr und denke daran, dass ich heute Nachmittag am anderen Ende der Stadt bei Joshs Schulfeier sein muss. Ich bin mir nicht sicher, welches Treffen besser ist. Hier mit meiner Mutter zu sitzen oder in einer Schule mit dem Kind, von dem ich glaube, dass es an der Grenze zum Psycho steht.

„Ich habe alles darüber in den *Business News* gehört. Das ganze Interview drehte sich nur um dich. Deine Brüder und *ich* wurden mit keinem einzigen Wort erwähnt", sagt sie, offensichtlich verärgert darüber, dass sie keine Sendezeit bekommen hat.

„Meine Managerin hat das Interview für mich arrangiert, für *Rothschild Construction*. Warum sollten wir dich erwähnen?", frage ich sie, während ich ihr in die Augen blicke. Ich bedränge sie genauso wie sie mich. Die Wut zwischen uns steigert sich mit jedem Tag weiter. Meine Brüder werfen sich Blicke zu, Harrison beobachtet uns beide wie ein Falke.

„Sie haben nur von Singapur gesprochen. Ich habe keine Ahnung, warum du ausgerechnet nach Asien expandierst. Es ist so weit weg. So schmutzig", meint sie abwertend, als wäre es lächerlich, dass ich überhaupt an eine Expansion in Asien denke.

„Das hast du auch von Helen gedacht, nicht wahr, Mom?" Die Köpfe meiner Brüder rucken in meine Richtung und sehen mich mit hochgezogenen Augenbrauen an. Normalerweise spreche ich bei diesen Treffen nicht so viel. Ich habe in letzter Zeit auch mit niemandem außer Willow über Nanny Helen geredet, also ist das Thema wahrscheinlich überraschend. Aber mein Leben hat sich jetzt verändert, und ich werde meine Gefühle nicht länger zurückhalten. Nachdem ich sie fast zwei Jahrzehnte lang ignoriert habe, kochen sie nun an der Oberfläche.

„Was hat diese armselige Entschuldigung für ein Kindermädchen damit zu tun? Versuchst du nur, mich mit sinnlosem Zeug zu reizen, Tennyson?" Sie starrt mich direkt an. Sie ist nervös, das kann ich spüren.

„Ähm ... warum kommen wir nicht wieder zur Sache ...", mischt Eddie sich ein, aber Mom und ich ignorieren ihn.

„Welches war dein Problem mit Helen, Mom? Sie war mir eine bessere Mutter als du es jemals hättest sein können", sage ich und sehe, wie sich ihr Gesicht vor Wut verzieht.

„Ich lasse nicht zu, dass du so mit mir redest", ruft sie, und wie ein Blitz kommen all meine Erinnerungen zurück.

Ich lese in der Bibliothek in Ruhe ein Buch und höre dann ein lautes Geräusch. Ich renne in die Küche und sehe Helen am Boden liegen, die sich die Brust hält, und meine Mutter, wie sie über ihr steht.

„Du hast keine Ahnung, wovon du redest. Du warst ein Kind", spuckt meine Mutter.

„Du hast an jenem Tag über ihr gestanden. Ich erinnere mich jetzt. Ich erinnere mich deutlich." Meine Gedanken geraten außer Kontrolle, und ich balle meine Hände unter dem Tisch zu Fäusten, um das Zittern zu verbergen.

„Du hast keine Ahnung, wovon du redest!" Ihre Stimme hebt sich um eine weitere Oktave, während sie frustriert, wütend und schuldbewusst zugleich dreinschaut.

Ich laufe los, knie mich neben Helen und sehe, wie sich ihr Gesicht vor Schmerz verzieht. Tränen steigen mir in die Augen, ich weiß nicht, was ich tun soll. Ich sehe zu meiner Mutter auf und flehe sie an, jemanden zu Hilfe zu rufen.

„Auf der Küchenbank lag eine Tüte mit Erdnüssen. Ich erinnere mich, eine Tüte Nüsse gesehen zu haben! Wusstest du, dass sie eine Allergie gegen Nüsse hatte, Mom?", frage ich, während ich mich nach vorn beuge, Adrenalin schießt durch meinen Körper, mein Bein beginnt zu wippen, mein Kiefer spannt sich an. Ich höre, wie Eddie nach Luft schnappt, als auch er die Zusammenhänge erkennt. Natürlich wusste sie es. Nanny Helen hatte sich einer gründlichen medizinischen Untersuchung unterzogen, bevor sie anfing, für uns zu arbeiten.

„Ich habe keine Ahnung, wovon du sprichst. Ich habe an diesem Tag Dr. Wilson angerufen. Er hat bestätigt, dass sie an einem Herzinfarkt gestorben ist. Er hat den Bericht selbst geschrieben! Jetzt hör auf, solch dummes Zeug zu reden", stößt sie hervor, aber ich glaube ihr nicht.

„Dr. Wilson? Der Mann, der immer in unserem Haus war, wenn Dad nicht in der Stadt war?", fragt Harrison und sieht aus, als würde er die Puzzleteile in seinem Kopf zusammensetzen. Da er der Ältere in unserer Familie ist, hat er mehr Erinnerungen an die Ereignisse als wir andere.

„Oh mein Gott ...", flüstert Ben mit großen Augen. *Hatte meine Mutter eine Affäre mit Dr. Wilson?*

„Moment, Dr. Wilson war bei uns zu Hause?", fragt

Eddie. Da er der Jüngste von uns ist, kann er sich nicht erinnern, dass der Arzt so oft da war.

„Hast du Nanny Helen umgebracht?", frage ich und mein Atem stockt bei den Worten.

„Was zum Teufel ist in euch gefahren?", ruft meine Mutter und starrt uns an.

„Mom, sag mir, dass du das nicht getan hast. Sieh mir in die Augen und sag mir, dass du Nanny Helen an diesem Tag keine Nüsse gegeben hast." Langsam stehe ich auf, und meine Nasenflügel weiten sich. Wir wissen beide, dass sie es getan hat. Ich habe keine Ahnung, woher, aber ich weiß, dass sie es getan hat.

„Du kannst dir den Totenschein selbst ansehen. Herzinfarkt. Und jetzt setz dich", faucht sie, allerdings entgeht mir nicht, dass sie es nicht geleugnet hat. Sie sieht mir nicht in die Augen, aber ich spüre, wie die Wut in ihr aufsteigt.

„Ich kann es verdammt noch mal nicht glauben." Als ich Harrison ansehe, sehe ich, wie er schluckt. Ben ist leichenblass, und Eddie schaut nur verwirrt zwischen uns hin und her.

„Anstatt in der Vergangenheit zu kramen, sollten wir lieber über deine aktuellen Probleme sprechen, Tennyson", schnauzt sie. „Ihr seid alle schnell dabei, über meine Erziehung zu urteilen, aber jetzt sieh dir an, was passiert ist. Du hast das Potenzial, unser ganzes Geschäft zum Scheitern zu bringen, indem du, Gott weiß was, in Baltimore treibst!" Ich beiße mir auf die Zunge, um eine Erwiderung zu unterdrücken. Ich weiß, was sie vorhat. Sie lenkt ab. Sie wechselt das Thema, weil sie den Druck nicht mehr ertragen kann.

Mein Herz schmerzt. Nanny Helen hat so viel mehr verdient als das, was wir ihr gegeben haben. Was meine Mutter getan hat, ist schockierend. Ich habe keine Ahnung, wie oder warum sie das alles getan hat, und die traurige Tatsache ist, dass ich weiß, dass ich es nie erfahren werde. Dr. Wilson stand meiner Mutter sehr nahe. Zu nahe, wie es scheint. Beide sind mitschuldig an dieser Situation. Aber das ist schon so lange her, dass ich keine Beweise habe; ich habe nur die Erinnerungen aus meiner Kindheit. Selbst ich weiß, dass das nicht ausreicht, um eine Untersuchung zu rechtfertigen. Ich fühle mich beschissen. Ich möchte kotzen. Ich brauche dringend einen Whisky.

Sie sieht mich an, während sie sich in ihrem Stuhl zurücklehnt und die Augenbrauen hochzieht, als hätten wir ein Schachmatt.

„Ich bin kein Elternteil, und ich habe auch nicht vor, ein Elternteil zu werden, also habe ich auch keine elterlichen Pflichten", sage ich. Ich lehne mich nach vorn und meine Hände umklammern die Tischkante. Das Letzte, was ich brauche, ist, dass sie sich in diese Vaterschaftssache einmischt, aber darauf hätte ich vorbereitet sein müssen.

„Ich sollte nicht erwarten, dass du das Mädchen gut behandelst. Genau wie dein Vater, der mit jeder Frau im Land ins Bett gestiegen ist, aber keine Verantwortung dafür übernehmen konnte. Du musst dieses Mädchen heiraten", drängt sie und schüttelt angewidert den Kopf.

„Das Kind ist nicht von mir", schimpfe ich.

„Natürlich ist das Baby von dir", ruft sie und ihre Stimme wird lauter.

„Mom, es wurde noch kein Vaterschaftstest gemacht", wirft Ben ein, und an der Art, wie er sich an die Tischkante klammert, kann ich erkennen, dass er genauso wütend ist wie ich. Diese Treffen gehören zu den wenigen Malen, an denen er unsere Mutter sieht. Er hat sie aus seinem Leben verbannt, nachdem, was sie mit Emily getan hat. Moms Augen flackern kurz zu ihm, bevor sie sich wieder auf mich richten.

„Wenigstens scheint deine PR-Managerin zu wissen, was sie tut, auch wenn sie mir absolut keinen Respekt entgegenbringt", meint sie und wechselt erneut das Thema. Aber jetzt hat sie meine volle Aufmerksamkeit.

„Wovon sprichst du?", frage ich, denn es gefällt mir überhaupt nicht, dass sie über Willow spricht. Meine Nackenhaare richten sich auf, und mein Blick wandert zu meinen Brüdern, weil ich jetzt verstehe, wie sie sich fühlten, als sie sich in ihre Beziehungen einmischte. Das gefällt mir nicht, kein bisschen.

Sie wird mir einen misstrauischen Blick zu. „Sie ist sehr beschützerisch, was dich anbetrifft. Aber ich werde nicht dulden, dass sie so respektlos mit mir spricht." Es ärgert mich, dass sie Willow belästigt und Willow es mir nicht gesagt hat. Aber ein verschmitztes Lächeln kommt auf meine Lippen, weil ich weiß, dass Willow nicht vor ihr gekuscht hat.

„Was meinst du?", frage ich und lege fragend den Kopf schief. Gott, ich könnte Willow nicht mehr lieben, als ich es gerade tue.

„Sie ist eine schreckliche, respektlose Frau, die nicht einmal den Versuch unternommen hat, meine Gedanken zu diesem Thema zu berücksichtigen", sagt sie und ärgert sich darüber, dass sie ihren Willen nicht durchsetzen konnte.

„Sie ist die Klügste von uns allen", murmle ich und schaue meine Brüder an. Wir nicken einander zu, in stillem Einverständnis, dass dieses Treffen nun beendet ist.

„Ich bin raus", sage ich und will nur noch von hier verschwinden. Ich muss zu Joshs Schule, dann muss ich mit Willow reden. Irgendwann heute Nachmittag müssen meine Brüder und ich uns darüber unterhalten, was heute hier vorgefallen ist.

„Ich auch", sagt Ben ebenso schnell.

„Ich gehe ebenfalls", sagt Harrison, steht auf und packt seine Sachen zusammen, und wir drei stehen da und sehen Eddie an. Es ist nicht fair, dass er nicht einmal die Hälfte unserer Erinnerungen hat. Als er alt genug war, hatte er ein tolles Kindermädchen, ein vernünftiges Verhältnis zu unseren Eltern, und obwohl auch ihre Beziehung nicht die Beste war, hatte ich das Gefühl, dass Eddie immer Moms Liebling war.

„Machen wir Schluss für heute", sagt er diplomatisch. Ich warte nicht länger und höre Mom hinter mir schimpfen, als ich den Raum und dann das Haus verlasse, ohne mich noch einmal umzusehen. Sie und dieses Haus sind jetzt für mich gestorben.

37

WILLOW

Nachdem ich schon losgefahren bin, beeile ich mich, meinen Sicherheitsgurt anzulegen, als ich schon auf der Straße bin. Ich habe genau fünfzehn Minuten Zeit, um zu Joshs Schule zu kommen, meinen Platz zwischen all den Eltern und Betreuern zu finden und zu sehen, wie er seine Auszeichnung erhält. Da seine Mutter im Krankenhaus festsitzt und ihre Schicht nicht versäumen kann, habe ich nicht gezögert, heute dabei zu sein, um für ihn da zu sein. Ich bin so stolz auf seine Leistungen. Mein Handy ist aufgeladen und bereit, haufenweise Fotos von diesem Moment zu machen.

Als ich die Straße entlangfahre, schaue ich mir die Autos an, die an der Seite geparkt sind. Seit dieser Woche tummelten sich verschiedene unbekannte Autos in der Gegend. Schwarze SUVs mit dunkel getönten Scheiben. Tennyson und ich sind jetzt öffentlich bekannt, und die Medien lechzen nur danach, gute Fotos und eine Story zu ergattern. Sie haben sich größtenteils zurückgehalten, weil ich zu vielen von ihnen ein gutes Verhältnis habe, aber das hält die Paparazzi nicht davon ab, Fotos zu machen. Ich habe damit gerechnet, also habe ich entsprechende Pläne aufgestellt. Die Polizei fährt oft vorbei, um Präsenz zu zeigen, und die Nachbarn wurden alle informiert, damit sich niemand unnötig Sorgen macht.

Während die Dinge für Tennysons Ruf relativ ruhig und beständig sind, ist die Vaterschaft immer noch nicht geklärt, und beide Parteien befinden sich in einer Pattsituation. Die Gesundheit des Babys hat Vorrang, also können wir nur so schnell vorgehen, wie es die Mutter zulässt. Aber im Moment tut sich gar nichts. Sie ist noch nicht einmal untersucht worden, sodass wir darauf vertrauen müssen, dass sie die Wahrheit sagt. Laut des Datums, an dem sie und Tennyson zusammen waren, schätzen wir, dass sie jetzt etwa in der zehnten Woche ist.

„Verdammt", sage ich, als ein Auto an mir vorbeirast. Ich bremse, weil ich nicht will, dass es meinetwegen zu einem Unfall kommt, und lasse es passieren. Ich bin weder zu schnell noch zu langsam, aber als ich das Blitzlicht an einem der Hinterfenster sehe, weiß ich, dass es nur Paparazzi sind. Sie veranstalten ständig solche Aktionen, in der Hoffnung, ein Bild von mir mit wutverzerrtem Gesicht zu bekommen, um eine Geschichte ringsherum aufzubauen, die nicht einmal einen Funken Wahrheit enthält.

„Arschlöcher", murmle ich, während ich mich langsam beruhige, von der Hauptstraße abbiege und die Nebenstraßen nehme, in der Hoffnung, sowohl dem Verkehr als auch den Medien zu entkommen.

Mein Blick fällt auf die Uhrzeit, und ich bin mir sicher, dass ich es rechtzeitig schaffen werde. Ich war schon bei einigen dieser Veranstaltungen und weiß, dass der Schulleiter etwa zwanzig Minuten lang sprechen und alle begrüßen wird, bevor die Preisverleihung beginnt. Ich hoffe, Tennyson schafft es heute. Ich habe das Gefühl, dass er und Josh sich auf dem falschen Fuß erwischt haben. Von ihrer ersten Begegnung, als Josh den Fußball gegen Tennysons Kopf knallte, bis hin zu Tennyson, der bei mir zu Hause ist und Joshs Titel als der Mann in meinem Leben übernommen hat. Es war eine Umstellung, aber ich hoffe, dass Josh heute sowohl Tennyson als auch mich in der Menge sehen kann und weiß, dass er nicht mich verliert, sondern Tennyson gewinnt. Ohne eine Vaterfigur in seinem Leben muss seine Mutter beide Rollen ausfüllen, und ich glaube, dass Tennyson und Josh sich eigentlich guttun würden.

Als ich mich einer roten Ampel nähere, werde ich langsamer und atme tief durch. Ich liege gut in der Zeit. Ich muss nur noch in die richtige Straße abbiegen, dann bin ich fast am Ziel. Während ich in meinen Gedanken versunken bin, höre ich das laute Quietschen von Reifen, als ein Auto direkt neben mir ins Schleudern gerät. Als ich aufschaue, sehe ich einen großen schwarzen Escalade auf der anderen Spur dicht neben mir. Ich seufze schwer. Die Medien sind manchmal so aufdringlich. Die Autotüren öffnen sich, und ich neige den Kopf nach vorn, sodass mir die Haare ins Gesicht fallen und mich wenigstens ein wenig schützen. Aber innerhalb von Sekunden wird meine Tür aufgerissen, und ich verfluche mich dafür, dass ich sie nicht verriegelt habe, als ich eingestiegen bin, weil ich nur daran gedacht habe, pünktlich zur Schule zu kommen.

„Hey, stopp! Das kannst du nicht machen!", schreie ich, als ein großer, dunkel gekleideter Kerl meine Tür weit öffnet und sich direkt in meinen persönlichen Bereich lehnt. Ich schlage gegen seinen Arm, was allerdings keinerlei Wirkung auf ihn zu haben scheint, als er meinen Sicherheitsgurt löst.

„Halt! Das ist gegen das Gesetz!", schreie ich wieder, denn ich habe noch nie solche Paparazzi erlebt. Ich höre ihn knurren, dann packt er mich an den Armen und zerrt mich aus dem Auto, als wäre ich nichts weiter als eine Puppe.

„Ahhh!", schreie ich, und schlage ihm mit den Fäusten gegen die Brust.

„Halt die Klappe und steig ins Auto", knurrt der Mann wieder, und ich verstumme. Das sind keine Paparazzi. Mein Herz beginnt zu rasen. Ich versuche, einen Schritt zurückzuweichen und meinen Arm zu verdrehen, um mich zu befreien, aber sein Griff wird fester.

„Lass mich los!", schreie ich, in der Hoffnung, irgendjemandes Aufmerksamkeit zu erregen, aber auf diesen Nebenstraßen ist es ruhig. Ich hätte die Hauptstraße nicht verlassen dürfen.

„Steig in das verdammte Auto!", brüllt er, aber ich wehre mich weiter gegen seinen Griff. Ich habe keine Ahnung von Selbstverteidigungstechniken, aber ich denke, je mehr ich mich bewege, desto unwahrscheinlicher ist es, dass er mich festhalten kann.

„Nein! Hilfe! Irgendjemand, Hilfe!", schreie ich, bevor eine Faust mich mitten im Gesicht trifft, mein Körper zurücktaumelt und gegen die Seite meines Autos knallt. Mein Kopf pocht, und ich schmecke Blut. Ich bin noch nie geschlagen worden. Der Schmerz setzt sofort ein; es fühlt sich fast wie eine Verbrennung an, dann überkommt mich ein Schwindelgefühl. Ich blinzle, kämpfe gegen die drohenden Tränen an, und als ich langsam wieder zu mir komme, beginne ich zu schreien.

„Hilfe! Hilfe!" Ich habe keine Ahnung, was los ist, aber mein Instinkt sagt mir, dass ich rennen muss. Ich stoße mich von meinem Auto ab und mache einen Schritt, mein Auto läuft noch, die Schlüssel stecken im Zündschloss, die Tür auf der Fahrerseite ist weit geöffnet. Ich höre mein Handy klingeln, das in meiner Tasche auf dem Beifahrersitz liegt, aber ich muss weg. Ich mache noch einen Schritt und will um den Kofferraum herum zu den nahe gelegenen Häusern rennen, aber plötzlich spüre ich einen Griff um mein Handgelenk, bevor mein Körper hart nach hinten gerissen wird. Ich stoße gegen seine Brust, und die Luft wird so heftig aus meinen Lungen gedrückt, dass ich kaum noch atmen kann. Der Kerl ist so groß, dass mein Kopf kaum bis zu seiner Brust reicht, und er hält mich fest an sich gedrückt, während er seinen Mund auf mein Ohr senkt.

„Ich sagte, steig in das verdammte Auto, du verdammte Schlampe." Seine Stimme jagt mir einen Schauer über den Rücken, als sich seine Hände grob um meine Taille legen und er mich hochhebt, als würde ich nichts wiegen, und mich über seine Schulter wirft. Ich strample mit den Beinen, schlage mit den Fäusten gegen seinen Rücken und tue alles, um ihn dazu zu bringen, mich loszulassen, aber sein Griff ist stark, zu stark, als dass ich mich dagegen wehren könnte.

„Nein! Stopp! Hilfe!", schreie ich und gebe nicht auf. Ich trete so heftig mit den Beinen, dass mir die Schuhe von den Füßen fliegen. Ich habe keine Ahnung, wer das ist oder was er will, aber ich habe wenig Zeit, darüber nachzudenken, als mein Körper auf den Rücksitz seines Autos geschleudert wird, wobei mein Kopf auf dem Weg hinein gegen den Türrahmen schlägt und meine Welt schwarz wird, bevor mein Körper überhaupt auf dem Sitz aufschlägt.

38

———

TENNYSON

Ich stehe vor der Schule und versuche, Willow zu erreichen, aber sie geht nicht ans Telefon. Als ich mich umschaue, sehe ich lächelnde Eltern, Großeltern und Lehrkräfte, die sich alle prächtig amüsieren, während sie umhergehen, Hände schütteln und sich unterhalten. Ihr Leben scheint ruhig und gelassen zu sein, während meins in völliger Aufruhr ist, und ich kann einfach nicht verstehen, was zum Teufel hier vor sich geht.

Ich habe noch eine Million anderer Termine, einschließlich der Nachbesprechung mit meinen Brüdern nach der Scheißaktion mit unserer Mutter. Aber ich habe Willow versprochen, dass ich heute komme, um ihren Psycho-Leibwächter zu unterstützen. Seine Mutter arbeitet im Krankenhaus, und er hat keinen Vater, der sich um ihn kümmert, daher kann ich mir gut vorstellen, dass er es auch nicht gerade leicht hat. Die Tatsache, dass es Willow ist, die zu diesen Dingen kommt, bestätigt mir, dass Josh vielleicht eine nicht ganz so ideale Familiensituation hat. *Ich weiß genau, wie sich das anfühlt.*

Als ich sehe, wie alle hineingehen, beschließe ich, der Menge zu folgen und Willow einen Platz zu reservieren, damit sie unbemerkt hineinschlüpfen kann, denn ich weiß, dass sie das nicht verpassen will. Josh ist ihr sehr wichtig.

Ich gehe um die Familien herum und nehme zwei leere Plätze in der Mitte seitlich ein. Ein paar Leute werfen mir einen Seitenblick zu. Wahrscheinlich, weil ich in meinem Anzug und mit meinem finsteren Blick ziemlich fehl am Platz wirke. Eine ältere Frau sieht mich mit zusammengekniffenen Lippen an, nicht gerade erfreut darüber, und ich zeige ihr meine perlweißen Zähne.

Als der Schulleiter vortritt und seine Rede beginnt, schicke ich Willow eine Nachricht, in der ich ihr mitteile, wo ich sitze, und frage sie, wann sie hier sein wird. Der Schulleiter beginnt zu sprechen, begrüßt die Anwesenden und erläutert die Werte der Schule. Mein Hintern ist bereits taub von diesem harten Holzsitz. Ich schaue mir die Gruppe von Kindern an, die vorn steht, und versuche, Josh unter ihnen auszumachen. Ich brauche nicht lange. Er ist der einzige Junge, der mich direkt ansieht, als wolle er mich von Kopf bis Fuß auseinandernehmen. Er ist nicht glücklich darüber, dass ich heute gekommen bin. Ich schenke ihm mein breitestes ‚Fick dich'-Lächeln, und er verdreht die Augen. *Ein Punkt für mich.*

Während die Zeit verstreicht, schaue ich immer wieder über meine Schulter, aber Willow ist immer noch nicht da. Ich schreibe ihr eine weitere Nachricht, aber sie antwortet immer noch nicht. Langsam beginne ich mir Sorgen um sie zu machen. Das ist so untypisch für sie. Irgendetwas fühlt sich seltsam an. Panik macht sich in meinem Körper breit. Ich denke gerade darüber nach, wo sie sein könnte, als ich Joshs Namen höre und aufschaue. Er sieht mich mit fragend hochgezogenen Augenbrauen an, aber ich schüttle den Kopf, um ihm zu sagen, dass sie nicht hier ist, und ich sehe, wie seine Schultern sinken. Mein Blick bleibt an ihm haften, als ich sehe, wie dieser Junge unter dem Beifall der Menge über die Bühne geht und seine Urkunde entgegennimmt. Da tue ich etwas, was ich nicht für möglich gehalten hätte. Ich lege meine Finger an die Lippen und pfeife laut, bevor ich „Super, Josh!" in die Menge rufe. Ich hebe mein Handy und drücke auf Aufnahme, um ein Video zu machen, denn ich weiß, dass Willow es später sehen will. Er wirft mir einen erschrockenen Blick zu, aber ich halte einen Daumen hoch, woraufhin er mir ein unsicheres kleines Lächeln zuwirft. Als er die letzten Meter bis zum Schulleiter überwunden hat, streckt er den Rücken durch und sein Lächeln wirkt etwas selbstbewusster.

„Sie sind ein so guter Vater. Es ist so schön zu sehen, wie Sie Ihr Kind heute unterstützen", sagt eine Frau neben mir. Ich wende mich ihr zu und lächle.

Ich filme weiter, bis er die Bühne verlassen hat, und schalte die Kamera aus. Ich beobachte ihn einen Moment, als er sich wieder zu der Gruppe von Kindern gesellt. Ein paar von ihnen geben ihm ein High Five, bevor er wieder in meine Richtung schaut. Ich nicke ihm zu, was er erwidert, und ich frage mich, ob wir jetzt einen

Waffenstillstand haben oder ob ich künftig wirklich um mein Leben bangen muss.

ICH STEHE WIEDER DRAUSSEN in der Sonne vor der Schule und schaue auf mein Handy.

„Komm schon, geh ran, Willow", murmle ich, während ich erneut versuche, sie anzurufen.

„Hey", sagt eine Stimme von der Seite, und ich sehe Josh unbeholfen dastehen.

„Hey, Kleiner", sage ich. „Tolle Leistung."

„Wo ist Willow?", fragt er.

„Ich habe keine Ahnung. Ich habe versucht, sie anzurufen, aber sie geht nicht ran", sage ich, und mein Magen zieht sich zusammen. Meine Sorge ist enorm gestiegen. Sie hätte schon vor zwei Stunden hier sein sollen und jetzt reagiert sie weder auf meine Anrufe noch meine Nachrichten. Das sieht ihr gar nicht ähnlich.

„Sie hat gesagt, sie würde hier sein", sagt Josh, und ich merke, dass er sehr enttäuscht ist.

„Ihr muss etwas dazwischengekommen sein", sage ich, in der Hoffnung ihn ein wenig zu trösten. In der Zwischenzeit brodelt es in mir, und ich kann mich vor ihm kaum noch zusammenreißen.

„Weißt du, wo Saide ist?", frage ich Josh, denn vielleicht sind die beiden unterwegs und unternehmen etwas.

„Sie ist für einen Tag nach Connecticut gefahren", antwortet Josh.

„Vielleicht ist etwas mit Saide passiert und Willow

musste ihr helfen?" Ich erinnere mich, dass Willow mir erzählt hat, dass Saides verheirateter Freund in Connecticut lebt, also ist Willow vielleicht hingefahren, um sie bei etwas zu unterstützen.

„Kann ich Saide anrufen?", fragt Josh, und ich nicke. Ich spreche meine Sorge nicht laut aus, aber ich habe das Gefühl, dass er es weiß. Ich beobachte, wie er sein eigenes Handy herauszieht und Saide anruft. Ich runzle die Stirn, als ich das Ende des Gesprächs mit anhöre. Anscheinend ist Saide bereits auf dem Rückweg von Connecticut, ohne zu wissen, wo Willow ist, und hat ebenfalls den ganzen Tag über versucht, sie anzurufen. Ein mulmiges Gefühl überkommt mich, und ich schlucke hart. *Was zum Teufel ist passiert?*

„Lass uns gehen, Junge", sage ich zu Josh, während ich zu meinem Auto gehe.

„Wohin gehen wir?", fragt er, als er mir folgt.

„Sag Saide, dass wir sie zu Hause treffen werden. Irgendetwas stimmt nicht." Josh gibt die Nachricht weiter, bevor er sein Telefon einsteckt. Mein Auto steht direkt am Bordstein. Ein paar der Väter stehen herum und bewundern es. Wie die meisten Männer mag ich Autos und habe eine große Sammlung. Das hier ist mein Sportwagen, mit dem ich durch den Verkehr rasen kann, um jedes Mal schnell bei Willow sein zu können. Josh sieht beeindruckt aus, als wir beide ins Auto steigen. Ich lasse den Motor aufheulen und fahre von der Schule weg, unter den entsetzten Blicken der PTA-Damen, die uns vom Bürgersteig aus anstarren. Und ich glaube, ich sehe ein kleines Lächeln auf Joshs Lippen.

„Willow!", rufe ich, als wir das Haus betreten.

„Sie ist nicht hier. Und ihr Auto ist weg“, sagt Saide und eilt mit besorgtem Blick die Treppe hinunter.

„Ich versuche sie noch einmal anzurufen“, murmle ich und greife nach meinem Handy.

„Sie geht noch immer nicht ran“, sagt Josh, der sein Telefon senkt, nachdem er ebenfalls erneut versucht hat, sie zu erreichen. Ein flehender Blick liegt in seinen Augen, als er mich ansieht.

„Ich rufe Beth an, vielleicht hat sie mit ihr gesprochen.“ Ich ärgere mich, dass mir das nicht früher eingefallen ist. Sie sind befreundet, also hat Beth sie vielleicht um einen Gefallen gebeten. Ich beeile mich und gebe ihre Nummer ein, während ich beginne, auf- und abzugehen. Der Drang, mich zu bewegen, zu reden, etwas zu tun, wächst mit jeder Sekunde, die vergeht.

„Beth, hast du Willow gesehen?“, frage ich, ohne sie überhaupt zu begrüßen. Ich greife in mein Haar und ziehe daran, in der Hoffnung, mich ein wenig von meiner Sorge ablenken zu können.

„Ich freue mich auch, von dir zu hören, Tenn“, sagt sie, und ich gebe mir Mühe, nicht zu schreien. Ich habe das Gefühl, dass ich jeden Moment durchdrehen werde.

„Willow ist verschwunden, Beth. Ich bin mit ihrer Familie bei ihr Zuhause, und wir haben sie seit heute Morgen nicht mehr gesehen. Wir wollten uns heute treffen, aber sie ist nicht erschienen. Wir haben bereits mehrmals versucht, sie anzurufen, aber sie geht nicht ran“, informiere ich sie rasch über die Situation und gehe in der kleinen Küche auf und ab. Ich sehe, wie Josh erneut versucht sie anzurufen und wie Saide jedem, den sie kennen, eine Nachricht schickt. Die Anspannung im Raum ist so groß, dass man sie fast greifen kann.

„Tut mir leid, nein, Tenn, ich habe sie nicht gesehen. Ich habe zuletzt vor ein paar Tagen mit ihr gesprochen, bevor du nach Singapur abgereist bist." Ich höre, wie sie ebenfalls beginnt, auf- und abzugehen. „Lass mich Harrison fragen." Sie verstummt und ich höre entfernte Stimmen, bevor sie zum Telefon zurückkehrt.

„Nein, er hat in den letzten Tagen auch nicht mit ihr gesprochen. Er wird Ben und Eddie anrufen, um sie zu fragen", sagt sie, und mir stellen sich die Haare im Nacken auf.

„Es muss etwas passiert sein. Das passt überhaupt nicht zu ihr. Sie hätte das Treffen heute Nachmittag um nichts in der Welt verpasst", sage ich.

„Ich werde die Polizei verständigen. Schick mir die Details ihres Autos. Vielleicht haben sie etwas in den Akten; sie können zumindest sehen, ob es in einen Unfall verwickelt war", bietet Beth an. *Ein Unfall. Gott, nein.* Plötzlich erscheint diese Möglichkeit ziemlich real. Sie darf nicht verletzt sein ... was, wenn sie irgendwo in einem Graben liegt?

„Ich schicke dir die Daten ihres Fahrzeugs per Nachricht. Warte kurz", sage ich und lege auf. Meine Finger fliegen über den Bildschirm, während ich die Beschreibung von Willows Auto eintippe. Gerade als ich die Nachricht abschicke, erhalte ich einen Anruf von einer unbekannten Nummer. Normalerweise würde ich nicht rangehen, aber ich bin so durcheinander, dass ich den Anruf einfach entgegennehme.

„Hallo?", antworte ich und schaue zu Saide und Josh, die mich hoffnungsvoll anschauen.

„Tennyson", sagt eine bekannte männlich Stimme.

„Geoffrey, ich habe jetzt keine Zeit zum Plaudern." Ich bin kurz davor, aufzulegen. Ich habe jetzt ganz gewiss keinen Nerv dafür, mit diesem Arschloch über Geschäfte zu reden.

„Ich habe Willow." Erleichterung erfüllt mich für einen Augenblick, auch wenn ich es sehr merkwürdig finde.

„Was meinen Sie damit, Sie haben Willow? Und warum? Wo ist sie?" Meine Worte überschlagen sich, und Saide und Josh kommen näher.

„Sie ist am Leben, ein bisschen angeschlagen. Lila ist wirklich nicht ihre Farbe", meint er, und mein Magen verkrampft sich.

„Wovon zum Teufel sprechen Sie?", frage ich wütend, während mein Körper zittert.

„Ich mache Ihnen ein Angebot, Tennyson", sagt er einfach und mein Kiefer spannt sich an.

„Was für ein Angebot?", sage ich, weil ich weiß, dass ich die gewünschte Antwort nicht bekommen werde, wenn ich sein dummes Spielchen nicht mitspiele. Er ist schon immer ein Arschloch gewesen. Er ist rücksichtslos, und sein Geschäft ist darauf aufgebaut, dass er immer nur nimmt und nie etwas Eigenes aufbaut.

„Sie übertragen mir die Hälfte Ihres Singapur-Projekts, heiraten meine Tochter und ziehen das Kind in einer perfekten Familieneinheit auf, und ich werde Willow freilassen." Meine Welt scheint stillzustehen. *Er hat Willow entführt, um sich an mir zu rächen? Um mich zu erpressen, seine Tochter zu heiraten?*

„Und wenn ich es nicht tue?" Ich werfe einen Blick auf Saide und Josh und sehe die Panik in ihren Gesichtern. Nun, sie ist gerechtfertigt.

„Dann werden Sie sie nie wieder sehen. Ich gebe Ihnen eine Stunde Zeit, damit Sie über Ihre Antwort nachdenken können", sagt er, bevor er auflegt.

39

WILLOW

Mein Kopf ist benebelt, mein Mund trocken. Dann setzt der Schmerz ein. Es fühlt sich an, als würde jemand meinen Kopf mit einem Presslufthammer bearbeiten, ein Brennen hat meine Schläfe erfasst, lässt meine Augen tränen und meine Wangen heiß werden. *Ist mein Gesicht geschwollen?* Als ich die Augen öffne, trifft mich ein gleißender Lichtstrahl von der Seite, sodass ich sie eilig wieder zukneife. Der Schmerz schießt mit aller Gewalt durch meinen Schädel, und ich presse die Augen fest zusammen, in der Hoffnung, mich so besser konzentrieren zu können.

„Ach, die schlafende Schönheit ist erwacht", höre ich die Stimme einer Frau, und versuche, meinen Blick auf die Gestalt im Raum zu richten. Mein Herz rast, und als ich endlich meine Umgebung wahrnehme, durchströmt Panik meinen Körper, und ich spüre, wie meine Hände hinter mir zu zittern beginnen.

„Das wurde auch Zeit", höre ich diesmal eine männliche Stimme, die mir irgendwie bekannt vorkommt.

„Wo bin ich?" Ich stöhne auf und versuche, mich von dem staubigen Parkettboden aufzusetzen, auf dem ich liege. Ich habe Mühe, meine Arme zu bewegen, und meine Handgelenke brennen, die auf meinem Rücken gefesselt sind. Mein Atem beschleunigt sich, als mir die Situation, in der ich stecke, immer deutlicher bewusst wird. Ich schaue auf meine Kleidung hinunter. Mein Kleid ist zerrissen, meine Schuhe fehlen, mein Gesicht fühlt sich heiß und schmutzig an, meine Haut ist zerkratzt, meine Beine sind zerschunden und geprellt.

„Wer seid ihr?", krächze ich, bevor ich endlich ihre Gesichter erkenne. Katerina und ihr Vater, Geoffrey Newcomb.

„Hallo, Willow, schön, dass du endlich zu uns stoßen konntest", sagt Katerina mit einem aufgesetzten Lächeln. Ich bleibe still und ruhig und frage mich, was zur Hölle hier vor sich geht. Mein träger Verstand beginnt langsam wieder zu funktionieren, während ich meine Hände hinter meinem Rücken bewege und panisch versuche, das Seil zu lösen.

„Hast du deine Zunge verschluckt, Kleines?", fragt Geoffrey und starrt mich mit einem Grinsen an, dass ich ihm am liebsten aus dem Gesicht schlagen würde.

„Warum bin ich hier?", frage ich, diesmal lauter. Ich habe nicht die leiseste Ahnung, was vor sich geht. Ich schaue mich in dem Raum um. Hohe Holzdecken, Stroh in der Ecke, ein Wassertrog. *Möglicherweise ein Stall?*

„Dachtest du ernsthaft, ich würde zulassen, dass Tennyson weiterhin mit dir zusammen ist, während ich sein Baby austrage?", fragt Katerina und starrt mich an.

„Was?", frage ich verwirrt. *Tennyson. Josh. Oh Gott, ich habe seine Schulpräsentation verpasst.*

„Du bist das Einzige, was mich daran hindert, Mrs. Tennyson Rothschild zu werden. Die Ehefrau eines der wenigen milliardenschweren Junggesellen des Landes. Der Mann, der, wenn er sich mit dem Unternehmen meines Vaters zusammentun würde, uns das Potenzial geben würde, reicher zu werden als in unseren kühnsten Träumen. Es ist also klar, dass du verschwinden musst", meint sie.

„Verschwinden? Was meinst du mit verschwinden?" *Diese Frau ist völlig verrückt.*

„Du darfst nicht mehr unter uns weilen. Ist es nicht so, Daddy?" *Ihre Worte lassen mein Herz rasen.*

„Was Daddys kleines Mädchen will, bekommt sie auch", sagt Geoffrey und nickt, obwohl er mich auf eine Weise ansieht, die mir einen Schauer des Grauen über den Rücken jagt.

„Ihr seid verrückt." *Wie zum Teufel soll ich mich aus dieser Situation befreien? Die beiden benehmen sich, als sei das alles vollkommen normal für sie. Meine Handgelenke brennen, der Schmerz ist fast unerträglich, und als ich aus dem kleinen Fenster schaue und blauen Himmel und grüne Bäume sehe, wird mir plötzlich bewusst, dass ich keine Ahnung habe, wo ich bin. Das Letzte, woran ich mich erinnern kann, ist, dass ich im Auto saß, bevor ich überfallen wurde.*

„Warum gehst du nicht rein, meine Süße, und machst dich fertig. Wir müssen Tennyson bald anrufen", sagt Geoffrey, und ich schlucke. *Ich muss von hier verschwinden.*

„Okay, Daddy. Ich liebe dich." Sie gibt ihrem Vater einen Kuss auf die Wange, bevor sie auf ihren Stilettos herumwirbelt und den Stall verlässt.

„Weiß Tennyson, dass ich hier bin?", frage ich. Ich schaue mich um und versuche etwas ausfindig zu machen, dass mir helfen könnte, von hier zu verschwinden. Ich bewege meine Handgelenke weiter, in der Hoffnung, die Fesseln doch noch irgendwie gelöst zu bekommen.

„Nicht in Bezug auf den Ort, aber ich habe ihm ein Angebot gemacht." Er geht in die Hocke, ergreift meinen Ellbogen und zieht mich auf die Beine. Ich sehe ihn an und weiß, dass ich ihn nicht zu nah an mich heranlassen sollte, aber auf dem Boden bin ich im Nachteil, also nehme ich seine Hilfe an, während ich versuche, auf meinen wackligen Beinen das Gleichgewicht zu halten.

„Was für ein Angebot?", frage ich, während ich mich zögernd bewege. Meine Glieder schreien vor Schmerz, mein Kopf fühlt sich an, als stünde er kurz vor dem Explodieren. Wenigstens haben sie mir nicht die Knöchel gefesselt, wahrscheinlich sehen sie es als nichts sonderlich wahrscheinlich an, dass ich fliehe, oder wenn ich es doch tue, dass ich nicht weit kommen würde, da ich keine Ahnung habe, wo ich bin.

„Ich habe ihm gesagt, dass ich dich gehen lasse, wenn er mir die Hälfte seines Singapur-Projekts überlässt und meine Tochter heiratet", antwortet er und sieht mich aufmerksam an. Grauen erfüllt mein Inneres. Ich weiß jetzt schon, dass Tennyson es tun wird. Geoffrey mustert mich noch einen Augenblick, und ich kann nicht glauben, dass ich diesen Mann für adrett gehalten habe. Sein

Blick wandert von meinem Gesicht über meine Brust bis zu meinen Zehen und wieder zurück. Er sieht anders aus als an jenem Abend, an dem ich ihn kennengelernt habe. Bei dem Geschäftsessen trug er einen Anzug, sein von grauen Strähnen durchzogenes dunkles Haar war gestylt, und er sah aus wie ein stattlicher Silberfuchs. Jetzt trägt er abgewetzte Jeans und ein altes T-Shirt und sieht generell so aus, als wäre er um Jahre gealtert.

„Aber weißt du, je mehr ich dich ansehe, desto mehr denke ich, dass ich dich wohl behalten werde." Mein Körper erstarrt, als ich spüre, wie sich seine Hand um meine Hüfte legt. Am liebsten würde ich meinen Kopf gegen seinen Kiefer schlagen, aber ich muss die Sache intelligenter angehen.

„Ich glaube nicht, dass du das willst ..." Mich ekelt seine Nähe an, aber wenn ich hier raus will, muss ich mitspielen.

„Oh, aber ich denke, dass ich es wirklich will. Willst du etwa nicht? Mit mir hier draußen auf meiner Ranch bleiben?", fragt er und ich beginne an seinem Verstand zu zweifeln. Kurz frage ich mich, welcher Tag heute ist und wie lange ich schon hier bin, denn ich habe überhaupt kein Zeitgefühl mehr.

„Mein Zuhause ist in DC", sage ich und mache damit deutlich, dass ich nicht interessiert bin.

„Ja, aber ich würde mich um dich kümmern. Es ist schon lange her, dass ich hier draußen eine Freundin hatte." Panik steigt in mir auf, als er näher kommt. Ich kann mich nicht bewegen. Meine Füße sind wie festgeklebt. Panische Angst erfüllt mich, weil ich keine Ahnung habe, wozu er fähig ist und was er als Nächstes tun wird.

„Was ist mit Katerina? Ich glaube nicht, dass sie mich in ihrer Nähe haben möchte", sage ich und versuche, ihn schüchtern anzublinzeln. Ich gebe mir Mühe, kokett zu spielen, ein wenig zu flirten, und ich wünschte, ich wäre genauso begabt wie Saide darin, einen Mann zu verführen.

„Oh, meine Kleine wird nach Baltimore ziehen und Tennyson heiraten. Vielleicht kauft er ihr ein großes Familienanwesen, setzt etliche Kinder in die Welt, und lebt das Leben einer Gesellschaftsdame. Seine Mutter hat sich bereits an sie gewandt. Sie haben für Ende der Woche ein Lunch geplant." Ich knirsche mit den Zähnen. Natürlich hat Tennysons Mutter schon etwas mit dieser verrückten Familie zu tun. Er macht einen weiteren Schritt auf mich zu, sodass sein Körper so nah an meinem ist, dass ich seinen Schweißgeruch wahrnehmen kann.

„Wie sieht es aus, Willow? Willst du dich mir hingeben, oder nehme ich mir einfach, was ich will?", sagt er und senkt seinen Kopf, sodass seine Lippen meine Wange streifen.

„Was willst du?", frage ich, während mein Körper unkontrolliert zu zittern beginnt, dennoch versuche ich weiterhin mitzuspielen, in der Hoffnung, dass er mir die Hände losbindet, um mich irgendwie wehren zu können.

„Nun, du kannst entweder diese schönen Beine für mich spreizen, …", sagt er, während seine Hände über meine Hüften hinunter zu meinen Schenkeln wandern, bevor sie wieder nach oben kommen und dabei die empfindliche Haut an den Innenseiten meiner Oberschenkel streifen, wobei er mein Kleid leicht anheben.

„Oder ich kann dich nehmen, wie ich will." Ich höre, wie sein Atem zittert, sehe, wie sich sein Brustkorb schneller hebt und senkt, und ich spüre, seine Erektion an meinem Bauch.

„Ich glaube nicht, dass du das tun willst …", flüstere ich. Meine Handgelenke brennen, als ich sie weiter bewege und versuche, meine Fesseln irgendwie zu lockern.

„Oh, aber ich will es." Seine Hand wandert meinen Schenkel hinauf zu meiner Mitte, umschließt mich, und ich keuche, balle meine Hände zu Fäusten, wobei sich meine Nägel in meine Handflächen bohren. Ich beiße die Zähne zusammen, als mich ein unangenehmer Schauer durchfährt. Seine Lippen berühren meinen Kiefer und er brummt leise. Seine Finger beginnen, mich über der Unterwäsche zu berühren.

„Fass meinen Schwanz an, denn seit ich dich in jener Nacht in Baltimore gesehen habe, denke ich an nichts anderes mehr als an dich. Es wird mir große Freude bereiten, die Frau zu ficken, die Tennyson Rothschild liebt." Ich beiße die Zähne fester zusammen, Tränen brennen mir in den Augen. Seine Finger streichen weiter über mein Geschlecht, meine Nägel drücken sich in meine Handflächen. Ich beiße mir auf die Lippe, sodass ich Blut schmecke. Selbst wenn ich den Versuch starten würde, von hier wegzulaufen, weiß ich, dass er mich im Handumdrehen wieder eingefangen hat. Ich könnte schreien, aber es würde niemand kommen. Ich könnte mich wehren, aber ich weiß, dass es vergeblich sein wird. Meine Hände sind gefesselt, außerdem habe ich keine Ahnung, wo ich bin.

„Du wirst eine gute kleine Schlampe sein, wenn ich dich losbinde, nicht wahr? Ich werde dir die Kleider vom Leib reißen und dich hier in meiner Scheune ficken", murmelt er an meinem Ohr.

„Das ist es also, was du tun möchtest?", murmle ich und versuche wieder, sexy zu klingen, als seine Lippen meine Brust berühren. Ich schaue zur Decke und würde ihm am liebsten mein Knie in die Leistengegend rammen, aber zuerst muss ich diese Fesseln loswerden.

„Oh, das ist eines von vielen Dingen, die ich mit dir machen möchte." Seine Hände wandern zu meinem Rücken, und ich spüre, wie er meine Fesseln löst. Das ist meine Chance. Es ist unwahrscheinlich, dass sich mir eine weitere Gelegenheit bieten wird.

Ich spüre, wie sich das Seil lockert, und warte einen Moment, bis es gänzlich zu Boden gerutscht ist. Ich reiße meine Arme hoch, und beginne auf ihn einzuschlagen und zu kratzen, als er zu Boden sinkt, sprinte ich los. Aber schon nach wenigen Schritten wird meine Flucht unterbrochen, als ich ein Brett übersehe, aus dem ein Nagel ragt, und direkt drauftrete.

„Arghh!" Ich schreie auf, als ein heftiger Schmerz durch meinen Fuß schießt. Ich greife nach meinem Fuß, hüpfe auf einem Bein und versuche, nicht zu Boden zu gehen.

„Du kleine Schlampe!", schreit er und kommt auf mich zu. Seine Hand packt mich am Arm und reißt mich herum. Ich schwanke und lasse meinen Fuß los, aber als er den Boden berührt, bereue ich es sofort.

Aber diesmal schreie ich erst auf, als er den

Ausschnitt meines Kleides packt und hart daran zieht. Der Stoff gibt sofort nach und entblößt meinen Busen.

„Nein!", keuche ich. Ich hole aus und schlage ihm so fest auf die Wange, dass meine Hand von dem Aufprall brennt, und versuche, wieder von ihm wegzuhumpeln.

„Du gehörst mir, ob du dich mir hingibst oder ob ich dich mit Gewalt nehme!" Ich schaffe es, mich zwei Schritte von ihm zu entfernen, bevor er wieder auf mir ist. Der strahlend blaue Himmel vor dem Fenster ist das Letzte, was ich sehe, bevor seine Faust mein Gesicht trifft.

40

TENNYSON

Willows normalerweise ruhiges und friedliches Häuschen ist jetzt voller Menschen, die telefonieren und im Haus herumlaufen, um ein ruhiges Plätzchen zum Reden zu finden. Bob bellt wie verrückt im Hinterhof, da er die Unruhe deutlich spürt, und Betty sitzt direkt neben ihm. An jedem anderen Tag wäre ich verblüfft gewesen zu sehen, wie die beiden miteinander auskommen, aber heute bin ich mit meinen Gedanken ganz woanders.

Alle meine Brüder, Beth und Emily sind hier, jeder von ihnen ist am Telefon und fordert zahlreiche Gefallen ein. Harrison spricht mit der Polizei, und Beth spricht mit ihrem Presseteam, um irgendwelche Anhaltspunkte zu erhalten. Emily unterhält sich mit Saide in der Küche, während sie haufenweise Kaffee kochen, den niemand trinkt, aber es beruhigt sie ein wenig, etwas zu tun zu haben. Währenddessen sitzt Josh neben mir, mit einer Mischung aus Angst und Wut im Gesicht. Er ist in den letzten Stunden nicht von meiner Seite gewichen. Es ist, als würde er mich zwar hassen, aber dennoch einen gewissen Trost in meiner Gegenwart verspüren.

„Deinetwegen ist sie entführt worden, nicht wahr?", spuckt er, während wir auf die Polizei warten, aber die lässt sich Zeit. Zeit, von der ich weiß, dass wir sie nicht haben. Ich dachte, der Vaterschaftstest und die Möglichkeit, Vater nach einem One-Night-Stand zu werden, an den ich mich nicht erinnern kann, wäre das Schlimmste, was mir passieren könnte.

Ich musste feststellen, dass ich falschlag.

„Ja. Ja, es ist meine Schuld", gebe ich leise zu. Er ist klug genug, um es ebenfalls zu wissen. Ich bin schuld daran, dass Willow weg ist, in Gefahr, wahrscheinlich verletzt, mit Schmerzen. Mein Magen verkrampft sich und meine Brust zieht sich schmerzhaft zusammen. Es erinnert mich an die Gefühle, die ich hatte, als das mit Nanny Helen passiert war. Ich fühle mich nutzlos, nicht in der Lage zu helfen, nicht in der Lage, zu ihr zu gelangen, für sie zu kämpfen.

„Warum hast du sie nicht beschützt? Warum hast du nicht einen Teil deiner vielen Millionen von Dollar genommen, damit jemand sie beschützt? Warum hast du dich ihr überhaupt genähert?", redet er sich in Rage und es überrascht mich, dass er so lange gebraucht hat. Er war den ganzen Nachmittag über ziemlich ruhig und hat uns Erwachsenen zugehört, während wir Strategien ausarbeiteten und besprachen, was zu tun sei. Aber er hat recht. Ich hätte es tun sollen. Ich war so sehr damit beschäftigt, mich auf mich selbst zu konzentrieren – meinen Ruf, mein Geschäft und die Expansion nach Singapur –, dass ich es versäumt habe, mich um das

Wichtigste in meinem Leben zu kümmern. Willow. Ich hatte nie ein Sicherheitsteam. Ich habe es nie gebraucht. Aber Ben und Harrison haben jeder eines, das ihnen fast überallhin folgt. Ich dachte immer, sie hätten einen guten Grund dafür, vor allem jetzt, wo Harrison Gouverneur ist. Und Ben hat mit Emily so viel durchgemacht, dass ich nicht glaube, dass er jemals unvorsichtig sein wird. Sie haben strenge Sicherheitsvorkehrungen und halten sich rund um die Uhr an sie. Aber ich hätte keine Sekunde lang gedacht, dass jemand Willow ins Auge fassen könnte. Ich hätte nicht gedacht, dass Geoffrey Newcomb oder seine Tochter gefährlich sein könnten. Für mich oder meine Familie. Ich hätte es besser wissen müssen. Jeder will etwas.

„Es ist mir unmöglich, ihr fernzubleiben. Ich ertrage es einfach nicht, wenn sie nicht in meiner Nähe ist. Ich liebe sie", sage ich. Mein Herz schmerzt jedes Mal, wenn ich daran denke, dass das alles allein meine Schuld ist. Meinetwegen ist sie Gott weiß wo, zweifellos verletzt, hoffentlich noch am Leben.

„Tenn", unterbricht Ben unser Gespräch, und ich stehe schnell auf, da ich an seinem Tonfall erkenne, dass er Neuigkeiten hat.

„Es hat sich herausgestellt, dass Geoffrey Newcomb eine gewisse Vorgeschichte hat. Er wurde schon einmal wegen Körperverletzung gegen seine Ex-Frau vor etwa zehn Jahren, angeklagt. Sie wurde in den letzten fünf Jahren nicht mehr in der Öffentlichkeit gesehen. Außerdem stand er in letzter Zeit wegen Geschwindigkeitsübertretungen, Drogenbesitz und Pornografie vor Gericht", berichtet Ben und meine Augen verengen sich.

Ich wusste, dass er ein Arschloch ist, aber dass er ein dermaßen Großes ist, wusste ich nicht. Wieder habe ich mich nicht ausreichend informiert.

„Pornografie?", fragt Harrison.

„Glaubt mir, wenn ich euch sage, dass ihr die Details nicht wissen wollt", antwortet Ben mit einem Kopfschütteln.

„Scheiße ...", murmelt Eddie und fährt sich mit der Hand übers Gesicht.

„Wurde bereits der Sheriff in Kentucky kontaktiert?", frage ich.

„Ich habe angerufen. Du hattest recht. Newcomb hat eine große Ranch im Osten Kentuckys. Der örtliche Sheriff ist bereits auf dem Weg dorthin, um sich umzuschauen. Aber, Tennyson, die Ranch liegt mitten im Nirgendwo. Der Sheriff wird ein paar Stunden brauchen, um dorthin zu kommen, und dann lässt Newcomb ihn vielleicht nicht einmal auf das Grundstück, was die Sache noch mehr verzögert", sagt Harrison.

„Der Jet wäre startklar", sagt Eddie und sieht mich an.

„Lass uns den Hubschrauber nehmen." Ich muss etwas tun. Wir haben bereits Geoffreys Geständnis, dass er sie hat. „Ich kann uns direkt hinfliegen. Eddie, kannst du navigieren?"

„Du kannst fliegen?", fragt Ben, wobei er mich besorgt ansieht.

„Ich muss etwas tun. Ich kann nicht länger einfach nur herumsitzen", stoße ich hervor.

„Geoffreys wird eine Antwort von dir erwarten", sagt Eddie, der der Vernünftigere von beiden ist.

„Er sagte, er würde in einer Stunde anrufen. Das war

vor drei Stunden!", entgegne ich. Meine Gefühle schwanken heute zwischen Wut, Traurigkeit und allem, was dazwischenliegt.

„Irgendetwas muss passiert sein", meint Ben und die Angst schnürt mir die Kehle zu.

„Sie ist eine Kämpferin." Ich schlucke schwer, als ich an Willow denke und daran, was man ihr vielleicht gerade antut.

„Macht euch auf den Weg dorthin. Ich werde hier bleiben und mit der Polizei sprechen. Sie sollten jeden Moment eintreffen. Mal sehen, ob ich sie nicht dazu bringen kann, sich zu beeilen. Gott weiß, unsere Familie hat ihnen in den letzten Jahren genügend Arbeit verschafft, also können sie sicher anfangen, ein bisschen schneller und klüger vorzugehen", sagt Harrison und sieht zu Beth hinüber, die ihm zunickt, ihre stille Kommunikation erstaunt mich. Seine Hand landet auf meiner Schulter und drückt mich.

„Ich werde das Team veranlassen, alle Fluggenehmigungen im Eilverfahren zu bekommen und die Dinge mit der Flugsicherung von Kentucky zu klären. Ich werde sie von unterwegs kontaktieren", sagt Ben, während Eddie und ich unsere Sachen holen.

„Wo wollt ihr hin? Was ist los?", fragt Saide, die aus der Küche hereinkommt, als sie merkt, wie wir uns Aufbruch bereit machen. Sorge hat sich tief in ihr Gesicht eingegraben, und sie reibt sich über die Oberarme, als ob ihr kalt wäre. Emily tritt an Saides Seite und legt tröstend den Arm um sie, als sie mir einen flehenden Blick zuwirft. Das Gewicht ihrer Hoffnungen und Erwartungen lastet schwer auf meinen Schultern. Ben gibt Em einen kurzen Kuss, bevor er und Eddie zur Tür hinausgehen.

„Ich werde sie zurückholen", stoße ich hervor, bevor mein Blick zu Josh wandert, der auf der anderen Seite von Saide steht.

„Ich werde unser Mädchen holen", versichere ich ihm, bevor ich ebenfalls das Haus verlasse. Eddie hat den Wagen schon angelassen. Ich stiege eilig zu meinen Brüdern ins Auto und Eddie rast zum nahe gelegenen Flughafen, wo mein Hubschrauber bereits startklar steht. Zwar folgen uns ein paar Paparazzi, aber da der Flughafen privat ist, mache ich mir keine Sorgen, dass irgendetwas, was hier geschieht, bekannt wird.

Ich würde ihm ganz Singapur überlassen und seine Tochter sofort heiraten. Ich würde alles tun, um Willow sicher, lebendig und zu Hause zu haben. Aber Geoffrey hat nie zurückgerufen. Und das lässt ein mulmiges Gefühl in meinem Magen aufsteigen. Es ist etwas passiert. Etwas, das nicht Teil seines Plans ist. Ich hoffe nur, dass Willow sicher und unverletzt ist und durchhält, bis ich da bin. Meine Brüder und ich sind auf dem Weg.

Da die Erfahrung zeigt, dass das Gesetz zu langsam ist, müssen wir uns selbst darum kümmern.

41

WILLOW

Als ich die Augen öffne, spüre ich sofort das bekannte Brennen, an meinen Handgelenken und jetzt auch an den Knöcheln. Zusammen mit dem unerträglichen Schmerz in meinem Fuß muss ich mich fast übergeben, während mir der Kopf schwirrt. Als ich mich umsehe, erfasst mich wieder die Panik, als die Erinnerungen mit einem Schlag zurückkehren. Ich wackle mit den Zehen, um sicherzugehen, dass sie noch funktionieren, und spüre, wie der Schmerz mein Bein hochschießt.

„Ugghh", zische ich, während ich mich auf die Seite drehe, meine Stirn auf den harten Holzboden drücke und mit den Zähnen knirsche. Ich nehme den nun vertrauten Anblick der Scheune in mich auf. Von dort, wo ich liege, ist der Boden verzogen, uneben und mit einer dünnen Staubschicht bedeckt. Als mein Blick über den Boden gleitet, sehe ich die Fußspuren, die von der Tür bis zu meiner Position verlaufen, sowie eine lange Linie, die vermutlich von meinem Körper stammt, der über den Boden geschleift wurde, da ich jetzt noch weiter von der Tür entfernt bin als zuvor. Meine Atmung geht flach und stoßweise. Ich fühle mich, als hätte ich zehn Runden in einem Boxring absolviert, ohne jedoch auch nur ansatzweise Erfolg gehabt zu haben. Der Geruch von Stroh und Tiermist vermischt sich und erfüllt meine Nase mit solcher Intensität, dass ich mich frage, ob ich damit bedeckt bin.

„Daddy mag es nicht, wenn man ihn zurückweist", höre Katerinas Stimme und ich blicke zur Seite, während ich versuche, durch den Schmerz zu atmen, der meinen ganzen Körper durchströmt. Ich weiß nicht, was mit mir passiert ist, als ich bewusstlos war, aber das Pochen zieht sich durch meinen Oberkörper und alle Gliedmaßen. Mein Brustkorb und meine Rippen schmerzen bei jedem Atemzug, den ich mache.

„Was ist passiert?", frage ich. Draußen ist es noch immer hell, also kann ich nicht allzu lange bewusstlos gewesen sein.

„Er hat dich wieder gefesselt. Er hätte dich einfach töten sollen, so wie ich ihn darum gebeten hatte. Aber er wollte warten. Warten, um zu sehen, ob du doch zur Vernunft kommst. Jetzt hat er sich deinetwegen wie ein Narr gefühlt, also hat er mir die Verantwortung überlassen, während er ins Haus ging, um sich abzukühlen. Eine Frau zu verprügeln, die bereits ohnmächtig auf dem Boden lag, hat ihm nicht viel Spaß gemacht", sagt sie, während sie um mich herumgeht. Ihre Worte entfachen eine rasende Wut in meinem Innern.

„Solltest du dich nicht schonen? Dieser ganze Stress kann nicht gut für das Baby sein", sage ich, während ich sie aus meiner Position heraus mustere. Sie trägt hohe Schuhe und ein eng anliegendes Kleid. Sie sieht aus, als würde sie in einen Nachtklub gehen, anstatt eine unschuldige Frau als Geisel in einer Scheune festzuhalten. Obwohl ich mir nicht sicher bin, ob man nach zehn Wochen eine Schwangerschaft bereits äußerlich sehen kann, kommt es mir seltsam vor, dass sie noch immer gertenschlank ist. Plötzlich lacht sie auf.

„Da du ohnehin bald tot sein wirst, kann ich es dir wohl auch sagen. Ich bin gar nicht schwanger, aber sobald du weg bist und Tennyson wieder in meinem Bett liegt, werde ich es sein", sagt sie, und rot geschminkten Lippen verziehen sich zu einem Lächeln. *Ich wusste es. Ich wusste, dass etwas an dieser Situation nicht stimmte.* Mir wird schlecht, als ich daran denke, welche Art Frauen ihn umgeben. Weder Katerina noch seine Mutter kümmern sich wirklich um ihn, sie sind nur auf den größtmöglichen Vorteil für sich selbst aus.

„Ich weiß, was Tennyson gefällt, es sollte mir also nicht schwerfallen, ihn noch einmal zu verführen, außerdem habe ich Hormonspritzen genommen, um leichter schwanger zu werden. Deshalb bin ich so aufgebläht", sagt sie und reibt sich ihren flachen Bauch. „Wenn er mich also das nächste Mal fickt, wird er ganz gewiss kein Kondom nutzen. Dann werde ich sein Baby bekommen, und du wirst nichts weiter als eine ferne Erinnerung sein."

„Klingt, als hättest du schon lange darüber nachgedacht, wenn man bedenkt, dass du Tennyson erst vor ein paar Wochen kennengelernt hast?", frage ich, in der Hoffnung, dass sie weiterredet, während ich mir etwas einfallen lasse, wie ich am besten von hier fliehen kann. Meine Hände und Füße sind fest gefesselt, und mir ist klar, dass ich mich nicht so einfach von ihnen werde befreien können. Und selbst wenn ich die Fesseln irgendwie lösen könnte, würde ich mit meinem verletzten Fuß nicht weit kommen. Ich glaube, selbst Katerina auf ihren hohen Schuhen würde mich aufhalten können.

„Mein Vater und ich haben das Ganze jahrelang geplant. Ich wuchs mit dem Wissen auf, dass die einzige Möglichkeit für meinen Vater, weltweit erfolgreich zu sein, darin bestand, *Rothschild Construction* zu stürzen. Der einzige Weg, das Unternehmen zu Fall zu bringen, war, den Eigentümer auszuschalten. Oder ihn zu heiraten und unsere Unternehmen in einem großen Familienbetrieb zu vereinen. Wir waren diesem Ziel so nah, bis du erschienen bist und alles ruiniert hast. Aber aus irgendeinem Grund hat mein Vater ein Auge auf dich geworfen. Vielleicht, weil du meiner Mutter ein wenig ähnlich siehst, als sie jünger war. Anscheinend will er, dass du hier bei ihm bleibst. Er hat dich bei diesem Geschäftsessen gesehen und seitdem von nichts anderem mehr gesprochen. Aber ich glaube nicht, dass ich dich jemals ‚Mommy‘ nennen werde. Ich will, dass du verschwindest.“ Ich sehe, wie sie zu einem kleinen Schrank auf der anderen Seite des Zimmers geht.

„Was hast du vor?“ Mein Adrenalinspiegel steigt, als ich sehe, wie sie einen großen Kanister herauszieht. Er muss randvoll sein, denn ich sehe, wie sie sich mit ihm abkämpft, und höre das Schwappen der Flüssigkeit darin. Meine Panik steigt. Ich bin mir ziemlich sicher zu wissen, was dieser Kanister enthält, und es ist kein Wasser. Mit rasendem Herz schießt ein weiterer Adrenalinstoß durch meinen Körper, und ich versuche, mich aufzusetzen, und als das nicht funktioniert, versuche ich, zur Tür zu robben.

„Ich werde diese Scheune niederbrennen. Mit dir darin", sagt sie einfach, wobei pure Bosheit in ihren Augen auflodert. Sie löst den Deckel des Kanisters und beginnt, das Benzin zu verteilen. Der Geruch ist so stark, dass es sich anfühlt, als würde er mir die Nasenschleimhaut verätzen.

„Nein. Nein. Du musst mich gehen lassen. Ich werde dir nicht in die Quere kommen. Ich werde DC verlassen. Ich werde weit, weit wegziehen. Bitte. Bitte tu das nicht", flehe ich und kann die Tränen nicht mehr zurückhalten, die mir über die Wangen laufen. Während ich wieder an meinen Fesseln ziehe. *So wird es nicht enden. So kann es nicht enden!*

„Du siehst aus wie ein verängstigtes Kaninchen, das in einer Schlinge gefangen ist", sagt sie, bevor sie erneut auflacht. Und dann höre ich es. Das Geräusch ist leise, aber vertraut.

„Er ist hier", flüstere ich. Mein Körper erstarrt, und ich lausche erneut, um sicherzugehen, dass ich mich nicht verhört habe. Das vertraute Geräusch der Rotorblätter eines Hubschraubers. Für einen Augenblick verspüre ich Erleichterung. Ich bin mir absolut sicher, dass es Tennyson ist. Das Geräusch wird mit jeder Sekunde, die vergeht, lauter.

„Nun, er ist zu spät", sagt sie, während sie ein Feuerzeug anzündet.

„Wenn du diese Scheune anzündest, wird er dich dafür verantwortlich machen. Dann bekommst du ihn nie", sage ich schnell, in der Hoffnung, sie noch ein paar Sekunden aufhalten zu können.

„Vielleicht. Aber wenn ich ihn nicht bekomme, dann bekommst du ihn auch nicht." Sie schaut mich über die kleine Flamme hinweg böse an, wirft das Feuerzeug quer durch den Raum und rennt aus der Scheune.

Mein Körper zuckt, als augenblicklich Flammen auflodern, die schneller, als ich mich darauf vorbereiten kann, die Wand hinauf und quer über die Decke schlagen und mich fast sofort einhüllen. Das Tosen des Feuers ist ohrenbetäubend und übertönt alle Hubschraubergeräusche, die ich zu hören glaubte. Ich versuche, mich zur Tür zu bewegen, aber da der Rauch mittlerweile so dicht ist und ich nichts mehr sehen kann, muss ich mich auf meine Erinnerung verlassen.

Der Rauch dringt in meine Nasenlöcher ein und lässt meine Kehle brennen. Meine Augen schmerzen und Tränen laufen meine Wangen hinunter. Ich versuche, die Luft anzuhalten, während ich über den Boden rutsche. Es kostet mich meine ganze Kraft, mich auch nur einen Zentimeter zu bewegen, also lege ich mich hin und versuche, mich zu rollen. Die Bewegung geht schneller, aber als die Flammen immer höher schlagen und der Rauch dichter wird, wird mir klar, dass es zwecklos ist. Zum ersten Mal in meinem Leben habe ich keine Ahnung, wie ich mich aus einer misslichen Lage befreien soll.

42

TENNYSON

Als ich über den Wald unter mir fliege, sehe ich eine kleine Kolonne von Polizeiautos die Straße entlang rasen. Es sieht so aus, als hätte der Gouverneur die richtigen Leute erwischt. Sogar von hier oben sehe ich ihre blauen und roten Lichter blinken. Die wenigen Autos, die auf diesen ruhigen Straßen fahren, halten sofort an und lassen sie vorbei.

„Noch zwei Minuten", sagt Eddie neben mir, während er auf seine Karte und sein GPS schaut. Ich bin die ganze Zeit über mit Höchstgeschwindigkeit geflogen. Meine Augen waren auf das Ziel gerichtet, und ich habe mich darauf konzentriert, uns so schnell wie möglich hierherzubringen. Ich habe mir wenig Gedanken darüber gemacht, was ich tun werde, wenn wir einmal angekommen sind. Wir haben nicht einmal Waffen dabei.

„Schau!", sagt Ben und deutet zur Seite, und wir sehen eine Lichtung vor uns. Auf ihr steht ein großes Haus, nicht weit davon entfernt eine riesige Scheune. Verschiedene andere kleinere Nebengebäude stehen verstreut herum, und ein wenig abseits, ein Hubschrauberlandeplatz.

„Ich habe ihn gesehen", rufe ich, während ich den Hubschrauber zum Landeplatz manövriere. Ich fühle mich unruhig, nervös. Ich muss Willow holen und von hier verschwinden.

„Scheiße. Sieh mal!", sagt Eddie eilig und deutet aus dem Fenster auf die Scheune. Mein Blick richtet sich augenblicklich darauf und ich sehe große Flammen aus den Fenstern züngeln. Ich weiß ohne Zweifel, dass Willow da drin ist.

„Festhalten", sage ich, während ich eilig lande.

„Geh, ich kümmere mich um den Rest", sagt Eddie und ich zögere keinen Augenblick. Ich ducke mich aus der Tür und überlasse es Eddie, den Motor abzuschalten. Der Lärm des Rotors ist fast ohrenbetäubend, als ich auf das Feuer zulaufe, ohne Rücksicht auf mich oder andere zu nehmen.

„Nein! Nein! Nein!" Ich höre Schreie und sehe, wie Katerina aus der Scheune stolpert und mich schockiert ansieht. Sie fuchtelt mit den Händen, um mich zum Stehenbleiben zu bewegen, aber ich tue es nicht. Sie sieht wie ein verwöhntes Kleinkind aus, das sich darüber aufregt, dass ich ihm sein Spielzeug wegnehmen will. Ich schenke ihr keine Beachtung, als ich zur Scheune stürme.

„Was zum Teufel ist hier los?", höre ich Geoffrey schreien. Als ich den Kopf drehe, sehe ich ihn an der anderen Seite des Grundstücks, wie er aus dem Haus gestürmt kommt. Aber auch jetzt bleibe ich nicht stehen.

„Direkt hinter dir!", höre ich Ben rufen, und weiß,

dass er und Eddie mir zu Hilfe kommen, wenn nötig. Ich drücke mich durch die Tür und sehe nichts als schwarzen Rauch und spüre sofort Hitze auf meinem Gesicht. Der Rauch ist so dicht, dass meine Hand automatisch mein Gesicht bedeckt. Meine Augen brennen, als ich blinzle und versuche, etwas zu erkennen, aber ich kann es nicht. Die Sirenen werden lauter und lassen mich wissen, dass die Polizei hier ist.

„Hier!", ruft schreit Ben, schnappt sich ein Seil, das an der Tür liegt, und bindet es mir schnell um die Taille. „Geh!", schreit er, bevor ich in die Scheune stürme.

„*Willow!*", schreie ich, in der Hoffnung, dass sie noch lebt und mich über das Geräusch der tosenden Flammen hinweg hören kann. „*Willow!*", rufe ich erneut, der Rauch dringt in meine Lungen ein, als ich tief einatme, um erneut zu schreien. Ich huste, meine Brust brennt, aber ich höre gedämpfte Schreie und bewege mich vorwärts. Ich stolpere über etwas und falle zu Boden, meine Lunge schmerzt, und ich reibe mir die brennenden Augen. Ich spüre, wie an dem Seil gezogen wird, aber ich bin noch nicht bereit, hinauszugehen, also ziehe ich leicht daran und signalisiere meinen Brüdern damit, dass es mir gut geht.

„*Willow!*", schreie ich wieder, während ich mich auf allen Vieren weiterbewege. Der körperliche Schmerz ist groß, aber der emotionale Schmerz zerreißt mich fast in zwei Teile. Rauch füllt weiterhin meine Lungen, und ich versuche, mich wieder aufzurichten, aber dann spüre ich sie. Ich strecke meine Hände aus und taste nach ihr. Diese Kurven würde ich überall wiedererkennen. Sie liegt auf dem Boden und rührt sich nicht. Ich ziehe sie in meine Arme und reiße wieder an dem Seil, während ich versuche, aufzustehen und den Weg zurückzutaumeln, den ich gekommen bin, und sie dabei festhalte. Ich kann nichts sehen; ich folge nur dem Zug des Seils, mache kleine, aber stetige Schritte und hoffe, dass ich nicht stürze. Die Decke der Scheune knarrt, Holzlatten fallen zu Boden, es ist nur eine Frage von Sekunden, bis das ganze Gebäude einstürzt. Ich versuche, mein Tempo zu beschleunigen, stolpere aber bei jedem Schritt und bete, dass es meinem Mädchen gut gehen wird.

Endlich kann ich verschwommen den Himmel sehen, während ich einen Fuß vor den anderen setze und mich schwerfällig darauf zubewege. Ich weiß immer noch nicht, ob Willow überhaupt noch atmet. Eddie rennt auf mich zu, setzt sein eigenes Leben aufs Spiel, zieht Willow aus meinen Armen und rennt wieder hinaus. Ben zieht an meinem Seil, die Bewegung reicht aus, um meine Beine in Bewegung zu halten, bevor ich mit ihm zusammenstoße. Er packt mich an den Armen und rennt mit mir hinaus auf die Wiese, immer weiter weg von den Flammen. Meine Füße sind schwer, meine Lunge brennt, meine Augen tränen und ich kann nicht atmen. Trotzdem lasse ich Willow nicht aus den Augen, als Eddie sie ins Gras legt und zurücktritt. Er wendet den Kopf, als er die vielen Verletzungen wahrnimmt, mit denen ihr Körper bedeckt ist, während die Polizei übernimmt und Wiederbelebungsmaßnahmen durchführt.

Ich höre Geoffreys und Katerinas Protestlaute, als die Polizei ihnen Handschellen anlegt, sie in getrennte Polizeiautos stößt und die Türen zuschlägt. Dann erklingt ein ohrenbetäubendes Tosen, als die Scheune einstürzt. Das

Gebäude wird vollständig von Flammen verschlungen, während Funken sprühen und Rauch aufsteigt. Rufe und Schreie ertönen, als die wenigen Polizisten, die sich hier aufhalten, ihre Funkgeräte einschalten und um Unterstützung bitten. Einige von ihnen rennen zu den nahe gelegenen Wassertanks und legen Schläuche aus. Sie bewässern den Boden rund um die Scheune, um zu verhindern, dass sich das Feuer ausbreitet und auf das gesamte Grundstück übergreift. Die Hitze ist überwältigend, aber meine Augen bleiben auf Willow gerichtet, während der Mann die Herzdruckmassage fortführt. Ben schüttet mir eine Wasserflasche nach der anderen über den Kopf, sodass meine Füße langsam nachgeben und ich auf die Knie falle. Meine Kleidung ist schwarz, meine Brust schmerzt, meine Hände sind verbrannt. Aber alles, was mich interessiert, ist sie.

„Atme, Cupcake. Bitte, atme", flüstere ich. Ich knie neben ihr und bettle, genau wie bei Helen, als ich zwölf war. Der Schmerz, eine Frau zu verlieren, die ich liebe, ist unermesslich, und ich kann das nicht noch einmal durchmachen. *Bitte, lass sie leben. Bitte Gott, lass sie leben.*

Dann hustet sie und ein gewaltiges Gefühl der Erleichterung macht sich in mir breit. Mein Körper sackt gegen Ben und Eddie, die mich festhalten, während ich zusammenbreche. Jetzt, da ich weiß, dass sie lebt, spüre ich endlich den Schmerz, der meinen ganzen Körper erfüllt. Ein Sanitäter, der soeben eingetroffen ist, setzt ihr eine Sauerstoffmaske auf, und mit Eddie auf der einen und Ben auf der anderen Seite sinke ich in die Umarmung meiner Brüder und weine.

43

WILLOW

Als ich aufwache, ist das Erste, was ich spüre, meine Kehle. Mein Mund ist staubtrocken. Meine Lippen fühlen sich rissig und wund an, fast wie von der Sonne verbrannt. Dann rieche ich es. Rauch. Ich reiße die Augen auf und gerate in Panik.

„Es ist alles in Ordnung. Du bist in Ordnung. Du bist im Krankenhaus, aber es geht dir gut", flüstert eine Stimme neben mir, und ich spüre eine sanfte Berührung an meinem Arm. Ich blicke auf und sehe meine Nachbarin und Joshs Mutter in ihrer Schwesternuniform, die mir ein warmes Lächeln schenkt.

Ich schaffe es nicht, auch nur ein Wort hervorzubringen. Schock und Angst durchströmen mich. Mein Blick wandert über das gestärkte weiße Leinen, zu meinen Händen und dann zu meinen Handgelenken, von denen ich bemerke, dass sie bandagiert sind. Ein Fuß, der dick mit Mullbinden umwickelt ist, schaut unter der Decke hervor, und ich wackle mit den Zehen, während meine Erinnerungen zurückkommen. *Die Scheune.*

Ich schnappe nach Luft, wobei mir die Sauerstoffmaske glücklicherweise hilft, meine Augen fühlen sich wund und entzündet an. Aber ich bleibe ruhig und beobachte meine Umgebung. Ich spüre, wie sich mein Herzschlag langsam beruhigt, und versuche zu schlucken, als Joshs Mutter mir die Maske abnimmt und mir ein Glas Wasser anbietet, das ich bereitwillig annehme. Auf der einen Seite des Bettes sehe ich Saide auf einem Stuhl sitzen und schlafen. Sie sieht furchtbar aus, obwohl es ihr wahrscheinlich besser geht als mir.

Als Joshs Mutter das Wasserglas wegnimmt und die Sauerstoffmaske wieder aufsetzt, prüft sie meinen Puls, und ich drehe meinen Kopf auf die andere Seite und sehe Tennyson, der mich ansieht. Er sitzt stumm da und beobachtet mich. Sein Kiefer ist angespannt, seine Augen sind dunkel umrandet. Er ist leger gekleidet, in Jeans und einem langärmeligen T-Shirt, wobei er die Ärmel hochgeschoben hat. Ich bemerke, dass seine Arme und Hände mit kleinen Pflastern versehen sind, an einer seiner Hände hat er einen kleinen Verband. Seine Augen sind stark gerötet. Wir schweigen und sehen uns einfach an. Fast stillschweigend erkennen wir die Ereignisse an, die wir durchgemacht haben, auch wenn sie noch verschwommen in meinem Kopf sind. Auf seinem Schoß liegt Josh. Er ist zu groß, um auf einem seiner Knie zu sitzen, aber er hat sich trotzdem zusammengerollt.

„Hey …", krächze ich. Meine Stimme klingt seltsam in meinen Ohren.

Er bleibt stumm. Ich beobachte ihn, unsere Blicke bleiben aufeinander gerichtet, und ich sehe, wie eine Träne seine Wange hinunterläuft. Ich merke, wie mir bei diesem Anblick, ebenfalls die Tränen in die Augen steigen. Mein Herz zieht sich schmerzhaft zusammen, als ich an all die vergangenen Ereignisse denke.

„Cupcake?", flüstert er, als würde er seinen Augen nicht trauen. Dann weiten sie sich, als er merkt, dass ich tatsächlich wach bin.

„Mir geht es gut ...", flüstere ich. Joshs Mutter stützt ihren Sohn und setzt ihn sanft auf den Stuhl, während Tennyson aufsteht und zu mir eilt.

„Geht es dir gut? Hast du Schmerzen? Wir können den Arzt rufen. Brauchst du ...", fragt er, während er nach meinen Händen greift, und sie zärtlich in seinen hält.

„Mir geht es gut. Uns geht es gut", sage ich, während all meine Erinnerungen langsam zurückkehren. „Wie hast du mich gefunden?" Das Letzte, woran ich mich erinnere, ist, dass ich seinen Hubschrauber gehört habe.

„Ich werde dich immer finden", sagt er, beugt sich vor und legt seine Lippen so sanft auf meine, dass ich mich frage, ob ich es träume.

„Katerina?", frage ich. Ich muss es einfach wissen.

„Nicht schwanger. Sie hat die ganze Zeit gelogen. Die Polizei hat sie und ihren Vater festgenommen. Erpressung und versuchter Mord sind nur zwei der vielen Anklagen, die gegen sie erhoben werden. Ben wird dafür sorgen, dass sie eine ganze Weile im Gefängnis verbringen werden. Wir lehnen jeden Vorschlag für eine Kaution ab." Seine Hand streicht über meine Wange, unsere Lippen bleiben so nah beieinander, dass ich seinen Atem auf meinem Gesicht spüren kann.

„Was ist passiert? Ich erinnere mich nur an die Scheune. Das Feuer?", frage ich mit zittriger Stimme. Ich kann nicht glauben, dass ich es geschafft habe. Dass wir es geschafft haben.

„Katerina hat die Scheune angezündet und dich dort zurückgelassen. Sie hat dich verdammt noch mal zum Verbrennen zurückgelassen", stößt er hervor. Sein Kiefer ist angespannt, seine Zähne sind zusammengebissen. Er reibt sich die Augen, als ob er Schmerzen hätte, und ich ergreife seine Hand, streiche mit meinen Fingern darüber und versuche ihm zu versichern, dass es mir gut geht.

„Aber du hast mich da herausgeholt ...", beginne ich, als ich seine Hände anhebe und den Schaden begutachte. Ein paar rosa Flecken, ein paar weitere kleine Verbrennungen an seinen Händen.

„Willow. Ich werde dich immer holen. Ich werde immer für dich da sein. Ich werde nie von deiner Seite weichen, und ich werde dich nie von meiner weichen lassen. Ich liebe dich. Ich liebe dich so sehr, dass es weh tut", sagt er und blickt mir tief in die Augen, um mich wissen zu lassen, dass er jedes Wort ernst meint.

„Ich liebe dich auch", ist alles, was ich hervorbringen kann, bevor er seine Lippen wieder auf meine legt.

„Könntet ihr vielleicht jetzt aufhören, euch zu küssen, damit ich meine Schwester umarmen kann?", ertönt Saides Stimme von meiner anderen Seite her. Tennyson zieht sich zurück, dann drückt er mir seinen typischen Kuss auf die Stirn und lehnt sich zurück.

„Hey ...", sage ich zu Saide und sehe, wie sie tief Luft holt.

„Ich hoffe, du verlangst von diesem Arschloch Gefahrenzulage. Bei diesem Job hast du schließlich dein Leben aufs Spiel gesetzt. Dafür bekommen wir doch sicher etwas Geld?", fragt sie und streckt frech die Hüfte vor, woraufhin Tennyson fragend eine Augenbraue hochzieht. Sie scherzt natürlich nur, um die Stimmung aufzulockern.

„Hmmm, gute Idee, das werde ich meiner Schlussrechnung hinzufügen", murmle ich und lächle, lasse mich von ihr umarmen und seufze leise, als ich ihre Nähe spüre.

„Ich werde uns eine Insel kaufen und wir werden dorthin ziehen. Ich werde auch das Wasser kaufen, das sie umgibt, damit dir ja kein Arschloch zu nahe kommt", murmelt Tennyson, und ich lächle. Ich nehme an, dass er scherzt, aber sein Gesichtsausdruck verrät mir, dass er es ernst meint.

„Willow?", höre ich Joshs Stimme, voller Emotionen, und Saide weicht zurück, als ich ihn ansehe. Er steht neben meinem Bett vor Tennyson, sein Haar ist zerzaust und er blinzelt mich verschlafen an. Tennysons Hand ruht auf seinen Schultern wie ein stützender Elternteil, und mein Herz schmilzt dahin, als ich die beiden so sehe.

„Hey, Bodyguard", sage ich mit einem Lächeln und sehe, wie er es nicht länger schafft, seine Gefühle zurückzuhalten. Mein starker, kluger und sonst so selbstbewusster kleiner Nachbar lässt den Kopf sinken und weint. Ich nehme ihn in die Arme und seine Tränen beginnen, meine Schulter zu benetzen.

„Es ist okay, Champ. Sie wird wieder gesund", sagt Tennyson und reibt ihm den Rücken. Ich bin froh, dass er versucht, Josh zu beruhigen, denn ich bringe kein einziges Wort hervor, weil mich der Anblick dieser Leute, die an meinem Bett weinen, zu sehr aufwühlt.

Meine Augen tränen, obwohl das Licht trüb ist, und ich möchte mich bewegen, aber mein Körper ist schwer, tut weh, und ich bin so, so müde.

„Du musst noch ein paar Tage zur Beobachtung hier bleiben. Die Wunde an deinem Fuß wurde desinfiziert und versorgt, dennoch musst du dich schonen und Zuhause nicht zu viel bewegen. Deine Lungen werden sich im Laufe der nächsten Tage, von den Auswirkungen des Rauches vollständig erholen. Du wirst ihn wahrscheinlich noch eine Weile an dir riechen, selbst nachdem du dich gewaschen hast. Er bleibt eine Weile in den Nasenlöchern und Haaren hängen", erklärt Joshs Mutter.

„Ich werde auf sie aufpassen", sagen Saide, Josh und Tennyson gleichzeitig. Joshs Mutter lacht.

„Vielleicht abwechselnd?", bietet sie an, während sich die drei ansehen, als wollten sie sich gegenseitig umbringen.

„Ich bin sicher, dass es mir bald wieder gut gehen wird", meine ich und fühle mich bereits besser.

„Du wirst das Haus nicht verlassen", sagt Saide.

„Du wirst keine Muffins backen", sagt Josh.

„Ich weiche nicht von deiner Seite. Niemals", sagt Tennyson und übertrumpft sie alle, und ich sehe, wie Saide und Josh die Augen verdrehen.

Und so verrückt sie auch alle sind, ich liebe sie. Egal, wie kaputt wir alle sind, sie sind meine kleine Familie.

TENNYSON - EPILOG

„Ganz ruhig, setz dich langsam hin, und dann kannst du dich zurücklehnen", sage ich, während ich Willow vorsichtig auf ihr Bett zu Hause hebe. Ein paar Tage im Krankenhaus waren zu lang. Ich habe vor, sie hier in ihrem Bett direkt neben mir zu behalten, wo ich dafür sorgen kann, dass sie sich wohl und sicher fühlt.

„Mir geht es gut, wirklich, kein Grund zur Aufregung", entgegnet sie, aber ich sehe, dass sie ein wenig zusammenzuckt, ihr Fuß macht ihr immer noch zu schaffen. Ich knirsche mit den Zähnen, als ich auf ihren Verband schaue. Ich lasse Ben und seine Firma Überstunden machen, um den Fall gegen die Newcombs aufzubauen. Es ist eine Sache, mich als Vater eines nicht vorhandenen Babys erpressen zu wollen, aber es ist eine ganz andere Sache, meine Freundin zu entführen und sie in einer brennenden Scheune zurückzulassen. Ich schlucke die Wut hinunter, die in mir brodelt, weil ich weiß, dass sie das Licht der Sonne nicht wiedersehen werden. Zumindest nicht für eine sehr lange Zeit.

„Ich habe deine Lieblingsfilme. Ich habe Betty und Bob gesagt, dass sie sich von ihrer besten Seite zeigen sollen, und obwohl du sie noch nicht anziehen kannst, habe ich dir ein neues Paar flauschige gelbe Socken besorgt und ein passendes Paar für mich", sage ich und beobachte die Tiere, von denen eines in Willows Arme springt und das andere sich an ihre Füße schmiegt.

„Tennyson. Mir geht es gut", sagt sie lächelnd und verdreht die Augen.

„Sie hat gesagt, dass es ihr gut geht, hör auf, sie zu bedrängen", sagt Josh zu mir, während er mich mit dem Ellbogen aus dem Weg schiebt und ihr einen Teller mit ihren Lieblings-Zitronen-Muffins bringt. Ich habe ein paar Schachteln von der örtlichen Bäckerei besorgt, um sie ein wenig zu verwöhnen. Dabei habe ich auch viel zu viel Geld für die Aufrüstung ihres gesamten Backzubehörs ausgegeben und einen neuen Backofen bestellt. Eines dieser Deluxe-Modelle mit verschiedenen Fächern, damit sie gleichzeitig Muffins und einen Käsekuchen backen kann.

„Euretwegen bekomme ich jetzt schon Migräne. Josh, komm und hilf mir mal unten", sagt Saide, die hinter mir steht und sich gegen Willows Schlafzimmertür lehnt. Willow und ich lächeln sie an. Sie weiß genau, dass wir ein wenig Zeit für uns brauchen.

„Gut", brummt er und geht, während ich Willows Kissen aufschütte und ihr helfe, es sich bequem zu machen.

„Hast du mit deiner Mutter gesprochen?", fragt sie mich. Es ist eine Frage, der ich in den letzten Tagen, so gut es ging, ausgewichen bin, da ich meine Gedanken lieber auf andere Dinge gerichtet habe, als an meine schreckliche Mutter zu denken.

„Nicht wirklich. Vor diesem Zwischenfall hatten wir einen kleinen Zusammenstoß", murmle ich.

„Was meinst du? Was ist passiert?", fragt sie und mustert mich besorgt. Das ist es, was ich vermeiden wollte. Sie muss sich auf sich selbst konzentrieren, nicht auf mich.

„Wir hatten ein Familientreffen. Sie fing an, mich zu drängen, und ich begann mich an Dinge zu erinnern ...", sage ich und setze mich neben sie aufs Bett, um ihre Nähe spüren zu können.

„An welche Dinge?", drängt Willow.

Ich atme tief durch. „Ich habe nur eine lebhafte Erinnerung an Helen und wie sie starb. Ich habe keine Beweise, und ich war erst zwölf Jahre alt, also habe ich keine anderen Anhaltspunkte, aber ich bin mir ziemlich sicher, dass meine Mutter etwas mit ihrem Tod zu tun hatte", gestehe ich und warte still auf ihre Antwort.

„Oh mein Gott. Ich kann es nicht glauben", stößt sie aus und starrt mich schockiert an.

„Ich leider schon. Ich muss mit meinen Brüdern darüber sprechen, aber wie ich schon sagte, keine Beweise, keine Indizien, nur die widersprüchlichen Erinnerungen aus meiner Kindheit. Nichts davon wird vor Gericht Bestand haben", sage ich, ergreife ihre Hand und streiche mit meinem Daumen über ihre weiche Haut.

Ihre Haut hat bereits wieder eine rosige Farbe angenommen und glänzt dort, wo die medizinische Salbe aufgetragen wurde. An vielen Stellen ihres Körpers hat sie Verbrennungen erlitten, aber glücklicherweise ist es nichts, was Narben hinterlassen wird.

„Tut mir leid, ich habe es dir nicht gesagt, aber sie hat mich angerufen", sagt Willow, und ich sehe sie scharf an.

„Ja, Mom hat das erwähnt", sage ich, mein Körper ist steif. Ich will sie nicht in Willows Nähe haben.

„Es war der Tag, an dem du nach Singapur abgereist bist. Sie rief an und sagte mir, ich solle dich überreden, mit Katerina zu reden. Dass du sie heiraten und das Kind wie dein eigenes aufziehen sollst", sagt sie und sieht mich mit einem traurigen Ausdruck in den Augen an. Ich würde gerne sagen, dass es nicht weh tut. Dass die völlige Missachtung meines Lebens und meines Glücks durch meine Mutter mir nicht einmal auffällt. Aber das tut es. Es schneidet tief.

„Es wird nicht wieder vorkommen. Ich werde dafür sorgen, dass sie dich nicht noch einmal kontaktiert", knurre ich und frage mich, was ich tun kann, um sicherzustellen, dass das wirklich nicht noch einmal geschieht.

Ich beuge mich vor und küsse ihren Scheitel, spüre ihren Körper an meinem und atme tief ein.

Es gibt noch viel zu tun und viel zu klären, aber ich fühle mich jetzt so sicher wie schon lange nicht mehr. Ich lehne mich zurück, ziehe sie an mich und lasse sie auf mir ruhen. Es ist das erste Mal seit Tagen, dass wir uns so nahe sein können, und während ich sie sanft umarme, fühle ich mich, als wäre ich nur die Hülle eines Mannes gewesen, bevor ich sie traf. Gebrochen. Beschädigt. Verletzt.

Aber jetzt sehe ich so viel Potenzial in unserer Zukunft, mit ihr an meiner Seite kann ich alles erreichen. Und ich weiß, dass wir gemeinsam alles schaffen werden.

WILLOW - EPILOG

Als ich den Käsekuchen zum Abkühlen aus dem Ofen nehme, höre ich die lauten Stimmen von draußen. Jeden Freitag arbeitet Tennyson von meinem Esstisch aus. Er zieht es vor, das Wochenende hier bei mir zu verbringen, statt in der Stadt.

„Hör zu, du Penner, wenn ich kotze, werfe ich dich über den Zaun zurück zu deiner Mutter", höre ich Tennyson sagen, als ich die Hintertür öffne und hinausschaue.

„Das ist ein wissenschaftliches Experiment. Wir haben es heute im Unterricht gemacht. Wenn du das machst und ich es filme, kann ich es als Hausaufgabe einreichen. Du hast versprochen, mir zu helfen", sagt Josh. Irgendetwas kommt mir komisch vor, aber ich sage nichts. Die beiden haben eine Hassliebe zueinander. Aber sie sind beste Freunde, auch wenn keiner von ihnen es zugeben würde.

„Gut, gib mir die Mentos", sagt Tennyson, schnappt

sich die Packung von Josh und steckt sich ein paar in den Mund.

„Hier", sagt Josh und drückt ihm eine Dose Cola in die Hand, und ich beginne, mir Sorgen zu machen.

„Ähm, Tenn...", sage ich zögernd und mache mich auf den Weg zur Tür, bevor ich Joshs warnenden Blick wahrnehme und ich mich ebenso schnell zurückziehe. Ich beiße mir auf die Lippe, um nicht zu lachen, dann schnappe ich mir mein Handy, um es ebenfalls aufzunehmen. Er wird es hassen.

„Okay, also halte ich sie einfach in den Mund und schlucke dann die Cola runter?", fragt Tennyson undeutlich mit den Süßigkeiten in seinem Mund, und Josh nickt eifrig. Mein Blick schweift zur Seite des Hinterhofs, und ich sehe Bob und Betty, die sich streiten. Eine stille Fehde, während sie sich umkreisen und darauf warten, dass der andere zuschlägt. Ich würde gerne sagen, dass es ein Spiel ist, aber auch die beiden haben eine Hassliebe zueinander.

„Okay, los!", ruft Josh und fängt an, für sein ohne Zweifel vorgetäuschtes Wissenschaftsprojekt zu filmen. Das ist ein weiterer Streich, den er Tennyson spielt. Die beiden befinden sich gerade in einem regelrechten Streichkrieg. Auch ich drücke auf meinem Handy auf Aufnahme, während Josh von vorn filmt und ich von der Seite.

Ich beobachte Tennyson, wie er die Cola trinkt, und kann den Moment in seinen Augen sehen, in dem ihm klar wird, dass Josh das alles nur erfunden hat. Aber er kann nicht schreien. Er kann nicht einmal sprechen. Eine riesige Explosion aus Cola und Mentos kommt aus seinem Mund. Er steht auf und spuckt die Flüssigkeit fast so schnell wieder aus, wie er sie getrunken hat, sodass er sein Hemd vollständig einsaut. Sein Gesicht ist mit Cola bedeckt, und er rülpst, bevor er hustet, stottert und nach Luft schnappt.

Josh lacht so sehr, dass ihm die Tränen über die Wangen laufen, was mir ein Kichern entlockt.

„Ich schwöre bei allem, was ich besitze, dass du besser wegläufst …", knurrt Tennyson Josh an, woraufhin dieser aufspringt und wie der Wind aus meinem Haus und zurück zu seinem eigenen rennt. Ich bin sicher, er schließt die Tür ab und zieht alle Vorhänge zu, um sich vor Tennysons Wut zu schützen.

Ich lache etwas lauter, und Tennyson wirft mir einen bösen Blick zu. Ich beiße mir auf die Lippe und zucke mit den Schultern.

„Findest du das witzig?", fragt er und kommt langsam auf mich zu, wobei ihm die Cola aus dem Gesicht und von der Brust tropft. Sein weißes Hemd ist jetzt durchscheinend, und mein Blick bleibt an seinen Brustmuskeln hängen. Als er näher kommt, schaue ich ihm wieder in die Augen, und Hitze durchströmt meinen Körper, als er beginnt, sein nasses Hemd aufzuknöpfen, es auszieht und auf den Boden wirft.

„Nein. Überhaupt nicht. Ich werde ein ernsthaftes Gespräch mit seiner Mutter führen", erkläre ich mit gespielter Ernsthaftigkeit und hebe meine Hände zur Kapitulation.

„Du rennst besser, Cupcake", warnt er, und ich schreie auf, bevor ich durch die Tür laufe und die Treppe hinauf sprinte. Aber es ist zwecklos, denn Tennyson hat mich eingeholt, bevor ich auch nur die Hälfte des Weges überwunden habe

„Tennyson!", quieke ich, als er mich packt, über seine Schulter wirft und mich in mein Schlafzimmer trägt.

„Du hast mich", sage ich und gebe den Kampf auf, als er mich auf das Bett fallen lässt.

„Was habe ich immer gesagt, Cupcake? Ich werde dich immer haben. Das solltest du eigentlich mittlerweile wissen", sagt er.

Das Leben hat sich völlig verändert. Ich arbeite jetzt mit einem neuen Kunden zusammen. Eine Schauspielerin, die wegen Trunkenheit und Ordnungswidrigkeit und einer Vielzahl anderer Dinge in Schwierigkeiten ist. Es besteht die Aussicht, regelmäßiger mit den Rothschild-Männern zu arbeiten, bevor ich zu Harrisons Team stoße, um ihn bei seiner Kampagne zu unterstützen. Seine Kandidatur für die Präsidentschaft steht unmittelbar bevor. Tennyson hat mir ein Büro in seinem Gebäude in Baltimore zur Verfügung gestellt, wo ich die Hälfte meiner Woche verbringe, die andere Hälfte verbringe ich hier zu Hause. Er hat mir ein Auto und einen Fahrer gegeben, der mich überall hinbringt, wo ich hin muss. Er macht das Gleiche, arbeitet zwischen seinem Büro und hier mit mir und weicht kaum von meiner Seite. Es sind erst sechs Monate seit dem Vorfall vergangen, aber es gibt immer noch viele angespannte Nerven, eine Menge rechtlicher Formalitäten und manchmal Albträume, aber wir stehen das durch. Gemeinsam.

„Nun, da du mich hast, was hast du mit mir vor?", necke ich ihn, sehe ihn an und lasse meine Augen an seinem halb nackten Körper hinunter und wieder hinauf gleiten. *Dieser Mann. Wie konnte ich nur so viel Glück haben?*

Käsekuchen an einem Freitagabend ist jetzt unser neues Ding. Tennyson ist nicht mehr die ganze Nacht unterwegs, um zu feiern, Frauen aufzureißen und am nächsten Tag den Walk of Shame zu machen. Stattdessen bleibt er hier, wo wir die meiste Zeit des Abends bei Kuchen reden, normalerweise auf der Terrasse, um Bob und Betty zu beobachten. Außer heute Abend. Irgendwann muss noch die Sauerei mit der Cola entfernt werden. Die Terrasse muss mit dem Schlauch abgespritzt werden, bevor ich eine Ameiseninvasion bekomme.

„Nun, als Vorspeise werde ich dich mit meinen Fingern ficken und mit deiner süßen Muschi spielen, bis du dich schreiend auf dem Bett windest", sagt er, während er vor mir steht und mit seinem Finger über meine Mitte fährt. Wärme breitet sich in mir aus, und ich schlucke.

„Als Hauptspeise werde ich meinen Schwanz so langsam in dich hineinschieben, dass es zur Qual wird. Ich werde deinen Körper zum Zittern bringen, deinen Mund zum Schreien und deine Zehen zum Krümmen", knurrt er. Seine Erektion zeichnet sich deutlich unter seiner Hose ab. Ich greife nach seinem Gürtel, um ihn zu öffnen.

„Dann werde ich zum Nachtisch den Käsekuchen holen und ihn von deinem Körper essen. Ich werde ihn über deine perfekten Titten verteilen, über deine erstaunlichen Kurven, bis hin zu deiner Muschi, die ich mit meiner Zunge ficken werde, bis du nicht mal mehr deinen eigenen Namen kennst", knurrt er und mir stockt der Atem. Meine Hände verharren an der Gürtelschnalle.

Ich schaue zu ihm auf, den Mund halb geöffnet, in völliger Ehrfurcht vor diesem Mann und wie er es schafft, mich mit seinen Worten fast zum Schmelzen zu bringen. Genau wie bei unserer ersten Begegnung. In dieser einen Nacht in New York. Ohne überhaupt den Namen des anderen zu kennen.

„Beantworte mir nur eine Frage ...", flüstere ich, während ich mich vor ihm auf mein Bett knie.

Er sieht mich fragend an, nickt dann aber stumm.

„Gibt es einen Nachschlag?", frage ich, als er sich vorwärts bewegt und seine Lippen auf meine presst, um mich daran zu erinnern, zu wem ich gehöre.

HOL DIR DEN BONUS-EPILOG, um zu erfahren, wie es mit Tennyson und Willow weitergeht!

AUCH VON SAMANTHA SKYE ERHÄLTLICH:

Der geheime Milliardär

Aus Sicherheitsgründen in eine andere Stadt zu ziehen, war meine Entscheidung.

Mich in den Milliardär zu verlieben, dem die halbe Stadt gehörte, war Schicksal.

Baltimore war der Neuanfang, den ich brauchte, und von dem Moment an, als ich ankam, schien sich alles zu fügen. Ich fand eine tolle Wohnung, einen fantastischen Job, hatte sofort eine beste Freundin und einen großen, stattlichen, gut aussehenden Mann, der wahre Wunder mit seinen Händen vollbringen konnte.

Eddie kümmerte sich um die Wartungsarbeiten in meinem neuen Wohnhaus, er versprach mir das Blaue vom Himmel und zeigte mir, wie ein echter Mann sich um seine Frau zu kümmern hatte. Als Krankenschwester in Baltimores geschäftigstem Krankenhaus war ich es gewohnt, mich um alle anderen zu kümmern. Eddie machte es sich zur Aufgabe, sich um mich zu kümmern.

Aber wie alles in meinem Leben, sind gute Dinge nie von Dauer und als mich der Schicksalsschlag traf, musste ich feststellen, dass Eddie nicht der war, für den er sich ausgab.

Wir sind **absolut verschieden.** Edward Rothschild ist ein Milliardär mit einer auffälligen Präsenz und einer gebieterischen Aura, der alles hat, was man für Geld kaufen kann. Ich habe pink gefärbtes Haar und Tätowierungen und kämpfe damit, mir überhaupt Essen kaufen zu können.

Eddie weigert sich, sich von unseren Unterschieden abschrecken zu lassen, aber er ist nicht der Einzige, der Geheimnisse hat. Und das Problem mit Geheimnissen ist, dass sie früher oder später ans Licht kommen.

Und meines hat das Potenzial, uns zu zerstören.

Laden Sie es hier herunter.

ÜBER DEN AUTOR

Samantha Skye ist eine zeitgenössische Liebesromanautorin aus Melbourne, Australien. Samantha, ein Kind vom Land, das zum Stadtmenschen geworden ist, schreibt Charaktere, die ebenso vielfältig wie teuflisch gutaussehend sind.

Ihre einzigartige, spannende Würze kombiniert gekonnt das Riskante und das Gewagte und lässt Herzen aus mehr als einem Grund höher schlagen! Wenn sie nicht gerade an ihrem nächsten Roman arbeitet, plaudert Samantha in Podcasts oder überall dort, wo die Sonne scheint.

Samantha ist eine begeisterte Reisende und fühlt sich in Gummistiefeln genauso wohl wie in Christian Louboutins ... aber in letzteren hat sie normalerweise mehr Spaß.

Vielen Dank fürs Lesen! Treten Sie unbedingt meiner Facebook-Gruppe bei – Skye's The Limit Books, um über alles, was mit meinen Büchern zu tun hat, zu plaudern!

www.ingramcontent.com/pod-product-compliance
Lightning Source LLC
Chambersburg PA
CBHW070735190726
48292CB00002B/269